AF540049

राजकमल गौरवग्रंथ

WORLD CLASSICS

अलेक्सांद्र कुप्रिन
07 सितम्बर, 1870
25 अगस्त, 1938

ओलेस्या तथा अन्य कहानियाँ

ГРАНАТОВЫЙ БРАСЛЕТ И ДРУГИЕ ИСТОРИИ

THE GARNET BRACELET AND OTHER STORIES

रूसी कथा-साहित्य

ओलेस्या
तथा
अन्य कहानियाँ

अलेक्सांद्र कुप्रिन

अंग्रेज़ी से अनुवाद

निर्मल वर्मा

राजकमल

गौरवग्रंथ

अलेक्सांद्र कुप्रिन की रूसी कहानियों के 1956 में प्रकाशित अंग्रेज़ी अनुवाद 'THE GARNET BRACELET AND OTHER STORIES' से अनूदित
पहली बार 1958 में 'कुप्रीन की कहानियाँ' शीर्षक से प्रकाशित

ISBN : 978-93-6086-204-6

मूल्य : ₹895

राजकमल गौरवग्रंथ माला में पहला पुस्तकालय संस्करण : सितम्बर, 2024

प्रकाशक : राजकमल प्रकाशन प्रा. लि.
1-बी, नेताजी सुभाष मार्ग, दरियागंज
नई दिल्ली-110 002

शाखाएँ : अशोक राजपथ, साइंस कॉलेज के सामने, पटना-800 006
पहली मंजिल, दरबारी बिल्डिंग, महात्मा गांधी मार्ग, प्रयागराज-211 001
1, अनमोल सोराबजी सन्तुक लेन, धोबी तलाव, मरीन लाइंस, मुम्बई-400 002
वेबसाइट : www.rajkamalprakashan.com
ई-मेल : info@rajkamalprakashan.com

मुद्रक : विकास कंप्यूटर एंड प्रिंटर्स
ट्रॉनिका सिटी-201 102

OLESYA TATHA ANYA KAHANIYAN
Stories by Aleksandr Kuprin
Translated by Nirmal Verma

ओलेस्या तथा अन्य कहानियाँ

क्रम

इस अनुवाद के बारे में

अलेक्सांद्र कुप्रिन पहले विदेशी लेखक थे, जिनकी कहानियों का अनुवाद मैंने लगभग चालीस वर्ष पूर्व हिन्दी में किया था। अनुवाद की शुरुआत ही एक अजीब विडम्बना से हुई थी—एक रूसी लेखक की कहानियों का अनुवाद, अंग्रेज़ी से हिन्दी में। यह कोई अनोखी स्थिति नहीं थी। अपने बचपन में मैंने भी टॉल्स्टॉय, चेख़ॅव और गोर्की की कृतियाँ अंग्रेज़ी से हिन्दी अनुवाद में ही पढ़ी थीं—अनोखी बात यह है कि यही स्थिति कमोबेश आज भी चली आती है, जहाँ हम ग़ैर-अंग्रेज़ी लेखकों की रचनाओं का अनुवाद अंग्रेज़ी माध्यम से ही उपलब्ध कर पाते हैं।

अलेक्सांद्र कुप्रिन के नाम से मैं अपरिचित नहीं था। कॉलेज के दिनों में उनका एक उपन्यास पढ़ा था, जिसकी याद एक खरोंच की तरह स्मृति-पटल पर खिंची रह गई थी। उपन्यास का नाम था : 'गाड़ी वालों का कटरा', जिसे सरस्वती प्रेस ने प्रकाशित किया था। वेश्याओं के जीवन पर आधारित यह उपन्यास एक ऐसा झकझोर देनेवाला अनुभव था कि बरसों तक कुप्रिन का नाम सिर्फ़ उस एक उपन्यास के कारण कहीं भीतर अटका रहा।

शायद यही एक कारण था कि जब 1952-53 के आसपास-बेरोज़गारी के दिनों में—पीपुल्स पब्लिशिंग हाउस ने कुप्रिन की चुनी हुई कहानियों का अनुवाद करने का प्रस्ताव मेरे सामने रखा, तो मैंने बहुत ख़ुशी और तत्परता से उसे स्वीकार कर लिया। सर्दी की लम्बी शामों में मैं जादूगरनियों और डायनों, कुत्तों और घोड़ों, घुमक्कड़ अभिनेताओं और बाज़ीगरों की संगत में जो घुमक्कड़ी करता रहा, उसकी याद अब भी ताज़ा है। पहली बार मुझे लगा कि अनुवाद का काम न केवल कुछ हद तक किसी लेखक के आरम्भिक वर्षों में उसकी आर्थिक कठिनाई हल कर देता है बल्कि 'मनोवैज्ञानिक थेरैपी' की तरह उसके संताप और अकेलेपन को भी दूर कर देता है।

फिर बहुत-से वर्ष बीत गए। अनुवाद की स्मृति धूमिल पड़ती गई। कभी-कभी कोई मित्र उसकी याद दिला देता था तो अजीब-सी ख़ुशी होती थी कि वह अब भी किसी की स्मृति में जीवित है। कुछ वर्ष पहले जब कुछ आत्मीय जनों ने आग्रह किया कि उसका दूसरा संस्करण प्रकाशित होना चाहिए तो पता चला कि अपनी बहुत-सी प्रिय पुरानी पुस्तकों की तरह वह पुस्तक भी कहीं खो गई है—स्वयं प्रकाशन-गृह के पास उसकी कोई प्रति नहीं बची थी जिसके आधार पर उसे पुन:प्रकाशित किया जा सके। कभी-कभी कोई उड़ती-सी अफ़वाह ज़रूर मिल जाती थी कि अमुक ने वह पुस्तक अमुक के घर में देखी है, कुछ वैसी ही तरह जैसे खोए हुए बच्चे के बारे में माँ से कहा जाता है कि वह किस-किस शहर में देखा गया था, लेकिन तलाश करने पर कुछ भी हाथ नहीं लगता। जब मैंने उसे देखने की आशा बिलकुल छोड़ दी थी तभी अचानक कुछ महीने पहले भोपाल में जब मेरे मित्र रमेशचन्द्र शाह की बिटिया—सुश्री शम्पा शाह—जो अपने में एक श्रेष्ठ मृत्तिका-शिल्पी और प्रबुद्ध पाठिका हैं—ने बताया कि उन्होंने आख़िर उस पुस्तक का सुराग़ पा लिया है, तो मैंने ऊपर से ख़ुशी तो प्रकट कर दी, किन्तु भीतर से विश्वास नहीं किया। लेकिन कलयुग के ज़माने में भी चमत्कार हो सकते हैं, इसका पता तब चला, जब दिल्ली लौटने पर डाक से आई वह भूली-भटकी पुस्तक मेरे हाथ में थी।

कुप्रिन की कहानियों का नया संस्करण यदि आज आपके हाथों में है तो इसका बड़ा श्रेय शम्पा जी की जासूसी सफलता को जाता है।

मुझे विश्वास है कि इस पुस्तक को देखकर मेरे इन सब मित्रों को—जिन्होंने इतने धैर्य और श्रम से अपना सहयोग दिया—उतनी ही प्रसन्नता होगी, जितनी मुझे हो रही है।

—निर्मल वर्मा

नई दिल्ली
23 फ़रवरी, 1995

मलोच

मिल के भोंपू के गुरु-गर्जन ने काम शुरू हो जाने की घोषणा की—एक नया दिन आरम्भ हुआ। ज़मीन के चारों ओर फैलता हुआ वह कर्कश और गहरा स्वर मानो धरती की अँतड़ियों से बाहर निकल रहा था। बरसात में भीगी मटमैली धुँधली अगस्त की सुबह अपने में एक अजीब-सा अवसाद लिये थी, मानो किसी अनिष्ट की ओर संकेत कर रही हो।

उधर भोंपू बज रहा था, इधर इंजीनियर बोबरोव अभी चाय पी रहा था। पिछले कई दिनों से उसके उन्निद्रा रोग ने अधिक गम्भीर रूप धारण कर लिया था। हालाँकि वह हर रात भारी सिर लिये सोने जाता और बार-बार चौंककर झटके के साथ उठ बैठता, फिर भी शीघ्र ही उसकी आँख लग जाती। किन्तु वह चैन की नींद नहीं सो पाता था। पौ फटने से पहले ही वह जाग जाता। मन चिड़चिड़ा हुआ रहता, और लगता, मानो सारा शरीर टूट रहा है। निश्चय ही इसका कारण उसकी मानसिक और शारीरिक थकान थी। इसके अलावा उसे मार्फ़िया के इंजेक्शन लेने की पुरानी लत थी, जिसने उसके रोग को अधिक उग्र बना दिया था।

किन्तु आजकल वह अपनी इस आदत को जड़ से फेंकने के लिए जी-जान से प्रयत्न कर रहा था।

इस समय वह खिड़की के पास बैठा हुआ चाय पी रहा था। चाय बोबरोव को बिलकुल बदमज़ा और फीकी जान पड़ रही थी। खिड़की के शीशों पर बारिश की बूँदें टेढ़ी-मेढ़ी रेखाएँ खींचते हुए नीचे पानी के गड्ढों में गिरकर छोटी-छोटी उर्मियों में परिणत हो जाती थीं। खिड़की के बाहर खुरदरे और रूक्ष विलो वृक्षों से—जिनके तने नंगे ठूँठ के समान थे और डालियाँ हरे-भरे पत्तों से लदी थीं—घिरा हुआ एक चौकोर तालाब दीखता था। हवा के झोंकों से तालाब की सतह पर हल्की-सी लहरें तिर जाती थीं और विलो के पत्ते चाँदी-से चमचमाने लगते थे। बारिश के थपेड़ों से मुरझाई, अधमरी घास क्षत-विक्षत-सी होकर धरती पर झुक आई थी। पड़ोस का गाँव, दूर क्षितिज पर फैले जंगल की ऊँची-नीची, कटी-फटी झुरमुट छायाएँ और काले-पीले परिधान में झिलमिलाता खेत—सब एक भूरे धुँधलके में सिमटे-से दिखाई देते थे, मानो बीच में धुंध का झीना-सा पर्दा गिर गया हो।

सात बजे बोबरोव कनटोप वाली बरसाती पहनकर घर के बाहर निकल आया। वह उन अस्थिर और अधीर प्रकृति के लोगों में से था, जो सुबह के समय परेशान और उद्विग्न हो जाते हैं; शरीर टूट-सा रहा था, आँखें भारी हो रही थीं, मानो कोई उन्हें ज़ोर से दबा रहा हो और मुँह का स्वाद बासी कसैला-सा हो रहा था। किन्तु इन सब कष्टों से अधिक दुःखदायी वह मानसिक संघर्ष था जो इधर कई दिनों से उसके मन में उथल-पुथल मचा रहा था। उसके साथियों की बात अलग थी—जीवन के प्रति उनका दृष्टिकोण आदिम, हल्का-फुल्का और व्यावहारिक था; जो बात इतने दिनों से उसके दिल में काँटे की तरह चुभ रही थी, यदि वे उसे जान पाते, तो शायद हँसकर उड़ा देते; बात जैसी भी हो, वे उसकी परेशानी को तो समझ ही न पाते। मिल में अपने काम से बोबरोव को ऐसी घृणा होने लगी थी, मानो वह उसे काट खाने को दौड़ता हो; उसका यह ख़ौफ़ दिन-पर-दिन बढ़ता ही जाता था।

यदि वह अपनी रुचि, प्रवृत्ति और स्वभाव के अनुकूल खेती-बाड़ी, प्राध्यापन या कोई ऐसा ही काम, जिसमें ज़्यादा दौड़-धूप करने की गुंजाइश न हो, चुन लेता, तो उसके लिए अधिक उपयुक्त और सुविधाजनक होता। इंजीनियरिंग से उसे अधिक सन्तोष प्राप्त नहीं होता था। यदि उसकी माँ आग्रह न करती, तो वह कॉलेज के तीसरे वर्ष में ही अपना विषय बदल लेता।

वास्तविक जीवन के कठोर प्रहारों से उसके स्वभाव की नारी-सदृश कोमलता आहत-सी हो गई थी। उसे लगता था, मानो जीते-जी उसकी खाल खींच ली गई हो। कभी-कभी ऐसी छोटी-मोटी घटनाएँ, जिन्हें दूसरे लोग आसानी से नज़रअन्दाज़ कर देते, उसके मन में देर तक खटकती रहतीं।

बोबरोव शक्ल-सूरत से सीधा-सादा व्यक्ति लगता था—कहीं दिखावे की बात नहीं थी। पतला-दुबला और ज़रा नाटे क़द का उसका शरीर था, किन्तु उसकी रग-रग से एक अशान्त और अधीर कान्ति फूटी पड़ती थी। उसके चेहरे की विशेषता, उसके उन्नत गोरे ललाट में निहित थी। आँखों की विस्फारित पुतलियाँ, आकार में एक-दूसरे से भिन्न, इतनी बड़ी थीं कि भूरी आँखें काली-सी जान पड़ती थीं। उसकी घनी, ऊँची-नीची भौंहें नाक के ऊपर माथे के बीचोबीच आपस में उलझ गई थीं, जिससे उसकी आँखें स्थिर, कठोर और कुछ-कुछ वैराग्य-भावना में डूबी-सी दिखाई देती थीं। उसके होंठ पतले और फड़कते हुए थे, किन्तु उनमें क्रूरता का आभास नहीं मिलता था। उसके होंठों की बनावट कुछ बेडौल-सी थी—मुँह का दाहिना छोर बाएँ छोर की अपेक्षा तनिक ऊँचा था; उसकी उजली दाढ़ी और मूँछें छोटी और छितरी हुई थीं, मानो किसी नौजवान की मसें भीगी हों। यदि उस सादे-साधारण चेहरे का कोई आकर्षण था तो वह उसकी मुस्कराहट में छिपा था। जब वह मुस्कराता तो एक स्निग्ध, उल्लसित-सा भाव उसकी आँखों में चमचमाने लगता, और उसका पूरा चेहरा खिल जाता।

आधा मील चलने के बाद वह एक छोटे-से टीले पर चढ़ गया। नीचे मिल के विस्तार का पूरा अनवरुद्ध दृश्य बीस वर्ग मील के घेरे में चारों ओर फैला था। मिल क्या थी, लाल ईंटों का एक अच्छा-ख़ासा शहर था।

चारों ओर लम्बी, कालिख में पुती काली चिमनियाँ सिर उठाए खड़ी थीं। गन्धक और पिघले हुए लोहे की तीखी गन्ध हवा में व्याप्त हो रही थी। समूचा वातावरण एक अनवरत, कर्णभेदी कोलाहल में डूबा था। चार पवन-भट्ठियों की भीमकाय चिमनियों के समूह सारे दृश्य पर छाए हुए थे। उनके पास ही गर्म हवा परिचारित करने के लिए आठ उष्ण-पवन चूल्हे तथा गोल गुम्बदों वाले आठ विशालकाय लौह-बुर्ज़ खड़े थे। पवन-भट्ठियों के आसपास अन्य इमारतें दिखलाई देती थीं—मरम्मत के कारख़ाने, ढुलाई-घर, धुलाई-सफ़ाई का खाता, एक इंजन शेड, लोहे की पटरियाँ ढालने वाला कारख़ाना, खुले मुँह की और लोहा गलाने की भट्ठियाँ, इत्यादि।

मिल का अहाता तीन विशाल प्राकृतिक सोपानों में नीचे उतर गया था। छोटे-छोटे इंजन चारों दिशाओं में दौड़ रहे थे। पहले वे सबसे नीचे की सतह पर नज़र आते, फिर कर्कश सीटी बजाते हुए ऊपर की ओर भागते, कुछ क्षणों के लिए सुरंगों में विलीन हो जाते और फिर सफ़ेद भाप में लिपटे हुए बाहर निकल आते, पुलों को घरघराते हुए पार करते, फिर पत्थर के बाड़ों के संग-संग इस तरह दौड़ते जाते, मानो हवा में उड़ रहे हों और अन्त में कच्ची धातु और कोयले का चूरा पवन-भट्ठियों में फेंक आते।

दूर, उन प्राकृतिक सोपानों के पीछे, पाँचवीं और छठी पवन-भट्ठियों के निर्माण-स्थल पर अराजकता का ऐसा साम्राज्य फैला था कि देखने वाला हक्का-बक्का-सा रह जाता। लगता था, मानो एक भयंकर भूकम्प वहाँ ज़बरदस्त उथल-पुथल मचा गया हो। कुटे हुए पत्थरों तथा विभिन्न आकृतियों और रंगों की ईंटों के अनगिनत ढेर, रेत के टीले, चौकोर पत्थरों के अम्बार, लोहे की चादरों और लकड़ी के ढेर—सब कुछ अस्त-व्यस्त-सा बिखरा था। लगता था; मानो बिना किसी कारण या प्रयोजन के, किसी विचित्र संयोग से ये सब वस्तुएँ यहाँ जमा हो गई हों। सैकड़ों ठेले और हज़ारों आदमियों की चहल-पहल को देखकर लगता था, मानो किसी भग्न-बाल्मीक के इर्द-गिर्द असंख्य चींटियाँ रेंग रही हैं। चूने की सफ़ेद चुनचुनाती धूल हवा में धुंध की तरह छा गई थी।

कुछ और दूर, क्षितिज के पास मज़दूरों की भीड़ लगी थी। एक लम्बी मालगाड़ी से सामान उतार रहे थे। रेल के डिब्बों से ईंटों का अविरल प्रवाह फट्टों पर सरकता हुआ नीचे आ रहा था, लोहे की चादरें झनझनाती हुई नीचे गिर रही थीं और लकड़ी के पतले तख़्ते हवा में काँपते हुए-से उड़ रहे थे। एक ओर ख़ाली गाड़ियाँ रेल की ओर सरक रही थीं, दूसरी ओर से सामान से लदी गाड़ियाँ वापस लौट रही थीं। राज-मज़दूरों की छेनियों की स्पष्ट खटापट, बायलर की कीलों पर लगती हुई हथौड़ों की गूँजती चोटें, भाप के हथौड़ों की भारी कड़कड़ाहट, भाप की नलियों की शक्तिशाली फुंकार और सीटी, और कभी-कभी धरती के भीतर से ज़मीन को थर्रा देने वाले विस्फोट का धमाका—चारों ओर से उठती हुई हज़ारों आवाज़ें एक-दूसरे में घुल-मिलकर एक दीर्घ लपलपाते कोलाहल में परिणत हो रही थीं।

यह एक ऐसा विचित्र दृश्य था जो बरबस मन को स्तम्भित, अभिभूत-सा कर लेता था। एक विशालकाय, पेचीदा और विधिवत् चलने वाली मशीन के समान मानव श्रम का काम पूरी तरह जारी था। हज़ारों आदमी-इंजीनियर, राज-मज़दूर, कारीगर, बढ़ई, फिटर, भूमि खोदने वाले मज़दूर, तरखान, लुहार—दुनिया के चारों कोनों से यहाँ इकट्ठा हुए थे, ताकि वे औद्योगिक विकास को एक क़दम और आगे ले जाने की ख़ातिर अपना सब कुछ—बल और स्वास्थ्य, शक्ति और बुद्धि—स्वाहा कर दें। पेट भरने का यही एक लौह-नियम था, जिसका अनुसरण किये बिना जीवित रहना असम्भव था।

उस दिन बोबरोव का मन असाधारण रूप से खिन्न था। साल में तीन-चार बार उस पर घने अवसाद का विचित्र भाव घिर आता था और वह चिड़चिड़ा-सा हो जाता था। वह अवसाद का भाव आम तौर पर किसी पतझड़ की सुबह, जब बदली घिरी होती, अथवा सर्दी की शाम, जब बर्फ़ पिघल रही होती, उसे आ दबोचता। सब चीज़ें सूखी, कान्तिहीन-सी जान पड़तीं। लोगों के चेहरे फीके, भद्दे और रुग्ण-से दिखाई देने लगते। उनकी बातचीत से केवल जी ऊबता। लगता, मानो कोई दूसरे लोक से बोल रहा है। उस दिन लोहे की पटरियों के कारख़ाने का चक्कर लगाते हुए जब उसने मज़दूरों के कोयले की

कालिख में लिपे-पुते, आग में तपे हुए पीले चेहरों को देखा, तो उसे विशेष रूप से झुँझलाहट हुई। सफ़ेद गर्म लोहे से उड़ती-भभकती हुई भाप मज़दूरों के हाथ-पैरों को झुलसा जाती थी, और पतझड़ की ठंडी हवा के कड़कड़ाते झोंके खुली हुई दहलीज़ से भीतर आकर हड्डियों को भेद जाते थे। उसे लगा, मानो वह भी मज़दूरों की शारीरिक यातना को उनके साथ भुगत रहा है। उसे अपने सजे-सँवरे रूप का, सुन्दर क़ीमती पोशाक और तीन हज़ार रूबल के वार्षिक वेतन का ध्यान हो आया और शर्म से उसका माथा झुक गया।

2

एक वेल्डिंग-भट्ठी के पास खड़े होकर वह देखने लगा। हर क्षण भट्ठी का जलता हुआ भीमकाय जबड़ा खुलता और एक अन्य धधकती हुई भट्ठी से हाल में निकले हुए पचास सेर वज़न के फ़ौलाद के धधकते टुकड़ों को एक-एक कर निगल जाता। पन्द्रह मिनट बाद, दर्जनों मशीनों में से कर्णभेदी आवाज़ के साथ गुज़रते हुए फ़ौलाद के ये टुकड़े कारख़ाने के दूसरे सिरे पर लम्बी चमचमाती लोहे की पटरियों की शक्ल में प्रकट होते और वहाँ उनके अम्बार लग जाते।

किसी ने पीछे से आकर बोबरोव का कन्धा छुआ। खीजकर वह घूम गया—देखा, सामने उसका सहयोगी स्वेजेवस्की खड़ा है।

बोबरोव को स्वेजेवस्की से सख़्त नफ़रत थी। उसकी कमर हमेशा कुछ ऐसी झुकी रहती, मानो चोरी करने जा रहा हो या सलामी कर रहा हो! उसके होंठों पर सदा एक व्यंग्यपूर्ण मुस्कराहट खेलती रहती। अपने ठंडे लिसलिसे हाथों को वह हमेशा रगड़ता रहता। उसके हाव-भाव में कुछ ऐसा था जिससे ख़ुशामद की, गिड़गिड़ाहट और विद्वेष की बू आती थी। मिल में कहीं कोई बात हो जाती, तो उसी को हमेशा सबसे पहले उसकी ख़बर लगती। यदि वह जान लेता कि कोई बात अमुक व्यक्ति को कष्ट पहुँचाएगी, तो जानबूझकर उसके सामने वही बात ख़ूब नमक-मिर्च लगाकर सुनाता।

बात करते समय उसके हाथ-पाँव स्थिर न रहते थे—जिस व्यक्ति के साथ बात कर रहा होता, उसकी बग़लों, कन्धों और कोट के बटनों को बार-बार छूता रहता।

"अरे भाई, तुमसे मिले मुद्दत हो गई," स्वेजेवस्की ने खिखियाते हुए बोबरोव का हाथ पकड़ लिया, "पुस्तकें पढ़ने में लीन थे क्या?"

"नमस्कार," बोबरोव ने अपना हाथ छुड़ाते हुए अनमने भाव से कहा, "बस, मेरी तबियत ठीक नहीं थी।"

"जिनेन्को के यहाँ तुम्हें सब लोग बहुत याद करते हैं," संकेत-भरी आवाज़ में स्वेजेवस्की कहता गया, "आजकल तुम वहाँ क्यों नहीं जाते? अभी कुछ दिन पहले मिल के डायरेक्टर महोदय वहाँ मौजूद थे; तुम्हारे बारे में पूछताछ कर रहे थे। बातों ही बातों में पवन-भट्ठियों की चर्चा चल पड़ी। बस, फिर क्या था, उन्होंने तुम्हारी प्रशंसा के पुल बाँध दिये।"

"अच्छा, मैं धन्य हुआ!" बोबरोव ने सिर झुकाने का अभिनय किया।

"सच कह रहा हूँ, वह कहते थे कि बोर्ड के सदस्य तुम्हें एक बहुत निपुण इंजीनियर मानते हैं। उनके विचार में तुम बहुत दूर तक जाओगे। कहते थे कि नाहक हमने मिल का डिज़ाइन बनवाने के लिए फ्रांस से इंजीनियर बुलवाया, जबकि तुम्हारे जैसे अनुभवी व्यक्ति यहाँ मौजूद हैं। किन्तु..."

'अब यह कुछ नागवार बात कहेगा,' बोबरोव ने सोचा।

"एक बात पर उन्हें आपत्ति है। तुम जो सबसे अलग-थलग रहते हो, किसी से मिलते-जुलते नहीं, एक रहस्य की दीवार जो तुमने अपने इर्द-गिर्द खड़ी कर रखी है, वह उन्हें कुछ जँजती नहीं। हाँ भई, याद आया! इधर-उधर की बातों में मैं तुम्हें सबसे बड़ी ख़बर सुनाना तो भूल ही गया। संचालक महोदय फरमा रहे थे कि कल बारह बजे स्टेशन पर हम सब लोगों का मौजूद रहना ज़रूरी है।"

"क्या फिर किसी से भेंट करने जाना है?"

"बिलकुल ठीक! अच्छा, बताओ, इस बार कौन आ रहा है?"

स्वेजेवस्की के चेहरे पर एक भेद-भरी मुस्कराहट खिल उठी और ज़ाहिरा ख़ुशी से वह अपने हाथ रगड़ने लगा। वह दिलचस्प ख़बर जो सुनाने वाला था!

"मुझे कुछ नहीं मालूम," बोबरोव ने कहा, "अनुमान लगाना मेरे बस की बात नहीं।"

"अरे, कोशिश तो करो। जो नाम ज़बान पर आए, वही कह डालो।"

बोबरोव ने कुछ न कहा और भाप से चलने वाले एक माल असबाब उठाने वाले यंत्र को देखने का उपक्रम करने लगा।

स्वेजेवस्की ने जब उसे इस मुद्रा में देखा तो और भी अधीर हो उठा।

"शर्तिया, तुम कभी नहीं बता सकते। ख़ैर, मैं तुम्हारी उत्सुकता को और अधिक नहीं बढ़ाऊँगा। सुना है, ख़ुद क्वाशनिन यहाँ पधार रहे हैं?"

उसने जिस दास-भाव से उस नाम का उच्चारण किया, उसे सुनकर बोबरोव का मन घृणा से भर उठा।

"इसमें इतनी महत्त्वपूर्ण बात क्या है?" उसने लापरवाही से पूछा।

"अरे, कैसी बात करते हो! संचालक-मंडल में वह जो जी में आए, करता है। जो उसके मुँह से निकल गया, वही ब्रह्मवाक्य माना जाता है। इस बार मंडल ने निर्माण-कार्य की गति को तेज़ करवाने की ज़िम्मेदारी उसके कन्धों पर सौंपी है—या यूँ कहो कि उसने मंडल की ओर से ख़ुद यह ज़िम्मेदारी अपने हाथों में ली है। उसके यहाँ आने पर देखना, कैसी हाय-तौबा मचेगी। पिछले साल उसने मिल का निरीक्षण किया—तुम्हारे यहाँ आने से पहले की बात है, ठीक है न? मैनेजर और चार इंजीनियरों को खड़े-खड़े बरख़ास्त कर दिया गया। सुनो, तुम्हारी पवन-भट्ठी कब तक तैयार हो जाएगी?"*

"एक तरह से तैयार ही समझो।"

"चलो, यह भी ठीक हुआ। क्वाशनिन की उपस्थिति में ही नींव डालने के काम के साथ-साथ इसकी भी ख़ुशी मना लेंगे। तुम कभी उससे मिले हो?"

"नहीं, कभी नहीं। नाम ज़रूर सुना है।"

"मुझे उससे मिलने का सौभाग्य प्राप्त हुआ है। सच मानो, एक ही आदमी है अपनी क़िस्म का। पीटर्सबर्ग में ऐसा कौन है जो उसे नहीं जानता?

---

* इस्तेमाल में लाने से पहले पवन-भट्ठी को कच्ची धातु के पिघलने के बाद ताप-बिन्दु तक गरम किया जाता है। यह ताप-बिन्दु लगभग 3,000° फारेनहाइट है। इस काम में कभी-कभी महीनों लग जाते हैं।

पहली बात तो यह कि वह इतना मोटा है कि अपने पेट पर दोनों हाथ नहीं मिला सकता। क्यों, तुम्हें यक़ीन नहीं होता क्या? भगवान क़सम, ऐसी ही बात है। उसने अपने लिए ख़ास गाड़ी भी बनवाई है, जिसकी समूची दाईं दीवार क़ब्ज़ों पर खुलती है। क़द भी कुछ छोटा नहीं, ताड़-सा ऊँचा है। बाल सुर्ख़ हैं और आवाज़ तोप की तरह गूँजती है। लेकिन पट्ठा है कितना होशियार! भगवान जाने, तमाम-की-तमाम जॉयंट-स्टॉक कम्पनियों के संचालक-मंडलों का सदस्य है। साल में सिर्फ़ सात बार उनकी बैठकों में भाग लेता है और उसके एवज़ में दो लाख रूबल खड़ा कर लेता है। जब कभी सामान्य सदस्यों की बैठक में कुछ मंज़ूर करवाना होता है, तो उसकी योग्यता की तुलना में दूसरे लोग घास छीलते-से दिखाई देते हैं। झूठ और धाँधली से भरी रिपोर्ट भी वह इस ढंग से प्रस्तुत कर सकता है कि कम्पनी के भागीदार काले को सफ़ेद समझ लें और ख़ुश होकर संचालक-मंडल का शुक्रिया अदा करने में कोई कसर न उठा रखें। आश्चर्य की बात तो यह है कि वह स्वयं नहीं जानता कि वह क्या बक रहा है। किन्तु उसे अपने पर इतना भरोसा है कि बस, उसी के बूते पर बात को निभा ले जाता है। कल जब तुम उसका भाषण सुनोगे तो कोई आश्चर्य नहीं, यदि तुम्हें यह ग़लतफ़हमी हो जाए कि उसका सारा जीवन पवन-भट्ठियों के बीच बीता है, हालाँकि हक़ीक़त यह है कि उसे उनके बारे में उतना ही ज्ञान है, जितना संस्कृत के सम्बन्ध में मेरा।"

"त्रा-ला-ला-ला!" बोबरोव ने मुँह फेर लिया और जानबूझकर लापरवाही के साथ बेसुरी आवाज़ में गाने लगा।

"लो, मैं तुम्हें एक मिसाल देता हूँ। जानते हो, पीटर्सबर्ग में लोगों का वह स्वागत कैसे करता है? ग़ुसलख़ाने में पानी से भरे टब में वह अपना लाल चमकता हुआ सिर बाहर निकाले बैठा रहता है, और कोई राज-मंत्री या अन्य अफ़सर वहीं, अदब से झुककर खड़ा हुआ उसे अपनी रिपोर्ट सुनाता है। खाने में भी वह एक नम्बर का पेटू है और बढ़िया से बढ़िया भोजन चुनने की तमीज़ रखता है। क्वाशिनिन की पसन्द का भुना हुआ मांस सारे शहर में प्रसिद्ध हो चुका है और बड़े-बड़े रेस्तराओं के विशिष्ट पकवानों में उसकी गणना होती है।

रही स्त्रियों की बात, सो उसके सम्बन्ध में भी एक मज़ेदार घटना है, जो तीन साल पहले घटी थी।"

जब उसने देखा कि बोबरोव उसकी पूरी बात सुने बिना ही जा रहा है, तो उसने उसके कोट का बटन पकड़ लिया।

"जाओ मत," वह याचना-भरे स्वर में बुदबुदाया, "बहुत ही मज़ेदार बात है। मैं संक्षेप में ही तुम्हें सुना दूँगा। तीन साल पहले की बात है, पतझड़ में एक निर्धन आदमी पीटर्सबर्ग आया। बेचारा कोई क्लर्क रहा होगा, उसका नाम इस वक़्त मुझे याद नहीं आ रहा है। वह किसी पुश्तैनी जायदाद के झगड़े के सिलसिले में पीटर्सबर्ग आया था। सुबह दफ़्तरों के चक्कर काटता और दुपहर को पन्द्रह-बीस मिनटों के लिए 'ग्रीष्म-वाटिका' में बैठकर आराम करता। इसी तरह चार-पाँच रोज़ गुज़रे। रोज़ वह एक स्थूलकाय, सुर्ख़ बालों वाले महाशय को बाग़ में टहलते हुए देखा करता था। एक दिन दोनों में बातचीत चल पड़ी। लाल बालों वाला व्यक्ति और कोई नहीं, क्वाशनिन ही था। उसने उस ग़रीब युवक की रामकहानी सुनकर उसके प्रति अपनी सहानुभूति प्रकट की। किन्तु क्वानिन ने उसे अपना नाम नहीं बताया। एक दिन लाल बालों वाले व्यक्ति ने उस युवक से कहा, 'क्या तुम किसी भद्र महिला से इस शर्त पर विवाह करने के लिए तैयार हो कि विवाह के एकदम बाद तुम उसे छोड़ दोगे और फिर उससे दुबारा नहीं मिलोगे?' उन दिनों वह युवक भूखा मर रहा था। 'मैं राज़ी हूँ,' उसने कहा, 'लेकिन पहले लेन-देन की बात तय कर लो। रुपया मुझे पेशगी चाहिए।' वह युवक कच्ची गोलियाँ नहीं खेला था। आख़िर सौदा पट गया। एक सप्ताह बाद लाल बालों वाले महाशय ने उसे बढ़िया कोट पहनने के लिए दिया और पौ फटते ही उसे अपने संग गाँव के एक गिरजे में ले गया। आदमी न आदमजात, गिरजा सुनसान पड़ा था। एक कोने में दुलहन पर्दा किये चुपचाप खड़ी थी, किन्तु पर्दे के बावजूद उसका सौन्दर्य और यौवन छिपा न रह सका। विवाह की रस्म शुरू हुई। युवक को लगा कि उसकी वधू बहुत उदास है। उसने दबे स्वर में उसके कानों में कहा, 'मुझे लगता है कि तुम अपनी इच्छा के विरुद्ध यहाँ आई हो।'

और 'शायद तुम्हारा भी यही हाल है,' लड़की ने उत्तर दिया। अब सारी पोल खुल गई। ऐसा जान पड़ता था कि लड़की की माँ ने ज़ोर-ज़बरदस्ती करके यह विवाह उसके सिर पर थोप दिया था। बात यह थी कि सीधे तौर पर लड़की को क्वाशनिन के हवाले करते हुए उसकी भी आत्मा संकोच करती थी। इसलिए यह षड्यंत्र रचा गया था। कुछ देर तक दोनों में इसी तरह बातचीत होती रही। आख़िर उस युवक ने लड़की के सामने यह सुझाव रखा, 'क्यों न हम एक चाल चलें? अभी हम दोनों जवान हैं, और सम्भव है, हमारे भाग्य में अभी ख़ुशक़िस्मती बदी हो। आओ, क्वाशनिन को यहीं छोड़कर हम दोनों भाग चलें!' लड़की दिलेर और होशियार थी। बोली, 'मैं तैयार हूँ, चलो!' विवाह सम्पन्न हो जाने के बाद सब लोग गिरजे के बाहर आ गए। क्वाशनिन का चेहरा प्रसन्नता से चमक रहा था। युवक ने क्वाशनिन से एक मोटी रकम पहले से ही झाड़ ली थी। क्वाशनिन का जहाँ अपना स्वार्थ होता है, वहाँ हाथ नहीं खींचता, पानी की तरह रुपया बहा देता है। बाहर आकर क्वाशनिन नव-विवाहित दम्पती के पास आ गया और व्यंग्यात्मक स्वर में उन्हें बधाई दी। दोनों ने उसे धन्यवाद दिया और कहा कि उसने उनकी जो सहायता की है, उसके लिए वे हमेशा उसके प्रति कृतज्ञ रहेंगे। यह कहकर वे दोनों लपककर गाड़ी में बैठ गए।

'यह क्या माज़रा है—तुम दोनों कहाँ चल पड़े?'

'और कहाँ जाना है क्वाशनिन साहब! नई-नई शादी है, कुछ दिनों तक सैर-सपाटा ही करेंगे। चलो भाई, कोचवान, जल्दी करो!' और क्वाशनिन मुँह बाये देखता ही रह गया। एक दूसरे अवसर पर भी...क्यों, अभी से चल पड़े आन्द्रेइविच?" स्वेजेवस्की बोलते-बोलते रुक गया।

उसने देखा कि बोबरोव अपनी टोपी टेढ़ी करके ओवरकोट के बटन बन्द करने लगा है। उसकी हरकतों में एक दृढ़ निश्चय भाव था।

"मुझे ख़ेद है कि मैं और अधिक नहीं ठहर सकूँगा। मेरे पास समय नहीं है," बोबरोव ने रूखे स्वर में कहा, "तुम्हारी कहानी की जहाँ तक बात है, उसे मैं पहले ही कहीं पढ़ या सुन चुका हूँ। अच्छा, नमस्ते।"

बोबरोव उसकी ओर पीठ करके तेज़ी से कारख़ाने के बाहर चला गया। उसकी इस रुखाई से स्वेजेवस्की का चेहरा लटक आया।

3

मिल से वापस लौटने पर बोबरोव ने जल्दी-जल्दी भोजन किया और बाहर ड्योढ़ी में आकर खड़ा हो गया। उसके आदेशानुसार उसका साईस मित्रोफान उसके घोड़े फेयरवे पर काठी की पेटी कस रहा था। फेयरवे डॉन इलाक़े का एक कुम्मैद घोड़ा था। वह अपना पेट फुला लेता और तेज़ी से गरदन मोड़कर मित्रोफान की क़मीज़ की आस्तीन पर अपना मुँह मारता। तब मित्रोफान झुँझलाकर क्रुद्ध और अस्वाभाविक रूप से कर्कश आवाज़ में चिल्ला उठता, "अरे ओ मँगते—सीधा खड़ा रह!" और फिर हाँफता हुआ कहता, "देखो तो साले को...!"

फेयरवे बिचले क़द का घोड़ा था—मज़बूत छाती, लम्बी देह, चूतड़ पतले और कुछ नीचे को झुके हुए से। सुन्दर गुमचियों और मज़बूत खुरों से लैस सुडौल टाँगों पर शान से खड़ा था। किन्तु घोड़ों के किसी विशेषज्ञ की आँखों में उसका झुका हुआ पार्श्व भाग और लम्बे गले के भीतर से उभरा हुआ टेंटुआ ज़रूर खटकता। लेकिन बोबरोव का विचार था कि डॉन के घोड़ों की शारारिक बनावट की यह विशेषता फेयरवे के सौन्दर्य को उसी तरह बढ़ा देती है, जिस तरह दाख-शूंड कुत्ते की टेढ़ी टाँगें और शिकारी कुत्ते के लम्बे कान उनके सौन्दर्य को बढ़ा देते हैं। इसके अलावा मिल में कोई ऐसा घोड़ा नहीं था, जो दौड़ में उससे आगे निकल जाता।

सभी अच्छे रूसी साईसों की तरह मित्रोफान भी घोड़ों के संग बहुत सख़्ती से पेश आता था। वह अपने या घोड़े के व्यवहार में कभी कोमलता का भाव न आने देता, और उसे 'मुजरिम', 'गन्दे मांस की लोथ,' 'हत्यारा' और यहाँ तक कि 'हरामी' आदि नाम से पुकारता। किन्तु वह मन-ही-मन फेयरवे को बहुत चाहता था। वह उसकी देखरेख बड़े स्नेह से करता और

'स्वेलो' और 'सेलर'—मिल के दो अन्य घोड़े जो बोबरोव के इस्तेमाल में थे—की अपेक्षा फेयरवे को खाने के लिए अधिक जई डालता था।

"इसे पानी पिला दिया था, मित्रोफान?" बोबरोव ने पूछा।

मित्रोफान ने तुरन्त उत्तर नहीं दिया। एक अच्छे साईस के समान वह हमेशा अपनी बात को तौल-तौलकर और गम्भीरता के साथ कहता था।

"बेशक, आन्द्रेइलिच। सीधा खड़ा रह, शैतान!" वह ग़ुस्से में भरकर घोड़े पर बरस पड़ा, "ज़रा ठहर, अभी होश ठिकाने लगाए देता हूँ। काठी के लिए मचल रहा है, सरकार, ज़रा इसकी बेताबी तो देखिए।"

बोबरोव ने पास जाकर जब फेयरवे की लगाम हाथों में ली, तो वही बात हुई जो लगभग रोज़ होती थी। फेयरवे अपनी बड़ी क्रुद्ध आँख को टेढ़ा कर कनखियों से बोबरोव को देख रहा था। ज्योंही वह उसके निकट आया, फेयरवे ने बिदकना शुरू कर दिया। कभी अपनी गर्दन टेढ़ी कर लेता, कभी अपने पिछले पैरों को पटकता हुआ मिट्टी उछालने लगता। बोबरोव एक पाँव से उछलता-कूदता दूसरा पाँव रकाब में डालने का प्रयत्न कर रहा था।

"लगाम छोड़ दो मित्रोफान।" रकाब में आख़िरकार अपना पाँव फँसा लेने पर वह चिल्लाया। अगले ही क्षण एक छलाँग के साथ वह काठी पर सवार हो गया।

सवार की एड़ लगते ही फेयरवे का विरोध समाप्त हो गया; अपने सिर को झटकाते और घरघराते हुए उसने कई बार चाल बदली। फाटक के बाहर निकलते ही वह चौकड़ी भरता हुआ हवा से बातें करने लगा।

कुछ ही देर में घोड़े की तेज़ सवारी, कानों में सीटी बजाती हुई ठंडी कड़कड़ाती हवा और पतझड़ की नम धरती की ताज़ी गन्ध ने कुछ ऐसा जादू किया कि बोबरोव की थकान और सुस्ती जाती रही और रगों में ख़ून की रवानी तेज़ हो गई। इसके अलावा यह भी बात थी कि जिनेन्को-परिवार से भेंट करने के लिए वह जब भी निकलता, तो एक सुखद और उत्तेजक आनन्द का अनुभव करता।

माँ, बाप और पाँच लड़कियों का जिनेन्को-परिवार था। पिता मिल के गोदाम का संचालक था। ऊपर से देखने में आलसी और भलामानस दीखने वाला यह भीम वास्तव में बड़ा चलता-पुर्ज़ा और चालबाज़ था। वह उन लोगों में से था जो सबके मुँह पर सच्ची बात कह देने के बहाने अफ़सरों को चिकनी-चुपड़ी बातों से रिझाते हैं, चाहे वे बातें कितने ही भोंडे तरीक़े से क्यों न कही गई हों, निर्लज्ज होकर अपने साथियों की चुगली करते हैं और अपने अधीन कर्मचारियों के साथ वहशियाना तानाशाही बरतते हैं। वह ज़रा-ज़रा-सी बात पर बहस करने लगता, गला फाड़कर चिल्लाता और किसी की बात सुनने को तैयार न होता। वह बढ़िया भोजन का शौक़ीन था और यूक्रेन के कोरस गीतों से उसे गहरा लगाव था, हालाँकि वह उन्हें हमेशा बेसुरी आवाज़ में गाता। उसकी पत्नी का उस पर ख़्वाहमख़्वाह रौब ग़ालिब था। वह एक बीमार स्त्री थी—बातचीत में अशिष्ट और फूहड़। उसकी छोटी-छोटी भूरी आँखें बहुत अजीब ढंग से एक-दूसरे से सटी हुई थीं।

लड़कियों के नाम माका, वेता, शूरा, नीना और कास्या थे।

सब लड़कियों के लिए परिवार में अलग-अलग भूमिका निर्धारित थी।

माका का चेहरा बग़ल से देखने पर मछली का-सा लगता था। वह अपने साधु-स्वभाव के लिए प्रसिद्ध थी। उसके माँ-बाप हमेशा यही कहते, 'हमारी माका तो विनय की साक्षात मूर्ति है।' बाग़ में टहलते हुए या शाम को चाय-पार्टी के समय वह हमेशा गुमसुम होकर पीछे-पीछे रहती, ताकि उसकी छोटी बहनें दूसरों के सम्मुख अपना जौहर दिखला सकें (उसकी आयु तीस वर्ष से कुछ ऊपर ही थी)।

वेता की गिनती अक़्लमन्दों में होती थी। वह ऐनक पहनती थी और उसके बारे में यह भी कहा जाता था कि एक बार वह औरतों के ट्रेनिंग कोर्स में दाख़िल होने का इरादा रखती थी। उसका सिर बग्घी में जुते हुए बूढ़े घोड़े की तरह मुड़ा रहता था। जब वह चलती, तो उसकी सारी देह नीचे की ओर झुक जाती थी। आगन्तुकों के सामने वह इस बात को कहते कभी न थकती कि स्त्रियाँ पुरुषों से कहीं ज़्यादा श्रेष्ठ और ईमानदार होती हैं, या मासूमियत

भरी शरारत के अन्दाज़ में पूछ बैठती, 'अच्छा जी, तुम बड़े होशियार बनते हो, ज़रा बताओ तो मेरा स्वभाव कैसा है?' जब किसी पिटे-पिटाये, घरेलू विषय पर बातचीत का सिलसिला चल पड़ता—जैसे 'कौन अधिक महान् है, लरमन्तोव या पुश्किन?' अथवा 'क्या प्रकृति मनुष्य को अधिक दयालु बनाती है?'—तो वेता को लड़ाकू हाथी की तरह अखाड़े में उतार दिया जाता।

तीसरी सुपुत्री शूरा की भी अपनी विशेषता थी। वह बारी-बारी से हर अविवाहित पुरुष के संग ताश खेलना पसन्द करती थी। ज्योंही उसे पता चलता कि उसके साथी का विवाह होनेवाला है, वह अपनी झल्लाहट और कुढ़न दबाकर ताश खेलने के लिए एक नया साथी चुन लेती। ताश खेलते हुए छोटे-मोटे मीठे मज़ाक़ों की फुलझड़ियाँ छोड़ी जातीं, छेड़छाड़ की जाती, अपने साथी को 'कमीने' की उपाधि दी जाती और ताश के पत्तों से उसके हाथों पर हल्के-फुल्के थप्पड़ों की वर्षा की जाती।

नीना उस परिवार की सबसे लाडली बेटी थी। लाड़-प्यार ने उसे बिगाड़ दिया था, किन्तु उसकी सुन्दरता सबको बरबस अपनी ओर आकर्षित कर लेती थी। भारी-भरकम देह और भोंडे फूहड़ चेहरों वाली अपनी बहनों के बीच वह ऐसी लगती थी, जैसे कौओं के बीच में हंस। नीना के अद्भुत आकर्षण का भेद सम्भवत: मदाम जिनेन्को ही बतला सकती थीं। उसकी कोमल छुईमुई-सी देह, कोमल मुलायम हाथ जो क़रीब-क़रीब शहज़ादियों के-से थे। मोहक साँवले चेहरे पर चित्ताकर्षक तिल, छोटे-छोटे गुलाबी कान और घने-घुँघराले केश—अपूर्व सुन्दरी थी नीना। माँ-बाप को उससे बड़ी आशाएँ थीं और इसीलिए उसे हर बात की छूट मिली हुई थी।

वह जी-भरकर मिठाई खाती, एक अजीब चित्ताकर्षक ढंग से शब्दों का उच्चारण करती। यहाँ तक कि बहनों के मुक़ाबले में कपड़े भी वह अधिक बढ़िया पहनती थी।

सबसे छोटी लड़की कास्या चौदह वर्ष से ज़रा ऊपर थी, किन्तु अभी से उसका क़द इतना लम्बा हो गया था कि उसकी माँ उसके सामने बौनी-सी लगती थी। अपनी बड़ी बहनों की अपेक्षा उसके अंग अधिक विकसित

और उभरे हुए दिखाई देते थे। मिल में काम करने वाले नौजवानों की आँखें ललचाई दृष्टि से उसके शरीर पर गड़ जातीं। मिल शहर से दूर थी, इसलिए वे स्त्रियों के सम्पर्क से वंचित रह जाते थे। कम उम्र होने के बावजूद कास्या उनकी निगाहों का अर्थ समझती थी और निधड़क होकर उनकी आँखों से आँखें मिलाया करती थी।

जिनेन्को-परिवार में सौन्दर्य के इस अनूठे बँटवारे से मिल के सभी लोग परिचित थे और एक मसखरे युवक ने एक बार कहा था कि या तो जिनेन्को-परिवार की पाँचों लड़कियों से एक साथ विवाह करना चाहिए, अन्यथा किसी से नहीं। मिल में काम सीखने के लिए जो विद्यार्थी और इंजीनियर आते थे, वे दिन-रात जिनेन्को के घर में डटे रहते, मानो वह कोई होटल हो! भरपेट खाते-पीते थे, मौज उड़ाते थे, किन्तु बड़ी चालाकी से विवाह के फन्दे से बच निकलते थे।

जिनेन्को-परिवार के सदस्य बोबरोव को कुछ ज़्यादा पसन्द नहीं करते थे। बोबरोव का व्यवहार और बातचीत का ढंग मदाम जिनेन्को के गले के नीचे नहीं उतर पाता था। क़स्बाती शिष्टाचार की घिसी-पिटी लीक से आगे उसकी आँखें नहीं जाती थीं। जब कभी बोबरोव अपनी धुन में होता तो ऐसे तीखे चुभते हुए मज़ाक़ करता कि जिनेन्को-परिवार के सदस्य स्तम्भित से होकर फटी आँखों से उसका मुँह ताकते रह जाते। कभी-कभी थकान के कारण वह चिड़चिड़ा-सा हो जाता और मुँह सीकर गुमसुम-सा बैठा रहता। तब सब लोग उस पर तरह-तरह के सन्देह करने लगते। कोई उस पर घमंडी होने का अभियोग लगाता, कोई कहता कि वह मन-ही-मन सब लोगों का मज़ाक़ उड़ा रहा है। कुछ की राय थी कि वह कोई बड़ा भेद छिपाए बैठा है, जिसे दूसरों के सामने प्रकट करना नहीं चाहता। किन्तु सबसे गम्भीर अभियोग यह लगाया जाता कि वह 'पत्रिकाओं के लिए कहानियाँ लिखता है और यहाँ वह केवल इसलिए आता है कि उनके लिए पात्र चुन सके।'

खाने की मेज़ पर उसके प्रति जो रुखाई बरती जाती अथवा जब कभी मदाम जिनेन्को उसकी ओर देखकर कन्धे उचका लेती, तो उससे यह छिपा न

रहता कि उन्हें उसकी उपस्थिति खटकती है। फिर भी उसने उनके घर जाना बन्द नहीं किया। क्या वह नीना से प्रेम करता था? इस प्रश्न का उत्तर वह कभी नहीं दे पाया। कभी-कभी तीन-चार दिन गुज़र जाते और किसी कारणवश उसका वहाँ जाना नहीं हो पाता। तब उसकी आँखों के सामने नीना का चेहरा बार-बार घूमने लगता और हृदय में देर तक एक मीठी कसक स्पन्दित होती रहती। नीना का विचार आते ही उसकी कोमल लता-सी सुकुमार देह आँखों के सामने थिरक जाती। पलकों की छाया में नीना की विहँसती उनींदी आँखों, और उसके शरीर की सुगन्ध का ख़याल आते ही, उसे चिनार की नवजात कलियों की भीनी ख़ुशबू का स्मरण हो आता।

किन्तु जिनेन्को-परिवार के संग लगातार तीन शामें बिताने पर ऊब और उकताहट से उसका मन भारी हो जाता था। उन्हीं पुरानी परिस्थितियों में वही पुरानी घिसी-पिटी बातें, चेहरों के वही भद्दे, कृत्रिम हाव-भाव। पाँच 'भद्र युवतियाँ' थीं, उनके संग 'प्रेम-क्रीड़ा' करते हुए उनके 'प्रशंसक' थे (जिनेन्को-परिवार के सदस्य अक्सर इन शब्दों का प्रयोग किया करते थे) और इस तरह उनके परस्पर सम्बन्ध हमेशा के लिए एक सतही, उथले स्तर पर क़ायम हो गए थे। दोनों पक्ष हमेशा एक-दूसरे का विरोध करने का अभिनय करते। अक्सर ऐसा होता कि कोई प्रशंसक किसी लड़की की कोई वस्तु चुरा लेता और उसे यह विश्वास दिलाने का उपक्रम करता कि वह उस वस्तु को कभी वापस नहीं लौटाएगा। पाँचों लड़कियाँ कुछ देर के लिए उदास हो जातीं, आपस में कानाफूसी करतीं, मज़ाक़ करने वाले युवक को 'कमीने' की उपाधि देतीं और फिर कुछ देर कर्कश स्वर में हँसी के ठहाके लगाती हुई लोट-पोट हो जातीं। यह बात हर रोज़ दुहराई जाती—हूबहू उन्हीं शब्दों और इशारों के साथ। जैसी संकीर्ण क़स्बाती मनोवृत्ति थी इन लोगों की, वैसे ही निरर्थक उनके हँसी-खेल के साधन भी थे। बोबरोव वहाँ से सिर-दर्द लेकर और परेशान हालत में घर वापस लौटता।

एक ओर बोबरोव के दिल में नीना की छवि बस गई थी, उसके गर्म हाथों के स्पर्श के लिए उसका रोम-रोम पुकारता था, दूसरी ओर उसके परिवार के खोखले आचार-व्यवहार और एकरसता के प्रति उसकी वितृष्णा गहरी

होती चली गई थी। कभी-कभी वह नीना से विवाह का प्रस्ताव करने के लिए तैयार हो जाता, हालाँकि उसे मालूम था कि नीना का छैल-छबीलापन बाहरी तड़क-भड़क और आध्यात्मिक रुचिहीनता उनके वैवाहिक जीवन को नरक बना देंगे। कहीं भी तो दोनों के बीच साम्य नहीं था—मानो दोनों अलग-अलग दुनिया के वासी हों! इसी उधेड़बुन में वह कोई निश्चय नहीं कर पाता था और चुप्पी साधे रहता था।

अब इस समय शेपेतोवका जाते हुए वह पहले से ही अनुमान लगा सकता था कि वे लोग किस विषय पर कैसी बातें कर रहे होंगे। प्रत्येक व्यक्ति के चेहरे की भाव-मुद्राओं की भी वह आसानी से कल्पना कर सकता था। उसे मालूम था कि अपने बरामदे में खड़ी पाँचों बहनें दूर से ही जब उसे घोड़े पर आता हुआ देखेंगी—वे हमेशा 'भले नौजवानों' की प्रतीक्षा में रहती थीं तो उनके बीच लम्बा विवाद छिड़ जाएगा कि कौन आ रहा है। सब अपना-अपना अनुमान लगाएँगी। जब वह घर के पास पहुँचेगा, तो वह लड़की जिसका अनुमान सही निकला होगा, ताली बजाती हुई ख़ुशी से नाचने लगेगी और ज़बान चटखारती हुई बोलेगी, 'देखा, मैंने क्या कहा था!' और तब वह भागती हुई अन्ना अफानास्येवना के पास जाएगी, 'बोबरोव आ रहा है, माँ! मेरा अनुमान सही निकला!' और उसकी माँ, जो उस समय अलस-भाव से चाय के गीले प्याले सुखा रही होगी, सबको छोड़कर केवल नीना को सम्बोधित करती हुई कहेगी, 'सुना नीना, बोबरोव आ रहा है।' उसके स्वर से ऐसा जान पड़ेगा, मानो यह कोई हास्यास्पद और अप्रत्याशित बात हो। अन्त में बोबरोव जब भीतर प्रवेश करता तो वे सब-की-सब आश्चर्यचकित होने का उपक्रम करतीं।

4

फेयरवे दुलकी मारता, ऊँचे स्वर में घरघराता और लगाम को झटके देता हुआ दौड़ा चला जा रहा था। सामने शेपेतोवका का अहाता दिखाई दे रहा था।

बबूल और बकाइन के हरे वृक्षों के झुरमुट के पीछे शेपेतोवका की लाल छत और सफ़ेद दीवारें छिप-सी जाती थीं। नीचे की ओर हरियाली से घिरा हुआ एक छोटा-सा तालाब था।

मकान की सीढ़ियों पर एक युवती खड़ी थी। दूर से ही बोबरोव ने नीना को पहचान लिया। जब वह पीले रंग का ब्लाउज़ पहनती थी तो उसका साँवला रंग और भी अधिक खिल उठता था। उसने लगाम खींच ली, काठी पर तनकर बैठ गया और रकाबों में धँसे हुए अपने पैरों को पीछे की ओर सरका लिया।

"आज फिर अपने लाड़ले घोड़े पर सवार हो? मुझे तो यह राक्षस एक आँख नहीं सुहाता!" नीना एक नटखट और मनचले बच्चे की तरह उल्लसित स्वर में चिल्लाई।

वह हमेशा बोबरोव के प्रिय घोड़े को लेकर उसे चिढ़ाया करती थी। बिरला ही कोई ऐसा होगा जिसे किसी-न-किसी कारण से जिनेन्को-परिवार में चिढ़ाया न जाता हो।

बोबरोव ने लगाम मिल के साईस के हाथों में छोड़ दी, घोड़े के मज़बूत गले को, जो पसीने से भीगकर काला पड़ गया था, थपथपाया और नीना के पीछे-पीछे बैठक में चला आया। अन्ना अफानास्येवना चाय के समोवार के पास अकेली बैठी थी। बोबरोव के आगमन पर उसने गहरे अचम्भे का प्रदर्शन किया।

"अच्छा, तो आन्द्रेइलिच, तुम हो!" वह लोचदार आवाज़ में चिल्लाई, "आज आख़िर रास्ता भूल ही गए!"

बोबरोव अभी अभिवादन कर ही रहा था कि अन्ना अफानास्येवना ने अपना हाथ उसके होंठों से सटा दिया और नकियाती हुई बोली, "चाय? दूध? सेब? क्या लोगे?"

"शुक्रिया, अन्ना अफानास्येवना!"

"हामी का शुक्रिया या नहीं का?"

यह प्रश्न फ्रेंच भाषा में पूछा गया था। जिनेन्को-परिवार में इस प्रकार के फ्रेंच मुहावरे अक्सर प्रयोग में लाए जाते थे। बोबरोव ने कहा कि इस समय वह कुछ खाएगा-पीएगा नहीं।

"लड़कियाँ बरामदे में खेल रही हैं। तुम भी शामिल हो जाओ।" मदाम जिनेन्को ने उदारता से उसे बरामदे में जाने की अनुमति दे दी।

जब वह बरामदे में आया तो चारों बहनें ठीक अपनी माँ की आवाज़ में उसी तरह नकियाती हुई चिल्ला उठीं, "आन्द्रेइलिच, तुम तो ईद का चाँद बन गए! क्या लाएँ तुम्हारे लिए—चाय, सेब, दूध? क्या कुछ भी नहीं लोगे? यह कैसे हो सकता है? कुछ तो खा ही लो। अच्छा, यहाँ आकर बैठ जाओ। तुम्हें भी खेलना पड़ेगा।"

वे नाना प्रकार के खेल खेलती थीं—'भद्र महिला ने सौ रूबल भेजे हैं,' अथवा 'अपनी-अपनी राय,' और एक अन्य खेल जिसे कास्या तुतलाती हुई 'देंद का थेल' कहा करती थी। उस समय वहाँ तीन विद्यार्थी मौजूद थे, जो छाती फुलाकर, एक हाथ अपने फ्रॉक-कोट की जेब में डालकर और एक पाँव आगे की ओर बढ़ाते हुए अजीब तरह की नाटकीय मुद्राएँ बना रहे थे। मिलर मौजूद था, जो एक प्राविधिज्ञ था और अपने आकर्षक चेहरे, भोंदूपन और सुमधुर स्वर के लिए प्रसिद्ध था। भूरे रंग की पोशाक पहने हुए एक अन्य व्यक्ति गुमसुम-सा कोने में बैठा था। उसकी ओर किसी का ध्यान नहीं था।

खेल में किसी को रुचि नहीं थी। पुरुषों के चेहरों पर ऊब के चिह्न थे और 'जुर्माना' अदा करते समय ऐसा प्रतीत होता था, मानो वे किसी पर अहसान लाद रहे हों। लड़कियों को खेल में कोई दिलचस्पी नहीं थी। वे आपस में कानाफूसी कर रही थीं और कृत्रिम ढंग से हँस रही थीं।

शाम का अँधेरा घिरने लगा। पड़ोस के गाँव के मकानों के पीछे से गोल सुनहरा चाँद उग रहा था।

"बच्चो, अब भीतर आ जाओ।" खाने के कमरे में अन्ना अफानास्येवना की आवाज़ आई, "मिलर से कहो, कोई गाना ही सुना दे।"

एक क्षण बाद ही लड़कियों की आवाज़ें कमरों में गूँजने लगीं। "बड़ा मज़ा आया, माँ," वे अपनी माँ को घेरकर चहचहाने लगीं, "हँसते-हँसते पेट में दर्द हो गया।"

नीना और बोबरोव बरामदे में अकेले रह गए। नीना खम्भे से सटी रेलिंग पर झुकी हुई बैठी थी। उसका बायाँ हाथ खम्भे में लिपटा था। उसकी यह आयासहीन मुद्रा बहुत आकर्षक लग रही थी। बोबरोव उसके पैरों के पास एक छोटी-सी बेंच पर बैठ गया।

उसने मुँह उठाकर नीना के चेहरे पर आँखें गड़ा दीं और उसके गले और ठुड्डी की कोमल रूपरेखा को निहारने लगा।

"आन्द्रेइलिच, कोई दिलचस्प बात सुनाओ।" नीना ने अधीर होकर हुक्म दिया।

"समझ में नहीं आता कि कौन-सी बात सुनाऊँ," उसने उत्तर दिया, "बात करनी है, इसलिए कुछ बोलूँ, ऐसा मुझसे कभी नहीं हो पाता। क्यों नीना, क्या विभिन्न विषयों पर गढ़ी-गढ़ाई बातें मिल सकती हैं?"

"छिः, तुम भी एक ही सनकी आदमी हो! अच्छा, बताओ, इसका क्या कारण है कि मैंने तुम्हें कभी प्रसन्नचित्त नहीं देखा?"

"पहले तुम बताओ कि चुप्पी से तुम क्यों इतना घबराती हो? ज्योंही बातचीत का ढर्रा ज़रा उखड़ने लगता है, तुम बेचैन हो जाती हो! क्या मौन रहकर बातें नहीं की जा सकतीं?"

"ख़ामोश रहें हम आज रात।" नीना उसे चिढ़ाने के लिए गाने लगी।

"हाँ, ठीक है। देखो, आकाश कितना अच्छा स्वच्छ है और सुनहरा चाँद उसमें तिरता जा रहा है। कितनी घनी शान्ति है चारों ओर—हमें और क्या चाहिए?"

"'वंध्या मतिहीन आकाश में वंध्या मतिहीन चाँद'।" नीना ने किसी कविता की पंक्ति गुनगुना दी।

"तुमने सुना, जीना माकोवा की सगाई प्रोतोपोपोव के संग हो गई है? आख़िर उसने उसके संग विवाह करने का फ़ैसला कर ही लिया। किन्तु आज तक मैं प्रोतोपोपोव को नहीं समझ सकी।" उसने अपने कन्धों को बिचकाते हुए कहा, "जीना ने तीन बार उसके विवाह प्रस्ताव को ठुकरा दिया था। किन्तु वह हथियार कब डालने वाला था, चौथी बार फिर प्रस्ताव रख दिया।

प्रोतोपोपोव ने जानबूझकर अपने पाँव में कुल्हाड़ी मारी है। जीना उसका आदर कर सकती है, किन्तु उसे अपना प्रेम नहीं दे सकेगी।"

बोबरोव का मन खिन्न हो उठा। जिनेन्को-परिवार की क़स्बाती, खोखली शब्दावली को सुनते-सुनते उसके कान पक चुके थे। जब वह उनके मुँह से इस प्रकार के अर्थहीन, थोथे वाक्य सुनता—'वह उसका आदर करती है, किन्तु उससे प्रेम नहीं करती,' अथवा 'वह उससे प्रेम करती है, किन्तु उसका आदर नहीं करती'—तो उसका मन झुँझला उठता था। वे लोग बड़ी आसानी से स्त्री-पुरुष के जटिल, विषम सम्बन्धों की व्याख्या इन घिसे-पिटे वाक्यों द्वारा कर देते थे। इसके अलावा वे सब व्यक्तियों को दो कठघरों में विभाजित कर देते थे—काले बालों वाले लोग और उजले बालों वाले लोग। प्रत्येक व्यक्ति की नैतिक, मानसिक और शारीरिक विशेषताएँ इन दो कठघरों में समा जाती थीं।

बोबरोव अपनी क्रोधाग्नि में घी डलवाने का लोभ संवरण न कर सका। "और यह प्रोतोपोपोव किस क़िस्म का आदमी है?" उसने नीना से पूछा।

"प्रोतोपोपोव?" नीना एक क्षण के लिए सोच में पड़ गई, "लम्बा-सा क़द है और उसके भूरे बाल हैं।"

"और कुछ नहीं?"

"और क्या बताऊँ? हाँ, याद आया। वह चुंगी-दफ़्तर में काम करता है।"

"बस, क्या यही उसका पूरा ब्योरा है? नीना ग्रिगोरयेवना, किसी व्यक्ति के सम्बन्ध में चर्चा करते हुए केवल इतना कह देना क्या पर्याप्त है कि वह चुंगी-दफ़्तर में काम करता है? उसके बाल भूरे रंग के हैं? ज़रा सोचो, दुनिया में हम कितने योग्य, चतुर और दिलचस्प लोगों के सम्पर्क में आते हैं, क्या हम सिर्फ़ यह कहकर उनके गुणों को नज़रअन्दाज़ कर देंगे कि उनके बाल भूरे रंग के हैं और वे चुंगी-दफ़्तर में काम करते हैं? ज़रा किसानों के बच्चों को देखो, वे अपनी आसपास की ज़िन्दगी को कितनी जिज्ञासा-भरी निगाहों से देखते हैं! तभी तो उनकी पहचान इतनी सही होती है। लेकिन तुम हो कि एक सतर्क और संवेदनशील लड़की होते हुए भी किसी चीज़ में दिलचस्पी नहीं लेतीं। क्या तुम समझती हो कि दस-बारह घिसे-घिसाए फ़िक़रे,

जो तुमने अपने ड्राइगंरूम में बैठकर रट लिये हैं, ज़िन्दगी को समझने के लिए काफ़ी हैं? मैं जानता हूँ कि जब कभी बातचीत में चाँद का ज़िक्र आएगा, तो तुम 'वंध्या और मतिहीन चाँद' या ऐसा ही कोई फ़िक़रा ज़रूर कहोगी। जब मैं तुमसे किसी असाधारण घटना का उल्लेख करने वाला होता हूँ, तो मुझे पहले से ही पता चल जाता है कि तुम उस पर यह फ़िक़रा कस दोगी, 'घटना चाहे नई हो, किन्तु उस पर विश्वास करना कठिन है।' हमेशा तुम यही वाक्य दोहराती रहती हो, हमेशा! विश्वास करो नीना, दुनिया में अनेक ऐसी चीज़ें हैं जो विशिष्ट और मौलिक..."

"मेहरबानी करके मुझे लेक्चर न पिलाओ," नीना ने प्रतिवाद किया।

बोबरोव के मन में व्यर्थता का कटु भाव उमड़ आया। दोनों लगभग पाँच मिनट तक निस्तब्ध और निश्चल बैठे रहे। अचानक ड्राइंगरूम से संगीत की सुमधुर ध्वनियाँ सुनाई देने लगीं। मिलर गा रहा था। उसकी आवाज़ तनिक बिगड़ी हुई थी, फिर भी उसमें गहरा सोज था :

ताता थैया की तालों पर,
नृत्य और उन्माद जहाँ था!
सुमुखि, सलोने मुख पर तेरे,
उर का घना विषाद वहाँ था!

बोबरोव का क्रोध शीघ्र ही शान्त हो गया। उसे अब आत्म-ग्लानि हो रही थी कि नाहक उसने नीना का दिल दुखा दिया। आख़िर नीना अभी बच्ची ही तो है; एक छोटी-सी चिड़िया! जो बात उसके मुँह में आती है, चहचहा देती है। बच्चों-सा भोला और निरीह उसका मन है, उससे किसी प्रकार की मौलिक बातों की अपेक्षा करना मूर्खता नहीं तो क्या है? सच पूछा जाए तो नारी-स्वतंत्रता, नीत्शे और पतनोन्मुख लेखकों के सम्बन्ध में जो बहसें होती हैं, उनकी तुलना में नीना की मधुर चहचहाहट क्या अधिक आकर्षक नहीं है?

"मुझसे ख़फ़ा हो गई हो, नीना ग्रिगोरयेवना?" वह बुदबुदाया, "मैं जो अनाप-शनाप बकता गया हूँ, क्या उस पर ध्यान देना उचित है?"

नीना ने कोई उत्तर नहीं दिया। वह चुपचाप चाँद की ओर देखती रही। अँधेरे में नीना का हाथ नीचे लटक रहा था। बोबरोव ने उसे पकड़ लिया।

"नीना ग्रिगोरयेवना..." उसके होंठ फड़ककर रह गए।

नीना अचानक बोबरोव की ओर मुड़ गई और उद्भ्रान्त-सी होकर उसने जल्दी से उसका हाथ दबा दिया।

"तुम बहुत बुरे हो!" उसके स्वर में क्षमा और उलाहना का भाव था, "जानते हो कि मैं तुमसे नाराज़ नहीं हो पाऊँगी, इसलिए पीड़ा पहुँचाते हो।"

उसने बोबरोव के काँपते हाथ से अपने हाथ को छुड़ा लिया और ज़बरदस्ती अपने-आपको उससे अलग खींचकर घर के अन्दर भाग चली।

मिलर के गीत से गहरा अनुराग और वेदना छलक रही थी :

रंग-बिरंगे सपनों में मैं रहा भटकता!
क्या है मूल्य तुम्हारी नज़रों में उसका,
मैं नहीं जानता!
मैं तो केवल यही जानता : प्यार
तुम्हें मैं करता।

'मैं तो केवल यही जानता : प्यार तुम्हें मैं करता!'—बोबरोव ने उद्वेलित मन से होंठों-ही-होंठों में इस पंक्ति को बार-बार दुहराया और फिर गहरा उच्छ्‌वास छोड़कर अपना हाथ धड़कते हुए दिल पर रख दिया।

'नाहक अपने को परेशान करता हूँ। एक अज्ञात असामान्य सुख के फेर में पड़कर भूल जाता हूँ उस सहज, पावन सुख को जो मेरे निकट है।' भावावेश में उसने सोचा, 'सहृदयता, स्नेह, सहानुभूति—सभी कुछ तो नीना में है, जो एक नारी, एक पत्नी में होना चाहिए। फिर मुझे और क्या चाहिए? वास्तव में हम लोग अपने को एक ऐसी उद्भ्रान्त, डाँवाँडोल स्थिति में पाते हैं कि जीवन के सुखों को सहज रूप से स्वीकार करना हमारे लिए असम्भव हो जाता है। हम प्रत्येक अनुभूति और भावना की—चाहे वह अपनी हो या किसी दूसरे की—चीरफाड़ करने का लोभ संवरण नहीं कर पाते और उसे दूषित,

विषाक्त बना डालते हैं। यह निस्तब्ध रात, उस लड़की का सामीप्य जिससे मैं प्रेम करता हूँ, उसकी मधुर, निश्छल बातें, क्षण-भर का आवेश और फिर एकाएक एक कोमल स्निग्ध स्पर्श—यही तो सब कुछ है, जो जीवन को अर्थ देता है।'

जब वह वापस ड्राइंगरूम में लौटा, उसका मुख कुछ-कुछ विजय-गर्व और उल्लास से चमक रहा था। उसकी आँखें नीना की आँखों से मिलीं। उसे लगा, मानो नीना की दृष्टि उसके विचारों का स्नेह-भरा उत्तर दे रही है। 'वह मेरी पत्नी होकर रहेगी।' उसने सोचा। उसका मन अब सुखी और शान्त था।

क्वाशनिन के सम्बन्ध में बातचीत चल रही थी।

अन्ना अफानास्येवना ने दृढ़ स्वर में घोषणा की कि वह भी अपनी 'बच्चियों' के संग स्टेशन जाएगी।

"सम्भव है, वासिली तैरन्तयेविच हमारे घर भी तशरीफ़ लाएँ। क्वाशनिन के यहाँ आने का समाचार मुझे मेरी चचेरी बहन के पति की भतीजी लिज़ा वेलोकोनस्काया ने एक महीना पहले ही भिजवा दिया था।"

"कहीं यह वही वेलोकोनस्काया तो नहीं है जिसके भाई का विवाह राजकुमारी मुखोवेत्स्काया के संग हुआ है?" जिनेन्को ने विनीत भाव से हमेशा की तरह प्रश्न दोहरा दिया।

"हाँ!" अन्ना अफानास्येवना ने ऐसी मुद्रा बनाकर कहा, मानो प्रश्न का उत्तर देकर वह उस पर अहसान कर रही हो, "अपनी दादी की तरफ़ से उसका स्त्रेमोऊखोव-परिवार से भी दूर का सम्बन्ध है। स्त्रेमोऊखोव से तो आप परिचित हैं। पत्र में उसने लिखा था कि वह एक पार्टी में क्वाशनिन से मिली थी। उसने उन्हें यह भी कह दिया था कि जब कभी कारख़ाने को निरीक्षण करने के लिए इस ओर आएँ तो हमारे घर अवश्य पधारें।"

"क्या हम उचित ढंग से उसका स्वागत कर सकेंगे, अन्ना?" जिनेन्को ने चिन्तित स्वर में पूछा।

"कैसी बेतुकी बातें करते हो। अपनी ओर से हम कोई कसर नहीं उठा रखेंगे। किन्तु जिस आदमी की वार्षिक आमदनी तीन लाख रूबल हो, उसे आसानी से प्रभावित थोड़े ही किया जा सकता है।"

"तीन लाख रूबल!" जिनेन्को के मुँह से हल्की-सी चीख़ निकल गई, "मेरा तो सुनकर ही दिल दहल जाता है।"

"तीन लाख!" नीना ने एक ठंडी साँस भरी।

"तीन लाख!" अन्य बहनों ने रोमांचित होकर एक सुर में कहा।

"और ख़र्चालू इतना है कि सब कुछ—आख़िरी कोपेक तक—पानी की तरह बहा देता है।" अन्ना अफानास्येवना ने कहा। फिर मानो अपनी लड़कियों के छिपे भाव को ताड़कर वह बोली, "वह विवाहित है। लेकिन सुना है कि वह अपने विवाहित जीवन से सुखी नहीं है। उसकी पत्नी का अपना कोई व्यक्तित्व नहीं, साधारण-सी स्त्री है। और फिर, चाहे कुछ कह लो, हर स्त्री को अपने पति के व्यवसाय में रुचि तो रखनी ही चाहिए।"

"तीन लाख!" नीना मानो सपना देख रही थी, "इतने रुपये से क्या कुछ नहीं किया जा सकता?"

अन्ना अफानास्येवना नीना के घने बालों पर अपना हाथ फेरने लगी। "ऐसा पति मिल जाए तो बुरा न रहेगा, क्यों मेरी बच्ची?"

एक पराये, अपरिचित आदमी की तीन लाख रूबल की आमदनी ने सारे परिवार को चकाचौंध-सा कर दिया था। लखपति लोगों से सम्बन्धित अद्भुत कहानी-क़िस्से सुनते-सुनाते उनकी आँखें चमकने लगी थीं, चेहरे तमतमाने लगे थे। वे सब हैरत से आँखें फाड़कर धनाढ्य-दौलतमन्द लोगों की बातें सुन रहे थे—उनके शानदार घोड़ों, विराट भोजों और नृत्य समारोहों के बारे में, उनकी कल्पनातीत फ़िज़ूलख़र्ची के बारे में बातों का सिलसिला अघाता ही न था!

बोबरोव का मन विक्षुब्ध हो उठा। उसने चुपचाप अपना हैट उठाया और सबकी आँख बचाकर दबे पाँव ओसारे में चला आया। किन्तु वे अपनी बातों में इतना व्यस्त थे कि उसके प्रस्थान की ओर किसी का ध्यान वैसे भी न जाता।

घर की ओर सरपट घोड़ा दौड़ाते हुए उसे नीना की श्रान्त, स्वप्निल आँखें याद हो आईं और वे धीमे, अकुलाए स्वर से कहे गए शब्द 'तीन लाख!'

कानों में गूँज गए। हठात् उसे स्वेजेवस्की की वह कहानी स्मरण हो आई, जो ज़ोर-ज़बरदस्ती उसने सुबह उसे सुना दी थी।

"यह लड़की भी अपने को आसानी से बेच सकती है," वह दाँत पीसते हुए बड़बड़ाया और ग़ुस्से में फेयरवे की गर्दन पर सड़ाक से चाबुक जमा दी।

5

बोबरोव ने दूर से अपने कमरे की बत्ती जली हुई देखी। 'मेरी अनुपस्थिति में डॉक्टर आया होगा और सोफ़े पर लेटा हुआ मेरी प्रतीक्षा कर रहा होगा।' उसने झाग और पसीने से लथपथ घोड़े की लगाम खींचते हुए सोचा। इस समय कोई और व्यक्ति होता तो वह झुँझला उठता, किन्तु डॉ. गोल्डबर्ग की बात ही दूसरी थी।

उस यहूदी डॉक्टर को वह दिल से चाहता था। उसका सर्वतोमुखी ज्ञान, उसकी ज़िन्दादिली और सैद्धान्तिक बहसों के प्रति उसका गहरा लगाव कुछ ऐसे गुण थे, जो बोबरोव को बरबस अपनी ओर आकर्षित करते थे। बोबरोव चाहे किसी भी विषय पर बातचीत छेड़ दे, डॉक्टर गोल्डबुर्ग हमेशा गहरी रुचि और अदम्य उत्साह के संग वाद-विवाद किया करता था और हालाँकि इन लम्बे, कभी न ख़त्म होने वाले तर्क-द्वंद्वों के अलावा उन्होंने अभी तक और कुछ न किया था, फिर भी दोनों सदा एक-दूसरे से मिलने के लिए व्याकुल रहते थे, और उनकी भेंट प्रायः हर रोज़ हो जाया करती थी।

डॉक्टर सोफ़ा की पीठ पर पाँव लटकाए लेटा था और कमज़ोर दृष्टि होने के कारण एक पुस्तक को बिलकुल आँखों से सटाकर पढ़ रहा था। बोबरोव ने उड़ती निगाहों से पुस्तक के शीर्षक—मेवियस की 'धातु-विज्ञान के सिद्धान्त'—को भाँपा और मुस्करा दिया। कोई भी पुस्तक डॉक्टर के हाथ में आ जाए, वह उसे हमेशा बीच से खोलकर बड़ी तल्लीनता से पढ़ने लगता था। डॉक्टर की इस आदत से बोबरोव परिचित था।

"जानते हो, जब तुम बाहर थे, मैंने यहीं अपने लिए चाय बनवा ली थी," डॉक्टर ने किताब एक ओर फेंक दी और अपनी ऐनक के ऊपर से बोबरोव को देखने लगा, "अच्छा, तो फ़रमाइए आन्द्रेइलिच साहब, क्या हालचाल है? अरे, क्या बात है, तुमने त्योरियाँ क्यों चढ़ा रखी हैं? क्या किसी नये दु:ख ने आ घेरा है?"

"कुछ नहीं डॉक्टर, ज़िन्दगी बकवास है," बोबरोव ने थके-माँदे स्वर में कहा।

"ऐसा क्यों, मेरे दोस्त?"

"ओह, मुझे नहीं मालूम। बस, कुछ ऐसा ही लगता है। तुम सुनाओ, अस्पताल में कैसा काम चल रहा है?"

"सब ठीक है। आज सर्जरी का एक बड़ा दिलचस्प केस मेरे पास आया। हँसी भी आती थी और रोना भी। ये मसालस्क का एक राज-मिस्त्री आज सुबह अस्पताल आया। तुम तो जानते हो, ये मसालस्क के लौंडे सब-के-सब बिना अपवाद के पहलवान होते हैं। 'क्या बात है?' मैंने पूछा। 'डॉक्टर साहब, बात यह है कि जब मैं अपनी टोली के लिए रोटी काट रहा था तो चाकू से मेरी उँगली पर ज़रा-सी खरोंच लग गई। ख़ून बन्द होने को ही नहीं आता।' मैंने उसकी उँगली की परीक्षा की; महज़ एक छोटी-सी खरोंच थी, इसलिए चिन्ता की कोई बात नहीं थी। किन्तु घाव पकने लगा था, सो मैंने अपने सहायक से उस पर पट्टी बाँधने के लिए कह दिया। किन्तु लड़का वहाँ से टस-से-मस नहीं हुआ। 'तुम्हारी उँगली पर पट्टी बाँध दी गई है। अब तुम जा सकते हो।'—'धन्यवाद,' उसने कहा, 'किन्तु मुझे अपना सिर फटता हुआ-सा प्रतीत हो रहा है। सो मैंने सोचा कि शायद आप मुझे इसके लिए भी कोई दवा दे दें।'—'क्यों भई, सिर में क्या हुआ? क्या डंडे पड़े हैं?' मैंने मज़ाक़ में कहा। वह एकदम ख़ुशी से उछल पड़ा और ज़ोर-ज़ोर से हँसने लगा, ''सेवियर डे' की छुट्टी के दिन हमने पीने-पिलाने का प्रोग्राम बनाया। सबने ख़ूब छककर वोदका पी, और फिर हँसी-मज़ाक़, छेड़छाड़ के बाद कुछ कहा-सुनी हो गई और हाथापाई की भी नौबत आ पहुँची।

आगे क्या कहूँ, आप जानते ही हैं कि इस तरह झगड़े-फ़सादों में क्या कुछ नहीं होता। किसी ने अपनी छेनी से मेरा सिर फोड़ दिया। पहले तो मैंने उस ज़ख़्म की थोड़ी-बहुत मरम्मत करवा ली। कोई ज़्यादा चोट नहीं लगी थी और दर्द भी कम होता था। किन्तु अब मुझे अपना सिर फटता हुआ-सा जान पड़ रहा है।' मैंने उसके सिर की परीक्षा की और आतंकित रह गया। उसकी खोपड़ी भीतर तक टूटती चली गई थी, अन्दर पाँच कोपेक जितना बड़ा सूराख़ हो गया था और हड्डी के छोटे-छोटे टुकड़े भेजे में फँस गए थे। इस समय वह अस्पताल में बेहोश पड़ा है। भई, कमाल के लोग हैं ये—जीवट साहसी, किन्तु बिलकुल बच्चे! मुझे पक्का विश्वास है कि केवल रूसी किसान ही अपने सिर की इस तरह 'मरम्मत' करवा सकता है। कोई और आदमी होता, तो कब का स्वर्ग सिधार गया होता। और ऐसी विकट स्थिति में भी हँसी-मज़ाक़ नहीं छूटता। कह रहा था, 'आप जानते ही हैं कि इस तरह के झगड़े-फ़सादों में क्या कुछ नहीं होता!' मानो यह एक बहुत सहज-साधारण घटना हो...या ख़ुदा!"

बोबरोव अपनी ऊँचे जूतों पर फटकारता हुआ कमरे के चक्कर लगा रहा था। डॉक्टर की बातों को वह अनमने भाव से सुन रहा था। जिनेन्को के घर में जो कड़वाहट उसकी आत्मा में भर गई थी, वह अब तक उससे छुटकारा नहीं पा सका था।

डॉक्टर ने भाँप लिया कि बोबरोव इस समय बातचीत करने के मूड में नहीं है, इसलिए उसने पल-भर मौन रहने के बाद सहानुभूतिपूर्ण स्वर में कहा, "मेरा कहना मानो, आन्द्रेइलिच, दो चम्मच ब्रोमाइड लेकर सोने की कोशिश करो। तुम्हारी मौजूदा हालत में उससे तुम्हें लाभ ही पहुँचेगा, कम-से-कम नुक़सान तो नहीं होगा।"

दोनों उसी कमरे में लेटे रहे—बोबरोव अपने पलंग पर और डॉक्टर सोफ़ा पर। किन्तु दोनों की आँखों से नींद उड़ चुकी थी। बहुत देर तक गोल्डबर्ग को बोबरोव के बिस्तर से कसमसाने और ठंडी आहों की आवाज़ सुनाई देती रही। आख़िर उससे बोले बिना न रहा गया।

"दोस्त, कुछ बताओ भी, क्या चीज़ है जो तुम्हें खाए जा रही है? क्या तुम मुझसे दिल खोलकर अपना दु:ख-दर्द नहीं कहोगे? आख़िर मैं कोई अजनबी तो हूँ नहीं, जो महज़ अपना कुतूहल शान्त करने के लिए तुमसे यह प्रश्न पूछ रहा हूँ।"

डॉक्टर के इन सीधे-सादे शब्दों ने बोबरोव के मर्म को छू लिया। हालाँकि दोनों के बीच गहरी मित्रता थी, फिर भी वह उसका उल्लेख या पुष्टि करना अनावश्यक समझते थे। दोनों ही कोमल, संवेदनशील व्यक्ति थे, अत: अपनी निजी, व्यक्तिगत भावनाओं को एक-दूसरे के सम्मुख खोलने में सकुचाते थे। किन्तु कमरे के अँधेरे और बोबरोव की व्यथा ने बहुत-से व्यवधान तोड़ दिये और डॉक्टर ने अपने मन की बात बोबरोव से पूछ ली।

"हर चीज़ के प्रति मन में एक गहरी वितृष्णा उत्पन्न हो गई है, ओसिप आसिपोविच। मानो ज़िन्दगी कोई भारी बोझ है जिसे मैं ढो रहा हूँ," बोबरोव ने धीमे स्वर में कहा, "मेरी खीज का सबसे पहला कारण तो यह है कि मैं मिल में काम करता हूँ और मोटी तनख़्वाह पाता हूँ, जबकि मुझे इस पूरे मामले से सख़्त नफ़रत हो गई है। मैं अपने को एक ईमानदार व्यक्ति समझता हूँ, इसलिए अपने से सीधा प्रश्न पूछता हूँ : 'तुम यहाँ क्या कर रहे हो? तुम्हारे काम से आख़िर किसे लाभ पहुँचता है?' मैं चीज़ों को उनके असली रूप में देखने लगा हूँ, और मैं यह समझता हूँ कि मेरे सारे काम का फल यह निकलता है कि अन्तत: सौ फ़्रेंच पट्टेदार और एक दर्जन रूसी मगरमच्छ करोड़ों का मुनाफ़ा अपनी जेबों में भरेंगे। मैंने जिस काम के लिए अपनी आधी से अधिक ज़िन्दगी बर्बाद कर दी, उसका अर्थ और उद्देश्य यदि कुछ है, तो सिर्फ़ यही है—इसके अलावा मुझे और कुछ दिखाई नहीं देता।"

"तुम भी बिलकुल फ़िज़ूल-सी बातें कर रहे हो, आन्द्रेइलिच।"

अँधेरे में डॉक्टर ने बोबरोव की ओर मुड़कर प्रतिवाद किया, "तुम चाहते हो कि पूँजीपतियों का दिल पसीज जाए। मेरे दोस्त, जब से दुनिया शुरू हुई है, सारा काम-काज उदर-क्षुधा के अटल नियम द्वारा संचालित होता रहा है। सदा से ऐसा होता आ रहा है, और भविष्य में भी ऐसा ही होता रहेगा।

किन्तु तथ्य की बात यह है कि करोड़पतियों की तुम्हें क्या परवाह, जबकि तुम उनसे कहीं ऊँचे हो? समाचार-पत्रों में 'प्रगति के रथ' की बड़ी चर्चा रहती है। क्या यह सोचकर तुम्हारा मस्तक गर्वोन्नत नहीं हो जाता कि तुम उन मुट्टी भर लोगों में से हो, जो प्रगति के इस रथ को आगे खींच रहे हैं? ठीक है, जहाज़ की कम्पनियों के शेयर सोना उगलते हैं, किन्तु क्या इस कारण से हम फुल्टोन को मानवता का हितकारी मानने से इनकार कर देंगे?

"मेरे प्यारे डॉक्टर!" झुँझलाहट से बोबरोव ने मुँह बिचकाते हुए कहा, "तुम आज जिनेन्को के घर नहीं गए, किन्तु वास्तव में तुम उन लोगों के जीवन-दर्शन को मुखरित कर रहे हो। सौभाग्य से तुम्हारे विचारों को असंगत साबित करने के लिए तुम्हारी प्रिय थ्योरी का उल्लेख मात्र ही पर्याप्त होगा, किसी नये तर्क को खोजने की आवश्यकता नहीं पड़ेगी।"

"तुम्हारा किस थ्योरी की ओर संकेत है? मुझे तो अपनी कोई थ्योरी याद नहीं। सच, मेरे दोस्त, इस वक़्त मुझे कुछ याद नहीं आ रहा।"

"अब तुम्हें क्यों याद आने लगा जी! ज़रा बताना तो, उस दिन इसी सोफ़े पर बैठकर कौन उत्तेजित होकर इतनी ज़ोर से हाथ नचा-नचाकर कह रहा था कि हम इंजीनियरों और आविष्कर्ताओं की ईजादों ने हमारे समाज के हृत्स्पन्दन को इतना अधिक तीव्र कर दिया है कि वह अब एक ज्वरग्रस्त, उन्मत्त अवस्था पर पहुँच गया है? कौन था वह जो कह रहा था कि हमारा जीवन ऑक्सीजन से भरे बर्तन में बन्द जीव के समान है? विश्वा़स करो, मुझे बीसवीं सदी की सन्तानों की, टूटी-जर्जरित आत्माओं, मेहनत के बोझ से दबे हुए लोगों की, पागलों और आत्महत्या करने वालों की वह ख़ौफ़नाक फ़ेहरिस्त अच्छी तरह याद है, जिसकी ज़िम्मेदारी तुमने इन्हीं मानवता के हितैषियों पर आयद की थी। तुमने कहा था कि टेलीफ़ोन, टेलीग्राफ़ और एक घंटे में अस्सी मील की रफ़्तार से चलने वाली रेलों ने फ़ासले को इतना कम कर दिया है कि वह लगभग मिट चुका है। समय का मूल्य इतनी तेज़ी से बढ़ता जा रहा है—तुमने कहा था कि शीघ्र ही रात को दिन में परिणत करके दिन को दुगुना लम्बा बना दिया जाएगा। जहाँ पहले सुलह-सन्धि या लेन-देन

की बातचीत में महीनों लग जाते थे, वहाँ अब मामला मिनटों में निबट जाता है। किन्तु हमारे लिए यह उन्मत्त गति अभी यथेष्ट नहीं है। वह दिन दूर नहीं, जब हम तार द्वारा एक-दूसरे को सैकड़ों मीलों के फ़ासले पर देख सकेंगे! अभी पचास वर्ष से अधिक अर्सा नहीं गुज़रा होगा, जब हमारे बाप-दादा गाँव से प्रान्तीय केन्द्र जाने से पूर्व गिरजे में जाकर प्रार्थना किया करते थे और इतने दिन पहले निकल जाया करते थे, मानो उत्तरी ध्रुव की यात्रा करने जा रहे हों! किन्तु अब वे दिन लद गए। आज तो हम लोग भीमकाय मशीनों के कर्णभेदी गर्जन-तर्जन के बीच अपने होश-हवास गुम कर चुके हैं। घोर प्रतियोगिता के पहिये में फँसकर हमारा दिल-दिमाग़ छलनी हो गया है, रुचि दूषित और छिछली हो गई है और हम हज़ारों नई बीमारियों के शिकार होते जा रहे हैं। अब कुछ याद आया डॉक्टर? आज तुम 'मानव-प्रगति' के गुण गाते नहीं थकते, किन्तु कुछ दिन पहले तुमने ही ये सब बातें कही थीं।"

इस बीच डॉक्टर ने प्रतिवाद करने के लिए कई बार मुँह खोला, किन्तु हर बार बोबरोव ने उन्हें रोक दिया था। जब बोबरोव साँस लेने के लिए एक क्षण रुका, तो डॉक्टर ने झट अपनी बात शुरू कर दी :

"हाँ, मेरे दोस्त, तुम सही फ़रमाते हो। मैंने यह सब कुछ कहा था और आज भी मैं यही कहता हूँ," डॉक्टर ने तनिक संदिग्ध भाव से कहा, "किन्तु तुम इतनी-सी बात क्यों नहीं समझते कि हमें अपने-आपको परिस्थितियों के अनुकूल बनाना पड़ेगा, वरना जीना मुहाल हो जाएगा। हर व्यवसाय में इस प्रकार की छोटी-छोटी पेचीदगियाँ पेश आती हैं। हम डॉक्टरों की ही बात लो। क्या तुम समझते हो कि हमारा रास्ता साफ़ है? हमें किसी संशय अथवा संकट का सामना नहीं करना पड़ता? सच बात तो यह है कि शल्य-विद्या से परे हम कोई बात निश्चयपूर्वक नहीं कह सकते। हम चिकित्सा-प्रणालियों की बड़ी-बड़ी बातें करते हैं, किन्तु यह बिलकुल भूल जाते हैं कि हज़ार में दो व्यक्ति भी ऐसे नहीं होते जिनकी रक्त-रचना, हृत्स्पन्दन, आनुवंशिकता आदि एक-दूसरे से मिलते हों। सही चिकित्सा उन दवाओं द्वारा की जाती थी जिन्हें जंगली प्राणी और अशिक्षित हकीम प्रयोग में लाते थे, किन्तु हम आधुनिकता के फेर में पड़कर उसे भुला बैठे हैं।

आज हमारे केमिस्टों की दुकानों में कोकीन, एट्रोपाइन, फैनासटिन इत्यादि चीज़ों की बाढ़-सी आ गई है, किन्तु हम यह बात भूल गए हैं कि यदि हम किसी मरीज़ को सादे पानी का गिलास देकर उसे यह आश्वासन दिला दें कि वह बढ़िया दवा है, तो मरीज़ बीमारी से मुक्ति पा लेगा। फिर भी, हमारा पादरियों का-सा आत्मविश्वास ही मरीज़ों में वह भरोसा पैदा करता है जिसके सहारे हम सौ में से नब्बे मरीज़ों का उपचार कर पाते हैं। तुम मानो चाहे न मानो, किन्तु एक बढ़िया चिकित्सक ने, जो होशियार और ईमानदार भी था, एक बार मुझसे यह स्वीकार किया कि हम डॉक्टर जिस ढंग से आदमियों का इलाज करते हैं, उससे कहीं ज़्यादा सावधानी और समझदारी से शिकारी अपने बीमार कुत्तों की सेवा शुश्रूषा करते हैं। उनकी एकमात्र दवा गन्धक का फूल है, जो अधिक हानि नहीं पहुँचाता और कभी-कभी लाभदायक भी साबित होता है। कितना भारी अन्तर है हममें और उनमें—देखा मेरे दोस्त? फिर भी अपनी सामर्थ्य के अनुसार हम भी जो कुछ अपने से बन पड़ता है, करते हैं। अगर जीना है तो कहीं-न-कहीं समझौता करना ही पड़ेगा। कभी-कभी किसी आदमी की यातना को दूर करने के लिए हमें सर्वज्ञ मसीहा का भी अभिनय करना पड़ता है। इसके लिए हमें ईश्वर को धन्यवाद देना चाहिए।"

"तुम समझौतों की बात करते हो, किन्तु तुमने आज ख़ुद मसालस्क के राज-मज़दूर की खोपड़ी से चिप्पियाँ निकाली हैं—क्यों, ठीक है न?" बोबरोव का स्वर विषाद में डूबा था।

"लेकिन एक आदमी की खोपड़ी को जोड़ने से क्या बनता-बिगड़ता है मेरे दोस्त? ज़रा सोचो, तुम जो काम करते हो, उससे कितने अधिक लोगों को रोज़ी मिलती है? पेट भर खाने को मिलता है? यह क्या छोटी-सी बात है? इलोवेइस्की ने 'इतिहास' में एक स्थान पर लिखा है कि 'ज़ार बोरिस जनता की सहानुभूति और समर्थन प्राप्त करना चाहता था, इसलिए उसने दुर्भिक्ष के दिनों में सार्वजनिक इमारतों का निर्माण करने का काम हाथों में लिया।' या कुछ ऐसा ही लिखा है। अब ज़रा अनुमान लगाओ, तुम अपने काम से लोगों का कितना भला..."

डॉक्टर के अन्तिम वाक्य को सुनकर बोबरोव तिलमिला-सा गया। वह झपटकर बिस्तर में उठ बैठा और अपने नंगे पाँव नीचे लटका दिये।

"लोगों का भला?" यह बदहवास होकर चिल्लाया, "तुम लोगों के 'भले' की बात मुझसे कह रहे हो? क्या बुरा है और क्या भला है, यह मैं अभी कुछ आँकड़े देकर साफ़ किये देता हूँ।" और वह तीखे, स्पष्ट और सधे-सधाए स्वर में बोलने लगा, मानो किसी मंच से भाषण दे रहा हो, "यह बात किसी से छिपी नहीं है कि खानों, धातु-उद्योगों और बड़े कारख़ानों में काम करने से मज़दूरों की ज़िन्दगी का लगभग चौथाई भाग घट जाता है। इसके अलावा मशीन से जो दुर्घटनाएँ होती हैं और रात-दिन जो ख़ून-पसीना एक करना पड़ता है, उसकी बात तो छोड़ ही दीजिए। डॉक्टर होने के नाते तुमसे यह बात छिपी नहीं है कितने मज़दूर सूजाक या मद्यपान के व्यसन से पीड़ित हैं। तुम यह भी जानते हो कि जिन बैरकों और मिट्टी के झोंपड़ों में वे रहते हैं, वे कितनी भयावह, गली-सड़ी, टूटी-फूटी अवस्था में पड़े हैं। ठहरो, डॉक्टर, इससे पेश्तर कि तुम कोई आपत्ति उठाओ, ज़रा एक मिनट के लिए अपने दिमाग़ पर ज़ोर डालकर सोचो—क्या तुमने कारख़ानों में कोई मज़दूर चालीस या पैंतालीस वर्ष से ज़्यादा उम्र का देखा है? मैंने अब तक एक भी ऐसा मज़दूर नहीं देखा। दूसरे शब्दों में हम कह सकते हैं कि हर मज़दूर एक वर्ष में अपनी ज़िन्दगी के तीन महीने, एक महीने में पूरा एक सप्ताह और अगर संक्षेप में कहें तो एक दिन में छह घंटे अपने कारख़ानेदार को अर्पित कर देता है। अब ज़रा ध्यान से सुनो। हमारी छह भट्ठियों को चलाने के लिए तीस हज़ार मज़दूरों की आवश्यकता पड़ेगी—कदाचित् ज़ार बोरिस ने स्वप्न में भी इतनी बड़ी संख्या की कल्पना न की होगी। तीस हज़ार आदमी, जो एक संग, प्रतिदिन अपने जीवन के एक लाख अस्सी हज़ार घंटे भट्ठियों में भस्मीभूत कर देंगे, अर्थात् अपने जीवन के साढ़े सात हज़ार दिन—कुल मिलाकर कितने वर्ष हुए?"

"लगभग बीस साल," कुछ देर चुप रहने के बाद डॉक्टर ने कहा।

"लगभग बीस साल प्रतिदिन!" बोबरोव चीख़ उठा, "दो दिन का काम एक आदमी को हड़प कर जाएगा। ख़ुदा रहम करे! बाइबल में असीरियाई और मोबाइत लोगों का ज़िक्र आता है जो अपने देवताओं को प्रसन्न करने के लिए नर-बलि चढ़ाते थे। किन्तु जो आँकड़े मैंने अभी बताए हैं, उन्हें देखकर तो वे पीतल के देवता, मलोच और डेगोन भी लज्जा और क्षोभ से सिर झुका लेंगे।"

बोबरोव का ध्यान इससे पहले कभी आँकड़ों के इस विचित्र जमा-जोड़ की ओर नहीं गया था। कल्पनाशील व्यक्तियों की तरह उसे ये सब बातें बहस के दौरान में ही सूझ आई थीं।

गोल्डबुर्ग की तो बात अलग रही, वह स्वयं आँकड़ों के इन असाधारण परिणामों को देखकर स्तम्भित रह गया था।

"अब क्या कहूँ, तुमने तो मुझे हैरत में डाल दिया," डॉक्टर ने कहा, "किन्तु ये आँकड़े ग़लत भी हो सकते हैं।"

"और क्या तुम जानते हो कि इससे भी कहीं ज़्यादा भयंकर आँकड़ों की तालिकाएँ हैं," बोबरोव और भी अधिक जोश में भरकर बोलता जा रहा था, "जिनसे हम इस बात का बिलकुल सही अनुमान लगा सकते हैं कि तुम्हारे 'प्रगति के रथ' के प्रत्येक दानवीय क़दम के नीचे कितने मनुष्यों को कुचल दिया जाता है? जानंते हो, हर छोटे-से-छोटे छलनी यंत्र, बीज बोने के यंत्र अथवा लोहे की पटरी बनाने वाली मशीन के आविष्कार के साथ कितनों को प्राणाहुति देनी पड़ती है? क्या ख़ूब चीज़ है तुम्हारी यह सभ्यता, जिसके फल हमें ऐसे आँकड़ों के रूप में दिखाई देते हैं, जिनकी इकाइयाँ इस्पात की मशीनें हैं और सिफ़र हैं आदमियों की ज़िन्दगियाँ।"

डॉक्टर इस समय तक बोबरोव की उत्तेजना से हतप्रतिभ-सा हो आया था। "लेकिन मेरे दोस्त," उसने कहा, "क्या तुम्हारा अभिप्राय यह है कि हम पुराने ज़माने के यंत्रों का प्रयोग करने लगें? तुम हर चीज़ का निराशाजनक पहलू ही क्यों देखते हो? आख़िर तुम्हारे आँकड़ों के बावजूद मिल की ओर से स्कूल, गिरजे, एक अच्छे अस्पताल और मज़दूरों को कम सूद पर ऋण देने वाली एक संस्था की व्यवस्था भी तो की गई है।"

बोबरोव बिस्तर से कूद पड़ा और नंगे पाँव कमरे में तेज़ी से चक्कर काटने लगा।

"तुम्हारे ये अस्पताल और स्कूल एक कौड़ी का मूल्य नहीं रखते। जनमत को रिझाने और तुम जैसे मानववादियों की आँखों में धूल झोंकने के लिए ही ये संस्थाएँ खोली गई हैं। चाहो तो मैं तुम्हें बता सकता हूँ कि उनकी असलियत क्या है। जानते हो, 'फिनिश' किसे कहते हैं?"

"फिनिश? क्या वह तो नहीं, जो घोड़ों अथवा घुड़दौड़ से कुछ सम्बन्ध रखता है?"

"हाँ, वही। घुड़दौड़ में विजय-स्तम्भ के पार निकलने से पूर्व अन्तिम सात सौ फ़ीट का फ़ासला 'फिनिश' कहलाता है। इसी फ़ासले को पार करते हुए घुड़सवार अपना पूरा ज़ोर लगा देता है और घोड़े को चाबुकों से मारते-मारते लहूलुहान कर देता है। बस, विजय-स्तम्भ तक उसे भगाने में ही घुड़सवार को दिलचस्पी है, उसके बाद घोड़ा मरे-जिये, उसकी बला से। हमारा व्यवहार भी उस घुड़सवार से मिलता-जुलता है। हम विजय की लालसा में घोड़े के बदन से ख़ून की आख़िरी बूँद तक निचोड़ लेते हैं, और जब उसकी कमर टूट जाती है और वह अपनी क्षत-विक्षत टाँगों को हवा में पटकता हुआ दम तोड़ने लगता है, तो वह हमारे किसी काम का नहीं रह जाता। हम उस पर थूकना भी पसन्द नहीं करते। तुम्हारे स्कूल और अस्पताल उस मृतप्राय घोड़े को क्या लाभ पहुँचा सकते हैं, मुझे समझ में नहीं आता। क्या तुमने आग में धातु को गलते अथवा गर्म धातु को लोहे की पटरियों में परिणत होते देखा है? यदि तुमने देखा है, तो मुझे यह बतलाने की आवश्यकता नहीं कि इस काम को करने के लिए कितने धैर्य और साहस, इस्पाती पुट्ठों और सर्कस के खिलाड़ी की-सी स्फूर्ति की ज़रूरत पड़ती है। तुम्हें पता होना चाहिए कि हर मज़दूर दिन में अनेक बार मृत्यु के मुँह में जाने से बाल-बाल बच निकलता है, जिसका श्रेय हम केवल उसके आत्म-संयम की अद्‌भुत शक्ति को ही दे सकते हैं। क्या तुम जानना चाहोगे कि इस ख़तरनाक काम के एवज़ में उस मज़दूर को क्या मिलता है?"

"किन्तु फिर भी जब तक मिल है, तब तक हर मज़दूर कम-से-कम अपनी रोज़ी की ओर से तो निश्चिन्त है।" गोल्डबुर्ग अपनी बात पर अड़ा रहा।

"क्यों बच्चों की-सी बातें करते हो, डॉक्टर!" बोबरोव ने खिड़की की देहरी पर बैठते हुए गर्म होकर कहा, "आज मज़दूरों का भाग्य उत्तरोत्तर मंडी की माँग, शेयरों के क्रय-विक्रय और अनेकानेक कुचक्रों-षड्यंत्रों पर निर्भर होता जा रहा है। हर औद्योगिक व्यवसाय स्थायित्व प्राप्त करने से पूर्व तीन-चार उद्योगपतियों के हाथों से गुज़रता है। क्या तुम जानते हो कि हमारी कम्पनी की नींव कैसे पड़ी? कुछ मुट्ठी भर उद्योगपतियों ने मिलकर पूँजी इकट्ठा की। आरम्भ में इस व्यवसाय का संगठन छोटे पैमाने पर किया गया था। किन्तु इससे पेश्तर कि व्यवसाय के मालिक कुछ कर पाते, इंजीनियरों, संचालकों और ठेकेदारों की टोली ने सारी पूँजी पानी की तरह बहा दी। बड़ी-बड़ी इमारतों का निर्माण किया गया जो बाद में बिलकुल बेकार साबित हुईं। उन सबको बारूद से उड़ा दिया गया। आख़िरकार मजबूरी की हालत में सारा धन्धा रूबल में दस कोपेक के भाव पर बेच देना पड़ा। बाद में विदित हुआ कि एक अन्य कम्पनी के चतुर, कार्यकुशल उद्योगपतियों ने इंजीनियरों और ठेकेदारों की मुट्ठी गर्म की थी, ताकि वे हमारी कम्पनी को मिट्टी में मिलाकर अपना उल्लू सीधा कर सकें। यह सही है कि आज यह कम्पनी काफ़ी बड़े पैमाने पर चल रही है, किन्तु मैं अच्छी तरह जानता हूँ कि जब पहली बार कम्पनी फेल हुई थी तो मज़दूरों को दो महीने की मज़ूरी से हाथ धोना पड़ा था। सो डॉक्टर, रोज़ी इतनी ज़्यादा सुरक्षित नहीं है, जितनी तुम समझते हो! शेयरों के दाम गिरे नहीं कि मज़ूरी में तुरन्त कटौती कर दी जाती है। सम्भवत: शेयरों के उतार-चढ़ाव का कारण तुम जानते हो? पीटर्सबर्ग में जाकर किसी दलाल के कानों में चुपके से कह दो कि तुम तीन लाख रूबल के शेयर बेचना चाहते हो। उसे यह भी जतला दो कि यदि वह इस बात को गुप्त रखेगा, तो तुम उसे एक अच्छी-ख़ासी रक़म कमीशन के रूप में दे दोगे। यही बात तुम दूसरे दलालों के कानों में फूँक दो। फिर देखो, शेयरों के दाम धड़ाधड़ गिरने शुरू हो जाएँगे।

मामला जितना अधिक गुप्त रखा जाएगा, उतनी ही तेज़ी से दाम गिरते जाएँगे। इन परिस्थितियों में रोज़ी सुरक्षित कैसे रह पाएगी, डॉक्टर?"

बोबरोव ने एक झटका देकर खिड़की खोल दी। ठंडी हवा का झोंका भीतर घुस आया।

"डॉक्टर, देखो!" बोबरोव ने मिल की ओर इशारा किया।

गोल्डबर्ग उठकर कुहनी के सहारे बैठ गया और खिड़की से बाहर फैले अन्धकार को देखने लगा। दूर फ़ासले पर फैला विस्तार चूने की गर्म तपी हुई चट्टानों के अनगिनत ढेरों के प्रकाश से जगमगा रहा था। चट्टानों की सतहों पर गन्धक की नीली-हरी लपटें जब-तब भड़क उठती थीं। ये लपटें चूने के पत्थरों के आदमक़द ढेरों से निकल रही थीं। मिल के ऊपर हल्का-सा रक्तिम आलोक छाया था, जिसमें अन्धकार में डूबी ऊँची चिमनियों के पतले शिखर दिखाई दे रहे थे। मैला-भूरा-सा कुहरा धरती से ऊपर उठ रहा था, जिसमें चिमनियों के निचले हिस्से धुँधलके में छिपे थे। वे दानवी, भीमकाय चिमनियाँ अनवरत रूप से घने धुएँ के बादल उगल रही थीं, जो आपस में घुल-मिलकर एक बिखरे-छितरे झुंड की शक्ल में पूरब की ओर उड़े जा रहे थे। उन्हें देखकर लगता था, मानो मैले-भूरे अथवा हल्के लाल रंग के ऊन के गोले हवा में तिरते जा रहे हैं। पतली ऊँची चिमनियों के ऊपर जलती गैस की चमकदार शहतीरें थिरक और नाच रही थीं, जिससे वे विशालकाय मशालों के समान दीख रही थीं। गैस की लपटें मिल के ऊपर उड़ते हुए धुएँ के बादल पर विचित्र, भयावह क़िस्म की छायाएँ फेंक रही थीं। रह-रहकर संकेत-हथौड़े का भारी धमाका सुनाई देता था, जिसके तुरन्त बाद भट्ठी की घंटी नीचे की ओर चली जाती थी और आग की लपटों तथा कालिख का वातचक्र भट्ठी के मुख से फूटकर प्रचंड गति से बादलों की तरह गड़गड़ाता हुआ आकाश की ओर लपकने लगता था। तब, अचानक कुछ देर के लिए मिल का समूचा अहाता आलोकित हो उठता। उस क्षणिक आलोक में गर्म तपे हुए और एक-दूसरे से सटे हुए चूल्हे एक आलीशान दुर्ग के बुर्ज़ से दिखाई देते थे। जलते हुए कोयलों से भरे भट्ठे सीधी लम्बी क़तारों में खड़े थे।

कभी-कभी किसी भट्ठे से ज्वाला भड़क उठती और वह एक विशाल, सुर्ख़ नेत्र-सा दीखने लगता। कहीं-कहीं विद्युत प्रकाश की नीली, निर्जीव आभा तपते हुए लोहे की चकाचौंध-चमक में घुल-मिल-सी गई थी। लोहा पीटने की झनझनाहट बराबर सुनाई दे रही थी।*

मिल की रोशनियों की आभा में बोबरोव के चेहरे पर ताँबे के रंग की कुटिल छाया घिर आई थी। उसकी आँखें प्रज्वलित-सी हो उठी थीं। और बाल माथे पर बिखर आए थे। उसकी आवाज़ ग़ुस्से में उफनती-सी जान पड़ती थी।

"वह देखो—वह मलोच इनसान के गर्म ख़ून को पीने की लालसा में मुँह फाड़े खड़ा है!" अपनी पतली बाँह से खिड़की के बाहर इशारा करते हुए बोबरोव ने कहा, "ठीक है, यह प्रगति मशीन-श्रम, सभ्यता और सांस्कृतिक विकास का प्रतीक है। किन्तु अल्लाह के नाम पर ज़रा मानव के जीवन के उन बीस वर्षों के बारे में सोचो, जो एक दिन में स्वाहा हो जाते हैं! सच मानो, कभी-कभी तो मुझे लगता है कि मैं हत्यारा हूँ!"

'क्या यह आदमी अपने होश-हवास गुम कर बैठा है?' डॉक्टर इस विचार से काँप उठा। वह बोबरोव को सान्त्वना देने लगा :

"अरे, छोड़ो भी आन्द्रेइलिच! तुम इन बेकार की बातों से नाहक परेशान होते हो। बाहर सीलन है और तुमने खिड़की खोल रखी है। देखो, यह थोड़ी-सी ब्रोमाइड लो और सोने की तैयारी करो।"

'सचमुच, इस आदमी का तो सिर फिर गया है,' डॉक्टर ने सोचा। वह भय और करुणा से अभिभूत-सा हो उठा।

बोबरोव ने दिल की भड़ास निकाल ली थी और वह अब इतना थक गया था कि उसने डॉक्टर के आदेश का विरोध नहीं किया। किन्तु बिस्तर में घुसते ही वह विक्षिप्त व्यक्ति की भाँति फफक-फफककर रोने लगा।

डॉक्टर बड़ी देर तक उसके पास बैठा उसके बालों को सहलाता रहा, मानो वह कोई बच्चा हो! सहानुभूति के जो शब्द उसे उस समय सूझ पड़े, उन्हीं से बोबरोव को सान्त्वना देने लगा।

* इन ढेरों पर कोयले और लकड़ी से आग जलाई जाती है और लगभग एक सप्ताह तक इन्हें गर्म किया जाता है। उस समय तक चूने का पत्थर चूने में परिणत हो जाता है।

6

दूसरे दिन इवांगकोवो स्टेशन पर वासिली तेरेन्त्येविच क्वाशनिन का भव्य स्वागत किया गया। ग्यारह बजे तक मिल की समूची प्रबन्ध समिति स्टेशन पर आ जमा हुई थी। सबका दिल घबरा रहा था। मैनेजर सर्गेइ वेलेरियानोविच रोल्कोवनिकोव सोडा वॉटर के गिलास-पर-गिलास पीता जा रहा था। पल-पल में वह जेब से घड़ी निकालता और डायल पर नज़र डाले बिना उसे यंत्रवत् जेब में रख लेता था। उसका यह विचित्र व्यवहार उसकी घबराहट का सूचक था। उसके सुन्दर, साफ़-सुथरे और आत्मविश्वास से दमकते चेहरे पर, जिसे देखकर लगता था कि समाज में उसका प्रतिष्ठित स्थान है—इस समय भी घबराहट के बावजूद कोई शिकन नहीं दिखाई देती थी। अधिक लोग इस बात को नहीं जानते थे कि निर्माण-योजना का वह केवल नाममात्र के लिए ही मैनेजर था। संचालन और व्यवस्था की असली बागडोर बेल्जियन इंजीनियर आन्द्रेयस के हाथों में थी। आन्द्रेयस के वंश में पोलिश और स्वीड जातियों का रक्त मिला हुआ था। मिल के संचालन में वह किस प्रकार का योग देता था, इसका रहस्य मिल के कुछ इने-गिने विश्वासपात्र अधिकारी ही जानते थे। दफ़्तर में रोल्कोवनिकोव और आन्द्रेयस के कमरों को जोड़ता हुआ एक दरवाज़ा था। किसी भी महत्त्वपूर्ण विषय पर आन्द्रेयस की सलाह के बिना रोल्कोवनिकोव में फ़ैसला देने का साहस नहीं था। हर काग़ज़ के एक कोने पर आन्द्रेयस पेंसिल का चिह्न बना देता और उसके अनुसार ही रोल्कोवनिकोव अपना निर्णय लिया करता। जब कभी किसी फौरी विषय पर आन्द्रेयस के साथ सलाह-मशविरा करना सम्भव न हो पाता, तो वह प्रार्थी के सम्मुख व्यस्त बनने का उपक्रम करते हुए लापरवाही से कहता, "मैं बहुत व्यस्त हूँ। मुझे ख़ेद है कि मैं आपको समय नहीं दे सकता। कृपया आपने जो कुछ कहना है, मि. आन्द्रेयस से कह दीजिए। वह बाद में मुझे उसके सम्बन्ध में विशेष सूचना भेज देंगे।"

आन्द्रेयस ने संचालक मंडल की अनगिनत सेवाएँ की थीं। पुरानी कम्पनी को नष्ट करने की धोखाधड़ी की अद्भुत योजना उसके कल्पनाशील,

कार्यकुशल मस्तिष्क की ही उपज थी। उस षड्यंत्र में उसका अदृश्य हाथ आख़िर तक काम करता रहा था।

उसके तैयार किये हुए ख़ाके अपनी सफ़ाई और सादगी के लिए खनिज-विज्ञान के क्षेत्र में अतुलनीय और अद्वितीय माने जाते थे। वह यूरोप की अनेक भाषाएँ आसानी से बोल सकता था और अपने विषय के अलावा अन्य अनेक विषयों का भी अच्छा ज्ञाता था। ऐसे व्यक्ति इंजीनियरों में कम ही दिखलाई देते हैं।

स्टेशन में एकत्र भीड़ में आन्द्रेयस ही ऐसा व्यक्ति था जिसकी प्रकृतस्थ, शान्त मुद्रा में कोई अन्तर नहीं आया था। देखने में वह तपेदिक का मरीज़-सा लगता था और उसका चेहरा बूढ़े लंगूर का-सा था। हमेशा की तरह उसके मुँह में सिगार दबा हुआ था। वह सबसे बाद में आया था और अब अपनी चौड़ी खुली पतलून की जेबों में कुहनियों तक हाथ ठूँसकर प्लेटफ़ॉर्म के चक्कर काट रहा था। उसकी हल्के भूरे रंग की आँखों से स्पष्ट रूप से विदित होता था कि एक वैज्ञानिक का प्रगल्भ मस्तिष्क उसके पास है और जीवट का दुस्साहसी कार्य करने के लिए वह आग में भी कूद सकता है। उसकी फूली पलकें भारी थकान से नीचे की ओर झुक आई थीं और वह विरक्त भाव से चारों ओर देख रहा था।

स्टेशन पर जिनेन्को-परिवार के आगमन से किसी को आश्चर्य नहीं हुआ। सबकी आँखों में अब वह परिवार मिल के सामूहिक जीवन का एक अभिन्नतम अंग बन चुका था। स्टेशन के ठंडे, बुझे-बुझे धुँधलके में लड़कियों को हास-विनोद और हँसी के क़हक़हे कृत्रिम और असंगत-से दीख रहे थे। नौजवान इंजीनियरों ने—जो प्रतीक्षा करते-करते थक गए थे—पाँचों बहनों को घेर लिया था। जिनेन्को की लड़कियों ने तुरन्त अभ्यासवश व्यावहारिकता की सुरक्षित आड़ में अपने आसपास खड़े लोगों के संग आकर्षक, किन्तु बासी और बचकानी बातें करनी शुरू कर दीं। नाटे क़द की अन्ना अफानास्येवना एक परेशान, बेचैन मुर्ग़ी-सी अपनी लड़कियों के बीच फुदक रही थी।

पिछली रात जो उफ़ान आया था, उसके चिह्न बोबरोव के भ्रान्त, रुग्ण चेहरे पर इस समय भी दिखाई दे रहे थे। वह प्लेटफ़ॉर्म के एक कोने में सबसे अलग-थलग चुपचाप बैठा था और सिगरेट-पर-सिगरेट पिए जा रहा था। जब जिनेन्को-परिवार शोरगुल मचाता और चहचहाता हुआ एक गोल मेज़ के इर्द-गिर्द आकर बैठ गया, तो उसके मन में दो धुँधली-सी भावनाएँ उत्पन्न हुईं : एक थी शर्म की भावना—'किसी अन्य की नागवार हरकत पर शर्म करने की भावना—जो उसके हृदय को चीरती चली गई। जिनेन्को-परिवार, औचित्य-अनौचित्य की चिन्ता किये बिना इस स्थान पर आ धमका था, जो बोबरोव को सर्वथा असंगत और अवांछनीय प्रतीत हुआ। दूसरी ओर उसे नीना को देखकर प्रसन्नता भी हुई थी। स्टेशन आते हुए बग्घी की सरपट चाल के कारण नीना के गालों पर लाली छा गई थी, आँखें गहरी उत्तेजना से चमक रही थीं; उसकी वेश-भूषा सबका ध्यान बरबस अपनी ओर आकर्षित कर लेती थी। अपनी कल्पना में बोबरोव ने नीना की जो छवि बसा रखी थी, इस समय वह उससे कहीं अधिक सुन्दर लग रही थी। उसकी पीड़ित और रुग्ण आत्मा में सहसा स्निग्ध सुगन्धित प्रेम के लिए अदम्य उत्कंठा जाग उठी, नारी के सुकोमल सहानुभूतिपूर्ण स्पर्श के लिए वह विकल हो उठा।

वह नीना से मिलने का अवसर खोजने लगा, किन्तु नीना धातु-शास्त्र के दो विद्यार्थियों से गप्पें लड़ा रही थी। दोनों विद्यार्थी उसे हँसाने के लिए एक-दूसरे से होड़ लगा रहे थे और नीना हँस रही थी—नखरों और चोंचलों से भरी हँसी, जिसे देखकर लगता था, मानो उसके आनन्द और उल्लास का कोई ओर-छोर नहीं है। उसके छोटे-छोटे सफ़ेद दाँत खुले हुए होंठों के भीतर से चमक रहे थे। फिर भी नीना की आँखें दो-चार बार बोबरोव की आँखों से टकराईं। बोबरोव को लगा कि नीना की भौंहें, मानो कुछ पूछती हुई-सी तनिक उठ गई हैं, और उनके उस मूक प्रश्न में उसे रोष या अप्रसन्नता की कोई झलक न दिखाई दी।

प्लेटफ़ॉर्म की घंटी ने सूचना दी कि रेल पिछले स्टेशन से छूट चुकी है।

घंटी सुनते ही इंजीनियरों के दल में भगदड़-सी मच गई। बोबरोव अपने कोने में बैठा रहा। उसके होंठों पर व्यंग्य की हल्की मुस्कान सिमट आई। वह उन बीस-एक इंजीनियरों को देखता रहा, जो घबराए हुए इधर-उधर डोल रहे थे और जिनके दिलों में एक ही भय कुंडली मारकर बैठ गया था। उनके चेहरे एकदम गम्भीर और चिन्तित-से हो गए। आख़िरी बार वे अपने फ्रॉक-कोट के बटनों, टाइयों और टोपियों पर हाथ फेर रहे थे। उनकी आँखें घंटी पर चिपकी हुई थीं। देखते-देखते सारा हॉल ख़ाली हो गया।

बोबरोव बाहर प्लेटफ़ॉर्म पर निकल आया। उसने देखा कि जिन युवकों से जिनेन्को की लड़कियाँ हँसी-मज़ाक़ कर रही थीं, वे अब उन्हें अकेला छोड़कर चलते बने थे और वे दरवाज़े के पास अन्ना अफानास्येवना को घेरकर असहाय-सी खड़ी थीं। नीना ने पीछे मुड़कर बोबरोव को देखा, जो उसे टकटकी बाँधे निहार रहा था। नीना उसके पास इस तरह चली आई, मानो बोबरोव के हाव-भाव से उसे ऐसा प्रतीत हुआ हो कि वह उससे एकान्त में बातचीत करना चाहता है।

"नमस्ते! क्या बात है, आज तुम्हारा मुँह इतना पीला-सा क्यों जान पड़ रहा है? तबियत ठीक नहीं है क्या?" उसने बोबरोव के हाथ को अपने कोमल हाथों में जकड़ते हुए पूछा। वह अपनी निश्छल, स्नेहसिक्त निगाहों से बोबरोव को आँखों में देख रही थी, "कल रात तुम इतनी जल्दी बिना कुछ कहे अचानक चले गए। नाराज़ हो गए थे क्या?"

"'हाँ' भी और 'नहीं' भी," बोबरोव ने मुस्कराते हुए उत्तर दिया, "नहीं इसलिए कि मुझे नाराज़ होने का कोई अधिकार नहीं है। क्यों, ठीक है न?"

"मेरे विचार में हर आदमी को नाराज़ होने का अधिकार प्राप्त है, विशेष कर उस समय जब वह जानता हो कि उसकी राय की क़द्र की जाती है। अच्छा, और 'हाँ' क्यों?"

"'हाँ' इसलिए कि—बात यह है, नीना ग्रिगोरयेवना," बोबरोव ने सहसा अपनी झिझक को उतारकर फेंकते हुए कहा, "कि कल रात जब हम दोनों बरामदे में देर तक बैठे रहे थे—याद है न? उस समय मैंने जीवन के कुछ इतने सुन्दर,

विलक्षण क्षण बिताए, जिनके लिए मैं हमेशा तुम्हारा कृतज्ञ रहूँगा। तब मुझे लगा था कि यदि तुम चाहो, तो मुझे दुनिया का सबसे सुखी आदमी बना सकती हो...नहीं, अब मैं कोई संकोच नहीं करूँगा, अब तुमसे मैं सारी बात बेझिझक कह डालूँगा। तुम जानती हो...तुमने अनुमान तो अवश्य लगा लिया होगा...शायद काफ़ी पहले से तुम समझ गई होगी कि मैं..."

किन्तु वह अपना वाक्य पूरा नहीं कर सका। कुछ देर पहले उसके हृदय में साहस का जो ज्वार उठा था, वह सहसा उतर गया।

"कि तुम क्या? तुम क्या कहने जा रहे थे?" नीना ने दिखावटी लापरवाही के साथ कहा, किन्तु अपने पर कड़ा संयम रखने के बावजूद स्वर काँपने लगा था और आँखें नीचे झुक आई थीं।

वह बोबरोव से उस प्रेम-प्रस्ताव की प्रतीक्षा कर रही थी, जो प्रत्येक नवयौवना के हृदय को, चाहे वह स्वयं उस प्रेमानुभूति में साझीदार हो या न हो, इस क़दर रोमांचित कर देता है, इस क़दर मिठास से भर देता है। उसका चेहरा कुछ पीला पड़ गया था।

"अभी नहीं...फिर कभी सही," बोबरोव हकलाने लगा था। "मैं तुम्हें यह बात किसी और दिन बताऊँगा। किन्तु अभी रहने दो, अभी कुछ भी नहीं कह सकूँगा," उसने अभ्यर्थना करते हुए कहा।

"अच्छा, किन्तु तुमने अपनी नाराज़गी का कारण तो बताया ही नहीं?"

"हाँ, बताता हूँ। बरामदे में बिताए गए उन क्षणों के बाद जब मैं खाने वाले कमरे में आया तो मेरी आत्मा एक...एक कोमल, दिव्य अनुभूति में डूबी थी और जब मैंने..."

"और जब तुमने क्वाशनिन की आमदनी के सम्बन्ध में हमारी बातचीत को सुना, तो तुम्हारी भावनाओं को ठेस पहुँची, क्यों यही बात है न?" नीना ने बीच में ही कह दिया।

जिस प्रकार कभी-कभी नितान्त संकीर्ण बुद्धि वाली स्त्रियाँ भी मानो अन्त:प्रेरणा से दूसरों के हृदय का भेद पा लेती हैं, उसी तरह नीना ने भी बिलकुल सही अनुमान लगाया था।

"क्या मैंने ठीक बात कही है?" वह बिलकुल उसके सामने खड़ी हो गई और एक बार फिर उसने बोबरोव को अपनी गहरी, स्नेहसिक्त दृष्टि से ढक लिया, "अपने दिल की बात मुझसे कह दो। देखो, अपने मित्र से कोई बात छिपाई नहीं जाती।"

तीन या चार महीने पहले की घटना थी। वे सब लोग एक रात नौका-विहार करने निकले थे। गर्मी की रात के स्निग्ध सौन्दर्य से द्रवित होकर नीना का हृदय कोमलता से भर गया था। उसने बोबरोव से आजीवन मित्रता का प्रस्ताव किया था। बोबरोव ने भी पूरी गम्भीरता से उसके प्रस्ताव को स्वीकार किया था। पूरे एक सप्ताह तक वे दोनों एक-दूसरे को 'मेरे मित्र' कहकर पुकारते रहे थे। जब कभी वह अपने उनींदे से, धीमे और रहस्य में डूबे स्वर में उसे 'मेरे मित्र' के सम्बोधन से बुलाती थी, तो ये दो छोटे-छोटे शब्द बोबरोव के अन्तस्तल की अतल गहराइयों को छू जाते थे। उस मज़ाक़ को याद करके उसने एक ठंडी साँस भरी।

"दिल की बात कहना क्या इतना सुगम है, मेरे मित्र? फिर भी मैं तुम्हें सब कुछ बताऊँगा। तुम्हें देखकर मेरा दिल हमेशा दो परस्पर विरोधी भावनाओं में बँट जाता है, और मैं अनिश्चय की पीड़ा से आक्रान्त हो उठता हूँ। कभी-कभी तुमसे बातचीत करते समय तुम्हारा सिर्फ़ एक शब्द, संकेत, या महज़ उड़ती हुई-सी निगाह मुझे आनन्द-विभोर कर देती है। किन्तु... मैं अपनी इस अनुभूति को शब्दों में कैसे व्यक्त करूँ? क्या कभी तुमने इस बात पर ग़ौर किया है?"

"हाँ।" नीना ने दबे होंठों से कहा, और पलकों को फड़फड़ाते हुए अपनी आँखें झुका लीं।

"और फिर किसी दिन अचानक तुम्हारे व्यवहार और बातचीत से एक क़स्बाती, संकीर्ण विचारों वाली भद्र महिला की गन्ध आने लगती है—वही दिखावा, आडम्बर, वही घिसे-पिटे मुहावरे! यह बात शूल की तरह मेरे दिल में गड़ती रहती है, इसीलिए बिना किसी दुराव-छिपाव के मैंने यह सब कुछ तुमसे कह दिया है। आशा है, तुम मेरी बात का बुरा नहीं मानोगी।"

"मैं यह बात भी जानती थी।"

"सच? मुझे इस बात में कभी कोई सन्देह नहीं रहा कि तुम्हारा हृदय अत्यन्त कोमल और संवेदनशील है। किन्तु जैसी तुम आज हो, वैसी ही हमेशा क्यों नहीं रहतीं?"

वह उसकी ओर दुबारा मुड़ी और अपने हाथ को इस तरह आगे बढ़ाया, मानो उसके हाथ का स्पर्श करना चाह रही हो। वे प्लेटफ़ॉर्म के एक सुनसान कोने में टहल रहे थे।

"तुम बहुत जल्दी अधीर और उत्तेजित हो उठते हो, आन्द्रेइलिच! तुमने आज तक मुझे समझने का प्रयत्न नहीं किया।" नीना ने उलाहना-भरे स्वर में कहा, "जो कुछ मुझमें अच्छा है, उसे तुम बढ़ा-चढ़ाकर देखते हो, किन्तु जैसी मैं हूँ—वह तुम्हें एक आँख नहीं सुहाता। भला इसमें मेरा क्या दोष है? जिस वातावरण में पलकर इतनी बड़ी हुई हूँ, वैसी ही तो रहूँगी। तुम मुझे उससे भिन्न देखने की आशा क्यों करते हो? यदि मैं अपने को बदलने की कोशिश भी करूँ, तो सारे परिवार में कलह और फूट पड़ जाएगी। मैं इतनी कमज़ोर और, सच पूछो, तो इतनी क्षुद्र हूँ कि अपनी स्वतंत्रता के लिए संघर्ष करना मेरे बूते के बाहर की बात है। जहाँ सब लोग जाते हैं, वहीं मैं भी जाती हूँ, उन्हीं की आँखों से सब चीज़ों को जाँचती-परखती हूँ। सच मानो, मुझे अपने सम्बन्ध में कोई ग़लतफ़हमी नहीं है। मुझे मालूम है, मैं कितनी साधारण हूँ। किन्तु जब मैं दूसरों के संग होती हूँ, तो मुझे यह बात इतनी नहीं खटकती जितनी कि जब मैं तुम्हारे संग होती हूँ। तुम्हारे सम्मुख मैं अपना सब सन्तुलन खो बैठती हूँ..." वह क्षण-भर के लिए झिझकी, "क्योंकि, क्योंकि तुम उन सब लोगों से भिन्न हो, क्योंकि मैंने तुम जैसा व्यक्ति जीवन में कभी नहीं देखा।"

नीना को लग रहा था, मानो वह सच्चे दिल से यह सब बातें कह रही हो। शरद ऋतु की ताज़ी, मादक हवा, स्टेशन की हलचल और शोरगुल, ख़ुद अपनी ख़ूबसूरती का अहसास और बोबरोव की प्रेम से भीगी दृष्टि के स्पर्श की सुखद अनुभूति—इन सब चीज़ों ने मिलकर उसे इतना अधिक उन्मादित

कर दिया था कि भावोन्मत्त व्यक्तियों की तरह वह बिना जाने-बूझे, जोश और ख़ूबसूरती के साथ झूठ बोलती चली गई। नैतिक सम्बल पाने के लिए विकल युवती की अपनी इस भूमिका के प्रवाह में बहकर वह बोबरोव को लुभावनी बातें सुनाकर ख़ुश करना चाहती थी।

"मैं जानती हूँ कि तुम मुझे एक मनचली लड़की समझते हो। इनकार मत करो—मेरे कुछ हाव-भाव से तुम्हारा ऐसा समझना स्वाभाविक ही है। मिसाल के तौर पर मिलर को ही लो—उसके संग गप्पें मारती हूँ, उसके मज़ाक़ों पर हँसती हूँ। किन्तु काश, तुम जान पाते कि उस गबरू-गँवार से मैं कितनी नफ़रत करती हूँ। या उन दोनों विद्यार्थियों को ही ले लो। सच पूछो, तो ख़ूबसूरत आदमी, और कुछ नहीं तो सिर्फ़ इसलिए असह्य होते हैं कि वे ख़ुद अपनी ख़ूबसूरती पर लट्टू बने रहते हैं—अपनी प्रशंसा करते कभी नहीं थकते। चाहे यह बात तुम्हें कितनी अजीब क्यों न लगे, किन्तु विश्वास करो, मुझे सादी सूरत वाले लोग ही विशेष रूप से अच्छे लगते हैं।"

कोमल स्वर में कहे गए इन मधुर शब्दों को सुनकर बोबरोव ने एक ठंडी आह भरी। स्त्रियों के मुख से सान्त्वना के ऐसे शब्द वह अनेक बार सुन चुका था। हर सुन्दर स्त्री अपने कुरूप प्रशंसकों को ऐसी सान्त्वना देकर धीरज बँधाने में कोई कोर-कसर नहीं उठा रखती।

"अच्छा, तो फिर किसी-न-किसी दिन मैं आपसे अपील करने की आशा रख सकता हूँ?" उसने मज़ाक़ के अन्दाज़ में, किन्तु ऐसी आवाज़ में पूछा, जो तीखे आत्मोपहास से भरी हुई थी।

नीना झट अपनी ग़लती सुधारने के लिए बोल उठी, "कैसे अजीब आदमी हो! तुमसे तो दो बातें करना भी गुनाह है। क्या आप कुरेद-कुरेदकर हमसे अपनी प्रशंसा करवाना चाहते हैं जनाब? शर्म आनी चाहिए आपको!"

अपनी नासमझी पर नीना ख़ुद ही कुछ लज्जित-सी हो गई, और विषय को बदलने के लिए उसने हँसते हुए बोबरोव को आदेश दिया, "अच्छा, बताओ, तुम मुझे 'किसी और दिन' क्या बताने वाले थे? कृपा करके सब कुछ अभी तुरन्त बता दो!"

"कौन-सी बात, मुझे तो कुछ याद नहीं," बोबरोव हकलाता हुआ बोला। उसका उत्साह फीका पड़ चुका था।

"अच्छा, तो मेरे रहस्यमय मित्र, मैं अभी तुम्हें सब याद दिलाए देती हूँ। तुम कल रात की बात कर रहे थे। बरामदे में कुछ सुखद क्षणों का ज़िक्र करने के बाद तुमने मुझसे पूछा था कि एक बात तो मैंने बहुत दिन पहले से ही जान ली होगी—किन्तु कौन-सी बात? तुमने अपना वाक्य बीच में अधूरा छोड़ दिया था। अब उस बात को कह डालिए—फ़ौरन कह डालिए।"

उसकी आँखों में मुस्कराहट थिरक रही थी—शरारत भरी, प्रोत्साहनपूर्ण, कोमल मुस्कराहट! एक मधुर क्षण के लिए बोबरोव का हृत्स्पन्दन स्तब्ध-सा रह गया और एक बार फिर उसका हौसला बढ़ा। 'वह मेरे दिल की बात जानती है, प्रतीक्षा कर रही है कि मैं कुछ बोलूँ,' उसने साहस बटोरते हुए सोचा।

वे प्लेटफ़ॉर्म के दूसरे सिरे पर आकर खड़े हो गए थे, जहाँ उनके अलावा अन्य कोई न था। दोनों के दिल ज़ोर-ज़ोर से धड़क रहे थे। नीना ने जो खेल शुरू किया था, उसमें वह पूरी तरह रम चुकी थी और बड़ी उत्सुकता से बोबरोव के उत्तर की प्रतीक्षा कर रही थी। बोबरोव इतना अधिक उत्तेजित हो गया था कि घबराहट में उसके मुँह से बात ही न निकल रही थी। किन्तु उसी समय भोंपू का कर्कश, तीखा स्वर सुनाई दिया और प्लेटफ़ॉर्म पर भगदड़-सी मच गई।

"मैं तुम्हारे उत्तर की प्रतीक्षा करती रहूँगी, समझे? तुम शायद नहीं जानते कि मैं उसको कितना अधिक महत्त्व देती हूँ।"

सहसा दूर मोड़ के पीछे काले धुएँ में लिपटी एक्सप्रेस ट्रेन आती हुई दिखाई दी। कुछ मिनटों बाद उसके पहियों की गड़गड़ाहट धीमी पड़ने लगी और वह प्लेटफ़ॉर्म के सामने आकर रुक गई। उसके सिरे पर नीले रंग का एक चमकता हुआ लम्बा डिब्बा था। भीड़ का रेला उसी की ओर टूट पड़ा।

कंडक्टर तेज़ी से कम्पार्टमेंट का दरवाज़ा खोलने के लिए आगे बढ़े। रेल के डिब्बे से प्लेटफ़ॉर्म तक एक सीढ़ी बिछा दी गई। स्टेशन मास्टर का चेहरा उत्तेजना और घबराहट से लाल हो गया था। वह उन मज़दूरों को ज़ोर-ज़ोर से हाँक रहा था, जो क्वाशनिन के कम्पार्टमेंट को ट्रेन से अलग कर रहे थे।

क्वाशनिन 'एक्स' रेलवे का प्रमुख भागीदार था, इसलिए ब्रांच-लाइन के हर स्टेशन पर जिस आन-बान से उसका स्वागत किया जाता था, वैसा स्वागत शायद ही कभी रेलवे के किसी ऊँचे अफ़सर का किया जाता हो।

केवल चार व्यक्ति गाड़ी के डिब्बे में घुसे—शेलकोवनिकोव, आन्द्रेयस और दो प्रमुख बेल्जियन इंजीनियर। क्वाशनिन एक आरामकुर्सी पर अपनी लम्बी-चौड़ी टाँगें फैलाकर बैठा था। उसकी तोंद बाहर की ओर निकली थी और उसने एक गोल फेल्ट टोपी पहन रखी थी, जिसके नीचे से लाल सुर्ख़ बाल नज़र आ रहे थे। उसने एक अभिनेता की भाँति अपनी दाढ़ी-मूँछ सफाचट करवा रखी थी। उसके जबड़ों का ढीला-ढाला मांस नीचे की ओर लटक रहा था और ठुड्डी के नीचे मांस की तीन तहें बन गई थीं। झाँइयों से भरे उसके चेहरे पर निद्रा और खीज के चिह्न स्पष्ट दिखाई दे रहे थे। उसके होंठ व्यंग्यात्मक मुद्रा में मुड़े थे।

कुर्सी से सप्रयास उठकर उसने इंजीनियरों का अभिवादन किया।

"नमस्कार सज्जनो!" उसने भारी और गहरी आवाज़ में कहा और अपना लम्बा मोटा हाथ आगे बढ़ा दिया, ताकि सब इंजीनियर बारी-बारी से श्रद्धा और सम्मान के साथ उसका स्पर्श कर लें, "मिल में सब काम ठीक चल रहा है न?"

शेलकोवनिकोव ने रूखी नीरस भाषा में रिपोर्ट पेश की। उसने बतलाया कि मिल का सब काम सुचारु रूप से चल रहा है, और वे लोग वासिली तेरन्त्येविच के आगमन की बड़ी उत्सुकता से प्रतीक्षा कर रहे थे, ताकि उनकी उपस्थिति में पवन-भट्ठी को चालू किया जाए और नई इमारतों का शिलान्यास किया जा सके। मज़दूरों और फोरमैनों को उचित वेतन पर नियुक्त किया गया है। ऑर्डरों की संख्या इतनी तेज़ी से बढ़ रही है कि संचालक-मंडल ने निर्माण-कार्य को शीघ्रातिशीघ्र आरम्भ कर देना ही उचित समझा।

क्वाशनिन खिड़की की ओर मुँह मोड़कर प्लेटफ़ॉर्म पर लोगों के जमघट को निर्विकार भाव से देख रहा था। एक बड़ी भीड़ उसके डिब्बे के आगे खड़ी हो गई थी। उसके चेहरे पर गहरी वितृष्णा और थकान का भाव घिर आया।

अचानक उसने मैनेजर को बीच में ही टोककर पूछा, "देखो, वह लड़की कौन है?"

शेलकोवनिकोव ने खिड़की के बाहर झाँककर देखा।

"अरे, वह देखो, वही लड़की जिसने अपने हैट पर पीला पंख लगा रखा है," क्वाशनिन ने अधीर होकर कहा।

"अच्छा, अब समझ गया। वही न?" मैनेजर ने बड़ी उत्सुकता से झुककर क्वाशनिन के कान में रहस्य-भरे स्वर में फ्रांसीसी भाषा में कहा, "वह हमारे गोदाम-मैनेजर जिनेन्को की कन्या है।"

क्वाशनिन ने धीरे से अपना सिर हिलाया। शेलकोवनिकोव ने अपनी रिपोर्ट का टूटा हुआ सिलसिला दोबारा जोड़ा ही था कि क्वाशनिन ने एक बार फिर उसे बीच में टोक दिया।

"जिनेन्को?" खिड़की के बाहर देखता हुआ वह बुदबुदाया, "कौन जिनेन्को? क्या पहले मैंने कभी उसका नाम सुना है?"

"वह हमारे गोदाम का मैनेजर है।" शेलकोवनिकोव ने आदरपूर्वक पुनः वही वाक्य दोहरा दिया। इस बार उसके स्वर में 'जिनेन्को' के नाम के प्रति गहरी उदासीनता का भाव टपक रहा था।

"अरे हाँ, याद आया। पीटर्सबर्ग में किसी ने उसका ज़िक्र मुझसे किया था। अच्छा, आप अपनी बात जारी रखिए," क्वाशनिन ने कहा।

क्वाशनिन की भाव-मुद्रा देखकर नीना की नारीगत-प्रखर बुद्धि से यह छिपा न रह सका कि वह उसकी ओर देखता हुआ उसी के सम्बन्ध में बातचीत कर रहा है। वह तनिक पीछे हट गई, किन्तु क्वाशनिन की आँखें अब भी नीना पर टिकी थीं और वह उसके ख़ुशी से मुस्कराते गुलाबी कपोलों को देख रहा था, जिस पर छोटे-छोटे सुन्दर तिल चमक रहे थे।

आख़िर रिपोर्ट समाप्त हुई और क्वाशनिन गाड़ी के दूसरे छोर पर शीशे के बने चौड़े खुले कम्पार्टमेंट में चला गया।

बोबरोव ने मन-ही-मन सोचा कि यदि उसके पास एक बढ़िया कैमरा होता, तो वह इस दृश्य को हमेशा के लिए चित्रित कर लेता।

क्वाशनिन शीशे के पीछे किसी कारणवश खड़ा था। उसका भारी-भरकम शरीर डिब्बे के दरवाज़े के पास जमा भीड़ के ऊपर पहाड़-सा प्रतीत हो रहा था। उसका चेहरा खिन्न और क्लान्त था और अपनी टाँगों को फैलाकर खड़ा हुआ वह एक भद्दा जापानी बुत-सा लग रहा था। उसकी नितान्त निश्चल और भावहीन मुद्रा ने उन लोगों की आशाओं पर तुषारापात कर दिया, जो बड़े अरमान बाँधकर उससे मिलने आए थे। क्वाशनिन के सम्मुख उनकी हीन-भावना भय में परिणत हो गई, और जो मुस्कराहट वे अपने होंठों पर सजाकर लाए थे, वह धीरे-धीरे मुरझाने लगी।

कुछ देर पहले जो कंडक्टर तेज़ी से इधर-उधर घूम-फिर रहे थे, अब सैनिक-मुद्रा में काठ के पुतलों के समान दरवाज़े के दोनों ओर क़तार बाँधकर जड़वत् खड़े थे।

बोबरोव ने जब नीना के चेहरे पर भी वही हीन मुस्कराहट देखी, जो उसने दूसरों के चेहरों पर देखी थी, तो उसके हृदय में एक टीस उठी। नीना उसी तरह भयातुर आँखों से क्वाशनिन की ओर देख रही थी, जैसे एक असभ्य जंगली अपने देवता की मूर्ति की ओर देखता है।

'क्या लोगों की यह प्रतिक्रिया क्वाशनिन की तीन लाख रूबल की आमदनी के प्रति आदरपूर्ण किन्तु सर्वथा तटस्थ और निर्वैयक्तिक आश्चर्य भावना की ही अभिव्यक्ति है? यदि ऐसा है तो ये लोग इस आदमी के सामने कुत्तों की तरह क्यों दुम हिलाते हैं, जबकि यह उनकी ओर ताकता तक नहीं?' बोबरोव ने सोचा, 'कदाचित् यह हीन-भावना का कोई ऐसा अनबूझा, अनजाना मनोवैज्ञानिक नियम है, जो सब लोगों पर अपना असर दिखा रहा है?'

कुछ देर ऊपर खड़े रहने के बाद क्वाशनिन अपनी तोंद हिलाता हुआ सीढ़ियों से नीचे उतरा। उसके पीछे-पीछे उसको सहारा देते हुए सेवकों का झुंड चल रहा था।

भीड़ दो भागों में बँट गई और क्वाशनिन के लिए रास्ता साफ़ हो गया। लोगों के अभिवादन के उत्तर में वह केवल लापरवाही से सिर हिलाता जाता था। आख़िरकार उसने अपना निचला मोटा होंठ बाहर निकालकर,

नकियाते हुए कहा, "सज्जनो, अब आप जा सकते हैं—कल आपसे फिर मुलाक़ात होगी।"

स्टेशन के गेट पर पहुँचने से पूर्व उसने मैनेजर को अपने पास बुलाया।

"तुम मेरा परिचय उस आदमी से करवा देना," क्वाशनिन ने दबे स्वर में कहा।

"आपका मतलब जिनेन्को से है?" शेलकोवनिकोव ने अनुगृहीत होकर पूछा।

"जी हाँ, उससे नहीं तो और किससे?" क्वाशनिन क्रोध से गुर्रा उठा। फिर अचानक झुँझलाकर उसने कहा, "अरे, यहाँ नहीं!" मैनेजर जाने के लिए उद्यत हुआ ही था कि क्वाशनिन ने उसके कोट की आस्तीन पकड़ ली, "यहाँ नहीं, मिल में..."

7

कार्यक्रम के अनुसार यह निश्चित हुआ था कि क्वाशनिन के आगमन के चार दिन बाद भट्ठी चालू की जाएगी और उसी समय नई इमारतों का शिलान्यास-समारोह भी सम्पन्न होगा। उस सुअवसर के लिए अभी से व्यापक पैमाने पर धूमधाम से तैयारियाँ आरम्भ हो गई थीं। क्रुतोगोरी, वोरोनिनो और ल्वोबो शहरों में स्थित लोहे और इस्पात के कारख़ानों के लिए निमंत्रण-पत्र भी रवाना कर दिये गए थे।

क्वाशनिन के बाद पीटर्सबर्ग से संचालक-मंडल के दो अन्य सदस्य, चार बेल्जियन इंजीनियर और कुछ बड़े-बड़े भागीदार भी आए। ख़बर थी संचालक-मंडल ने उत्सव-भोज का आयोजन करने के लिए लगभग दो हज़ार रूबलों की रक़म निर्दिष्ट की है किन्तु इस अफ़वाह की पुष्टि अभी तक नहीं हुई थी और फ़िलहाल बेचारे ठेकेदारों पर ही खाने-पीने की सामग्री जुटाने की ज़िम्मेदारी आ पड़ी थी।

आख़िर उत्सव-दिवस आ पहुँचा। पतझड़ के आरम्भ का वह दिन बहुत मनोरम था। गहरा नीला आकाश और नशीली मदिरा-सी मादक, मदमाती हवा। इस्पात बनाने की भट्ठी और आग फूँकने की नई धौंकनी स्थापित करने के लिए चौकोर गड्ढे खोद दिये गए थे, जिनके इर्द-गिर्द अर्द्ध-चन्द्राकार बनाकर मज़दूरों की भीड़ जमा थी। लोगों की इस जीती-जागती दीवार के बीच में गड्ढे के किनारे एक मामूली-सी मेज़ रखी थी, जिस पर सफ़ेद मेज़पोश बिछा हुआ था। मेज़ पर बाइबल क्रॉस और पवित्र जल से भरा टीन का एक कटोरा रखा था। पास ही पानी छिड़कने की एक बोतल थी। कुछ दूरी पर पादरी खड़ा था। उसने हरे रंग का चोग़ा पहन रखा था, जिस पर कसीदा किये गए सुनहरे 'क्रॉस' चमक रहे थे। प्रार्थना और भजन गाने के लिए पादरी के पीछे पन्द्रह मज़दूर खड़े थे। अर्द्ध-चन्द्राकार के सामने लगभग दो सौ व्यक्तियों की कसमसाती भीड़ एकत्र थी, जिसमें इंजीनियर, ठेकेदार, ऊँचे दर्जे के फोरमैन, क्लर्क आदि शामिल थे। पास ही एक छोटे-से टीले पर एक फ़ोटोग्राफ़र अपने सिर को काले कपड़े से ढककर कैमरे से उलझ रहा था।

दस मिनट बाद, एक सुन्दर बग्घी में बैठकर क्वाशनिन वहाँ पहुँचा, जिसमें भूरे रंग के बढ़िया घोड़े जुते थे। बग्घी में क्वाशनिन अकेला बैठा था। कोई दूसरा व्यक्ति साथ बैठना भी चाहता तो सम्भव न था क्योंकि क्वाशनिन की स्थूल काया ने सारी सीट घेर रखी थी। उसकी बग्घी के पीछे पाँच-छह अन्य गाड़ियाँ सरपट भागी चली जा रही थीं। क्वाशनिन की वेश-भूषा और हाव-भाव को देखते ही मज़दूरों ने स्वतः यह अनुमान लगा लिया कि वह 'मालिक' है। सबने मिलकर एक साथ अपनी टोपियाँ उतार लीं। क्वाशनिन ने पादरी को देखकर अपना सिर हिलाया और अकड़ता हुआ मज़दूरों के सामने से निकल गया।

क्वाशनिन के आगमन से जो सन्नाटा छा गया था, उसे पादरी की कर्कश, नकियाती हुई आवाज़ ने तोड़ा। वह बहुत विनम्र, विनीत भाव से गा रहा था : "हे प्रभु! तेरी महिमा अपरम्पार है!"

"आमीन!" भजन मंडली के मज़दूरों ने सुर-से-सुर मिलाकर एक आवाज़ में कहा।

तीन हज़ार मज़दूरों ने उसी तरह एक साथ मिलकर सलीब का चिह्न बनाया, जिस तरह उन्होंने क्वाशनिन का अभिवादन किया था। फिर उन्होंने अपना सिर नीचे झुकाया, ऊपर उठाया और झटके के साथ अपने बालों को पीछे समेट लिया। बोबरोव ध्यान से उन्हें देखता रहा।

अगली दो पंक्तियों में राजगीर गम्भीर मुद्रा बनाए खड़े थे। वे सब-के-सब सफ़ेद चोग़े पहने थे। लगभग सभी के बाल सन के रंग के थे और दाढ़ियाँ लाल थीं। उनके पीछे लोहा गलाने और ढालने वाले मज़दूर फ्रांसीसी और अंग्रेज़ मज़दूरों की तरह गहरे नीले रंग के ढीले-ढाले ब्लाउज़ पहनकर खड़े थे। उनके चेहरों पर लोहे की धूल की परतें जमी थीं जिन्हें पानी से साफ़ करना असम्भव था। उनकी पाँतों में टेढ़ी-लम्बी नाक वाले कुछ विदेशी मज़दूर भी दिखाई देते थे। लोहा गलाने और ढालने वाले मज़दूरों के पीछे चूने की भट्ठियों में काम करने वाले मज़दूरों की झलक भी मिल जाती थी। उनकी लाल सुर्ख़ और सूजी हुई आँखों से तथा चूने की गर्द से सने हुए चेहरों से उन्हें आसानी से पहचान लिया जा सकता था।

'हे माँ! हर विपत्ति से हमें मुक्ति दिला, हम तेरे दास हैं!' जब कभी भजन-मंडली के ये शब्द मज़दूरों के कानों में पड़ते, उनके हाथ सलीब का चिह्न बनाने के लिए उठ जाते और तीन हज़ार सिर श्रद्धा से नीचे झुक जाते। समूची भीड़ में एक कोमल-सी सरसराहट दौड़ जाती। बोबरोव को यह दृश्य देखकर ऐसा प्रतीत हुआ, मानो एक अज्ञात, आदिम शक्ति ने भीड़ के हर आदमी को आलोड़ित कर दिया है। इतने विशाल जनसमुदाय की इस सामूहिक प्रार्थना से एक निरीह, निश्छल अबोधता झलकती थी, जिसने उसके मर्मस्थल को छू लिया। कल यही लोग बारह घंटे तक मेहनत-मशक्कत में पिसते रहेंगे! कौन जानता है कि कल इनमें से किसी को इस मेहनत की क़ीमत अपनी जान देकर चुकानी पड़ जाए—किसी ऊँची मचान से नीचे गिर पड़े, पिघलती हुई धातु से शरीर झुलस जाए अथवा वह टूटे हुए पत्थरों और ईंटों के ढेर के नीचे आकर दफ़न हो जाए? उनका काम ही ऐसा था, जो हर समय किसी भी मज़दूर को मृत्यु के जबड़ों में फेंक सकता था।

आज जब भजन-मंडली परम जगत माता से अपने दासों को विपत्तियों से मुक्ति दिलाने के लिए प्रार्थना कर रही है, तो क्या ये लोग नीचे झुकते और अपने सफ़ेद बालों को समेटते हुए संयोगवश अपनी नियति की क्रूर अनिवार्यता के सम्बन्ध में ही तो नहीं सोच रहे? ये विनीत, विनम्र श्रम-वीर जो हर रोज़ अपनी अँधेरी, सीलन-भरी झोंपड़ियों से निकलकर अदम्य साहस और धैर्य का परिचय देते हुए ख़ून-पसीना एक करते हैं, जो बच्चों की तरह निडर और निश्छल हैं, वर्जिन मेरी को नहीं, तो और किसे अपनी आस्था अर्पित कर पाएँगे?

यही सब कुछ बोबरोव सोच रहा था। जब तक वह अपने विचारों को काव्यात्मक प्रतीकों और चित्रों में अनूदित न कर लेता, उसे चैन नहीं पड़ता था; और हालाँकि अर्से से उसकी प्रार्थना करने की आदत छूट गई थी, किन्तु जब कभी पादरी की मद्धिम कर्कश आवाज़ के बाद उसे भजन-मंडली का सुमधुर सामूहिक स्वर सुनाई देता, तो अनायास उसके शरीर का अंग-अंग रोमांचित हो उठता था। ये लोग सीधे-सादे साधारण मज़दूर थे, जो दूर-सुदूर इलाक़ों से अपना घर-बार त्यागकर इस कठिन, जान जोखिम के काम पर आ जुटे थे। यही कारण था कि उनकी प्रार्थना में साहस, विनय और आत्म-बलिदान के मार्मिक स्वर ध्वनित हो रहे थे।

प्रार्थना समाप्त हो गई। क्वाशनिन ने लापरवाही से सोने का एक सिक्का गड्ढे में फेंक दिया, किन्तु नीचे झुककर फावड़ा चलाना उसके बस की बात न थी। सो शेलकोवनिकोव ने यह काम पूरा कर दिया। उसके बाद वे लोग उन भट्ठियों की ओर चल पड़े, जिनके काले बुर्ज़ पत्थरों की नींव पर आकाश में सिर उठाए खड़े थे।

नव-निर्मित पाँचवीं भट्ठी, कारीगरों की शब्दावली में पूरे 'गर्जन-तर्जन' के साथ चल रही थी। धरती के तीस इंच ऊपर भट्ठी में सूराख़ कर दिया था, जिसमें से पिघली हुई धातु की गर्म भभकती धारा गन्धक की नीली लपटें फेंकती हुई बाहर निकल रही थी। भट्ठी के खड़े पेंदे के सहारे बड़े-बड़े कड़ाहे टिके थे, जिनमें धातु की पिघलती धारा एक ढलवाँ नली से बहकर हरे रंग की ठोस वस्तु में जम जाती थी, जो देखने में जौ की खांड-सी लगती थी।

भट्ठी की छत पर खड़े मज़दूर उसके मुँह में बराबर कोयला और कच्ची धातु झोंकते जाते थे, जिन्हें ट्रालियों में भर-भरकर हर मिनट ऊपर पहुँचाया जा रहा था।

पादरी ने भट्ठी के चारों ओर पवित्र जल का छिड़काव किया और फिर एक वृद्ध व्यक्ति की भाँति लड़खड़ाते पैरों पर वहाँ से चल दिया।

भट्ठी का फोरमैन एक हृष्ट-पुष्ट, काले चेहरे वाला बूढ़ा था। उसने सलीब का चिह्न बनाया और अपनी हथेलियों में थूककर उन्हें रगड़ने लगा। उसके चार सहायकों ने भी उसका अनुकरण करते हुए यही सब कुछ किया। उसके बाद उन्होंने इस्पात की लम्बी छड़ उठाई, देर तक उसे आगे-पीछे झुलाते रहे, फिर सहसा एक ज़बरदस्त धक्के के साथ उसे भट्ठी के सबसे निचले भाग में घुसेड़ दिया। लोहे की छड़ भट्ठी के डट्टे के साथ टकराई। दर्शकों ने घबराकर आँखें मूँद लीं और उनमें से कुछेक तो डर के मारे कुछ क़दम पीछे हट गए। उन पाँचों आदमियों ने मिलकर दूसरा, तीसरा, चौथा प्रहार किया, और सहसा पिघली हुई धातु की एक सफ़ेद चमचमाती धार उस छिद्र से उफनती हुई फूट पड़ी, जो इस्पात की छड़ के प्रहारों से भट्ठी के निचले भाग में बन गया था। फोरमैन ने छड़ को घुमाते हुए उस छेद को और अधिक चौड़ा कर दिया।

पिघला लोहा धीरे-धीरे छेद से बाहर निकलता हुआ रेत पर बह चला और गहरा गेरुवा रंग पकड़ने लगा। छिद्र से अंगारे पट-पट करते हुए हवा में उछलते थे और क्षण-भर के लिए आँखों को चौंधियाकर ग़ायब हो जाते थे। भट्ठी से पिघली हुई धातु बहुत धीमी गति से बाहर निकल रही थी, फिर भी उससे आसपास का वातावरण इतना उत्तप्त हो उठा कि अनभ्यस्त दर्शक अपने चेहरों को हाथों से ढाँपकर पीछे हटते चले गए।

भट्ठियों को पीछे छोड़कर इंजीनियरों के दल ने धौंकनी-विभाग की ओर अपना रुख़ किया। विशालकाय कारख़ाने के हर विभाग में कितने ज़ोर-शोर से काम हो रहा है, यह बात क्वाशनिन मिल के भागीदारों के दिलों में अच्छी तरह बिठा देना चाहता था। उसने इस बात का बिलकुल ठीक-ठीक अनुमान लगाया था कि इन महानुभावों के दिमाग़ों पर इन तमाम दृश्यों का इतना ज़बरदस्त

असर पड़ेगा कि बाद में वे कम्पनी के भागीदारों की आम सभा के सम्मुख रिपोर्ट पेश करते समय प्रशंसा के पुल बाँध देंगे। व्यवसायी वर्ग की मनोवृत्ति और मानसिक रुझानों का उसे गहरा अनुभव था। उसे इस बात का पूरा भरोसा था कि इतनी बढ़िया रिपोर्ट सुनने के बाद भागीदारों की आम सभा बाज़ार में नये शेयर चालू करने के लिए तैयार हो जाएगी, जिसके लिए वह अभी तक आनाकानी करती रही थी, और इस तरह, वह लाखों का मुनाफ़ा बटोर सकेगा।

और सचमुच मिल के भागीदार प्रभावित हुए बिना न रह सके, यहाँ तक कि थकान के मारे उनकी टाँगें लड़खड़ाने लगीं और सिर दर्द से फटने लगा। धौंकनी-विभाग में पन्द्रह फ़ीट लम्बे लोहे के चार खड़े पिस्टनों के द्वारा हवा को नलियों में खींचा जा रहा था, जिसकी तुमुल, कर्णभेदी गड़गड़ाहट से इमारत की पत्थर की दीवारें थर्रा उठती थीं। लोहे की इन विशालकाय नलियों का घेरा लगभग दस फ़ीट था। हवा इन नलियों में से गुज़रकर गर्म भभकते चूल्हों में जाती थी, जहाँ जलती हुई गैसों के स्पर्श से उसका तापमान एक हज़ार डिग्री तक बढ़ जाता था और फिर उसके बाद वह भट्ठियों में घुसकर अपनी गर्म धधकती साँसों से कच्ची धातु और कोयले को मोम की तरह पिघला देती थी।

धौंकनी विभाग का संचालक एक इंजीनियर था जो वहाँ खड़े-खड़े शुरू से आख़िर तक सभी प्रक्रियाओं को समझा रहा था। वह हर भागीदार के पास जाता और उसके कान के पास मुँह ले जाकर अपने फेफड़ों का पूरा ज़ोर लगाकर चिल्लाता। किन्तु मशीनों की भीषण गड़गड़ाहट में उसके शब्द डूब जाते थे और ऐसा लगता था, मानो वह बिना कोई आवाज़ निकाले यों ही चुपचाप अपने होंठों को चला रहा हो।

उसके बाद शेलकोवनिकोव अपने अतिथियों को उन भट्ठियों के पास ले गया, जहाँ साँचे में ढले लोहे को पिघलाकर तरल पदार्थ में परिणत किया जाता था। भट्ठियों का यह ओसारा इतना लम्बा था कि उसका दूसरा सिरा एक धुँधले, छोटे-से छिद्र के समान लगता था।

ओसारे की एक दीवार के साथ-साथ पत्थर का एक चबूतरा छोर तक चला गया था, जिस पर बिना पहियों के रेल के डिब्बों के आकार की बीस

भट्ठियाँ खड़ी थीं। इन भट्ठियों में पिघले हुए लोहे को कच्ची धातु के साथ मिलाकर इस्पात में परिणत किया जाता था, जो नलियों में से बहता हुआ लोहे के ऊँचे साँचों में चला था। ये साँचे हैंडल लगे हुए बिना पेंदे के डिब्बों के समान दिखाई देते थे। हर साँचे में इस्पात के पिंड जम जाते थे। प्रत्येक पिंड का वज़न इक्कीस मन के लगभग हो जाता था।

ओसारे के दूसरी ओर रेल की पटरियाँ बिछी थीं, जिन पर भाप द्वारा संचालित भार ढोने वाले यंत्र अपने चौड़े, लचकीले घड़ों को लिये घरघराते, फूत्कारते और खड़खड़ाते हुए पालतू और फ़ुर्तीले जानवरों की तरह ऊपर-नीचे जा रहे थे। कभी कोई क्रेन किसी साँचे को हैंडल से पकड़कर उठा लेता और तभी उसके नीचे से इस्पात का लाल-सुर्ख़ चमकता हुआ दंड ढुलक पड़ता। किन्तु दंड के फ़र्श पर गिरने के पहले ही एक मज़दूर असाधारण फ़ुर्ती से कलाई जितनी मोटी ज़ंजीर उसके इर्द-गिर्द बाँध देता।

फिर दूसरा क्रेन ज़ंजीर को काँटे में अटकाकर इस्पात के दंड को अपने संग घसीट ले जाता और तीसरे क्रेन से जुड़े हुए चबूतरे पर दूसरे दंडों के साथ उसे भी फेंक देता। तीसरा क्रेन सारे सामान को ढोता हुआ ओसारे के दूसरे सिरे पर ले जाता, जहाँ चौथा क्रेन काँटे के बजाय संडासे द्वारा लोहे के दंडों को उठाकर फ़र्श के नीचे बनी हुई गैस की भट्ठियों में डाल देता। अन्त में पाँचवाँ क्रेन आग में तपे हुए उन दंडों को भट्ठियों से निकालकर उन्हें बारी-बारी से तीक्ष्ण दाँतों वाले एक पहिये के नीचे डाल देता। तिरछी धुरी पर भीषण गति से घूमता हुआ यह पहिया लोहे के मोटे दंडों को कुछ क्षणों में ही मक्खन के समान काटकर दो टुकड़ों में बाँट देता। फिर इन टुकड़ों पर पच्चीस हज़ार पौंड भारी वाष्प-संचालित हथौड़े की मार पड़ती, जो पलक मारते इस तरह उनके टुकड़े-टुकड़े कर देता, मानो वे लोहे के न होकर काँच के बने हों!

पास खड़े हुए मज़दूर तेज़ी से उन टुकड़ों को ट्रॉलियों में भरकर उन्हें ढकेलते हुए दौड़ जाते। जो भी रास्ते में पड़ता, लाल गर्म लोहे से उड़ती हुई गरम हवा की लपट उसे झुलसा जाती।

उसके बाद शेलकोवनिकोव अपने अतिथियों को उस कारख़ाने में ले गया जहाँ रेल की पटरियाँ बनाई जाती थीं। लाल गर्म धातु का एक लम्बा कुन्दा एक रोलर से दूसरे रोलर पर फिसलता हुआ अनेक मशीनों के भीतर से गुज़र रहा था। ये रोलर फ़र्श के नीचे घूम रहे थे और केवल उनका ऊपरी भाग ही दिखाई देता था। विपरीत दिशाओं में घूमते हुए इस्पात के दो बेलनों के बीच में फँसकर यह कुन्दा उन्हें जबरन अलग कर देता था, जिसके कारण रोलर तनकर काँपने लगते थे।

कुछ दूरी पर एक और मशीन थी जिसके बेलनों के बीच का फ़ासला और भी कम था। एक मशीन से दूसरी मशीन में जाता हुआ यह कुन्दा उत्तरोत्तर अधिक लम्बा और पतला बनता जाता था। लोहे का यह कुन्दा कारख़ाने के चारों ओर ऊपर-नीचे कई बार चक्कर काट लेने के बाद सत्तर फ़ीट लम्बी तपी हुई गर्म रेल की पटरी की शक्ल अख़्तियार कर लेता था। यहाँ कुल मिलाकर पन्द्रह मशीनें थीं, जिनके संचालन का दुरूह और पेचीदा काम केवल एक व्यक्ति के हाथों में था। वाष्प इंजन के ऊपर एक ऊँचे चबूतरे पर खड़ा रहकर वह सब कार्रवाइयों की देखभाल करता था। वह हैंडल खींचता तो तुरन्त सब रोलर और बेलन एक दिशा में घूमने लगते। जब वह उसे दबा देता तो वे दूसरी दिशा में पलटकर घूमने लगते। जब लोहे की पटरी को निश्चित लम्बाई तक खींच लिया जाता, तब एक गोल आरा कर्णभेदी चीत्कार के साथ सुनहरी चिंगारियाँ उड़ाता हुआ उसे तीन भागों में काट देता।

अब वे लोग ख़राद के कारख़ाने में आए। यहाँ अधिकतर इंजन और रेल के डिब्बों के पहिये तैयार किये जाते थे। छत के एक छोर से दूसरे छोर तक इस्पात की एक शहतीर लगी हुई थी, जिस पर घूमती हुई चमड़े की पेटियाँ विभिन्न आकार-प्रकार की दो-तीन सौ मशीनों को चलाती थीं। छत की शहतीर से मशीनों को जोड़ती हुई इन पेटियों को ऐसा ताना-बाना बिछा था, मानो एक ही उलझा और काँपता हुआ जाल हो! कुछ मशीनों के पहिये इतनी तेज़ी से घूम रहे थे कि वे एक क्षण में बीस चक्कर लगा देते थे, और कुछ मशीनों के पहियों की गति इतनी धीमी थी कि पता भी न चलता था।

इस्पात, लोहे और पीतल की पतली वर्तुलाकार कतरनें चारों ओर बिखरी पड़ी थीं। एक ओर सूराख़ बनाने वाली मशीनें चल रही थीं, जिनकी कर्कश आवाज़ कानों के पर्दे फाड़े डालती थी। ढिबरियाँ बनाने वाली मशीन भी अतिथियों को दिखलाई गई। देखकर लगता था, मानो इस्पात के दो भारी-भरकम जबड़े भीतर-ही-भीतर धीरे-धीरे कोई चीज़ चबा रहे हों। दो मज़दूर लोहे की एक गर्म सलाख उस मशीन में डालते थे और वह उसे काट-काटकर बनी-बनाई ढिबरियों के रूप में बाहर उगल देती थी।

जब वे लोग ख़राद के कारख़ाने से बाहर आए, तो शेलकोवनिकोव ने, जो मिल के भागीदारों को बड़ी तत्परता से अब तक सारी बातें समझाता आ रहा था, प्रार्थना की कि वे नौ सौ हॉर्स पावर का 'कम्पाउंड'—जो मिल की सबसे शानदार मिल्कियत थी—देखने चलें। किन्तु पीटर्सबर्ग से आए हुए महानुभाव अब तक इतना कुछ देख-सुन चुके थे कि थकान के कारण एक क़दम भी आगे चलना उनके लिए मुहाल था। किसी भी नई वस्तु को देखकर उत्सुकता की अपेक्षा अब उन्हें ऊब और थकान ही होती थी। रेल की पटरियों के कारख़ाने के गरम वातावरण से उनके चेहरे तमतमा गए थे और उनके हाथों और कपड़ों पर कालिख जम गई थी, इसलिए जब मैनेजर ने उनसे 'कम्पाउंड' देखने की प्रार्थना की तो काफ़ी रुखाई के साथ उन्होंने उसके निमंत्रण को स्वीकार किया और वह भी केवल इसलिए कि उन्हें मिल के उन बाक़ी भागीदारों की इज़्ज़त का ख़याल था, जिनके प्रतिनिधि बनकर वे यहाँ आए थे।

'कम्पाउंड' एक अलग साफ़-सुथरी और सुन्दर इमारत में स्थित था—फ़र्श पर पच्चीकारी का काम, खुली खिड़कियाँ। भारी-भरकम होने पर भी 'कम्पाउंड' बहुत ही कम आवाज़ पैदा कर रहा था। तीस फ़ीट लम्बी पिस्टनें लकड़ी के बक्सों में रखे सिलिंडरों में द्रुतगति से अविराम चल रही थीं। बीस फ़ीट व्यास का एक पहिया, जिसके ऊपर से बारह रस्सियाँ सरक रही थीं, बिना कोई आवाज़ पैदा किये तेज़ी से घूम रहा था। पहिये की प्रत्येक परिक्रमा के साथ कमरे में सूखी, गर्म हवा के झोंके फैल जाते थे। इस मशीन से धौंकनियों, रोलिंग मिलों और खराद के कारख़ाने को बिजली हासिल होती थी।

कम्पाउंड का निरीक्षण करने के बाद भागीदारों ने चैन की साँस ली और सोचा कि अब छुटकारा मिल जाएगा। किन्तु शेलकोवनिकोव कब उनका पीछा छोड़ने वाला था। छूटते ही उसने एक नया सुझाव रख दिया : "महानुभावो, अब मैं आपको उस स्थान पर ले जाऊँगा, जो मिल का 'हृदय' अर्थात् केन्द्र-स्थल है। वहाँ से मिल की तमाम कार्रवाइयों का संचालन होता है।"

वह वाष्प-बॉयलर गृह में उन्हें अपने पीछे-पीछे घसीटता ले गया। किन्तु अब तक वे जितना कुछ देख चुके थे, उसके बाद 'मिल के हृदय-स्थल' ने उन्हें अधिक प्रभावित नहीं किया। वहाँ पर बेलन के आकार के पैंतीस फ़ीट लम्बे और दस फ़ीट ऊँचे बारह बॉयलर खड़े थे। बॉयलरों के बजाय अतिथियों का ध्यान भोजन पर अटका था। अब वे शेलकोवनिकोव से कोई प्रश्न नहीं पूछ रहे थे। उसकी टीका-टिप्पणियों को चुपचाप विरक्त-भाव से सुनकर केवल सिर हिला देते थे। जब वह उन्हें सब कुछ दिखा-सुना चुका, तो उन्होंने चैन की साँस ली और बाहर जाते हुए बड़े तपाक से शेलकोवनिकोव के साथ हाथ मिलाया।

वे लोग चले गए—केवल बोबरोव अकेला वहाँ बॉयलरों के सामने खड़ा रहा। अन्धकार में डूबी पत्थर की गहरी खाई के किनारे पर खड़ा हुआ वह देर तक भट्ठियों को देखता रहा, जहाँ कमर तक नंगे छह मज़दूरजी-तोड़ काम कर रहे थे। वे लोग दिन-रात भट्ठियों में कोयला झोंकते रहते थे। भट्ठियों के लोहे के गोल दरवाज़े जब-तब झपाटे के साथ खुल जाते और बोबरोव उनके भीतर आग की गरजती, लपलपाती लपटों को देख लेता। उन अर्द्ध-नग्न मज़दूरों का शरीर आग की तपिश से मुरझा गया था और उनकी त्वचा पर कोयले की गर्द की काली परतें जम गई थीं। जब वे झुकते तो उनकी पीठ की तमाम मांसपेशियाँ और रीढ़ की हड्डियाँ उभर आतीं। रह-रहकर उनके लम्बे कृशकाय हाथ फावड़ों में कोयला भर-भरकर एक तेज़ चुस्त हरकत के साथ भट्ठियों के खुले द्वार के भीतर झोंक देते। ऊपर दो मज़दूर बॉयलर-गृह के चारों ओर खड़े कोयले के ऊँचे ढेरों से ताज़ा कोयला तोड़-तोड़कर नीचे गिराने में व्यस्त थे। भट्ठियों में दिन-रात कोयला झोंकने वाले मज़दूरों का जीवन कितना अमानवीय, नीरस और भयावह है, बोबरोव ने सोचा।

उन्हें देखकर लगता था, मानो किसी दैवी शक्ति ने उन अभिशप्त मज़दूरों को मुँह फाड़ती हुई भट्ठियों के संग जीवन-भर के लिए बाँध दिया है। जो वहाँ से भागने की चेष्टा करेगा, उसे तड़पा-तड़पा कर मार दिया जाएगा। भट्ठी ने मानो एक भयानक, भीमकाय राक्षस का रूप धारण कर लिया है, जिसकी अतृप्त जठराग्नि को शान्त करने के लिए मज़दूरों को आजीवन, दिन-रात उसका पेट भरना पड़ता है।

"क्यों, अपने मलोच को मोटा होते हुए देख रहे हो?" बोबरोव को अपने पीछे से किसी की ख़ुशी में भरी आवाज़ सुनाई दी।

वह चौंक उठा और खाई में गिरते-गिरते बाल-बाल बचा। कुछ ऐसा विचित्र संयोग हुआ कि जो बात डॉक्टर ने अभी-अभी मज़ाक़ में कही थी, वह बात भट्ठी के सम्मुख खड़े-खड़े बोबरोव के मस्तिष्क में भी आ रही थी। प्रकृतस्थ होने के काफ़ी देर बाद तक वह इस विचित्र संयोग पर आश्चर्य करता रहा। जब कभी वह किसी विषय के सम्बन्ध में पढ़ या सोच रहा होता और संयोगवश कोई अन्य व्यक्ति उसके संग अचानक उसी विषय के सम्बन्ध में चर्चा छेड़ देता, तो उसे यह अत्यन्त रहस्यमय बात लगती और वह विस्मित हो उठता।

"माफ़ करना मेरे भाई, लगता है, मैंने तुम्हें डरा दिया।"

"हाँ, कुछ घबराहट ज़रूर हुई। घबराने की बात भी थी, तुम इतने चुपके से जो चले आए।"

"आन्द्रेइलिच, तुम्हारा कलेजा बहुत कमज़ोर हो गया है। तुम्हें अपनी सेहत का ख़याल रखना चाहिए। मेरी राय मानो तो कुछ महीनों की छुट्टी ले लो और देश के बाहर कहीं जाकर आराम करो। यहाँ पड़े-पड़े व्यर्थ की चिन्ताओं में घुलते रहने में क्या तुक है? छह महीने तक कहीं मौज उड़ाओ, अच्छी शराब पियो, घुड़सवारी करो और मोहब्बत के खेल में अपना हाथ आज़मा देखो।"

डॉक्टर भट्ठी की खाई के पास गया और किनारे पर खड़ा होकर झाँकने लगा।

"अरे, यह तो दोज़ख़ की आग है!" वह चिल्लाया, "इन केतलियों का कितना वज़न होगा? मेरे विचार में पन्द्रह टन से तो क्या कम होंगी?"

"नहीं, कुछ ज़्यादा है। पच्चीस टन से ऊपर।"

"ओह! और अगर इनमें से कोई अचानक फट जाए, तो...तो अजीब तमाशा होगा, क्यों?"

"ज़रूर होगा, डॉक्टर। सम्भव है, ये सारी बड़ी-बड़ी इमारतें धूल में लोटती नज़र आएँ।"

गोल्डबुर्ग ने अपने सिर को धीरे से हिलाया और भेद-भरी मुद्रा में सीटी बजाने लगा।

"अच्छा, यह तो बताओ, किन कारणों से ऐसा विस्फोट हो सकता है?"

"कारण तो अनेक हैं, किन्तु अक्सर एक ही कारण से ऐसी दुर्घटना होती है। जब बॉयलर में पानी कम रह जाता है तो उसकी दीवारें तपने लगती हैं, और धीरे-धीरे गर्म होती हुई लाल सुर्ख़ हो जाती हैं। यदि उस समय बॉयलर में कोई जल डाल दे तो उसके भीतर इतनी अधिक भाप इकट्ठा हो जाएगी कि दीवारें उसका दबाव बर्दाश्त न कर पाएँगी और बॉयलर फट जाएगा।

"तो क्या ऐसा जानबूझकर भी किया जा सकता है?"

"क्यों नहीं। जब चाहो तभी किया जा सकता है। करके देखोगे? जब गॉज में पानी बहुत कम मात्रा में बहने लगे, तो वह जो छोटा गोल-सा लीवर है न? उसे घुमा दो। बस, इतना ही काफ़ी है।"

बोबरोव मज़ाक़ कर रहा था। किन्तु उसकी आवाज़ विचित्र रूप से गम्भीर थी, और उसकी आँखें कठोर और पीड़ायुक्त हो गई थीं।

'भगवान जाने,' डॉक्टर ने मन में सोचा, 'आदमी तो नेक है, लेकिन इसके दिमाग़ में कहीं ज़रूर कुछ गड़बड़ी है।'

"तुम अपने अतिथियों के साथ भोजन के लिए क्यों नहीं गए, आन्द्रेइलिच?" डॉक्टर ने खाई से पीछे हटते हुए पूछा, "सुना है, प्रयोगशाला को उन्होंने शरद ऋतु की वाटिका में परिणत कर लिया है—कम-से-कम तुम वही देखने चले जाते। भोज का आयोजन उन्होंने जिस तड़क-भड़क के साथ किया है, वह तो बस देखते ही बनता है।"

"भाड़ में जाए उनका भोज-वोज। मुझे तो इंजीनियरों द्वारा आयोजित ये भोज-समारोह एक आँख नहीं भाते।" बोबरोव ने मुँह बिचकाकर कहा, "सब लोग अपने मुँह मियाँ मिट्ठू बनते हैं, चिल्लाते हैं, घिघियाते हैं और फिर नशे में धुत्त होकर एक-दूसरे के नाम पर जाम पीते हैं। आधी शराब गले के नीचे उतरती है, तो आधी कपड़ों पर ही छलक जाती है। उफ़, मुझे तो घिन आती है।"

"हाँ, तुम ठीक कहते हो," डॉक्टर ने हँसते हुए कहा, "भोज के आरम्भ में मैं वहाँ मौजूद था। क्वाशनिन अपने रंग में था। 'सज्जनो,' उसने भाषण देते हुए कहा, 'समाज में इंजीनियरों का धन्धा बड़ा ही आदरणीय और महत्त्वपूर्ण माना जाता है। देश के कोने-कोने में रेलों, भट्ठियों और खानों के निर्माण के अलावा वह दूर-दूर तक शिक्षा के बीज, सभ्यता के फूल और...' इसके बाद उसने कुछ फलों का उल्लेख किया, जिनके नाम मुझे याद नहीं रहे। एक नम्बर का काँइयाँ आदमी है यह क्वाशनिन! कहने लगा, 'आओ, हम सब मिल-जुलकर अपनी उपयोगी कला के पवित्र झंडे को ऊँचा उठाएँ।' भारी करतल ध्वनि से उसके भाषण का स्वागत किया गया।"

वे चुपचाप कुछ क़दम आगे चले। अचानक डॉक्टर के चेहरे पर एक छाया-सी घिर आई।

"उपयोगी कला!" उसने क्रोध में भरकर कहा, "मज़दूरों के बैरक गली-सड़ी लकड़ी की चिप्पियों से बने हैं। मरीज़ों का कोई अन्त नहीं और बच्चे मक्खियों की तरह मरते हैं। क्या यही शिक्षा के बीज हैं? और अभी तो इन्हें आगे पता चलेगा। इवानकोवा में टॉयफॉयड की महामारी को फैल जाने दो, तब इनकी आँखें खुल जाएँगी।"

"क्या कहते हो, डॉक्टर! तुम्हारे पास टॉयफॉयड के कुछ केस आए हैं क्या? मज़दूरों की बैरकें जिस प्रकार ठसाठस भरी हैं, उससे तो ख़ौफ़नाक हालत पैदा हो जाएगी।"

डॉक्टर साँस लेने के लिए रुक गया।

"और तुम क्या सोच रहे हो?" उसके स्वर में कड़वाहट भरी थी, "कल ही दो मरीज़ मेरे पास लाए गए थे। एक आज सुबह चल बसा और

दूसरा, यदि अब तक नहीं मरा, तो आज रात तक ज़रूर दम तोड़ देगा। दवाई, बिस्तर, होशियार नर्सें—हमारे पास कुछ भी नहीं है। घबराओ नहीं, इसका मूल्य उन्हें चुकाना पड़ेगा।" उसने ग़ुस्से में घूँसा तान लिया, मानो किसी अदृश्य व्यक्ति पर प्रहार करने जा रहा हो!

8

लोगों ने तरह-तरह की बातें करना शुरू कर दिया था। मिल में ऐसे चटपटे क़िस्से क्वाशनिन के आगमन के पूर्व ही मशहूर थे कि जिनेन्को-परिवार के साथ उसकी आकस्मिक घनिष्ठता का भेद किसी से छुपा न रहा। स्त्रियाँ जब इस विषय का ज़िक्र छेड़तीं तो उनके होंठों पर एक विचित्र, भेद-भरी मुस्कान खेल जाती। पुरुष जब आपस में बातचीत करते, तो बिना लागलपेट के खरी-खरी सुनाते। किन्तु निश्चित रूप से किसी को कुछ पता नहीं था। सब लोग किसी दिलचस्प, चटपटे समाचार को सुनने के लिए आतुर हो रहे थे।

ये अफ़वाहें बिलकुल काल्पनिक और निराधार हों, ऐसी बात नहीं थी। क्वाशनिन एक बार जिनेन्को-परिवार से मिलने आया था, और तब से हर शाम उसने उन्हीं के घर डेरा लगाना शुरू कर दिया। रोज़ सुबह ग्यारह बजे रंग के घोड़ों की शानदार बग्घी शेपेतोवका के अहाते में आकर खड़ी हो जाती। कोचवान नीचे उतरकर रोज़ एक ही वाक्य दुहराता : 'मालिक की यह प्रार्थना है कि श्रीमती जिनेन्को और उनकी पुत्रियाँ आज उनके संग नाश्ता करने की कृपा करें।' ऐसे अवसरों पर किसी अन्य अतिथि को निमंत्रित नहीं किया जाता था। नाश्ता और खाना एक फ्रांसीसी बावर्ची तैयार करता था, जो हमेशा क्वाशनिन के संग रहता और जिसे वह विदेश-यात्रा के समय भी अपने साथ रखता था।

क्वाशनिन हाल में ही जिनेन्को-परिवार के सम्पर्क में आया था, किन्तु उसके सदस्यों के प्रति उसका बर्ताव-व्यवहार कुछ विचित्र, अनोखे ढंग का था।

वह पाँचों लड़कियों के संग ऐसे पेश आता, मानो वह उनका कोई सहृदय अविवाहित मामा हो। तीन ही दिनों के अन्दर-अन्दर वह उन्हें उनके प्यार के नामों से बुलाने लगा था। साथ में वह उनका गोत्र-नाम भी जोड़ देता। सबसे छोटी लड़की आस्या की गदराई ठुड्डी के नन्हे-से गड्ढे को पकड़कर वह उसे 'बच्ची' और 'छबीली' कहकर चिढ़ाता था। क्षोभ और शर्म के मारे बेचारी आस्या की आँखों में आँसू भर जाते, फिर भी वह उसका विरोध नहीं कर पाती थी।

अन्ना अफानास्येवना हँसी-हँसी में उसे उलाहना देती कि वह अपनी इन हरकतों से सब लड़कियों को बिगाड़ देगा। शायद, यह बात ठीक भी थी। किसी के मुँह से कोई बात निकली नहीं कि क्वाशनिन झट उसे पूरा कर देता। बातों ही बातों में माका के मुँह से निकल गया कि वह साइकिल सीखने के लिए बहुत उत्सुक है। बस, फिर क्या था, दूसरे ही दिन एक आदमी को खारकोव भेजकर माका के लिए नई साइकिल मँगवा दी गई। साइकिल की क़ीमत तीन सौ रूबल से कम नहीं थी। बेता को 10 पाउंड मिठाई मिली क्योंकि एक छोटी-सी बात पर क्वाशनिन उससे शर्त हार गया। एक दूसरी शर्त हार जाने के कारण उसने कास्या को एक रत्नजटित ब्रोच भेंट कर दी। कास्या के नाम के अक्षरों के अनुसार उस ब्रोच पर नीलमणि, मूँगा, सूर्यकान्तमणि और नीलम के रत्न जड़े थे। उसे पता चला कि नीना को घुड़सवारी करने का शौक़ है। दो दिन बाद ही एक असली नस्ल वाली सुन्दर सजीली अंग्रेज़ी घोड़ी, जिसे ख़ास तौर से स्त्रियों की सवारी के लिए सधाया गया था, नीना के सामने हाज़िर हो गई। पाँचों बहनें क्वाशनिन की उदारता पर मंत्रमुग्ध-सी हो गईं। उन्हें लगा, मानो बचपन के सपनों का कोई परीज़ाद आ गया है, जो उनकी छोटी-सी-छोटी इच्छा तुरन्त पूरी कर देता है। क्वाशनिन की यह उदारता अन्ना अफानास्येवना को मन-ही-मन कुछ खटकती ज़रूर थी। किन्तु उसमें इतना साहस और चातुर्य नहीं था कि वह क्वाशनिन को सारी बात कुशलतापूर्वक समझा भी दे और वह बुरा भी न माने। जब कभी वह विनीत, ख़ुशामद-भरे स्वर में उसके अनुचित व्यवहार के प्रति हल्का-सा विरोध प्रकट भी करती, तो क्वाशनिन लापरवाही से हाथ

हिलाकर अपने कड़े, दृढ़ स्वर में उसकी आपत्ति को रफ़ा-दफ़ा कर देता : 'अरे, छोड़ो भी—क्यों ज़रा-ज़रा-सी बातों पर नाहक परेशान होती हो।'

किन्तु उसने कभी किसी एक लड़की के प्रति अपनी विशेष रुचि का प्रदर्शन नहीं किया। वह सभी को ख़ुश करने की चेष्टा करता, और बिना किसी मान-मर्यादा का ख़याल किये उनका मज़ाक़ उड़ाता। धीरे-धीरे जिनेन्को के घर अन्य युवकों का आना-जाना बन्द हो गया, किन्तु किसी अज्ञात कारण से स्वेजेवस्की अब वहाँ नियमित रूप से आने लगा। क्वाशनिन के आगमन से पूर्व वह जिनेन्को के घर केवल दो-तीन बार आया था। वह वहाँ बिना बुलाए ऐसे चला आता था, मानो कोई रहस्यमयी शक्ति उसे खींच लाती हो। कुछ दिनों में ही वह परिवार के सब सदस्यों के लिए अनिवार्य-सा बन गया।

किन्तु जिनेन्को के घर नियमित रूप से जाना आरम्भ करने के पूर्व स्वेजेवस्की को लेकर एक छोटी-सी घटना घटी थी। पाँच महीने पहले की बात है। एक दिन स्वेजेवस्की ने अपने दोस्तों से कहा कि वह एक न एक दिन अवश्य लखपति बन जाएगा और वह चालीस वर्ष की आयु से पहले-पहले।

"लेकिन कैसे?" उन्होंने उससे पूछा।

स्वेजेवस्की ने रहस्यमयी मुद्रा में अपने दोनों लिसलिसे हाथों को रगड़ा और दाँत निपोरते हुए कहा, "सब रास्ते एक ही मंज़िल पर जाकर समाप्त होते हैं।"

जब क्वाशनिन शेपेतोवका नियमित रूप से जाने लगा, तो स्वेजेवस्की की चपल-चालाक बुद्धि ने समूची परिस्थिति को अच्छी तरह समझ लिया। उसे निश्चय हो गया कि इस अवसर का लाभ उठाकर वह अपने भावी जीवन की प्रगति के लिए मार्ग प्रशस्त कर सकता है। जो भी हो, इतना तो था ही कि कम-से-कम वह अपने सर्वशक्तिमान मालिक के काम तो आ ही सकता था। यही कारण था कि वह प्रतिदिन जिनेन्को के घर जाकर क्वाशनिन की हाज़िरी बजाने लगा। एक ख़ुशामदी चापलूस की तरह वह उसके इर्द-गिर्द हमेशा घूमता रहता। एक छोटा-सा पिल्ला जिस प्रकार एक बड़े खूँख़्वार कुत्ते के सामने दुम हिलाने लगता है, उसी प्रकार वह क्वाशनिन के सामने दिन-रात घिघियाता रहता।

उसके स्वर और हाव-भाव से यह स्पष्ट प्रकट होता था कि क्वाशनिन का इशारा पाते ही वह कोई भी काम—चाहे वह कितना ही निकृष्ट और जघन्य क्यों न हो—करने के लिए तैयार हो जाएगा।

क्वाशनिन स्वेजेवस्की के इस व्यवहार का बुरा न मानता था। जो व्यक्ति बिना कोई कारण बताने का कष्ट किये कारख़ाने के संचालकों और मैनेजरों को नौकरी से बर्ख़ास्त कर देता था, वह स्वेजेवस्की जैसे आदमी के प्रति सहिष्णुता का बर्ताव करे, इससे बढ़कर अचम्भे की और कौन-सी बात हो सकती थी? अवश्य ही क्वाशनिन को स्वेजेवस्की की सेवाओं की ज़रूरत थी, और यह भावी लखपति उस दिन की उत्सुकता से प्रतीक्षा करने लगा, जब वह क्वाशनिन के किसी काम आ सकेगा।

बोबरोव के कानों में भी इस बात की भनक पड़ते देर नहीं लगी। किन्तु उसे कोई आश्चर्य नहीं हुआ। जिनेन्को-परिवार के सम्बन्ध में वह अपने हृदय में पहले से ही एक निश्चित और सही धारणा क़ायम कर चुका था। डर उसे केवल इस बात का था कि कहीं इस अफ़वाह के कारण लोग नीना पर भी अँगुली न उठाने लगें। स्टेशन पर इन दोनों के बीच जो बातचीत हुई थी, उससे नीना उसके लिए और भी अधिक प्रिय बन गई थी। केवल उसके ही सामने तो नीना ने मुक्त भाव से अपनी आत्मा को खोलकर रखा था! कमज़ोर और डाँवाँडोल होते हुए भी बोबरोव को यह आत्मा सुन्दर और आकर्षक जान पड़ी थी। अन्य लोग तो केवल उसकी शक्ल-सूरत और वेशभूषा से ही परिचित हैं, उसने सोचा। बोबरोव का स्वभाव इतना निश्छल और कोमल था कि उसमें ईर्ष्या और ईर्ष्या-जनित अविश्वास, आहत अभिमान और तद्जनित ओछेपन और कठोरता के लिए कोई स्थान नहीं था।

बोबरोव अब तक नारी के सच्चे, गहरे प्रेम की कोमल, नर्म स्निग्धता से अपरिचित ही रहा था। शर्मीलेपन और आत्मविश्वास के अभाव के कारण वह अब तक जीवन के इस अत्यावश्यक सुख से वंचित रह गया था। इसलिए यह स्वाभाविक ही था कि इस नई, मदमाती अनुभूति के साथ उसका हृदय आनन्द-विभोर हो उठे।

स्टेशन पर नीना से जो उसकी बातें हुई थीं, उनका नशा दिन-रात उस पर छाया रहता था। उस मुलाक़ात की छोटी-से-छोटी बातों को वह बार-बार स्मरण करता, और प्रत्येक बार नीना के शब्दों में कोई नया और गहरा अर्थ खोज निकालता। सुबह जब उसकी आँखें खुलतीं तो उसे लगता, मानो आनन्द की एक विराट अनुभूति ने अपनी उज्ज्वल रश्मियाँ उसकी नस-नस में बिखेर दी हैं जो उसे भविष्य में अपार सुख की सूचना दे रही हैं।

कोई जादुई शक्ति उसे जिनेन्को के घर की ओर दिन-रात खींचती रहती; नीना के प्रेम ने जो उसे सुख दिया था, वह उसकी पुन: पुष्टि चाहता था। चाहता था, एक बार फिर नीना के मुँह से प्यार के वे दबे, कहे-अनकहे शब्द सुनना—जिन्हें वह कभी बचकानी निडरता के संग स्पष्ट रूप से व्यक्त करती, तो कभी सहम-सहमकर। वह यह सब कुछ याद करता था किन्तु जिनेन्को के घर जाने का साहस नहीं कर पाता था। क्वाशनिन की उपस्थिति का ध्यान आते ही पाँव रुक जाते थे। फिर वह अपने मन को यह कहकर दिलासा देने लगता कि किसी भी परिस्थिति में क्वाशनिन इवानकोवो में पन्द्रह दिन से ज़्यादा नहीं ठहर पाएगा। और उसके बाद वह पूर्ववत् जिनेन्को के घर जाकर नीना से मिल सकेगा।

किन्तु क्वाशनिन के जाने से पूर्व ही संयोगवश नीना से उसकी मुठभेड़ हो गई। पवन-भट्ठी के उद्घाटन का समारोह तीन दिन पहले समाप्त हो चुका था। रविवार का दिन था। बोबरोव फेयरवे पर चढ़कर मिल से स्टेशन जाने वाले चौड़े, आम रास्ते पर जा रहा था। दोपहर के दो बजे थे। शीतल, सुहावना दिन था, आकाश नीला और स्वच्छ था। फेयरवे कान खड़े करके सिर के बालों को झटका देता हुआ तेज़ी से चला जा रहा था। मिल के गोदाम के पास सड़क की मोड़ पर बोबरोव ने कुम्मैद घोड़े पर सवार एक स्त्री को ढलान से उतरकर आते हुए देखा। उसके पीछे-पीछे एक अन्य घुड़सवार की आकृति दिखाई दी, जो छोटे क़द के खिरगीज घोड़े पर चला आ रहा था। स्त्री ने घुड़सवार की पोशाक पहन रखी थी।

बोबरोव ने कुछ निकट आकर उसे तुरन्त पहचान लिया। वह नीना थी। वह गहरे रंग की लम्बी, बलखाती हुई स्कर्ट पहने थी, हाथ पीले दस्तानों से

ढके थे और सिर पर नीचे की ओर झुका हुआ हैट चमक रहा था। घोड़ी की काठी पर बैठी हुई वह गरिमा और आत्मविश्वास की साक्षात् प्रतिमा-सी दिखाई देती थी। छरहरे बदन की अंग्रेज़ी घोड़ी गर्दन टेढ़ी कर, अपनी पतली टाँगों को ऊँचा उठाती हुई, दुलकी चाल से दौड़ रही थी।

नीना का साथी स्वेजेवस्की काफ़ी पीछे छूट गया था। घोड़े की पीठ पर बैठा वह अपनी कुहनियाँ हिलाता, उछलता-फुदकता, नीचे लटकती रकाब में अपने बूट के पंजे को फँसाने का प्रयत्न कर रहा था।

बोबरोव को देखते ही नीना ने अपनी घोड़ी को एड़ मारी। घोड़ी चौकड़ियाँ भरती हुई क्षण-भर में बोबरोव के निकट जा पहुँची। नीना ने अचानक लगाम खींच ली। घोड़ी तिलमिलाकर बिदकने लगी और अपने सुन्दर-चौड़े नथुनों को फुलाकर घरघराने लगी। उसके मुँह से निकलता हुआ झाग लगाम को भिगो रहा था। नीना का चेहरा आरक्त हो गया था, केश हैट से बाहर निकलकर कनपटियों पर झूल रहे थे और लम्बी घुँघराली लटें पीछे की ओर लुढ़क गई थीं।

"इतनी ख़ूबसूरत घोड़ी तुम्हें कहाँ से मिल गई?" बोबरोव ने फेयरवे को सीधा खड़ा कर लिया और अपनी काठी पर आगे झुककर नीना की अँगुलियों के छोरों को दबाते हुए पूछा।

"ख़ूबसूरत है न? क्वाशनिन का उपहार है।"

"मैं होता, तो ऐसा उपहार कभी स्वीकार न करता," बोबरोव ने रुखाई से कहा। नीना के लापरवाह उत्तर से वह खीज उठा था।

नीना का चेहरा लज्जारक्त हो उठा।

"क्यों, ऐसी क्या बात है?"

"इसलिए कि यह क्वाशनिन आख़िर तुम्हारा कौन लगता है? कोई रिश्तेदार है? या तुम्हारा भावी पति है?"

"ऐ ख़ुदा! मुझे नहीं मालूम था कि तुम इतने मीनमेखी हो—वह भी अपने नहीं, दूसरों के मामलों के लिए," नीना ने तीखा ताना मारा।

किन्तु बोबरोव के चेहरे पर पीड़ा का विवश भाव देखकर उसी क्षण उसका हृदय पिघल उठा।

"तुम तो जानते ही हो कि वह कितना अमीर है। एक घोड़ी उपहार में दे देना उसके लिए कोई बड़ी बात नहीं।"

स्वेजेवस्की और उनके बीच में अब केवल कुछ ही क़दमों का अन्तर रह गया था। अचानक नीना बोबरोव की ओर झुकी, अपनी चाबुक की नोक से धीरे से उसका हाथ छू लिया, और दबे स्वर में, मानो कोई छोटी-सी लड़की अपना अपराध स्वीकार कर रही हो, बोली, "नाराज़ हो गए क्या? मैं उसकी घोड़ी उसे वापस कर दूँगी, बस! बड़े झक्की आदमी हो तुम भी! देखते हो न, मैं तुम्हारी राय की कितनी क़द्र करती हूँ।"

बोबरोव की आँखें ख़ुशी से चमक उठीं और भावाकुल होकर उसने अपने दोनों हाथ नीना की ओर बढ़ा दिये। किन्तु उसने कुछ कहा नहीं। केवल एक गहरी साँस खींचकर चुप हो रहा।

स्वेजेवस्की झुककर अभिवादन करता हुआ और काठी पर शान से बैठने की चेष्टा करता हुआ बढ़ा आ रहा था।

"तुम्हें मालूम है कि हम पिकनिक पर जा रहे हैं?" वह चिल्लाया।

"नहीं, मुझे कुछ नहीं मालूम।" बोबरोव ने कहा।

"मेरा मतलब उस पिकनिक से है, जो वासिली तेरन्त्येविच द्वारा आयोजित की जा रही है। बेशेनाया बाल्का जाने का प्रोग्राम बना है।"

"मैंने तो कुछ सुना नहीं," बोबरोव ने फिर कहा।

"पिकनिक पर हम सब जा रहे हैं, आन्द्रेइलिच! तुम भी ज़रूर आना," नीना बीच में ही बोल उठी, "अगले बुधवार को, पाँच बजे सब स्टेशन से रवाना होंगे।"

"क्या पिकनिक के लिए चन्दा जमा किया जाएगा?"

"हाँ, लेकिन मुझे पूरी पक्की बात नहीं मालूम।" नीना ने प्रश्नयुक्त दृष्टि से स्वेजेवस्की की ओर देखा।

"अवश्य। सबसे चन्दा जमा किया जाएगा।" उसने नीना के कथन की पुष्टि की, "पिकनिक सचमुच बहुत बड़े पैमाने पर आयोजित की जाएगी। ऐसी तड़क-भड़क तुमने पहले कभी नहीं देखी होगी। वासिली तेरन्त्येविच ने पिकनिक

की समुचित व्यवस्था करने के सिलसिले में कुछ ज़िम्मेवारियाँ बन्दे के भी सुपुर्द की हैं। लेकिन बहुत-सी बातें अभी तक गुप्त रखी गई हैं। एक बात मैं कहे देता हूँ—वहाँ तुम जो देखोगे, उससे आश्चर्यचकित हुए बिना न रह सकोगे।"

"सारी बात मुझसे शुरू हुई थी," हँसी-हँसी में नीना के मुँह से निकल गया, "कुछ दिन पहले की बात है। बातों-ही-बातों में मैंने कहा कि यदि कहीं जंगल की सैर पर निकला जाए तो मज़ा रहेगा। मेरा इतना कहना था कि वासिली तेरन्त्येविच..."

"मैं नहीं जाऊँगा," बोबरोव ने भन्नाकर कहा।

"कैसे नहीं आओगे, तुम्हें आना पड़ेगा!" नीना की आँखें सहसा चमक उठीं, "चलिए, बढ़ चलिए, श्रीमानो!" थोड़ी सरपट दौड़ती हुई वह चिल्लाई, "आन्द्रेइलिच, सुनो, मुझे तुमसे एक बात कहनी है।"

स्वेजेवस्की पीछे छूट गया। नीना और बोबरोव के घोड़े साथ-साथ दौड़ रहे थे। ग़ुस्से से बोबरोव की त्योरियाँ चढ़ी हुई थीं। किन्तु नीना मुस्कराते हुए उसकी आँखों में देख रही थी।

"मेरे निष्ठुर, शक्की-मिज़ाज मित्र! पिकनिक की सारी योजना मैंने सिर्फ़ तुम्हारी ख़ातिर ही तो बनाई थी," नीना के स्वर में एक गहरी कोमलता भर आई, "उस दिन स्टेशन पर तुम्हारी बात अधूरी ही रह गई थी। मैं बात जानना चाहती हूँ। पिकनिक में तुम अपनी बात बिना किसी विघ्न-बाधा के कह सकोगे।"

एक बार फिर बोबरोव के भाव सहसा बदल गए। उसके हृदय में एक अत्यन्त कोमल अनुभूति उजागर हो उठी और उसकी आँखों में हर्ष के आँसू भर आए। वह अपने को वश में न रख सका और आवेश में भरकर बोल उठा, "नीना, काश, तुम जान पातीं कि मैं तुम्हें कितना चाहता हूँ!"

किन्तु नीना ने बोबरोव के प्रेम की इस आकस्मिक अभिव्यक्ति को सुनकर भी नहीं सुना। उसने लगाम खींचकर घोड़ी को धीमी गति से चलने के लिए बाध्य कर दिया।

"अच्छा, तो फिर तुम आ रहे हो न?" उसने पूछा।

"हाँ, हाँ, अवश्य आऊँगा!"

"भूलना नहीं। अब यहाँ मैं अपने साथी की प्रतीक्षा करूँगी। वह बहुत पीछे छूट गया है। अच्छा, नमस्ते! अब मुझे घर लौट जाना चाहिए।"

विदा लेते हुए उसने नीना से हाथ मिलाया। देर तक वे एक-दूसरे का हाथ पकड़े रहे। उसे लगा, मानो नीना के हाथ की गरमाई दस्तानों से गुज़रकर उसके हाथ को गरमा रही है। नीना की गहरी काली आँखों में प्यार छलक रहा था।

9

बुधवार को चार बजे स्टेशन पर तिल रखने की जगह न थी। पिकनिक पर जाने वाले लोगों ने पूरे दल-बल सहित स्टेशन पर धावा बोल दिया था। सबके चेहरे आनन्द और उल्लास से चमक रहे थे। लगता था, मानो इस बार सच ही क्वाशनिन का दौरा बिना किसी दुर्घटना के समाप्त हो जाएगा, गरचे इस बात की आशा लोगों ने स्वप्न में भी नहीं की थी। वह इस बार आँधी की तरह किसी पर बरसा नहीं और न उसने किसी पर अपनी झिड़कियों का वज्राघात ही किया। यह भी आश्चर्य की बात थी कि उसने इस वर्ष किसी कर्मचारी को क्रोध में आकर नौकरी से बरख़ास्त नहीं किया। उलटे यह बात सुनने में आ रही थी कि निकट भविष्य में मिल के क्लर्कों के वेतन में वृद्धि कर दी जाएगी।

पिकनिक का अपना अलग आकर्षण था। बेशेनाया बाल्का—पिकनिक का स्थान—घुड़सवारी द्वारा शहर से दस मील से भी कम दूर था। सारे रास्ते पर प्राकृतिक सौन्दर्य की अनुपम छटा बिखरी थी। मौसम भी ख़ुशगवार था—पिछले एक सप्ताह से उजली धूप निकल रही थी। पिकनिक की सफलता के लिए सब साधन मानो आप-ही-आप जुट गए थे।

कुल मिलाकर लगभग नब्बे लोगों का दल था। वे सब छोटे-छोटे दलों में बँटकर प्लेटफ़ॉर्म पर खड़े थे और आपस में ज़ोर-ज़ोर से हँस-बोल रहे थे। बातचीत रूसी भाषा में हो रही थी किन्तु अक्सर फ्रेंच, जर्मन और पोलिश

भाषाओं के शब्द और मुहावरे कानों में पड़ जाते थे। स्नेप-शॉट लेने की आशा में तीनों बेल्जियन इंजीनियर अपने संग कैमरे ले आए थे। पिकनिक सम्बन्धी सब बातों को पूर्णतया गुप्त रखा गया था। यही कारण था कि सब लोगों में जिज्ञासा और उत्सुकता फैली हुई थी।

स्वेजेवस्की के पैर धरती पर टिकते ही नहीं थे। गम्भीरता का लबादा ओढ़े वह बड़े रहस्यमय स्वर में कुछ ऐसी घटनाओं की ओर संकेत करता जो सबको 'आश्चर्य' में डाल देंगी। किन्तु जब आगे उससे प्रश्न पूछे जाते तो वह कोई स्पष्ट या ठोस उत्तर देने से साफ़ कतरा जाता।

कुछ ही देर में लोगों ने जो पहला 'आश्चर्य' आँखों के सामने खड़ा पाया, वह थी स्पेशल ट्रेन। ठीक पाँच बजे दस पहियों का नया अमेरिकी इंजन अपने शेड से बाहर धमधमाता हुआ निकलकर प्लेटफ़ॉर्म के सामने आ खड़ा हुआ। हर्ष और विस्मय के कारण स्त्रियाँ अपनी चीख़ें न दबा सकीं। वह विशालकाय इंजन रंग-बिरंगी झंडियों और ताज़े फूलों से सुसज्जित था। गेंदे, डहलिया, स्टॉक और गुलाब के फूलों के गुच्छे और बलूत के पत्तों की हरित मालाएँ इंजन की लौह-देह और उसकी चिमनी से लिपटती हुई नीचे सीटी तक चली गई थीं और फिर सीटी से दोबारा ऊपर घूमकर इंजन के माथे पर फूल-पत्तों की एक झालर के समान लटक गई थीं। पतझड़ के डूबते सूरज की सुनहरी किरणों में, फूल-पत्तों की ओढ़नी के बीच से इंजन के इस्पात और पीतल के कल-पुर्ज़े चमचमा रहे थे। पता चला कि सब लोग प्रथम श्रेणी के छह डिब्बों में बैठकर 200वें मील के स्टेशन पर जाएँगे। उसके बाद बेशेनाया बाल्का केवल दो सौ गज़ दूर रह जाता था।

"महानुभावो और महिलाओ! वासिली तेरन्त्येविच ने मुझे आपको यह सूचित करने के लिए कहा है कि पिकनिक का सारा ख़र्च वे ही उठाएँगे।"

स्वेजेवस्की कभी एक दल के पास जाता, कभी दूसरे के पास, और सबसे यही बातें बार-बार कहता।

बहुत-से लोग कौतूहलवश उसके इर्द-गिर्द इकट्ठा हो गए। स्वेजेवस्की बड़े उत्साह से उन्हें सारी बात विस्तार से समझाने लगा :

"आप लोगों ने उनका जो भव्य स्वागत किया, उससे वासिली तेरन्त्येविच बहुत प्रसन्न हैं। आप लोगों के प्रति अपनी कृतज्ञता प्रदर्शित करने के लिए वह पिकनिक का सारा ख़र्च अपनी जेब से देंगे।"

उसे देखकर ऐसा प्रतीत होता था, मानो कोई दास अपने मालिक की उदारता का बखान कर रहा हो। उसका स्वर सहसा भारी और गम्भीर हो उठा, "अब तक हम इस पिकनिक पर तीन हज़ार पाँच सौ नब्बे रूबल ख़र्च कर चुके हैं।"

"क्या तुम्हारा मतलब यह है कि आधी रक़म तुमने अपनी जेब से ख़र्च की है?" पीछे से किसी ने ताना मारा।

स्वेजेवस्की उस व्यक्ति का चेहरा देखने के लिए तेज़ी से पीछे की ओर घूम गया। विष से बुझा यह बाण आन्द्रेयस ने ही छोड़ा था। वह पतलून की जेबों में हाथ ठूँसकर खड़ा था और हमेशा की तरह अपने पुराने, निर्लिप्त, निर्विकार भाव से स्वेजेवस्की को देख रहा था।

"माफ़ करना, मैं समझा नहीं। क्या आप अपनी बात दोहराने की कृपा करेंगे?" स्वेजेवस्की ने पूछा। असमंजस से उसका चेहरा आरक्त हो उठा था।

"अभी तुमने ही तो कहा था श्रीमान कि 'हमने तीन हज़ार रूबल ख़र्च किये,' इसीलिए मैंने सोचा कि आधी रक़म क्वाशनिन ने और आधी तुमने ख़र्च की होगी। यदि यह बात सच है, तो मैं आपको साफ़ बतला दूँ कि मि. क्वाशनिन ने हम पर जो कृपा की है, उसे स्वीकार करने में कोई हिचक नहीं है, किन्तु मि. स्वेजेवस्की की कृपा को मैं क़तई स्वीकार नहीं कर सकता।"

"अरे नहीं, नहीं, आपने ग़लत समझा।" स्वेजेवस्की ने हकलाते हुए कहा, "सारा ख़र्च वासिली तेरन्त्येविच ने ही तो उठाया है। मैं...मैं तो केवल उनका विश्वासपात्र...या एजेंट...अरे भाई, अब तुम कुछ ही समझ लो।" कहते-कहते एक खिसियानी-सी मुस्कराहट उसके होंठों पर फैल गई।

इधर स्टेशन पर ट्रेन आई, उधर क्वाशनिन और शेलकोवनिकोव के संग जिनेन्को-परिवार प्लेटफ़ॉर्म पर दिखाई दिया। किन्तु क्वाशनिन के बग्घी से उतरते ही एक ऐसी घटना घटी, जिसकी कल्पना कोई भी नहीं कर सकता था।

एक ऐसा विचित्र दृश्य था, जिसे देखकर हँसी भी आती थी और दुःख भी होता था। पिकनिक की ख़बर पाकर मज़दूरों की पत्नियाँ, बहनें और माताएँ सुबह से ही स्टेशन के पास धरना देकर बैठ गई थीं। उनमें से अनेक स्त्रियाँ बच्चों को भी अपने संग ले आई थीं। उन मज़दूर स्त्रियों के धूप से झुलसे, मैले-मुरझाए चेहरों पर अटल धैर्य और सहनशीलता का भाव अंकित था। स्टेशन की सीढ़ियों और दीवारों की छाया में धरती पर बैठे-बैठे उन्हें घंटों बीत चुके थे। उनकी संख्या दो सौ से अधिक थी। जब स्टेशन के कर्मचारियों ने उनसे वहाँ आने का कारण पूछा, तो उन्होंने बतलाया कि वे 'सुर्ख़ बालों वाले अपने मोटे मालिक' से मिलना चाहती हैं। चौकीदार ने उन्हें वहाँ से हट जाने का आदेश दिया, किन्तु उन्होंने इतना बावेला मचाया कि बेचारे को अपना-सा मुँह लेकर वहाँ से चला जाना पड़ा।

जब कभी कोई बग्घी स्टेशन के सामने से गुज़रती, स्त्रियों के झुंड में एक क्षण के लिए हलचल-सी मच जाती। किन्तु जब वे देखतीं कि उसमें उनका 'सुर्ख़ बालों वाला मोटा मालिक' नहीं बैठा है, तो वे फिर शान्त होकर प्रतीक्षा करने लगतीं।

अपने भारी-भरकम शरीर को लिये बग्घी के समूचे ढाँचे को हिलाता-डुलाता क्वाशनिन अभी बग्घी से उतर ही रहा था कि मज़दूर स्त्रियों ने उसे चारों ओर से घेर लिया और उसके सामने अपने घुटनों पर गिर पड़ीं। क्वाशनिन के जवान, जोशीले घोड़े भीड़ के कोलाहल से चिहुँककर बिदकने लगे। साईस उन्हें क़ाबू में रखने के लिए अपना पूरा ज़ोर लगाकर लगाम खींच रहा था। पहले तो क्वाशनिन को कुछ समझ न आया और वह उन्हें भौचक्का-सा देखता रहा। सब औरतें अपनी बाँहों में बच्चों को पकड़े ज़ोर-ज़ोर से चीत्कार कर रही थीं और उनके काँसे के रंग के चेहरे आँसुओं से भीगे थे।

क्वाशनिन समझ गया कि भीड़ के इस जीते-जागते घेरे को तोड़कर आगे बढ़ना हँसी-खेल नहीं है।

"क्या तमाशा बना रखा है तुम लोगों ने! यह रोना-धोना बन्द करो!" क्वाशनिन की दनदनाती गरज के नीचे अन्य सब आवाज़ें डूब गईं,

"कोई कुँजड़ों का बाज़ार समझ रखा है क्या कि आए और गला फाड़ने लगे? इस कोलाहल में मैं कुछ नहीं सुन सकता। तुममें से कोई एक औरत खड़ी होकर मुझे सारी बात समझा दे।"

इतना सुनते ही प्रत्येक स्त्री खड़ी होकर बोलने लगी। शोर और ज़्यादा बढ़ गया।

अश्रुधाराएँ और तेज़ी से बहने लगीं।

"मालिक, हमारी मदद करो! अब हमसे ज़्यादा नहीं सहा जाता। हम और हमारे बच्चे मौत के किनारे बैठे हैं। सर्दी से ठिठुर-ठिठुरकर हम मर जाएँगे—बच्चे-बूढ़े, सब मर जाएँगे।"

"कुछ बात तो कहो। क्या चीज़ तुम्हें मारे डाल रही है?" क्वाशनिन एक बार फिर चिंघाड़ा, "लेकिन देखो, सब एक संग मत चिल्लाओ। अच्छा, तुम सारी बात कहो।" उसने एक लम्बी स्त्री को इशारा किया, जिसका क्लान्त चेहरा पीला होने के बावजूद आकर्षक था, "बाक़ी सब ख़ामोश रहें।"

अधिकांश स्त्रियाँ शान्त हो चलीं, यद्यपि उनका सुबकना-सिसकना जारी था। वे बार-बार अपनी स्कर्ट के मैले किनारों से नाक और आँखें पोंछती जाती थीं।

क्वाशनिन की चेतावनी के बावजूद कम-से-कम बीस औरतें एक संग बोलने लगीं।

"हम जाड़े से मर रहे हैं मालिक! इतनी कड़कड़ाती ठंड पड़ती है कि जीना मुहाल हो जाता है। जाड़े के लिए हमें जिन बैरकों में ठूँस दिया गया है, आप ही ज़रा सोचें, भला वहाँ कोई कैसे रह सकता है? बैरक भी वे सिर्फ़ नाममात्र को हैं। बस, लकड़ी की चिप्पियों से उन्हें खड़ा कर दिया गया है। आजकल भी वहाँ रात समय इतनी ठंड पड़ती है कि दाँत किटकिटाते रहते हैं। जब अभी ही यह हालत है, तो जाड़े के दिनों में कैसे गुज़र होगा? मालिक, हम पर नहीं तो कम-से-कम हमारे बच्चों पर रहम कीजिए! कुछ और नहीं तो कम-से-कम चूल्हे ही बनवा दीजिए! बैरकों में रोटी बनाने के लिए कोई जगह नहीं, खाना मजबूरन बाहर पकाना पड़ता है। थके-माँदे, भीगे और

ठिठुरते हुए हमारे आदमी जब काम से वापस लौटते हैं तो गीले कपड़ों को सुखाने का भी कोई इन्तज़ाम नहीं है।"

क्वाशनिन बुरा फँस गया था। वह जिस ओर मुड़ता, घुटनों पर झुकी या लेटी हुई स्त्रियों की दीवार उसका रास्ता रोक लेतीं। जब कभी वह ज़बरदस्ती उनकी पाँत को तोड़कर आगे बढ़ने की चेष्टा करता, तो वे उसके पैरों से लिपट जातीं और उसके भूरे रंग के लम्बे कोट के किनारों को पकड़ लेतीं। अपने को सर्वथा विवश पाकर उसने इशारे से शेलकोवनिकोव को पास बुलाया। शेलकोवनिकोव तुरन्त भीड़ को चीरता हुआ उनके पास आ खड़ा हुआ। क्वाशनिन ने क्रुद्ध स्वर में उससे फ्रेंच भाषा में कहा, "सुन रहे हो तुम इनकी बात? आख़िर इसका मतलब क्या है?"

शेलकोवनिकोव हक्का-बक्का-सा उसकी ओर देखने लगा।

"मैं बोर्ड को अनेक बार इस सिलसिले में लिख चुका हूँ," वह बुदबुदाने लगा, "मज़दूरों की कमी थी...गर्मियों के दिन थे...सूखी घास काटी जा रही थी...और फिर चीज़ों के दाम भी चढ़ने लगे थे...बोर्ड ने स्वीकृति नहीं दी। आख़िर इस हालत में मैं क्या करता?"

"अच्छा, तो फिर तुम मज़दूरों की बैरकों के पुनर्निर्माण का काम कब से शुरू करोगे?" उसने कठोर स्वर में पूछा।

"अभी निश्चित रूप से कुछ भी नहीं कहा जा सकता। फ़िलहाल तो इन लोगों को इन्हीं बैरकों में जैसे-तैसे गुज़र करना पड़ेगा। पहले तो हमें जल्द-से-जल्द मिल के कर्मचारियों के लिए क्वार्टर बनाने पड़ेंगे। बैरकों का निर्माण बाद में ही हो सकता है।"

"ख़ूब है तुम्हारी संचालन-व्यवस्था! इतना अनर्थ और अन्याय तुम देखते हो, फिर भी हाथ-पर-हाथ धरे बैठे रहते हो?" क्वाशनिन बुदबुदाया। फिर स्त्रियों की ओर उन्मुख होकर उसने ऊँची आवाज़ में कहा, "अरी औरतो, सुनती हो! कल से तुम्हारे घरों में चूल्हे बनने शुरू हो जाएँगे। इसके अलावा तुम्हारी बैरकों की छतों पर लकड़ी के तख़्ते जोड़ दिये जाएँगे। अब तो ठीक है न?"

"शुक्रिया मालिक, बहुत-बहुत शुक्रिया! जब मालिक ने अपने मुँह से

यह बात कही है, तो हमें कोई चिन्ता नहीं। हमें आप पर पूरा विश्वास है!" भीड़ में ख़ुशी की लहर दौड़ गई, "मालिक, आपसे एक प्रार्थना और है—जिन स्थानों पर इमारतें बन रही हैं, वहाँ से हमें लकड़ी की चिप्पियाँ उठाने की इजाज़त मिल जाए। ईश्वर आपका भला करेगा।"

"अच्छी बात है, चुन लिया करना।"

"लेकिन उन स्थानों पर चारों ओर सरकारी पहरेदार घेरा डालकर बैठे रहते हैं। जब हम चिप्पियाँ बटोरने जाती हैं, तो वे कोड़ा दिखलाकर हमें भगा देते हैं।"

"फ़िक्र मत करो, अब तुम्हें कोई नहीं धमकाएगा। जितनी मरज़ी चिप्पियाँ बटोरकर ले जाओ," क्वाशनिन ने उन्हें आश्वासन दिया। "अच्छा, औरतो, अब तुम घर जाकर साग-सब्ज़ी पकाओ! यहाँ खड़े रहकर नाहक अपना वक़्त ख़राब मत करो—हाँ, हाँ, जल्दी करो, देर मत लगाओ।" वह ऊँची आवाज़ में चिल्लाया, फिर दबे स्वर में धीरे से शेलकोवनिकोव से बोला, "कल ईंटों की एक-दो गाड़ियाँ बैरकों में भिजवा देना। काफ़ी लम्बे अर्से तक वे उन ईंटों को देख-देखकर ही ख़ुश होते रहेंगे। समझ गए?"

मज़दूर स्त्रियाँ ख़ुश होकर अपने-अपने घरों की ओर जाने लगी थीं।

"देख लेना—अगर चूल्हे नहीं बनाए गए, तो हम इंजीनियरों से जाकर कहेंगी कि वे ख़ुद आकर हमारे ठिठुरते शरीरों को गरमाहट पहुँचाएँ," उस स्त्री ने, जिसे क्वाशनिन ने दूसरी स्त्रियों की ओर से बोलने के लिए चुना था, ऊँची आवाज़ में कहा।

"और नहीं तो क्या!" एक अन्य स्त्री ने बड़े जोश से पहली स्त्री का समर्थन किया, "और सच, मैं तो अपने को गरम रखने के लिए ख़ुद मालिक को बुलवा भेजूँगी। देखा तुमने—कैसा गोल-मटोल चुकन्दर-सा लगता है, और ऊपर से हँसमुख भी है! जो गरमाई उससे मिलेगी, चूल्हा बेचारा उसका क्या मुक़ाबला करेगा?"

सारा झगड़ा इतने सुन्दर, शान्तिपूर्ण ढंग से निपट गया कि सभी प्रफुल्लित हो उठे। यहाँ तक कि क्वाशनिन भी, जो कुछ देर पहले शेलकोवनिकोव पर खीज उठा था, मज़दूर स्त्रियों के 'गरमाहट पहुँचाने' के आग्रह को सुनकर हँसने लगा। शेलकोवनिकोव की कुहनी पकड़कर वह उसे मनाने लगा।

"यार, बात यह है," स्टेशन की सीढ़ियों पर धीरे-धीरे चढ़ते हुए उसने शेलकोवनिकोव से कहा, "कि इन लोगों से बात करने का गुर जानना बहुत ज़रूरी है। वे जो कहें, बिना हील-हुज्जत के सब कुछ मान लो—अल्यूमीनियम के मकान, आठ घंटे का दिन, हर मज़दूर के लिए प्रतिदिन मांस की भूनी हुई बोटी—वादे-पर-वादे करते जाओ। किन्तु याद रखो, जो कहो, पूरे विश्वास के साथ कहो। मैं यह बात दावे के साथ कहने के लिए तैयार हूँ कि केवल वादों के बल पर मैं सिर्फ़ आध घंटे में बड़े-से-बड़े जोशीले प्रदर्शन को ठंडा कर सकता हूँ।"

स्त्रियों की बग़ावत—जिसे उसने इतनी आसानी से दबा दिया था—की बातों को याद कर खिलखिलाकर हँसता हुआ क्वाशनिन गाड़ी में चढ़ गया। तीन मिनट बाद रेल चल पड़ी। कोचवानों को पहले से ही बेशेनाया बाल्का जाने के लिए कह दिया गया था। यह तय हो चुका था कि सब लोग मशालों के संग घोड़ागाड़ियों में वापस लौटेंगे।

बोबरोव को नीना का व्यवहार काफ़ी विचित्र-सा लग रहा था। पिछली रात से ही वह नीना को देखने के लिए छटपटा रहा था और अब स्टेशन पर बड़ी अधीरता से उसकी प्रतीक्षा करता रहा था। उसके दिल में नीना के प्रति जो सन्देह की काई जमी थी, वह अब धुल चुकी थी। उसे अब अपने सुख पर विश्वास हो चला था। दुनिया इतनी ख़ूबसूरत हो सकती है, इसकी कल्पना भी उसने पहले कभी नहीं की थी। उसे सब लोग सहृदय और दयालु जान पड़ने लगे। जीवन में एक ऐसे सरस सौन्दर्य का आविर्भाव होने लगा, जो उसके लिए बिलकुल नया था। उस दिन वह इसी उधेड़बुन में उलझा था कि जब वह नीना से मिलेगा तो किस प्रकार अपने उद्‌गार उसके सम्मुख प्रकट करेगा। वह प्यार से भरी, सुन्दर, कोमल प्रेमोन्मादित बातों को मन-ही-मन दुहराने लगा, फिर अपनी इस हरकत पर स्वयं हँसने लगा। प्रेम के शब्दों को याद करने की क्या ज़रूरत? ज़रूरत पड़ने पर वे ख़ुद-ब-ख़ुद उमड़ पड़ते हैं, और तब उनका सौन्दर्य और सोंधापन कितना अधिक निखर उठता है!

उसे एक कविता स्मरण हो आई, जो उसने किसी पत्रिका में पढ़ी थी। कवि ने अपनी प्रेयसी को सम्बोधित करते हुए कहा था कि वे एक-दूसरे को वचन देने का अभिनय कर अपने सच्चे और उज्ज्वल प्रेम पर कालिख नहीं लगाएँगे। प्रेम का इससे बढ़कर क्या अपमान होगा कि उसके लिए वचन देना पड़े?

क्वाशनिन की गाड़ी के पीछे-पीछे दो बग्घियाँ और आ रही थीं, जिनमें जिनेन्को-परिवार के सदस्य बैठे थे। नीना पहली बग्घी में थी। उसने गहरे पीले रंग के वस्त्र पहन रखे थे, और उसी रंग की चौड़ी लेस उसकी फ्रॉक के अर्द्ध-चन्द्राकार गले को सुशोभित कर रही थी। उसके सिर पर चौड़े किनारे वाला सफ़ेद इतालवी हैट था, जिस पर गुलाब का एक सुन्दर गुलदस्ता सुसज्जित था। नीना का चेहरा असाधारण रूप से पीला और गम्भीर दिखाई दे रहा था। नीना ने दूर से ही उसे देख लिया था, किन्तु बोबरोव को उसकी आँखों में वह संकेत नहीं मिला, जिसकी वह इतनी उत्सुकता से प्रतीक्षा करता रहा था। उसे लगा, मानो जानबूझकर उसने उसकी ओर से अपना मुँह फेर लिया।

स्टेशन के सामने बग्घी रुकी। नीना को सहारा देकर नीचे उतारने के लिए वह भागता हुआ बग्घी के पास गया था, किन्तु नीना, मानो उसके तात्पर्य को समझकर झटपट दूसरी ओर से नीचे कूद गई थी। बोबरोव का हृदय किसी अनिष्ट की सम्भावना से काँप उठा। किन्तु शीघ्र ही उसने इस आशंका को पीछे धकेल दिया। 'बेचारी नीना! अपने प्रेम पर नाहक लजा रही है। समझती है कि अब सब लोग उसकी आँखों में उसके दिल का भेद पढ़ लेंगे!' नीना के संकोच और उसकी अबोध लज्जा की इस कल्पना से बोबरोव के दिल में हल्की-सी गुदगुदी दौड़ गई।

उसे स्टेशन की पुरानी बात याद आ गई। उसने सोचा कि उस दिन की तरह नीना उससे अकेले में बातचीत करने का अवसर ढूँढ़ निकालेगी। किन्तु नीना ने ऐसा कुछ नहीं किया। वह मज़दूर स्त्रियों के संग क्वाशनिन की बातों को बड़े ध्यान से सुन रही थी। चोरी-चुपके भी उसने बोबरोव की ओर एक बार आँखें नहीं उठाईं। बोबरोव दिल मसोसकर खड़ा रहा। सहसा एक अज्ञात भय...एक चुभती गहरी टीस उसके हृदय को मथने लगी।

जिनेन्को-परिवार के सदस्य एक कोने में अलग-थलग खड़े थे। जान पड़ता था कि अन्य महिलाएँ उनसे मिलना-जुलना पसन्द नहीं करती थीं। स्टेशन के शोर-शराबे से सबका ध्यान भटका हुआ था। बोबरोव ने सोचा कि नीना से मिलने का इससे अधिक उपयुक्त अवसर फिर नहीं मिलेगा। वह कुछ बोलेगा नहीं—सिर्फ़ आँख के इशारे से ही नीना से उसकी उदासीनता का कारण पूछ लेगा।

उसने पास जाकर अन्ना अफानास्येवना को प्रणाम किया और उसका हाथ चूमा। वह उसकी आँखों के भाव को पढ़कर जानना चाहता था कि वह नीना और उसके विषय में कुछ जानती है या नहीं। और उसे लगा, मानो वह सब कुछ जानती है। उसकी पतली, बंकिम भौंहें—जो बोबरोव के विचार में उसके कपटी स्वभाव का परिचायक थीं—घृणा से सिकुड़ आई थीं और उसके होंठ दर्प से फूले हुए थे। उसने एकदम समझ लिया कि नीना ने सारी बात अपनी माँ से कह दी होगी और उसने नीना को डाँट-डपट दिया होगा।

वह नीना के पास आया, किन्तु उसने उसकी ओर आँख उठाकर देखा तक नहीं। उसका ठंडा हाथ बोबरोव के काँपते हाथों में शिथिल-सा पड़ा रहा। उसके अभिवादन का उत्तर देने के बजाय उसने अपना चेहरा बेता की ओर मोड़ लिया और उससे इधर-उधर की बातें करने लगी। नीना के इस अप्रत्याशित व्यवहार से उसे लगा, मानो कोई पाप की भावना उसकी आत्मा को खरोंच रही है, मानो वह अचानक इतनी कायर और भयभीत हो गई है कि किसी बात का भी स्पष्टीकरण करना उसके लिए दुश्वार हो गया है। बोबरोव को एक गहरा धक्का-सा लगा। उसका मुँह सूख गया और पाँव लड़खड़ाने लगे। वह दिग्भ्रान्त-सा वहाँ खड़ा रहा। माज़रा क्या है? यदि नीना ने अपना भेद माँ को बता दिया है तो भी वह आँख के चपल, अर्थपूर्ण इशारे से—जिसमें हर स्त्री इतनी पटु होती है—उसको सारी बात समझा सकती थी। 'तुम्हारा अनुमान ठीक है,' वह आश्वासन देकर चुपचाप कह देती, 'माँ सब जानती है—किन्तु मैं वैसी ही हूँ, जैसे पहले थी। मुझमें कोई परिवर्तन नहीं आया है। तुम किसी बात की चिन्ता मत करो।' किन्तु उसने यह सब कुछ नहीं कहा—चुपचाप मुँह फेर लिया।

'कोई बात नहीं, पिकनिक के दौरान मैं उससे सब कुछ जान लूँगा,' उसने सोचा। किसी भयंकर, कायरतापूर्ण घटना की अनिष्ट सम्भावना ने उसे आतंकित कर दिया। 'चाहे जो कुछ भी हो, उसे मुझे सब कुछ बताना ही पड़ेगा।'

10

गाड़ी '200 मील' के स्टेशन पर रुक गई। लोग अपने-अपने डिब्बों से बाहर निकल आए। चौकीदार के मकान से परे एक ढलवाँ, सँकरी सड़क चली गई थी। पिकनिक पर जाने वालों का रंग-रंगीला लश्कर एक लम्बी पाँत बनाकर बेशेनाया बाल्का जाने के लिए इसी सड़क पर चलने लगा। शरद ऋतु के पेड़-पौधों की तीखी, ताजी सुगन्ध हवा में तिरती हुई उनके तप्त-आरक्त चेहरों का स्पर्श करने लगी। सड़क नीचे को उतरती चली गई और बाद में जाकर तो वह जैतून की झाड़ियों और हनीसकल के ख़ुशबूदार फूलों के झुरमुट में खो-सी गई थी। पैरों तले पीले सिकुड़े हुए निर्जीव पत्ते चरमरा उठते थे। वृक्षों के कुंज से परे दूर क्षितिज पर सूर्यास्त की लालिमा बिखरने लगी थी।

झाड़ियाँ ख़त्म हुईं। अचानक एक खुला मैदान सामने दिखाई दिया, जिस पर महीन रेत बिछी हुई थी। मैदान के एक छोर पर रंग-बिरंगी झंडियों और फूल-पत्तियों से सुशोभित आठ भुजाओं वाला एक मंडप खड़ा था। दूसरे छोर पर छत से ढका एक ऊँचा मंच था, जहाँ बैंड की व्यवस्था की गई थी। ज्योंही पेड़ों के झुरमुट से कुछ लोग बाहर निकलकर मैदान के पास आते दिखाई दिये, त्योंही बैंड पर फ़ौजी संगीत की फड़कती हुई धुन बजने लगी। पीतल के वाद्य-यंत्रों से निकलती हुई हँसती-मचलती धुन आसपास के पेड़-पौधों से टकराकर सारे जंगल में गूँज उठती थी, फिर दूर दिशा से आती हुई अपनी ही प्रतिध्वनि में लय हो जाती थी। ऐसा प्रतीत होता था, मानो कहीं दूर एक दूसरा बैंड भी बज रहा है, जिसकी ध्वनि पहले बैंड से कभी आगे निकल जाती है, कभी पीछे रह जाती है। मंडप के चारों ओर अर्द्ध-चन्द्राकार में मेज़ें पड़ी थीं,

जिन पर उज्ज्वल मेज़पोश बिछे थे। बहुत-से बैरे मेज़ों के इर्द-गिर्द चक्कर काट रहे थे। पिकनिक पर आए हुए लोगों की भीड़ मैदान में जमा हो गई थी। बैंड के चुप होते ही उन्होंने बड़े उत्साह और हर्ष से करतल ध्वनि की। उनकी ख़ुशी का कारण भी था। आज वे जिस मैदान में खड़े थे, वह केवल पन्द्रह दिन पहले एक पहाड़ी स्थल था, जहाँ झाड़ियाँ-ही-झाड़ियाँ मुँह उठाए खड़ी थीं।

बैंड पर वॉल्ज़ (एक नृत्य-धुन) की धुन बजने लगी।

स्वेजेवस्की नीना के साथ खड़ा था। बोबरोव ने देखा कि वह नीना से बिना अनुमति माँगे उसकी बग़ल में हाथ डालकर नाचता हुआ मैदान के चक्कर काटने लगा है।

नाच के बाद स्वेजेवस्की ने नीना को अभी छोड़ा ही था कि धातु-विज्ञान का एक विद्यार्थी उसके संग नाचने के लिए आगे बढ़ आया। उसके बाद कोई और व्यक्ति नीना का साथी बना। बोबरोव को नाच में कभी दिलचस्पी नहीं रही और न ही उसे अच्छी तरह नाचना आता था। किन्तु सहसा उसने सोचा कि वह नीना को 'क्वाडरिल' नृत्य के लिए आमंत्रित करे। 'उसकी उदासीनता का कारण पूछने का यह अच्छा अवसर रहेगा,' उसने मन-ही-मन सोचा। नीना दो बार नाचकर थक-सी गई थी और अपने चेहरे पर पंखा कर रही थी। बोबरोव उसके पास आकर खड़ा हो गया।

"नीना ग्रिगोरयेवना, मैं आशा करता हूँ कि 'क्वाडरिल' तुम मेरे संग ही नाचोगी?"

"लेकिन...देखो, कितनी बुरी बात है...मुझे क्या पता था...'क्वाडरिल' के लिए तो मैं पहले से ही वचन दे चुकी हूँ," उसने बिना बोबरोव की ओर देखे उत्तर दिया।

"वचन दे चुकी हो? इतनी जल्दी?" बोबरोव का स्वर भर्रा उठा।

"बेशक," उसके स्वर में बेचैनी थी, हल्का-सा व्यंग्य था। "तुम अब पूछने आए—इतनी देर से? मैं तो गाड़ी में ही 'क्वाडरिल' नाचने के लिए किसी अन्य व्यक्ति की प्रार्थना स्वीकार कर चुकी हूँ।"

"तुम्हें यह भी याद न रहा कि मैं भी तुम्हारे संग हूँ?" बोबरोव ने उदास होकर पूछा।

उसके स्वर ने नीना को एकबारगी झिंझोड़ दिया। वह किंकर्तव्यविमूढ़-सी बैठी रही—कभी पंखे को खोलती, कभी बन्द कर देती। किन्तु उसने अपना चेहरा ऊपर नहीं उठाया।

"क़सूर तुम्हारा ही है। तुमने मुझसे पहले क्यों नहीं पूछा?"

"नीना ग्रिगोरयेवना, मैं पिकनिक पर आने के लिए राज़ी हुआ था महज़ तुम्हारे लिए, केवल इसलिए कि मैं तुम्हारे संग रहना चाहता था। क्या जो कुछ तुमने मुझसे कहा था, वह सिर्फ़ मज़ाक़ था?"

नीना उद्भ्रान्त-सी होकर अपने पंखे से उलझने लगी।

इतने में एक नौजवान इंजीनियर भागता हुआ उसके पास आया और उसे इस विकट संकट से उबार ले गया। वह एकदम उठ खड़ी हुई और बिना बोबरोव को एक नज़र देखे उसने अपना पतला हाथ, जो लम्बे सफ़ेद दस्ताने से ढका था, उस इंजीनियर के कन्धे पर रख दिया।

बोबरोव की आँखें उसका पीछा करती रहीं। नाच समाप्त हो जाने के बाद नीना मैदान के दूसरे छोर पर बैठ गई। 'शायद जानबूझकर वह मुझसे अलग बैठी है।' बोबरोव ने सोचा। उसे लगा, मानो नीना उससे कतरा रही है। उससे आँखें चार होते ही, मानो वह ज़मीन में गड़ जाती है, एक अजीब-सा भय उसे ग्रस लेता है।

ऊब और उदासी की पुरानी चिर-परिचित अनुभूति एक बार फिर बोबरोव के मन में घिर आई। उसे अपने इर्द-गिर्द के लोगों के चेहरे भोंडे, दयनीय और हास्यास्पद-से दीखने लगे। संगीत की लय-ताल उसके मस्तिष्क में पीड़ाजनक रूप से प्रतिध्वनित हो रही थी। किन्तु अभी उसने आशा नहीं छोड़ी थी—अनेक संकल्पों-विकल्पों की शरण में जाकर वह मन को धीरज बँधा रहा था, 'शायद वह मुझसे इसलिए नाराज़ है कि मैंने उसे फूल भेंट नहीं किये...या मुझ जैसे उजड्ड-गँवार के संग वह शायद नाचना पसन्द नहीं करती! उसकी यह नाराज़गी सम्भवत: उचित ही है। लड़कियों के लिए इन छोटी-छोटी बातों का बहुत अधिक महत्त्व होता है। हमें चाहे ये बातें तुच्छ और नगण्य प्रतीत हों, किन्तु उनका सारा सुख-दु:ख, जीवन का आनन्द-उल्लास इन्हीं बातों पर निर्भर करता है।'

शाम घिर आई। चीनी लालटेनों से सारा मंडप प्रकाशमान हो उठा। किन्तु लालटेनों का प्रकाश इतना तेज़ नहीं था कि मैदान को रोशन कर सके। सहसा मैदान के दोनों तरफ़ से झाड़ियों में छिपे बिजली के दो बड़े-बड़े बल्ब जल उठे। उनके प्रखर प्रकाश से आँखें चौंधिया गईं और सारा मैदान पीली आभा में जगमगाने लगा। मैदान के चारों किनारों पर लगे पेड़-पौधों की आकृतियाँ अन्धकार के गर्भ से निकलकर स्पष्ट दिखाई देने लगीं। बल्बों के कृत्रिम प्रकाश में वृक्षों की झिलमिलाती निश्चल टेढ़ी-मेढ़ी शाख़ाओं को देखकर नाट्य मंच पर लगे पर्दों पर अंकित रंग-बिरंगे प्राकृतिक दृश्यों की याद आ जाती थी। उनके परे अँधेरा आकाश था, जिसकी पृष्ठभूमि में भूरी-हरी धुंध में डूबे कुछ अन्य वृक्षों की नुकीली चोटियाँ दिखलाई दे जाती थीं। बैंड-संगीत के बावजूद स्तेपीय-मैदानों में बसने वाले झींगुरों की टर्र-टर्र बराबर सुनाई दे रही थी। उनके इस विचित्र कोरस गान को सुनकर ऐसा लगता था, मानो ऊपर-नीचे, दाएँ-बाएँ—चारों दिशाओं से एक ही झींगुर की आवाज़ आ रही है।

बॉल-नृत्य में भाग लेने वाले स्त्री-पुरुषों के उत्साह की कोई सीमा न थी। एक नाच समाप्त नहीं होता कि दूसरा शुरू हो जाता। बैंड बजाने वालों को दम लेने की भी फ़ुरसत नहीं थी। नृत्य, संगीत और परियों के देश जैसे उसके स्वप्निल वातावरण ने स्त्रियों को मदहोश-सा कर दिया था।

चिरायते, सड़ते हुए पत्तों और ओस में भीगे पेड़-पौधों की ख़ुशबू तथा हाल में कटी घास की दूर से आती हुई भीनी महक के साथ इत्र और पसीने से तर शरीरों की गंध घुल-मिलकर विचित्र प्रभाव उत्पन्न कर रही थी। नाचने वालों के हाथ के पंखों को देखकर लगता था, मानो रंग-बिरंगे, सुन्दर पक्षियों ने उड़ने के लिए अपने पर फैला दिये हों। बातचीत का ऊँचा स्वर, हँसी-ठहाके, पैरों के नीचे मैदान की रेत की चर्र-मर्र—सब आवाज़ें घुल-मिलकर एक आकारहीन कोलाहल में डूब गई थीं। जब कभी कुछ देर के लिए बैंड रुक जाता, तो ये आवाज़ें कुछ अधिक तेज़ और ऊँची सुनाई पड़तीं।

बोबरोव की आँखें नीना पर जमी हुई थीं। एक-दो बार तो वह नाचती हुई उसके इतने निकट से गुज़री कि उसकी पोशाक बोबरोव को छू गई।

यहाँ तक कि नीना की वेगवान गति से स्तब्ध हवा में छू उठती हुई थिरकन तक को उसने महसूस किया। नाचते समय उसका बायाँ हाथ अपने साथी के कन्धे पर एक ख़ूबसूरत अदा के साथ, कुछ विवश-सा पड़ा रहता, और वह अपने सिर को इस अन्दाज़ में टेढ़ा कर लेती, मानो वह उसे अपने साथी के कन्धे पर टिका देगी। जब-तब उसे नृत्य करती हुई नीना की तेज़ रफ़्तार के कारण उड़ती हुई पोशाक के नीचे से पेटीकोट के सिरे पर लगी लेस की किनारी, काली जुराबों में ढका हुआ नन्हा-सा पैर, पतला-सा टखना और सुडौल, मुड़ी हुई पिंडलियाँ दिखलाई दे जाते। ऐसे क्षणों में न जाने क्यों वह लज्जारक्त हो जाता और उसे उन सब दर्शकों पर क्रोध आने लगता, जो नीना को उस समय देख रहे होते।

नौ बज चुके थे। माजुर्का नृत्य आरम्भ हुआ। स्वेजेवस्की, जो अब तक नीना के संग नाच रहा था, किसी अन्य व्यक्ति के साथ बातचीत में उलझ गया। नीना को मुक्ति मिली। संगीत की लय पर पाँव थिरकाती हुई, अपने अव्यवस्थित, बिखरे बालों को दोनों हाथों से सँभालती हुई वह ड्रेसिंग रूम की ओर तेज़ी से चल पड़ी। मैदान के दूसरे छोर से बोबरोव ने उसे देखा और तेज़ी से क़दम बढ़ाता हुआ ड्रेसिंग रूम के दरवाज़े के सामने आकर खड़ा हो गया। पेवेलियन के पीछे लकड़ी के तख़्तों से बना हुआ वह छोटा-सा ड्रेसिंग रूम घनी छाया में छिपा था। 'जब तक नीना बाहर नहीं निकलेगी, मैं यहीं खड़ा रहूँगा। इस बार सब कुछ कहलवाकर ही उसे छोड़ूँगा।' बोबरोव ने निश्चय किया। उसका दिल धौंकनी की तरह धड़क रहा था। उसकी मुट्ठियाँ कसी हुई थीं और ठंडी अँगुलियाँ पसीने से तर-बतर हो रही थीं।

नीना पाँच मिनट बाद बाहर आई। बोबरोव अँधेरी छाया से निकलकर उसके सामने रास्ता रोककर खड़ा हो गया। नीना के मुँह से एक हल्की-सी चीख़ निकल पड़ी और वह हड़बड़ाकर पीछे हट गई।

"नीना ग्रिगोरयेवना, तुम मुझे इस तरह तिल-तिल करके क्यों जला रही हो?" बोबरोव के दोनों हाथ अभ्यर्थना की मुद्रा में एक दूसरे से जुड़ गए, "मुझे जो पीड़ा हो रही है, क्या तुम उससे बेख़बर हो? आह, मैं समझ गया,

तुम्हें मुझे सताने में ही आनन्द मिल रहा है। तुम इस वक़्त भी मन-ही-मन मेरी खिल्ली उड़ा रही हो।"

"न मालूम तुम मुझसे क्या चाहते हो," नीना का दर्पपूर्ण अहं हुंकार उठा, "मैंने स्वप्न में भी तुम्हारी खिल्ली उड़ाने की बात नहीं सोची है।"

उसकी ख़ानदानी ख़ूबियाँ सिर उठाने लगी थीं।

"अच्छा?" बोबरोव के स्वर में गहरी निराशा थी, "फिर आज तुम जिस अजीब ढंग से पेश आई हो, उसका क्या कारण है?"

"कैसा अजीब ढंग?"

"मेरे प्रति तुम्हारा व्यवहार इतना शुष्क हो चला है, मानो मैं कोई तुम्हारा दुश्मन हूँ! मुझसे कतराती फिरती हो। लगता है मेरी उपस्थिति भी तुम्हें खटकती है।"

"तुम्हारी उपस्थिति से मुझे कोई फ़र्क़ नहीं पड़ता।"

"वह तो और भी बुरा है। मुझे लगता है कि तुममें कोई अत्यन्त भयानक परिवर्तन आ गया है, जिसे मैं समझ नहीं पाता। नीना, आज तक मैं तुम्हारी सच्चाई और ईमानदारी पर विश्वास करता आया हूँ। फिर आज क्यों तुम इतनी बदल गई हो? क्यों नहीं अपने दिल की बात साफ़-साफ़, बिना किसी लाग-लपेट के मुझसे कह देतीं? मुझसे सच्ची बात कह दो, चाहे वह कितनी ही कड़वी क्यों न हो। अच्छा यही होगा कि मामला एकबारगी निबट जाए।"

"कौन-सा मामला निबटाना चाहते हो? तुम्हारी बात अब तक मेरे पल्ले नहीं पड़ी।"

बोबरोव की कनपटियों में रक्त की गति भीषण रूप से तीव्र हो गई। उसने हताश होकर हाथों से अपना माथा पकड़ लिया। "तुम सब कुछ समझती हो और न समझने का बहाना कर रही हो। क्या हमारे बीच कभी कुछ ऐसा नहीं रहा, जिसे हमें सुलझाना है, तय करना है? प्यार-मुहब्बत के वे शब्द, जो एक प्रकार से हमारे प्रेम के सूचक थे; वे ख़ूबसूरत लम्हे, जब एक कोमल, स्निग्ध भावना की डोर ने हम दोनों को एक सूत्र में बाँध दिया था—

क्या वह सब तुम्हारे लिए कोई महत्त्व, कोई अर्थ नहीं रखते? मैं जानता हूँ, तुम कहोगी कि मुझे ग़लतफ़हमी हो गई है। हो सकता है, तुम्हारी बात सही हो। किन्तु क्या तुम्हीं ने मुझसे पिकनिक पर आने के लिए नहीं कहा था, ताकि हम दोनों एक-दूसरे से अकेले में, निर्विघ्न रूप से बातचीत कर सकें?"

अचानक नीना के हृदय में उसके प्रति सहानुभूति उमड़ पड़ी। "ठीक है, मैंने तुमसे यहाँ आने के लिए कहा था," नीना ने धीरे से अपना सिर नीचे झुकाकर कहा, "मैं तुमसे यह कहना चाह रही थी कि हमें सदा के लिए एक-दूसरे से जुदा हो जाना चाहिए।"

बोबरोव को लगा, मानो किसी ने अचानक उसकी छाती पर घूँसा मार दिया हो। उसके चेहरे पर फैलती हुई मुर्दानगी अँधेरे में भी नज़र आ रही थी।

"जुदा हो जाना चाहिए?" बोबरोव ने छटपटाते हुए कहा, "नीना ग्रिगोरयेवना, जुदाई...जुदाई के शब्द हमेशा कठोर और कटु होते हैं...उन्हें अपनी ज़ुबान पर मत लाओ।"

"नहीं, मुझे कहना ही होगा।"

"कहना ही होगा?"

"हाँ...लेकिन यह सब मेरी इच्छा से नहीं हो रहा।"

"फिर किसकी इच्छा से हो रहा है?"

उन दोनों को किसी व्यक्ति की पदचाप सुनाई दी। नीना ने अँधेरे में अपनी आँखें फैला दीं।

"इनकी इच्छा से..." उसने दबे स्वर में उत्तर दिया।

सामने अन्ना अफानास्येवना खड़ी थी। उसने बोबरोव और नीना को संदिग्ध दृष्टि से देखा, फिर अपनी लड़की का हाथ पकड़कर लताड़ते हुए स्वर में कहा, "तुम वहाँ से भाग क्यों आईं नीना? भला यह भी क्या तमाशा है कि यहाँ अँधेरे में खड़ी-खड़ी गप्पें हाँक रही हो! मैं तुम्हें ढूँढ़ते-ढूँढ़ते परेशान हो गई।" फिर उसने बोबरोव की ओर उन्मुख होकर तेज़-तर्रार आवाज़ में कहा, "और जहाँ तक आपकी बात है, श्रीमान्, अगर आप नाचना नहीं जानते या उसमें भाग नहीं लेना चाहते, तो एक तरफ़ अलग खड़े रहिए।

लड़कियों को अँधेरे में रोककर उनके संग कानाफूसी करना आपको शोभा नहीं देता। आपको उनकी मान-मर्यादा का ज़रा तो ख़याल रखना चाहिए।"

वह नीना को अपने पीछे घसीटती हुई आगे बढ़ गई।

"मदाम, आप नाहक परेशान क्यों होती हैं? आपकी सुपुत्री की मान-मर्यादा पर कोई हाथ नहीं डाल सकता!" बोबरोव ज़ोर से चिल्लाया और ठहाका मारकर हँस पड़ा।

उसकी यह हँसी इतनी विचित्र और कड़वाहट-भरी थी कि दोनों माँ-बेटी हठात् पीछे मुड़कर उसकी ओर देखने लगीं।

"अब देखा तूने...मैंने तुझसे कहा न था कि यह आदमी एकदम उजड्ड-गँवार है, जिसे शर्म-हया छू तक नहीं गई?" अन्ना अफानास्येवना ने नीना का हाथ पकड़कर खींचा। "तुम चाहे उसके मुँह पर थूक भी दो, फिर भी वह ही-ही करता रहेगा। अच्छा, देखो अब नाच शुरू होने वाला है। स्त्रियाँ अपने-अपने साथियों को चुन रही हैं।" उसका स्वर अब किंचित् शान्त हो गया था, "क्वाशनिन के पास जाओ और उसे नाच के लिए आमंत्रित करो। देखो, अभी-अभी खेल से फ़ुरसत पाकर वह पेवेलियन के गलियारे में खड़ा है। जल्दी करो।"

"लेकिन माँ...वह मुश्किल से तो चल पाता है, नाचेगा कैसे?"

"ज़्यादा हुज्जत मत करो। जो मैं कह रही हूँ, वही करो। एक ज़माना था, जब मास्को के बेहतरीन नाचने वालों में उसकी गिनती होती थी। ख़ैर, तुम पूछ तो लो, वह तुम्हारे पूछने से ही ख़ुश हो जाएगा।"

बोबरोव की आँखों के सामने अँधेरा-सा छा गया। उसने देखा कि नीना फुर्ती से मैदान पार करती हुई क्वाशनिन के सामने जाकर खड़ी हो गई थी। उसने होंठों पर शोख़ी से भरी आकर्षक मुस्कान खेल रही थी। उसका सिर एक ओर ऐसे झुका था, मानो वह मीठी याचना की डोर से क्वाशनिन को अपनी ओर खींच रही हो!

क्वाशनिन नीना की प्रार्थना सुनने के लिए तनिक आगे की ओर झुक गया। अचानक वह ज़ोर से ठहाका मारकर हँस पड़ा और अस्वीकृति से अपना सिर हिलाने लगा।

नीना काफ़ी देर तक आग्रह करती रही, किन्तु क्वाशनिन अपनी बात पर अड़ा रहा।

आख़िर नीना खिन्न भाव से पीछे मुड़ने लगी। किन्तु उसी क्षण क्वाशनिन बिजली की तेज़ी से लपककर नीना के साथ हो लिया। इतने भारी डील-डौल का आदमी इतनी अधिक स्फूर्ति प्रदर्शित कर सकता है, यह एक अनोखी बात थी। नीना को रोककर उसने अपने कन्धों को इस तरह बिचकाया मानो कह रहा हो, "अच्छी बात है...दूसरा कोई चारा भी तो नहीं! बच्चों की बात तो रखनी ही पड़ती है!" उसने नीना की ओर अपना हाथ बढ़ा दिया।

नाचते हुए जोड़ों के पाँव सहसा रुक गए। सब लोग गहरे कौतूहल से इस नये जोड़े को देखने लगे। उन्हें यक़ीन था कि क्वाशनिन का 'मार्जुका' में भाग लेना एक मज़ेदार दिलचस्प नज़ारा होगा।

क्वाशनिन क्षण-भर निश्चल, बिना हिले-डुले बैंड-संगीत की प्रतीक्षा करता रहा, फिर अचानक एक अद्भुत गरिमा के साथ अपनी संगिनी की ओर मुड़कर संगीत की ताल के साथ उसने अपना पहला क़दम उठाया। उसकी प्रत्येक हरकत में अपना एक विशिष्ट गौरव था, एक गहरा आत्मविश्वास और विलक्षण दक्षता थी, जिसे देखकर कम-से-कम यह बात स्पष्ट हो जाती थी कि अपने ज़माने में वह एक उत्कृष्ट नर्तक रहा होगा। गर्वीली, चुनौती-भरी विहँसती निगाहों से उसने नीना को देखा। संगीत की ताल पर नाचने के बजाय शुरू में वह एक लचकीली, किंचित् लड़खड़ाती चाल से चल रहा था। उसे देखकर लगता था, मानो उसकी ऊँचाई और उसका डील-डौल उसके लिए कोई बोझ या व्यवधान प्रस्तुत नहीं करते, उलटे उसके व्यक्तित्व के गौरव और गरिमा को और अधिक बढ़ाने में योग देते हैं। मैदान के छोर पर पहुँचकर वह क्षण-भर के लिए ठिठका, एड़ियाँ खटखटाईं, अपनी बाँहों के सहारे नीना को घुमा लिया, और फिर अपनी मोटी टाँगों पर नाचता हुआ मैदान के बीचोबीच निकल गया। उसके चेहरे पर एक गर्वीली मुस्कान खेल रही थी। जब वह नीना को लेकर नाचता हुआ उस स्थान पर पहुँचा जहाँ से

नृत्य आरम्भ हुआ था, तो एक बार फिर उसने नीना को एक चपल, कमनीय मुद्रा में चारों ओर तेज़ी से घुमाया। फिर सहसा उसे कुर्सी पर बिठाकर ख़ुद उसके सम्मुख सिर झुकाकर खड़ा हो गया।

स्त्रियों के झुंड ने उसे चारों ओर से घेर लिया। प्रत्येक स्त्री उसके संग नाचने के लिए अनुरोध करने लगी। किन्तु क्वाशनिन अर्से से नाचने का आदी न रहा था और अपनी इस चेष्टा से थककर चूर हो गया था। वह हाँफता और अपने रूमाल से पंखा झलता जा रहा था।

"मुझे क्षमा करो...बूढ़ा आदमी ठहरा, नाचने की उम्र अब कहाँ रही है...आइए, अब कुछ खाया-पिया जाए।" क्वाशनिन ज़ोर-ज़ोर से साँस लेता हुआ हँस रहा था।

लोग मेज़ों के इर्द-गिर्द इकट्ठा हो गए; कुर्सियों को खींचने-घसीटने की चर्र-मर्र आवाज़ हवा में फैलने लगी। बोबरोव मूर्तिवत् उसी कोने में स्थिर, स्तब्ध-सा खड़ा था, जहाँ नीना उसे छोड़ गई थी। कभी वह आहत अभिमान से विक्षुब्ध हो उठता, तो कभी परवश घनीभूत पीड़ा उसे विकल बना देती। उसकी आँखों में आँसू नहीं थे, किन्तु उनमें एक तीखी-सी जलन महसूस हो रही थी। उसे लगा, मानो उसके गले में एक सूखा, काँटेदार गोला अटक गया है। संगीत की धुन पीड़ादायक एकरसता के साथ उसके मस्तिष्क में अब भी प्रतिध्वनित हो रही थी।

"अरे, तुम यहाँ खड़े हो? तुम्हारे लिए मैंने कोना-कोना छान डाला।" उसे अपनी बग़ल से डॉक्टर की ख़ुशी से भरी आवाज़ सुनाई दी, "अमा, इतनी देर कहाँ छिपे थे? मुझे तो आते ही ताश खेलने के लिए घसीट ले गए। अभी-अभी वहाँ से छुटकारा पाकर आ रहा हूँ। आओ, कुछ खा-पी लें। मैंने अपने और तुम्हारे लिए दो कुर्सियाँ सुरक्षित करवा ली हैं, ताकि हम दोनों संग ही बैठकर खा सकें।"

"तुम जाकर खा आओ, डॉक्टर," बोबरोव ने बड़ी कठिनता से उत्तर दिया, "अभी कुछ भी खाने की तबियत नहीं कर रही है...मैं तुम्हारे संग नहीं आ सकूँगा।"

"हूँ...तुम नहीं आ सकोगे...?" डॉक्टर बोबरोव के चेहरे को एकटक निहारता रहा, "लेकिन भाई, कुछ बात तो बताओ...इस तरह मुँह लटकाकर क्यों खड़े हो?" इस बार डॉक्टर का स्वर सहानुभूति से भरा था, "तुम जो कुछ भी कहो, मैं तुम्हें इस तरह अकेला नहीं छोड़ूँगा। चलो, अब ज़्यादा बहस मत करो।"

"तबियत बहुत घबरा रही है, डॉक्टर, जी बैठा जा रहा है," बोबरोव ने धीरे से कहा।

डॉक्टर बोबरोव को खींचते हुए अपने संग ले चला और वह यंत्रवत् उसके पीछे-पीछे चलने लगा।

"पागल मत बनो, क्या इस तरह से जी कच्चा किया जाता है? सारी बात को दिल से निकाल फेंको। 'आत्म-परीक्षा है यह तेरी, अथवा उर में कसक उठी है'?"

डॉक्टर के मुँह से कविता की ये दो पंक्तियाँ निकल गईं। बोबरोव के गले में हाथ डालकर वह स्नेह-भरी आँखों से उसकी ओर देखने लगा। "मेरे विचार में सब बीमारियों का केवल एक इलाज है : 'मेरे दोस्त वान्या, आओ, पिएँ और पीकर मस्त हो जाएँ।' सच मानो, आज तो आन्द्रेयस के संग इतनी छककर कोन्याक पी है कि बस, कुछ मत पूछो! वह आदमी भी बिलकुल हरामी का पिल्ला है। पीता है, तो छोड़ने का नाम नहीं लेता। अरे, आदमी बनो भाई! जानते हो, आन्द्रेयस हमेशा तुम्हारे बारे में पूछताछ करता रहता है। अब अड़ो नहीं, चले आओ!"

डॉक्टर बोबरोव को घसीटता हुआ पेवेलियन में ले गया। दोनों सटकर पास-पास बैठे। उसी मेज़ पर आन्द्रेयस भी बैठा था। वह दूर से ही बोबरोव को देखकर मुस्करा उठा था। अब उसने बोबरोव के लिए जगह बना दी और स्नेह से उसकी पीठ थपथपाने लगा।

"तुम्हें यहाँ देखकर मुझे बहुत ख़ुशी हुई है। तुम अच्छे आदमी हो। सच कहता हूँ, मैं तुम जैसे आदमियों को बहुत पसन्द करता हूँ। कोन्याक पियोगे?"

वह नशे में धुत्त था। उसका चेहरा असाधारण रूप से पीला था और पथराई-सी आँखों में एक विचित्र चमक थी। यह बात छह महीने बाद पता

चली कि यह गम्भीर, मेहनती और प्रतिभावान व्यक्ति हर शाम अपने कमरे के निपट एकान्त में बैठकर तब तक शराब पिए जाता है, जब तक वह पूरी तरह संज्ञाहीन नहीं हो जाता।

'शायद थोड़ी पी लूँ तो जी कुछ हल्का हो जाए! कम-से-कम कोशिश तो कर ही देखूँ!' बोबरोव ने सोचा।

आन्द्रेयस बोतल टेढ़ी किये उसके उत्तर की प्रतीक्षा कर रहा था। बोबरोव ने बोतल के नीचे एक गिलास सरका दिया।

"क्या गिलास में पियोगे?" आन्द्रेयस की भौंहें मानो विस्मय में फैल गईं।

"हाँ," बोबरोव ने उत्तर दिया। उसके होंठों पर भीगी-सी विषादपूर्ण मुस्कराहट सिमट आई।

"कितनी डालूँ?"

"जितनी गिलास में आ सके।"

"वाह रे मेरे दोस्त! जान पड़ता है कि तुम स्वीडन की नौ सेना में काम कर चुके हो। बस करूँ या और?"

"डालते जाओ।"

"अरे भई, होश करो, यह कोन्याक ऐसी-वैसी नहीं है, 'वी.एस.ओ.पी.' ब्रांड है—असली, तेज़ और पुरानी शराब!"

"फ़िक्र मत करो—डालते जाओ।"

'पीकर नशे में धुत्त भी हो जाऊँ, तो किसी का क्या बिगड़ेगा...नीना भी तो ज़रा देखे!' उसने सोचा। उसके हृदय में आत्म-उत्पीड़न का भाव उमड़ पड़ा।

गिलास लबालब भर गया। बोबरोव ने एक ही घूँट में गिलास ख़ाली कर दिया। आन्द्रेयस, जो बोतल को मेज़ पर रखकर कौतूहल-भरी दृष्टि से बोबरोव को देख रहा था, अचानक काँप उठा।

"बेटा, लगता है, कोई बात तुम्हें घुन की तरह खाए जा रही है। क्यों, ठीक है न?" आन्द्रेयस का स्वर सहानुभूति से ओतप्रोत था। वह बड़े ग़ौर से बोबरोव की आँखों को देख रहा था।

"हाँ।" बोबरोव ने खिन्न मुद्रा में सिर हिला दिया।

"दिल में कोई चीज़ चुभती रहती है क्या?"

"हाँ।"

"हूँ...यह बात है! फिर तो भाई, तुम्हें शायद और ज़रूरत पड़ेगी।"

"गिलास भर दो।" बोबरोव का स्वर एकदम निरीह-सा हो आया।

कोन्याक पीते हुए उसे उबकाई-सी आ रही थी, किन्तु अपनी पीड़ा को दबाने के लिए वह गिलास-पर-गिलास चढ़ाए जा रहा था। विचित्र बात यह थी कि शराब का उस पर कोई असर नहीं हो रहा था। उलटे उसकी उदासी और अधिक घनी, गहरी होती गई और उसकी आँखें गर्म आँसुओं से जलने लगीं।

बैरों ने गिलासों को शैम्पेन से भरना शुरू कर दिया था।

क्वाशनिन दो अँगुलियों से गिलास को पकड़कर कुर्सी से उठ खड़ा हुआ और गिलास के शैम्पेन के बीच में से शमादान की रोशनी को देखने लगा। चारों ओर निस्तब्धता छा गई। आर्क लैम्पों की बत्तियों की सर्र-सर्र और झींगुरों के अनवरत गुंजन के अतिरिक्त और कुछ भी सुनाई नहीं देता था।

क्वाशनिन ने खखारकर गला साफ़ किया।

"महानुभावो, महिलाओ!" यह कहकर वह कुछ देर के लिए चुप हो रहा। यह चुप्पी भी लोगों को प्रभावित करने की एक अदा थी, "आप मुझ पर विश्वास करें कि यह जाम पीते हुए मेरे मन में आपके प्रति कृतज्ञता की भावना उमड़ रही है। इवानकोवो में आप लोगों ने मेरा जो भव्य स्वागत किया, उसे मैं कभी नहीं भूलूँगा। आज रात की पिकनिक—जिसकी सफलता का बहुत बड़ा श्रेय उन महिलाओं को है, जिन्होंने यहाँ आने का कष्ट किया है—मेरे जीवन में चिरस्मरणीय रहेगी। मैं यह जाम उपस्थित महिलाओं के स्वास्थ्य के लिए उठाता हूँ।"

उसने गिलास घुमाकर हवा में अर्द्धवृत्त-सा खींच दिया और फिर उसे मुँह के पास ले आया। एक छोटा-सा घूँट पीकर उसने अपना भाषण शुरू किया, "इस अवसर पर मैं कुछ बातें अपने साथियों और सहयोगियों से भी कहना चाहूँगा। अगर मेरी बातों से लेक्चर की गन्ध आने लगे, तो आप बुरा न मानिएगा। आप लोगों की अपेक्षा मेरी उम्र काफ़ी पक गई है। एक बूढ़े आदमी को कम-से-कम लेक्चर देने की छूट तो आपको देनी ही चाहिए!"

"उस मक्कार स्वेजेवस्की को तो ज़रा देखो, कैसा मुँह बना रहा है!" आन्द्रेयस बोबरोव के कान में धीरे से फुसफुसाया।

स्वेजेवस्की गहरी भक्ति और श्रद्धा भाव से क्वाशनिन की ओर ताक रहा था, मानो क्वाशनिन के मुँह से शब्दों के बदले मोती झर रहे हों। जब क्वाशनिन ने अपने बुढ़ापे का ज़िक्र किया, तो स्वेजेवस्की ने बड़े ज़ोरों से अपना सिर और हाथ हिलाकर असहमति प्रकट की।

"मैं एक बहुत पुरानी और घिसी-पिटी बात कहने जा रहा हूँ—जो आप लोगों ने अक्सर अख़बारों के सम्पादकीय लेखों में पढ़ी होगी।" क्वाशनिन ने अपना भाषण जारी रखते हुए कहा, "हमें अपना झंडा हमेशा ऊँचा रखना चाहिए। हम धरती के सर्वोत्तम रत्न हैं, भविष्य हमारा है। यह एक ऐसा निर्विवाद सत्य है, जिसे हमें कभी नहीं भूलना चाहिए। सारी पृथ्वी पर रेलों का जाल बिछाने का श्रेय क्या हमें नहीं जाता? क्या हमने धरती के गर्भ में निहित अमूल्य निधियों को बाहर निकालकर उन्हें बन्दूक़ों, इंजनों, रेल की पटरियों, पुलों और वृहत्काय मशीनों में परिणत नहीं कर दिया? हमने जिन विशाल, दुर्गम उद्योगों को आरम्भ करके करोड़ों रूबलों की पूँजी का निर्माण किया है, क्या औद्योगिक प्रगति के लिए वह कम महत्त्वपूर्ण बात है? सज्जनो और महिलाओ, प्रकृति अपनी समूची सृजनात्मक शक्ति को एक राष्ट्र का निर्माण करने में केवल इसलिए लगाती है कि उसमें से एक-दो दर्जन ऐसे व्यक्ति निकल सकें, जो असाधारण विलक्षण प्रतिभा से सम्पन्न हों। इसलिए महानुभावो और महिलाओ! हमें अपने में इतना साहस और शक्ति उत्पन्न करनी चाहिए कि हम भी इन असाधारण पुरुषों की कोटि में अपने को शामिल कर सकें!"

"हुर्रा!" सब लोग एक कंठ से चिल्लाए। स्वेजेवस्की का स्वर सबसे ऊँचा था।

एक-एक करके सब लोग उठने लगे। उनमें से हर व्यक्ति यह चाहता था कि वह जल्द-से-जल्द क्वाशनिन के पास पहुँचकर उसके गिलास से अपना गिलास खनखना सके।

"इससे बढ़कर और निन्दनीय भाषण क्या होगा?" डॉक्टर ने दबे होंठों से कहा।

अगला वक्ता शेलकोवनिकोव था।

"महानुभावो और महिलाओ!" वह ज़ोर से चिल्लाया, "यह जाम हमारे आदरणीय संरक्षक, प्रिय गुरु और इस समय हमारे मेज़बान—वासिली तेरन्त्येविच क्वाशनिन के स्वास्थ्य के लिए है! हुर्रा!"

"हुर्रा!" उपस्थित श्रोतागण एक साथ ज़ोर से चिल्लाए और एक बार फिर क्वाशनिन की ओर लपके, ताकि उसके गिलास से अपना गिलास खनखना सकें।

फिर तो धुआँधार भाषण दिये जाने लगे। उद्योग की सफलता, अनुपस्थित भागीदारों, पिकनिक में उपस्थित महिलाओं और सामान्य रूप से सब महिलाओं के नाम पर जाम पिए जाने लगे। कुछ जामों को पीने से पूर्व ऐसे अस्पष्ट संकेत भी किये गए, जिनसे अश्लीलता की गन्ध आती थी।

एक दर्जन के क़रीब शैम्पेन की बोतलें खोली जा चुकी थीं। लोगों पर नशे का रंग चढ़ने लगा। पेवेलियन ऊँची-नीची आवाज़ों के कोलाहल से गूँजने लगा। हर व्यक्ति को जाम उठाने से पूर्व चाक़ू से देर तक गिलास खटखटाना पड़ता था, ताकि वह अपने भाषण के प्रति लोगों का ध्यान आकर्षित कर सके।

एक अलग मेज़ पर ख़ूबसूरत जवान मिलर चाँदी के एक बड़े प्याले में विभिन्न मदिराएँ मिलाकर 'काकटेल' तैयार कर रहा था।

सहसा क्वाशनिन अपनी कुर्सी से उठ खड़ा हुआ। उसके होंठों पर एक भेद-भरी मुस्कान खेल रही थी।

"महानुभावो और महिलाओ! आज रात इस समारोह के अवसर पर मैं एक ख़ुशख़बरी की घोषणा करना चाहता हूँ।" उसकी भाव-मुद्रा से शिष्टाचार की आकर्षक मधुरिमा टपक रही थी। "आज के दिन नीना ग्रिगोरयेवना जिनेन्को की शादी..." क्वाशनिन बीच में हकलाने लगा। वह स्वेजेवस्की का नाम और पितृ-नाम भूल गया था, "हमारे साथी श्री स्वेजेवस्की के संग होनी निश्चित हुई है। आइए, इस शुभ अवसर पर हम दोनों के स्वास्थ्य के लिए जाम उठाएँ और उन्हें अपनी सद्भावनाएँ और बधाइयाँ भेंट करें।"

इस सर्वथा अप्रत्याशित समाचार को सुनकर लोग हैरत में पड़ गए और ज़ोर-ज़ोर से करतल ध्वनि करने लगे। आन्द्रेयस को लगा, मानो उसके पास बैठे हुए किसी व्यक्ति ने एक गहरा दर्द-भरा उच्छ्वास छोड़ा हो। उसकी आँखें अचानक बोबरोव पर टिक गईं। बोबरोव का चेहरा घनीभूत मर्मान्तक पीड़ा से विकृत हो गया था।

"प्यारे साथी, तुम सारी कहानी नहीं जानते," आन्द्रेयस ने दबे होंठों से कहा, "ज़रा मेरा भाषण ध्यान से सुनना, आँखें खुल जाएँगी।"

एक गहरे आत्मविश्वास के साथ वह कुर्सी पीछे धकेलकर खड़ा हो गया। मेज़ पर झटका लगने से उसके गिलास की आधी शराब नीचे छलक आई।

"महानुभावो और महिलाओ!" उसने ऊँची आवाज़ में बोलना शुरू किया, "ऐसा जान पड़ता है कि हमारे मेज़बान ने विवेकपूर्ण उदारता के कारण कुछ बातें अनकही छोड़ दी हैं। हमें अपने प्रिय साथी श्री स्वेजेवस्की को उनकी तरक़्क़ी पर बधाई देनी चाहिए। अगले महीने से वह कम्पनी के संचालक-मंडल के व्यापार-मैनेजर के उच्च पद को सुशोभित करेंगे। माननीय वासिली तेरन्त्येविच की ओर से विवाह के शुभ अवसर पर यह पद नव-दम्पती को उपहारस्वरूप भेंट किया जाएगा। आदरणीय संरक्षक के चेहरे को देखकर मुझे लगता है कि वह मेरी इस घोषणा से अप्रसन्न हो गए हैं शायद वह इस बात को अन्त तक गुप्त रखना चाहते थे, ताकि ऐन मौक़े पर श्री स्वेजेवस्की की नियुक्ति की घोषणा करके वह आप लोगों को चकित करने का आनन्द उठा सकें। मुझे अपनी इस भूल पर ख़ेद है और मैं उनसे क्षमा माँगे लेता हूँ। किन्तु श्री स्वेजेवस्की के प्रति मेरे मन में मित्रता और सम्मान की गहरी भावना है। इसलिए यह उचित ही होगा, यदि इस अवसर पर मैं यह आशा प्रकट करूँ कि जिस प्रकार यहाँ उन्होंने एक सक्षम कार्यकर्ता और हितैषी मित्र के गुण हमारे सम्मुख प्रदर्शित किये हैं, उसी प्रकार पीटर्सबर्ग के इस नए पद पर वह अपने गुणों से दूसरों को प्रभावित कर सकेंगे। किन्तु सज्जनो और महिलाओ, मैं यह भी जानना चाहता हूँ कि आपमें से कोई भी व्यक्ति श्री स्वेजेवस्की के सौभाग्य पर ईर्ष्या नहीं करेगा।"

आन्द्रेयस ने स्वेजेवस्की पर एक व्यंग्यात्मक दृष्टि फेंकी और कहता गया, "क्योंकि उनके प्रति अपनी शुभकामनाएँ प्रकट करते हुए हमें इतना हर्ष हो रहा है कि..."

किन्तु उसी समय घोड़े की टापों की आवाज़ सुनाई दी। आन्द्रेयस का भाषण बीच में ही रुक गया। वृक्षों के पीछे से घोड़े पर सवार एक व्यक्ति प्रकट हुआ, जिसका सिर नंगा था और चेहरे पर गहरे आतंक की छाप थी। घोड़े का मुँह झाग से लथपथ था। मैदान के बीच में थकान से थर-थर काँपते घोड़े से नीचे उतरकर वह व्यक्ति दौड़ता हुआ क्वाशनिन के पास पहुँचा और उसके कान में कुछ कहने लगा। वह एक फोरमैन था, जो ठेकेदार देखतेरेव के अधीन काम किया करता था। पेवेलियन में अचानक मरघट का-सा मौन छा गया। केवल लालटेनों की बत्तियों की सरसराहट और झींगुरों के टर्राने की बेतुकी आवाज़ सुनाई पड़ रही थी।

क्वाशनिन का चेहरा, जो अधिक शराब पीने के कारण लाल हो गया था, अचानक पीला पड़ गया। उसने काँपते हाथों से गिलास मेज़ पर रख दिया—शराब की कुछ बूँदें मेज़पोश पर छलक आईं।

"और बेल्जियन लोग क्या कर रहे हैं?" उसने रुँधे स्वर में पूछा।

फोरमैन ने अपना सर हिलाया और एक बार फिर क्वाशनिन के कानों में कुछ फुसफुसाने लगा।

"सब सत्यानाश कर दिया!" क्वाशनिन चीख़ उठा। वह कुर्सी से उठ खड़ा हुआ और अपने हाथों से नेपकिन को मसलने लगा। "कैसी ख़ुराफ़ात है। ज़रा ठहरो, गवर्नर को फ़ौरन एक तार देना होगा। सज्जनो और महिलाओ!" उसने ऊँची, काँपती हुई आवाज़ में कहा, "मिल में फ़साद हो गया है। हमें तुरन्त कोई कार्रवाई करनी होगी। मेरे विचार में हमें फ़ौरन यहाँ से चल देना चाहिए।"

"मैं जानता था कि एक दिन ज़रूर कुछ-न-कुछ होकर रहेगा।" आन्द्रेयस ने स्थिर, प्रकृतस्थ भाव से कहा। किन्तु उसकी शान्त मुद्रा के पीछे घृणा और क्रोध की भावना छिपी थी।

लोग बेचैनी और घबराहट में इधर-उधर भागने लगे। किन्तु आन्द्रेयस उनके प्रति सर्वथा उदासीन था। उसने धीरे से एक नया सिगार निकाला, अपने गिलास को कोन्याक से भर लिया और जेब में हाथ डालकर दियासलाई की डिब्बी टटोलने लगा।

II

चारों ओर भगदड़ मची हुई थी। पेवेलियन की भीड़ में लोग एक-दूसरे को धकेलते, घसीटते, चीख़ते-चिल्लाते, गिरी हुई कुर्सियों से टकराते बेतहाशा भागे जा रहे थे। स्त्रियाँ काँपते हाथों से जल्दी-जल्दी अपने हैट पहन रही थीं। न जाने क्यों, किसी ने बिजली के बल्बों को बुझाने का आदेश दे दिया था, जिससे और भी ज़्यादा खलबली मच गई थी। स्त्रियों की बदहवास, घबराई हुई चीख़ें बार-बार अँधेरे में गूँज उठती थीं।

लगभग पाँच बजे होंगे। अभी सूर्योदय नहीं हुआ था, किन्तु आकाश का रंग काफ़ी फीका पड़ गया था। उसके भूरे, मटियाले रंग को देखकर बारिश के आसार नज़र आते थे। विद्युत प्रकाश के बाद सहसा सुबह के धुँधले उजलेपन में आदमियों की यह भगदड़ और कोलाहल और भी अधिक भयावह और कुछ-कुछ अवास्तविक-से जान पड़ते थे। आदमियों की चलती-फिरती आकृतियों को देखकर लगता था, मानो किसी भयावह पैशाचिक परी-देश की प्रेत-छायाएँ विचर रही हैं। रात-भर जगते रहने के कारण सबके चेहरे इतने अधिक मुरझा गए थे कि उन्हें देखकर दिल काँप उठता था। खाने की मेज़ पर शराब के धब्बों और चारों ओर बिखरी हुई तश्तरियों, गिलासों और बोतलों को देखकर लगता था, मानो राक्षसों द्वारा आयोजित किसी विराट भोज को किसी ने अचानक बीच में ही भंग कर दिया हो।

बग्घियों के इर्द-गिर्द जो गड़बड़ हो रही थी, वह तो और भी ज़्यादा ख़ौफ़नाक थी। भयभीत घोड़े ज़ोर-ज़ोर से हिनहिना रहे थे, दुलत्तियाँ झाड़ रहे थे

और लगाम छुड़ाकर क़ाबू से बाहर हुए जा रहे थे। दूसरी तरफ़ बग्घियों का बुरा हाल था—पहिये आपस में उलझकर टूट रहे थे। इंजीनियर अपने-अपने कोचवानों को बुला रहे थे, किन्तु कोचवानों को आपस में लड़ने-झगड़ने से ही फ़ुरसत नहीं थी। यह ऐसा भयंकर दृश्य था, जिसे देखकर लगता था, मानो रात के समय अचानक उस स्थान पर बड़ी भारी आग लग गई हो। इतने में शोर और कोलाहल को चीरती हुई एक चीख़ सुनाई दी—शायद कोई पहियों के नीचे दब गया था अथवा धक्कम-धक्का में कोई आदमी कुचलकर मर गया था।

इस भीड़-भड़क्का में बोबरोव को मित्रोफ़ान कहीं न दिखाई पड़ा। एक-दो बार उसे लगा था कि गाड़ियों के अपार समूह में से वह उसे बुला रहा है, किन्तु बीच का रास्ता, जो बग्घियों और लोगों की भीड़ से अटा पड़ा था, पार करके मित्रोफान तक पहुँचना उसके लिए असम्भव था।

अचानक भीड़ के ऊपर अँधेरे में एक मशाल दिखलाई दी। सड़क के दोनों ओर से आवाज़ें सुनाई देने लगीं : 'एक तरफ़ हो जाइए बहन जी! रास्ता छोड़िए, महानुभावो!' पीछे से भीड़ का एक ज़बरदस्त रेला आया और बोबरोव को धकेलता हुआ आगे की ओर ले गया। बोबरोव के पाँव ज़मीन से उखड़ गए और वह बड़ी मुश्किल से अपने को गिरने से बचा पाया। जब वह कुछ सँभला, तो उसने देखा कि वह दो बग्घियों के बीच फँस गया है। उसने अपनी आँखें ऊपर उठाई। सामने चौड़ी सड़क ख़ाली पड़ी थी और गाड़ियाँ दोनों तरफ़ किनारों पर सिमट आई थीं। बीच सड़क पर क्वाशनिन की बग्घी चली जा रही थी। बग्घी के ऊपर मशाल की ज्वाला का जगमगाता रक्तिम आलोक क्वाशनिन के भारी-भरकम शरीर पर पड़ रहा था।

भीड़ के लोग, एक-दूसरे को धकेलते-ठेलते, भय, पीड़ा और क्रोध से चिल्लाते हुए क्वाशनिन की बग्घी के पीछे भाग रहे थे। बोबरोव की कनपटियाँ फड़कने लगीं। उसे लगा, मानो बग्घी में क्वाशनिन के स्थान पर प्राचीन काल के किसी भीमकाय, भयंकर, रक्तरंजित देवता की मूर्ति विराजमान है, जिसके रथ के नीचे धार्मिक जुलूसों के दौरान धर्मोन्मादित लोग अपने-आपको न्योछावर कर देते हैं। बोबरोव का समूचा शरीर असहाय क्रोध से थरथर काँप उठा।

क्वाशनिन के जाने के बाद भीड़ का ज़ोर कुछ कम हुआ। बोबरोव ने पीछे मुड़कर देखा कि उसकी अपनी फिटन की बल्ली ही उसकी पीठ पर चुभ रही थी। उसका कोचवान मित्रोफान फिटन की अगली सीट के पास खड़ा मशाल जला रहा था।

"मित्रोफान, झटपट मिल की तरफ़ चलो!" बोबरोव ज़ोर से चिल्लाया और उछलकर फिटन में बैठ गया, "हमें दस मिनट में वहाँ पहुँच जाना चाहिए। समझ गए?"

"जी, हुज़ूर।" मित्रोफान ने अनमने भाव से उत्तर दिया।

वह नीचे उतर गया और फिटन का चक्कर काटकर दूसरी तरफ़ चला आया। हर मर्यादाशील कोचवान की तरह वह हमेशा दाहिने दरवाज़े से ही बग्घी में घुसा करता था। घोड़ों की लगाम हाथ में पकड़ते हुए उसने कहा :

"अगर घोड़े मर-मरा जाएँ मालिक, तो मुझे दोष मत दीजिएगा।"

"कोई परवाह नहीं...ज़रा जल्दी करो।"

मित्रोफान बग्घियों और घोड़ों की भीड़ में रास्ता बनाता हुआ बड़ी सावधानी और कठिनता से धीरे-धीरे आगे बढ़ने लगा। घोड़े आगे भागने के लिए बेचैन थे।

आख़िर जंगल की पगडंडी पर आते ही उसने लगाम ढीली छोड़ दी। खुली छूट मिलते ही घोड़े सरपट दौड़ने लगे। ऊबड़-खाबड़ सड़क पर झाड़-झंखाड़ उग आए थे जिसके कारण बग्घी कभी दाईं तो कभी बाईं ओर डोलने लगती थी। मुसाफ़िर और कोचवान—दोनों को ही झटके लगते थे और उन्हें बार-बार अपना सन्तुलन क़ायम रखना पड़ता था।

मशाल की रक्तिम ज्वाला सिर्र-सिर्र करती हवा में काँप रही थी। पेड़ों की लम्बी, विकृत छायाएँ मशाल के आलोक में बग्घी के इर्द-गिर्द नाच उठती थीं। ऐसा जान पड़ता था, मानो भूत-प्रेतों की लम्बी, पतली छायाओं का दल बग्घी के साथ-साथ विचित्र बेढंगी नृत्य-मुद्राएँ बनाता, नाचता हुआ दौड़ा चला आ रहा है। कभी-कभी ये प्रेत-छायाएँ विशालकाय रूप धारण करती हुई घोड़ों से आगे बढ़ जाती थीं, किन्तु कुछ ही क्षण बाद उनका बृहद आकार धरती पर झुकता हुआ सिकुड़ने लगता था और वे तेज़ी से बोबरोव के पीछे खिसकती हुई अन्धकार

में विलीन हो जाती थीं; कुछ क्षणों के लिए उनकी आकृतियाँ आसपास की झाड़ियों पर नाचने लगतीं, फिर एकदम झाड़ियों से उतरकर बग्घी के बिलकुल निकट फुदक आतीं; कभी-कभी वे एक लम्बी पाँत बनाकर डोलते, डगमगाते पैरों पर बग्घी के साथ धीरे-धीरे खिसकने लगतीं मानो आपस में दबे स्वरों में बातचीत करती हुई चली आ रही हों। अनेक बार, सड़क के दोनों ओर लगी हुई घनी झाड़ियाँ बाहर को निकली हुई टहनियाँ, लम्बे पतले हाथों के समान झपटकर मित्रोफान और बोबरोव के चेहरों पर थप्पड़ जमाती हुई निकल जातीं।

आख़िर वे लोग जंगल के बाहर निकल आए। घोड़े गँदले पानी के एक पोखर को छप-छप करते हुए पार करने लगे। पोखर के पानी में मशाल की रक्तिम ज्वाला का प्रतिबिम्ब कभी लहरों के साथ उछलता, तो कभी छितरकर बिखर जाता। पोखर पीछे छूट गया। अचानक घोड़े चौकड़ी भरते हुए बग्घी को एक ऊँचे टीले पर खींच लाए। सामने एक भयावह काला मैदान फैला हुआ था।

"मित्रोफान, ज़रा और तेज़, वरना हम वक़्त से न पहुँच पाएँगे!" बोबरोव अधीर होकर चिल्लाया, यद्यपि बग्घी पूरी रफ़्तार से सरपट भागी जा रही थी।

मित्रोफान अपनी दनदनाती आवाज़ में बड़बड़ाया और फेयरवे पर, जो साथ-साथ चौकड़ी भरता हुआ दौड़ रहा था, सड़ाक से चाबुक जमा दी। मित्रोफान समझ नहीं पा रहा था कि उसका मालिक, जो अपने घोड़ों को जी-जान से प्यार किया करता था, आज क्यों उनकी जान लेने पर तुला हुआ है!

एक भयंकर आग की लपटों की अरुण आभा दूर क्षितिज पर तिरते बादलों को अपनी लालिमा से रँग रही थी। रक्तरंजित आकाश को देखकर बोबरोव की आँखें क्रूर अट्टहास में चमकने लगीं। अब कोई ग़लतफ़हमी बाक़ी नहीं रह गई थी। आन्द्रेयस ने जाम पेश करते हुए जो भाषण दिया था, उसने उसके तमाम भ्रमों को बड़ी निर्दयता से चूर-चूर कर दिया था और उसकी आँखें खुल गई थीं। उसके प्रति नीना का रूखा उदासीन भाव, माजुर्का-नृत्य के अवसर पर नीना की माँ का उस पर आँखें तरेरना, क्वाशनिन के साथ स्वेजेवस्की की घनिष्ठता—उसे अब इन सब पहेलियों का उत्तर मिल गया था।

क्वाशनिन और नीना को लेकर मिल में जो अफ़वाहें उड़ी थीं, वे अब उसे याद आने लगीं। 'लाल बालों वाला राक्षस! ठीक ही हुआ जो यह आग लगी!' वह ग़ुस्से में दाँत पीसता हुआ बड़बड़ाया। उसके हृदय में क्रोध और आहत आत्माभिमान की ऐसी प्रचंड ज्वाला धधक उठी कि उसका मुँह सूख चला। 'अगर इस समय उससे मुलाक़ात हो जाए,' बोबरोव ने सोचा, 'तो बच्चू की सारी ढिठाई दूर कर दूँ। बूढ़ा बदमाश कहीं का—जवान लड़कियों का मोल-तोल करता फिरता है! आदमी नहीं है धूर्त, सोने की मोहरों से भरा गन्दा तोंदिल थैला है! अब कभी मिला तो उसके ताँबे के मस्तक पर ऐसा धौल जमाऊँ कि ज़िन्दगी-भर के लिए यादगार छूट जाए।'

इतनी शराब पीने के बावजूद उसके होश-हवास गुम न हुए थे। वह अपने में एक अजीब, असाधारण-सी स्फूर्ति का अनुभव कर रहा था। कुछ कर गुज़रने के लिए उसका मन उतावला हो रहा था। उसका समूचा शरीर पत्ते की तरह काँप रहा था, दाँत किटकिटा रहे थे और एक ज्वरग्रस्त व्यक्ति के समान उसका उद्भ्रान्त मस्तिष्क अनर्गल विचारों के प्रवाह में बहने लगा था। वह कभी ज़ोर-ज़ोर से बुदबुदाने लगता, तो कभी कराह उठता, और कभी-कभी अपने-आप ठहाका मारकर हँसने लगता था। उसकी तनी हुई मुट्ठियाँ ख़ुद-ब-ख़ुद उठ जाती थीं।

"मालिक, आप कुछ अस्वस्थ-से दिखाई देते हैं। क्या यह बेहतर नहीं होगा कि घर जाकर आप आराम करें?" मित्रोफान ने डरते-डरते पूछा।

बोबरोव ग़ुस्से से तिलमिला उठा।

"चुप हो जा, गधे!" वह कर्कश आवाज़ में चिल्लाया, "बढ़े चल!"

कुछ ही देर में वे एक टीले की चोटी पर पहुँच गए, जहाँ से उन्होंने देखा कि दूधिया-गुलाबी धुएँ ने सारी मिल को ढक लिया था। उसके परे लकड़ी जमा करने का गोदाम आग की लपटों से घिरा हुआ धू-धू करके जल रहा था। आग की जगमगाती पृष्ठभूमि में छोटी-छोटी मानव आकृतियों की काली छायाएँ इधर-उधर मँडरा रही थीं। सूखी लकड़ी के तड़-तड़ जलने की आवाज़ दूर से ही सुनाई दे जाती थी। एक क्षण के लिए उष्ण पवन-चूल्हों

और भट्ठियों की गोल बुर्ज़ियाँ चमक जातीं। और फिर अँधेरे में विलीन हो जातीं। मिल के पास ही चौकोर तालाब के मटियाले जल में आग ही लपलपाती लपटों का रक्तिम आलोक फैल गया था। तालाब के बाँध पर लोगों की विशाल भीड़ कसमसाती हुई धीरे-धीरे आगे सरक रही थी। इस छोटे-से, तंग, संकुचित स्थान में सिमटी विशाल भीड़ में से एक विचित्र, अस्पष्ट और भयावह गर्जना उठ रही थी, मानो कहीं दूर समुद्र की लहरें चट्टानों से टकरा रही हों!

"गाड़ी को इधर कहाँ हाँक रहा है, बेवक़ूफ़! देखता नहीं, आगे कितना जमघट है, कुतिया के पिल्ले?" सामने सड़क पर कोई चिल्लाया। अगले ही क्षण एक लम्बा दाढ़ी वाला आदमी इस तरह प्रकट हुआ, मानो घोड़ों के खुरों के नीचे से निकलकर आया हो। उसके नंगे सिर पर चारों ओर सफ़ेद पट्टियाँ बँधी थीं।

"बढ़ते जाओ, मित्रोफान!" बोबरोव ज़ोर से चिल्लाया।

"मालिक, उन्होंने मिल को आग लगा दी है।" मित्रोफान का स्वर काँप रहा था।

दूसरे ही क्षण पीछे से एक पत्थर सनसनाता हुआ आया। बोबरोव को अपनी दाहिनी कनपटी के ऊपर गहरी पीड़ा अनुभव हुई। उसने अपनी कनपटी को छुआ और हाथ उठाया तो देखा कि वह गर्म ख़ून से लिसा हुआ था।

बग्घी सरपट दौड़ती रही। आग की रक्तिम आभा अधिक उज्ज्वल हो गई। घोड़ों की लम्बी छायाएँ कभी सड़क के एक ओर, तो कभी दूसरी ओर दौड़ती प्रतीत होती थीं; कभी-कभी बोबरोव को ऐसा महसूस होता था कि वह अन्धाधुंध एक ढलवाँ सड़क पर फिसलता जा रहा है और पल-दो पल में वह गाड़ी और घोड़ों समेत एक गहरी अँधेरी खाई में लुढ़क पड़ेगा। वह संज्ञाहीन-सा अपनी सीट पर बैठा था। बग्घी जिस रास्ते से गुज़र रही थी, उसे पहचान पाना भी उसके लिए कठिन हो रहा था। अचानक घोड़ों के पाँव रुक गए। बग्घी ठहर गई।

"रुक क्यों गए, मित्रोफान?" उसने झुँझलाकर पूछा।

"अब और आगे कैसे चलूँ? सारी सड़क तो लोगों से अटी पड़ी है!" मित्रोफान के स्वर से दबा क्रोध झलक रहा था।

बड़े भोर के झुटपुटे में बोबरोव को कुछ भी दिखाई नहीं दे रहा था, केवल सामने एक ऊँची-नीची -सी काली दीवार खड़ी थी और ऊपर रक्तरंजित आकाश फैला था।

"ख़्वाहमख़्वाह क्यों बकते हो, कहाँ है लोगों की भीड़?"

बोबरोव बग्घी से नीचे उतरकर घोड़ों के पास आ गया, जो झाग से लथपथ थे। घोड़ों को पीछे छोड़कर जब वह कुछ आगे बढ़ा तो उसने देखा कि जिसे वह अब तक काली दीवार समझे बैठा था, वह मज़दूरों का एक विशाल हुजूम था, जो सड़क पर चुपचाप धीरे-धीरे चला जा रहा था। बोबरोव भी लगभग पचास क़दमों तक मज़दूरों के पीछे-पीछे यंत्रवत् चलता रहा। फिर वह मित्रोफान को यह कहने के लिए पीछे मुड़ा कि वह मिल तक जाने के लिए बग्घी को किसी दूसरे रास्ते पर मोड़ ले। किन्तु बोबरोव ने वापस आकर देखा कि मित्रोफान और घोड़ों का कहीं पता नहीं। बोबरोव समझ न पाया कि मित्रोफान उसे कहीं ढूँढ़ने निकल गया या वह स्वयं रास्ते से भटक गया है? उसने कोचवान को दो-चार आवाज़ें दीं, किन्तु कोई उत्तर नहीं मिला। आख़िर निराश होकर वह मज़दूरों के जुलूस में शामिल होने के लिए उसी दिशा में चल पड़ा। वह दूर तक उस सड़क पर चलता रहा, किन्तु मज़दूरों का कहीं पता न चला। न जाने इतनी-सी देर में वे कहाँ ग़ायब हो गए थे! मज़दूरों के बजाय वह एक लकड़ी की नीची मेड़ से जा टकराया।

उस मेड़ का कहीं अन्त न दिखाई देता था—न दाईं ओर, न बाईं ओर। बोबरोव उसे कूदकर पार कर गया और एक ऊँची पहाड़ी पर—जो लम्बी घनी घास से ढकी हुई थी—चढ़ने लगा। उसके चेहरे पर ठंडे पसीने की धार बहने लगी और ज़ुबान सूखकर काठ के टुकड़े की तरह ऐंठ गई। हर साँस के साथ उसकी छाती में दर्द की एक लहर उमड़ पड़ती थी। उसके सिर की रक्त-नाड़ियाँ बहुत तेज़ी से स्पन्दित हो रही थीं। उसकी कनपटी के घाव में बुरी तरह दर्द हो रहा था।

चढ़ाई का कोई ओर-छोर नज़र नहीं आता था। चलते-चलते उसका क्लान्त-श्रान्त मन एक गहरी निराशा के बोझ के नीचे दबने लगा। किन्तु एक ज़िद थी, जो उसे आगे घसीटे ले जाती थी। वह बार-बार ठोकर खाता था,

घुटने लहूलुहान हो गए थे, फिर भी गिरता-पड़ता, काँटेदार झाड़ियों को पकड़ता हुआ वह चढ़ता जाता था। क्या यह सत्य है—अथवा मानसिक संताप के कुहरे में घिरा एक दुःस्वप्न, जहाँ वह एक ज्वरग्रस्त प्राणी की तरह भटक रहा है? भयाकुल मन की कातरता, सड़क पर निरुद्देश्य भटकते रहना, अन्तहीन चढ़ाई—रात के डरावने सपनों की तरह यह सब कुछ कितना यातनापूर्ण और अर्थहीन, भयावह और अप्रत्याशित था!

आख़िर चढ़ाई समाप्त हुई। बोबरोव ने अपने-आपको रेलवे लाइन के सामने खड़ा पाया। दो दिन पहले इसी स्थान पर सुबह की प्रार्थना के अवसर पर फ़ोटोग्राफ़र ने मिल के इंजीनियरों और मज़दूरों की तसवीर खींची थी। थका-माँदा बोबरोव रेल की पटरी की धरन पर बैठ गया। अचानक एक विचित्र-सी अनुभूति उसके सारे शरीर को झिंझोड़ गई। उसके पाँव थर-थर काँपने लगे, मानो किसी ने उनका सारा ख़ून चूस लिया हो, छाती और पेट में सूइयाँ-सी चुभने लगीं, गाल और माथा बर्फ़ के समान ठंडे हो गए। उसकी आँखों के सामने हर वस्तु धुँधली पड़ने लगी। उसे लगा, मानो उसकी चेतना किसी अँधेरी खाई की अथाह गहराइयों में डूबती जा रही है।

लगभग आध घंटे बाद उसे होश आया। रेलवे लाइन के नीचे, जहाँ कारख़ाने की मशीनें दिन-रात दहाड़ा करती थीं, अब घनी, ख़ौफ़नाक चुप्पी छाई हुई थी। वह बड़ी मुश्किल से अपनी टाँगों पर खड़ा हो पाया और धीरे-धीरे भट्ठियों की दिशा में चलने लगा। उसका सिर इतना भारी हो गया था कि उसे सीधा रखना भी उसके लिए असह्य हो उठा था। हर क़दम पर उसकी कनपटी का ज़ख़्म पीड़ा से जल उठता। ज़ख़्म पर हाथ रखते ही उसकी अँगुलियाँ गर्म ख़ून से चिपचिपा उठीं। उसके मुँह और होंठों पर भी ख़ून लगा हुआ था, जिसका कसैला, नमकीन स्वाद वह अपनी ज़ुबान पर महसूस कर रहा था। होश आने के बावजूद उसकी चेतना अभी पूरी तरह से वापस नहीं लौटी थी। जब कभी वह बीती हुई घटनाओं को याद करता, उनका अर्थ समझने की चेष्टा करता, तो उसका सिर-दर्द और भी अधिक तेज़ हो जाता। एक उन्मत्त, लक्ष्यहीन क्रोध और अथाह, असीम विषाद उसकी आत्मा को सालने लगा।

सुबह होने में अब देर नहीं थी। चारों ओर—धरती, आकाश, छितरी हुई पीली घास और सड़क के दोनों ओर पत्थरों के बेडौल ढूह—सभी एक ही मटमैली, सीलन भरी चादर-सी ओढ़े थे। बोबरोव मिल की सूनी, सुनसान इमारतों के इर्द-गिर्द कुछ बुदबुदाता हुआ निरुद्देश्य भटक रहा था। उसकी अवस्था उन लोगों से मिलती-जुलती थी, जो किसी आकस्मिक मानसिक आघात के कारण अपने होश-हवास खो बैठते हैं और अनर्गल प्रलाप करने लगते हैं। बोबरोव अपने उलझे, विश्रृंखलित विचारों को एक अर्थपूर्ण, निश्चित दिशा देने का भरसक प्रयत्न कर रहा था।

'देखो, मेरी तरफ़ देखो! मुझसे यह दु:ख नहीं सहा जाता!' बोबरोव को लगा, मानो वह अपनी समूची व्यथा उस अजनबी के सामने उड़ेल देगा, जो कहीं उसके भीतर बैठा है, जो उसके व्यक्तित्व का अभिन्नतम अंग होने के बावजूद उससे अलग है। वह बार-बार उस अजनबी से उत्तेजित होकर पूछता है, 'बताओ, अब मैं क्या करूँ? कहाँ जाऊँ? मुझे कुछ नहीं सूझता, ख़ुदा के वास्ते कुछ तो बोलो! मैं कब तक इस तरह तड़पता रहूँगा? नहीं, अब मैं बरदाश्त नहीं कर सकता। मैं ख़ुद अपने को मारकर ख़त्म कर दूँगा। बस, तभी मेरी आत्मा को शान्ति मिलेगी...'

'नहीं...तुम महज़ बातें बनाते हो, अपने को मारना इतना आसान नहीं है,' बोबरोव की आत्मा की अतल गहराइयों के भीतर से उस 'अजनबी' का रूखा व्यंग्यात्मक स्वर सुनाई दिया। बोबरोव की तरह 'वह' भी ज़ोर से बोल रहा था, 'नाहक क्यों अपने को धोखा देते हो? तुम कमज़ोर और कायर हो, शारीरिक पीड़ा से डरते हो। अपने को मारकर तुम जीने के आनन्द से कभी अपने को वंचित नहीं कर पाओगे। सोचना तुम्हारा काम है, ज़िन्दगी-भर तुम केवल सोचते ही रहोगे।'

'तो फिर मैं क्या करूँ...क्या अब कुछ भी नहीं हो सकता?' बोबरोव हाथ मसलता हुआ एक विक्षिप्त व्यक्ति की तरह बड़बड़ाने लगा, 'नीना... तुम कितनी पवित्र, कितनी कोमल हो...सारी दुनिया में केवल एक तुम्हीं थीं, जिसे मैं अपना समझता था...और फिर अचानक एकदम यह तुमने क्या कर दिया? नीना, नीना! तुम अपना यौवन, अपनी कुँवारी देह बेच डालने के लिए राजी हो गईं? छि: छि:!!'

'बस, केवल ज़ुबान हिलाना ही आता है?' बोबरोव के भीतर दूसरे व्यक्ति ने उसे चिढ़ाते हुए कहा, 'नाटकीय मुद्रा में रोनी सूरत बनाकर कब तक विलाप करते रहोगे? अगर तुम सचमुच क्वाशनिन से इतनी घृणा करते हो तो जाकर उसका काम तमाम क्यों नहीं कर देते?'

'करूँगा, ज़रूर करूँगा!' बोबरोव ग़ुस्से में मुट्ठियाँ चलाता हुआ ज़ोर से चीख़ उठा। 'अब वह ज़्यादा देर तक अपनी गन्दी साँसों से नेक, ईमानदार लोगों की आत्माओं को दूषित नहीं कर सकेगा। मैं उसे जान से मार दूँगा।'

किन्तु दूसरे व्यक्ति ने उपहास-भरे स्वर में ताना मारते हुए कहा, 'तुम यह सब कुछ नहीं करोगे। ऊपर से चाहे कितनी डींगें मार लो, किन्तु तुम स्वयं अच्छी तरह से जानते हो कि क्वाशनिन का तुम बाल भी बाँका नहीं कर सकोगे। तुममें साहस और संकल्प-शक्ति, दोनों का अभाव है। कल के दिन तुम एक कमज़ोर व्यक्ति की तरह फूँक-फूँककर पाँव रखना शुरू कर दोगे।'

आत्मसंघर्ष की इन भयावह घड़ियों के बीच कभी-कभी ऐसे क्षण भी आते थे, जब बोबरोव की चेतना लौट आती थी। वह चौंककर अपने चारों ओर विस्मित होकर देखने लगता और अपने मस्तिष्क पर ज़ोर डालकर सोचने लगता कि वह इस अवस्था में वहाँ क्यों खड़ा है? कैसे उस स्थान पर वह अचानक आ पहुँचा? कौन-सी चिन्ता उसे घुन की तरह खाए जा रही है? फिर उसे याद आता कि वह कोई बड़ा असाधारण और महत्त्वपूर्ण काम करने के लिए यहाँ आया था। किन्तु कौन-सा काम? वह अपनी स्मृति को कुरेदने लगता, किन्तु फिर भी जब कुछ याद न आता तो एक गहरी, घनीभूत पीड़ा से उसका चेहरा विकृत हो जाता। चेतनावस्था के एक ऐसे क्षण में उसने देखा कि वह उस भट्ठी के किनारे पर खड़ा है, जिसमें मज़दूर कोयला झोंकते हैं। बिजली की तेज़ी से उसके मस्तिष्क में वे सब बातें कौंध गईं, जो हाल में ही उसने इसी भट्ठी के किनारे पर खड़े होकर डॉक्टर से कही थीं।

उसने भट्ठी के नीचे झाँका, किन्तु उसे एक भी मज़दूर की शक्ल दिखाई न दी। वे सब भट्ठी को ख़ाली छोड़कर जा चुके थे। बॉयलर कब के ठंडे हो चुके थे। केवल दाईं और बाईं ओर के अन्तिम सिरों पर स्थित दो

भट्ठियों में अब भी बुझी-बुझी-सी आँच सुलग रही थी। हठात् बोबरोव के मस्तिष्क में एक विचित्र, बेतुका-सा विचार दौड़ गया। वह भट्ठी के किनारे पर बैठ गया, अपने दोनों पाँव नीचे लटका लिये और ज़मीन पर दोनों हाथ टेककर नीचे कूद पड़ा।

नीचे उतरकर उसने देखा कि पास ही कोयले के ढेर में एक फावड़ा फँसा हुआ है। उसने झट से उसे खींच लिया और तेज़ी से दोनों भट्ठियों के गड़हों में कोयला झोंकने लगा। दो मिनट में ही भट्ठी से आग की सफ़ेद लपटें उठने लगीं और बॉयलर का पानी उबलने लगा। बोबरोव फावड़े में कोयला भरकर भट्ठी में झोंकता जाता था। उसके होंठों पर एक रहस्यमयी मुस्कान खिल गई थी और वह किसी अदृश्य व्यक्ति को देखता हुआ सिर हिलाता जाता था। भट्ठी में कोयला डालते हुए अक्सर उसके मुँह से विस्मय से भरे कुछ अनर्गल, अर्थहीन वाक्य निकल जाते थे। सड़क पर चलते हुए प्रतिहिंसा की जो भयंकर उन्मत्त भावना बार-बार उसे कचोट जाती थी, अब मौक़ा पाकर उसने लौह-पंजों में उसके मस्तिष्क को जकड़ लिया था। गर्म, उबलते हुए पानी से लबालब भरा विशाल बॉयलर आग की लपटों में चमक जाता था और एक जीवित प्राणी की तरह गुनगुनाने लगता था। उसे देखकर बोबरोव का मन एक तीखी घृणा से भर उठा।

उसे लगा कि वह कुछ भी करने के लिए स्वतंत्र है—किसी की भी रोक-टोक वहाँ नहीं है। माप-यंत्र में पानी तेज़ी से कम होता जा रहा था। बॉयलर की गड़गड़ाहट और भट्ठियों का गर्जन-तर्जन उत्तरोत्तर अधिक तीव्र और भयंकर बनता जा रहा था।

किन्तु कुछ ही देर में बोबरोव का तन थकान के मारे टूटने-सा लगा। शारीरिक श्रम से अनभ्यस्त उसकी देह हताश-सी हो गई। उसकी कनपटियों की नाड़ियाँ धुक-धुक करती हुई तीव्र गति से स्पन्दित होने लगीं। कनपटी के घाव से ख़ून रिसता हुआ उसके गाल पर टपकने लगा। कुछ देर पहले पाशविक शक्ति की जिस उन्मत्त बाढ़ ने उसे निचोड़ डाला था, अब उसका प्रवाह धीमा पड़ने लगा। उसके भीतर छिपा वह 'अजनबी' व्यक्ति अट्टहास कर उठा :

'ठहर क्यों गए—आगे बढ़ो! बस, अब कल घुमाने की देर है और तुम्हारी इच्छा पूरी हो जाएगी। किन्तु तुम हाथ-पर-हाथ धरे बैठे रहोगे और अँगुली तक नहीं हिला सकोगे। कल तक तुममें इस सत्य को स्वीकार करने का साहस भी नहीं रहेगा कि कभी तुमने इन वाष्प-चालित बॉयलरों को उड़ाने का निश्चय किया था! अजीब बात है न?'

जब बोबरोव मिल के अस्पताल में पहुँचा तो सूरज का बड़ा लाल धब्बा क्षितिज के ऊपर टिमक आया था।

डॉ. गोल्डबुर्ग आज बहुत व्यस्त थे। लूले-लँगड़े, घायल लोगों के ज़ख़्मों पर पट्टी बाँधने के बाद वह पीतल की चिलमची में हाथ धो रहे थे। उनका असिस्टेंट तौलिया हाथ में लिये उनके पीछे खड़ा था। बोबरोव को देखते ही डॉक्टर चौंक गया।

"आन्द्रेइलिच, तुम? इधर कहाँ से चले आ रहे हो? यह तुमने अपनी क्या धजा बना डाली है?" डॉक्टर का स्वर आतंकित-सा हो उठा।

बोबरोव की शक्ल-सूरत इतनी डरावनी लग रही थी कि कोई भी उसे देखकर सिटपिटा जाता। उसका पीला चेहरा ख़ून के सूखे धब्बों से भरा पड़ा था, जिस पर कोयले की काली गर्द जम गई थी। उसके कपड़ों के गीले-चिथड़े उसकी बाँहों और घुटनों पर लटक रहे थे। अस्त-व्यस्त-से बाल उसके माथे पर बिखरे हुए थे।

"ख़ुदा के वास्ते कुछ तो बोलो! माज़रा क्या है? सारी बात खोलकर कहो!" डॉक्टर ने झटपट अपने हाथ तौलिए से साफ़ किये और बोबरोव के सामने आ खड़ा हुआ।

"कोई बात नहीं है डॉक्टर, "बोबरोव पीड़ा से कराह उठा, "डॉक्टर, मुझे थोड़ा-सा 'मॉर्फिया' दे दो वरना मैं पागल हो जाऊँगा। मुझे बेहद कष्ट हो रहा है, डॉक्टर! जल्दी करो, इस वक़्त मुझे मॉर्फिया के अलावा और कुछ नहीं चाहिए..."

डॉक्टर गोल्डबर्ग ने बोबरोव की बाँह पकड़ ली और उसे अपने संग घसीटता हुआ दूसरे कमरे में ले गया। उसे अन्दर धकेलकर उसने बड़ी सावधानी से कमरे का दरवाज़ा बन्द कर दिया।

"बोबरोव, सुनो," डॉक्टर ने धीरे से कहा, "मैं अब थोड़ा-बहुत तुम्हारी पीड़ा का कारण समझने लगा हूँ—कम-से-कम अनुमान तो अवश्य लगा सकता हूँ। मुझे तुम्हारी इस अवस्था को देखकर बहुत दुःख होता है, बोबरोव। सच मानो, मैं हर तरह से तुम्हारी सहायता करने के लिए तैयार हूँ।" डॉक्टर का स्वर आँसुओं से रुँध आया, "आन्द्रेइलिच, मेरे प्यारे दोस्त! मेरी तुमसे केवल एक प्रार्थना है—मॉर्फिया लेने का आग्रह मत करो। तुम अच्छी तरह जानते हो कि इस बुरी लत से छुटकारा पाने के लिए तुम्हें कितने हाथ-पाँव मारने पड़े हैं। अगर आज मैं तुम्हें मॉर्फिया का इंजेक्शन दे देता हूँ तो जानते हो, क्या होगा? भविष्य में इसकी आदत जोंक की तरह तुमसे चिपट जाएगी और फिर इससे छुटकारा नहीं मिल सकेगा।"

बोबरोव ने अपना सिर कपड़े से ढके सोफ़े पर टिका दिया।

"मुझे इसकी रत्ती भर भी परवाह नहीं है," बोबरोव ने दाँत भींचते हुए कहा। वह सिर से पाँव तक थर-थर काँप रहा था, "डॉक्टर, मैं कब तक इस तरह तड़पता रहूँगा? मैं अब ज़्यादा बरदाश्त नहीं कर सकता—मुझे अब किसी बात की परवाह नहीं है।"

डॉ. गोल्डबर्ग ने ठंडी साँस ली, विवशता के भाव से अपने कन्धे हिलाए और दवाइयों के बक्से से इंजेक्शन की पिचकारी निकाल ली।

पाँच मिनट बाद ही बोबरोव सोफ़े पर लेटा हुआ गहरी नींद सो रहा था। उसका पीला चेहरा, जो एक रात में ही मुरझा गया था, अब शान्त था और उस पर एक सुखद, स्निग्ध मुस्कान बिखर आई थी।

डॉक्टर गोल्डबुर्ग सावधानी से उसके सिर का घाव धो रहा था।

ओलेस्या

यर्मोला लकड़हारा होने के अलावा मेरा अनुचर और बावर्ची भी था। हम दोनों साथ मिलकर शिकार खेलने जाया करते थे। एक दिन वह सिर पर लकड़ियों का ढेर लिये मेरे कमरे में आया और अपना सारा बोझा फ़र्श पर पटक दिया। फिर अपने बर्फ़-से ठंडे हाथों को वह फूँक मारकर गरमाने लगा।

"बाहर ज़बरदस्त हवा चल रही है, मालिक," उसने चूल्हे के सामने धरना देते हुए कहा, "ज़रा आप अपना 'लाइटर' दें तो चूल्हे की आग और तेज़ कर दूँ!"

"ऐसा मौसम रहा तो कल ख़रगोशों का शिकार करने नहीं जा सकेंगे, क्यों यर्मोला?"

"नामुमकिन—बिलकुल नामुमकिन! आप देख नहीं रहे, बाहर कैसी साँय-साँय करती हवा चल रही है? सारे ख़रगोश अपने-अपने बिलों में दुबके बैठे होंगे। कल तो शायद उनके पैरों के निशान भी दिखाई न दें।"

यह उन दिनों की बात है, जब मुझे पेरीब्रोद में छह महीने गुज़ारने पड़े थे। पेरीब्रोद पौलेस्ये में बोलहीनिया की सीमावर्ती प्रदेश का एक छोटा-सा

उजड़ा, परित्यक्त गाँव था। शिकार खेलने के अलावा वहाँ मुझे कोई दूसरा काम नहीं था। सच बात तो यह है कि जब मुझे उस गाँव में जाने के लिए कहा गया, तो मैंने कल्पना में भी नहीं सोचा था कि यहाँ के वातावरण से मैं इतना ज़्यादा ऊब जाऊँगा। यहाँ आने के विचार से उस समय मैं बहुत ख़ुश था। गाड़ी में बैठा-बैठा मैं सोच रहा था : 'पौलेस्ये के एकान्त पहलू में सिमटा हुआ छोटा-सा गाँव—अनुपम प्राकृतिक छटा—पुराने आदिम लोग और उनका निश्छल, सीधा-सादा आचार-व्यवहार—अजीबोग़रीब रीति-रिवाज और विचित्र भाषा-भाषी लोग, जिनके बारे में मैं कुछ भी नहीं जानता—और इन सबके साथ-साथ काव्यमय लोक-कथाओं, परम्पराओं और गीतों का ज़ख़ीरा, भला मुझे और क्या चाहिए?'

दरअसल बात यह थी (जब इतना कुछ कह गया, तो सारी बात कहने में क्यों झिझक करूँ?) कि उस समय मेरी एक कहानी—जिसमें मैंने एक आत्महत्या और दो हत्याओं का वर्णन किया था, एक छोटी-सी पत्रिका में प्रकाशित हो चुकी थी और मैं इस बात को, कम-से-कम सिद्धान्त रूप से, अवश्य समझता था कि लोगों के रीति-रिवाजों का अध्ययन करना एक कहानी लेखक के लिए आवश्यक है।

किन्तु शीघ्र ही मेरी सब आशाओं पर पानी फिर गया। या तो पेरीब्रोद के किसान अजनबियों से ज़्यादा मिलना-जुलना पसन्द नहीं करते थे, और या शायद मैं ही उनका विश्वासपात्र बनने में असफल रहा था। कारण चाहे कुछ भी हो, हक़ीक़त यह थी कि मैं उनके अधिक निकट नहीं आ सका। दूर से मुझे देखते ही वे सिरों से टोपियाँ उतार लेते और अपनी बोली में 'ईश्वर भला करे' बड़बड़ाते हुए, उदासीन भाव से मेरे सामने से गुज़र जाते। जब कभी मैं उनसे बातचीत करने की चेष्टा करता, तो वे विस्मय से आँखें फाड़कर मेरी ओर देखने लग जाते, मानो उन्हें मेरा आसान-से-आसान प्रश्न भी समझ में न आ रहा हो। मेरे प्रश्नों का उत्तर देने के बदले वे बार-बार मेरे हाथों को चूमने की चेष्टा करते। यह एक पुरानी प्रथा थी जो पोलिश-दासता के युग से चली आ रही थी।

जो थोड़ी-बहुत किताबें अपने साथ लाया था, पढ़ डालीं। मन ऊबने लगा, तो सोचा कि चलो, इस गाँव के बुद्धिजीवियों से ही गपशप मारकर जी बहलाऊँ, हालाँकि शुरू-शुरू में यह विचार मुझे अरुचिकर लगा था। मैंने गाँव से दस मील की दूरी पर रहने वाले पोलिश पादरी, गिरजे के बाजा बजाने वाले आर्गेनिस्ट, स्थानीय पुलिस अफ़सर तथा एक पेंशनयाफ़्ता ग़ैर-आयुक्त अधिकारी से, जो अब पड़ोस की जागीर में पटवारी का काम करता था, मेलजोल बढ़ाने की कोशिश की, किन्तु उसका कोई विशेष उत्साहवर्द्धक परिणाम नहीं निकला।

आख़िर सब ओर से निराश होकर समय काटने के लिए मैं पेरीब्रोद के निवासियों का डॉक्टर बन बैठा। मैंने अपने पास अरंडी का तेल, कार्बोलिक एसिड, बोरिक एसिड और आयोडीन आदि रासायनिक पदार्थ जमा कर लिये। किन्तु चिकित्साशास्त्र के सम्बन्ध में मेरा ज्ञान नीम-हकीम का-सा ही था। इसके अलावा गाँव वालों की बीमारी का पता चलाने में भी कम परेशानी नहीं होती थी। ऐसा जान पड़ता था कि मेरे सब मरीज़ों को एक ही रोग लग गया है। जब कभी मैं उनकी बीमारी के सम्बन्ध में प्रश्न पूछता, तो वे सब केवल एक ही उत्तर देते : 'भीतर कहीं दर्द हो रहा है' अथवा 'मुझसे कुछ खाया-पिया नहीं जाता।'

ऐसा अक्सर होता कि कोई बूढ़ी स्त्री आकर मेरे सामने खड़ी हो जाती। अपनी झेंप को मिटाने के लिए वह दाहिने हाथ की तर्जनी से नाक को कुरेदकर साफ़ करती, फिर अपनी चोली के अन्दर हाथ डालकर दो अंडे निकालती और उन्हें मेज़ पर रख देती। मुझे उसकी भूरी त्वचा की एक झलक मिल जाती। वह मेरे हाथों को चूमने के लिए अपना सिर नीचे झुका देती। मैं अपने हाथों को पीछे खींचकर उसे झिड़क देता, "दादी अम्मा, यह क्या करती हो? मैं कोई पादरी थोड़े ही हूँ। क्या तकलीफ़ है तुम्हें?"

"क्या बताऊँ, मालिक, अन्दर-ही-अन्दर दिन-रात दर्द होता रहता है। खाना-पीना सब छूट गया है।"

"कब से तुम्हें यह दर्द हो रहा है?"

"मैं क्या जानूँ?" वह मानो मुझसे ही प्रश्न पूछ रही हो, "सारे शरीर में जलन-सी होती रहती है। खाना-पीना सब छूट गया है।"

और मैं चाहे कितना ही सिर क्यों न खपाऊँ, बुढ़िया के मुँह से अपनी बीमारी के बारे में और कोई बात नहीं निकलती।

"आप कोई चिन्ता न करें, ये लोग कुत्तों की तरह ख़ुद-ब-ख़ुद ठीक हो जाते हैं।" एक दिन पेंशनयाफ़्ता सरकारी अफ़सर ने मुझे परेशान देखकर कहा, "मैं तो सिर्फ़ एक दवाई—सल-अमोनियाक—का प्रयोग करता हूँ। जब कभी कोई किसान मेरे पास आता है तो मैं उससे पूछता हूँ : 'क्यों, क्या बात है?'—'तबियत ठीक नहीं है, मालिक,' यह सुनते ही मैं झट से अमोनिया की बोतल उसकी नाक में लगा देता हूँ। 'इसे सूँघ लो!' वह बोतल सूँघने लगता है। 'ख़ूब अच्छी तरह से सूँघो!' वह दुबारा सूँघता है। 'कुछ आराम मालूम हुआ?' मैं पूछता हूँ। 'जी हाँ, कुछ थोड़ा-बहुत तो...' वह कहता है। 'अच्छा, ठीक है—अब ख़ुदा का शुक्र करो और चलते बनो,' मैं कहता हूँ।"

इतना ही नहीं। हाथ चूमने की प्रथा से तो मुझे सख़्त नफ़रत थी। कुछ मरीज़ तो ऐसे थे जो मेरे जूतों को चाटने के लिए पैरों पर गिर पड़ते थे। यह बात नहीं थी कि मेरे प्रति कृतज्ञता के भाव से प्रेरित होकर ही वे ऐसा करते थे। शताब्दियों से दासता और शोषण की व्यवस्था में रहने के कारण उनमें एक प्रकार की हीन-भावना उत्पन्न हो गई थी। पेंशनयाफ़्ता ग़ैर-आयुक्त अधिकारी और गाँव के पुलिस अफ़सर को देखकर तो मुझे दाँतों तले अँगुली दबा लेनी पड़ती। वे निश्चिन्त, गम्भीर भाव से अपने बड़े-बड़े लाल पंजे गाँव वालों के होंठों के आगे बढ़ा देते।

आख़िर शिकार खेलने के अलावा मेरे पास कोई दूसरा चारा न रहा। किन्तु जनवरी के अन्तिम दिनों में मौसम इतना ख़राब होने लगा कि शिकार के लिए घर से बाहर निकलना असम्भव हो गया। दिन-भर तेज़, तूफ़ानी हवा चलती रहती और रात को बर्फ़ की ऊपरी परत इतनी सख़्त हो जाती कि भागते हुए ख़रगोशों के पदचिह्न उस पर न बन पाते। दिन-रात कमरे में

बैठा-बैठा मैं तूफ़ान का हाहाकार सुनता रहता। ऊबाहट से तंग आकर आख़िर एक दिन मैंने यर्मोला को पढ़ाने-लिखाने का निश्चय कर लिया।

ऐसा अनोखा विचार अचानक मेरे मस्तिष्क में कैसे आया, यह भी अपने में एक दिलचस्प घटना है। एक दिन मैं ख़त लिख रहा था कि मुझे जान पड़ा, मानो कोई चुपचाप मेरे पीछे आकर खड़ा हो गया है। मैंने पीछे मुड़कर देखा तो यर्मोला को खड़ा पाया। वह हमेशा की तरह अपने मुलायम जूतों से बिना कोई आवाज़ पैदा किये चुपचाप मेरी कुर्सी के पीछे आकर खड़ा हो गया था।

"क्या बात है, यर्मोला?" मैंने पूछा।

"कुछ नहीं, मैं सिर्फ़ सोच रहा था कि कितना अच्छा हो, अगर मैं भी आप जैसा लिख सकूँ!"

किन्तु जब उसने मुझे मुस्कराते हुए देखा, तो लज्जित होकर एकदम अपनी ग़लती सुधारता हुआ बोला, "नहीं, नहीं, आप जैसा नहीं—मेरा मतलब है कि अगर मैं अपना नाम लिखना सीख लूँ तो मुझे बेहद ख़ुशी होगी।"

"क्यों, किसलिए?" मैंने आश्चर्य से पूछा।

यहाँ यह बता देना असंगत न होगा कि यर्मोला सारे पेरीब्रोद में सबसे अधिक आलसी और ग़रीब किसान समझा जाता था। लकड़ियाँ और फ़सल बेचकर उसकी जो आमदनी होती थी, वह सब शराब पर स्वाहा कर देता था। आस-पड़ोस के गाँवों में उसके बैल सबसे ज़्यादा निकम्मे और ख़राब माने जाते थे। मैंने कभी स्वप्न में भी न सोचा था कि उसे भी पढ़ने-लिखने की आवश्यकता महसूस हो सकती है। मैंने संदिग्ध स्वर में उससे पुनः पूछा, "अपना नाम लिखना सीखकर तुम क्या करोगे?"

"मालिक, दरअसल बात यह है," उसने विनीत भाव से उत्तर दिया, "कि इस गाँव में पढ़ने-लिखने के मामले में सब कोरे हैं। जब किसी काग़ज़ पर दस्तख़त करने होते हैं, या कभी-कभार ज़िले के सरकारी काम के सिलसिले में लिखत-पढ़त की ज़रूरत आ पड़ती है, तो यहाँ सब लोगों के हाथ-पाँव फूल जाते हैं। गाँव के चौधरी को सरकारी दस्तावेज़ों पर मुहर लगानी पड़ती है,

लेकिन वह यह भी नहीं जानता कि उन दस्तावेज़ों में लिखा क्या है। इसलिए अगर हममें से किसी को अपना नाम लिखना आ जाए, तो सबका भला हो जाएगा।"

आसपास के इलाक़ों में यर्मोला अपनी करतूतों के कारण बदनाम हो चुका था। दूसरों के शिकार पर हाथ साफ़ करने में उसे कभी झिझक न होती। मस्त-मौला बनकर दिन-भर आवारागर्दी करता रहता। गाँव वालों की नज़रों में उसकी राय दो कौड़ी का मोल भी न रखती होगी, ऐसा मेरा पक्का विश्वास था। किन्तु इसके बावजूद, उनकी सुख-सुविधा के लिए उसकी चिन्ता को देखकर मेरा दिल भर आया। उस दिन से मैंने उसे पढ़ाने-लिखाने का बीड़ा उठा लिया। किन्तु उसे पढ़ा-लिखाकर शिक्षित बना देना कोई बच्चों का खेल न था। वह जंगल की प्रत्येक पगडंडी से परिचित था, यहाँ तक कि उसके एक-एक वृक्ष को भी वह पहचानता था। उसे कहीं भी जाने के लिए कह दो—दिन हो या रात—वह चुटकी बजाते ही अपना रास्ता खोज निकालता था। आस-पड़ोस के इलाक़े के तमाम भेड़ियों, ख़रगोशों और लोमड़ियों के पदचिह्नों को देखते ही झट उन्हें पहचान लेता था। किन्तु इस तमाम जानकारी के बावजूद उसके भेजे में यह छोटी-सी बात कभी नहीं बैठ पाती थी कि 'म' और 'आ' को मिलाने से 'मा' क्योंकर बन जाता है।

वह दस-बीस मिनट तक गम्भीर मुद्रा बनाकर गुमसुम-सा बैठा इसी तरह की पेचीदा समस्याओं में उलझा रहता। उसकी काली, धँसी हुई आँखों और काली खुरदरी दाढ़ी तथा लम्बी मूँछों से ढके हुए दुबले-पतले साँवले चेहरे पर परेशानी के चिह्न देखकर फ़ौरन पता चल जाता कि वह बेचारा भाषा की पेचीदगियों को समझने के लिए कितनी मगजपच्ची कर रहा है।

"इसमें परेशान होने की कौन-सी बात है, यर्मोला? बोलो, 'मा'! हाँ, सिर्फ़ 'मा' कहने में क्या मुश्किल है?" मैं उसे प्रोत्साहित करता, "काग़ज़ पर अपनी आँख क्यों गड़ा रखी है, मेरी तरफ़ देखो। हाँ, ठीक है। अब कहो, 'मा'!"

यर्मोला ठंडी साँस खींचकर फुटरूल मेज़ पर रख देता और खिन्न मन से निर्णयात्मक स्वर में कहता, "नहीं, मुझसे नहीं कहा जाएगा।"

"लेकिन यर्मोला, इसमें मुश्किल क्या है? देखो, जैसे मैं 'मा' कहता हूँ, वैसे ही तुम भी कह दो।"

"नहीं मालिक। मैं नहीं कह पाऊँगा। मैं बहुत जल्द भूल जाता हूँ।"

मैंने हर मुमकिन कोशिश की, पढ़ाने के जितने तरीक़े और प्रयोग होते हैं, उन सबको आज़माकर देख लिया, किन्तु उसकी मोटी बुद्धि के आगे मेरी एक न चली। यर्मोला फिर भी हतोत्साहित नहीं हुआ। अपना मानसिक विकास करने की जो अभिलाषा उसके मन में जगी थी, वह दिन-प्रतिदिन बढ़ती ही गई।

"बस, मुझे और कुछ नहीं चाहिए, मालिक," वह कहता, "अपना नाम लिख सकूँ, मेरे लिए तो यही बहुत है। मालिक, क्या मैं अपना नाम—यर्मोला पोपरजुक—कभी नहीं लिख सकूँगा?"

अन्त में मैंने उसे पढ़ाने-लिखाने का विचार छोड़ दिया और उसकी इच्छानुसार अब यह कोशिश करने लगा कि वह बिना जाने-बूझे यंत्रवत् अपना नाम लिख सके। मुझे यह देखकर बड़ा आश्चर्य हुआ कि पढ़ाई का यह नया तरीक़ा उसे बहुत आसान और सुगम जान पड़ा। दूसरे महीने के अन्त तक वह अपना वंश-नाम लिखने की कठिनाई पार कर चुका था। जहाँ तक उसके प्रथम नाम का प्रश्न था, उसे तो हमने उसके बोझ को हल्का करने के लिए छोड़ ही दिया था।

शाम के समय चूल्हों में आग जलाने के बाद वह मेरी आवाज़ की बड़ी अधीरता से प्रतीक्षा करता रहता।

"चलो यर्मोला, पढ़ाई शुरू करें," मैं उसे बुलाता।

वह उलटे-सीधे क़दम रखता हुआ मेरी मेज़ के पास आकर दोनों कुहनियाँ उस पर टिका देता, फिर अपनी काली, सख़्त और खुरदरी अँगुलियों में कलम पकड़कर, भौंहें ऊपर उठाता हुआ मुझसे पूछता, "शुरू करूँ?"

"हाँ!"

वह बड़े विश्वास के साथ 'P'—जिसे हम सोटी और फन्दा कहते थे—लिखता, उसके बाद प्रश्नयुक्त दृष्टि से मुझे देखने लगता।

"रुक क्यों गए? आगे का अक्षर भूल गए क्या?"

"हाँ।" वह खीजकर अपना सिर हिला देता।

"तुम भी बड़े अजीब आदमी हो भाई। अच्छा, अब पहिया—'O'—बनाओ।"

"अरे हाँ, मैं तो भूल ही गया था!" उसका चेहरा चमक उठता और वह बड़ी सावधानी से एक ऐसा आकार बना देता जो कैस्पियन सागर की रूपरेखा-सी दिखाई देती। फिर वह मिचमिचाती आँखों से, कभी अपने सिर को दाईं ओर तो कभी बाईं ओर झुकाकर, चुपचाप अपनी 'कलाकृति' को प्रशंसायुक्त दृष्टि से देखता रहता।

"क्या देख रहे हो? आगे क्यों नहीं लिखते?"

"ज़रा, ठहरिए मालिक। बस, ज़रा एक मिनट।"

वह दो मिनट तक कुछ सोचता रहता, फिर झिझकते हुए पूछता, "वही पहले वाला निशान बनाऊँ न?"

"हाँ, ठीक है।"

इस तरह हम धीरे-धीरे उसके नाम के अन्तिम अक्षर 'K' तक आ पहुँचते, जिसे हम 'पूँछ लगी गुलेल' कहते थे।

कभी-कभी वह अपने हाथ से लिखे हुए अपने नाम के अक्षरों को बड़े गर्व और प्यार से देखता हुआ मुझसे कहता, "मालिक, अगर मैं पाँच-छह महीनों तक इसी तरह अभ्यास करता रहूँ, तो एक दिन ज़रूर अच्छा लिख सकूँगा। क्यों, क्या आप ऐसा नहीं सोचते?"

2

उस दिन यर्मोला चूल्हे के पास बैठा हुआ कोयलों की राख झाड़ रहा था। मैं कमरे में चहलक़दमी कर रहा था। ज़मींदार की बारह कमरों वाली विशाल हवेली का एक ही कमरा मेरे पास था। किसी ज़माने में यह कमरा इस हवेली की 'बैठक' रहा होगा। बाक़ी सब कमरों में बेल-बूटेदार क़ीमती कपड़ों से

ढकी मेज़-कुर्सियाँ, काँसे के विलक्षण बर्तन और अठारहवीं शताब्दी के चित्र रखे हुए थे। इन कमरों के ताले हमेशा बन्द रहा करते। कमरों में रखी हुई प्राचीन वस्तुओं पर धूल-मिट्टी की परतें चढ़ रही थीं।

हवेली के बाहर, हवा एक बूढ़े राक्षस की तरह थर-थर काँपती हुई हाहाकार कर रही थी। उसकी हृदय-भेदी चीख़-पुकार और उन्मत्त हँसी के ठहाकों को सुनकर दिल दहल जाता था। रात होते ही बर्फ़ के तूफ़ान का प्रकोप और भी अधिक भयंकर हो गया। ऐसा जान पड़ता था, मानो कोई बाहर से सूखी महीन बर्फ़ को मुट्ठियों में भर-भरकर खिड़कियों के शीशों पर फेंक रहा हो। पास के जंगल की अविराम सरसराहट को सुनकर एक अदृश्य अनिष्ट की आशंका उत्पन्न होने लगती थी।

हवा ख़ाली कमरों में घुस आती और चिमनियाँ खड़खड़ाने लगतीं। आँधी के ज़बरदस्त झोंकों-झटकों से जीर्ण-जर्जरित हवेली की पुरानी दीवारें काँपने लगतीं और वातावरण विचित्र ध्वनियों से गूँज उठता। सुनकर मेरा रोम-रोम काँप उठता। ऐसा जान पड़ता कि उस हवेली के बड़े सफ़ेद हॉल में कोई व्यक्ति एक उदास, टूटा-सा, मर्मभेदी उच्छ्वास ले रहा है। अचानक फ़र्श के सूखे, घुन खाए तख़्ते चरमरा उठते और लगता कि कोई तेज़, भारी क़दमों से उस पर दौड़ता चला जा रहा है। कभी-कभी मुझे ऐसा प्रतीत होता कि मेरे कमरे से सटे बरामदे में कोई बड़ी सतर्कता से बराबर साँकल खटखटाए जा रहा है और फिर अचानक क्रोध में दरवाज़ों और खिड़कियों को हिलाता हुआ सारे मकान का चक्कर काटने लगता है, या फिर चिमनी में रेंगता हुआ घुस जाता है और वहाँ बैठकर बड़ी देर तक धीमे स्वर से सुबकता रहता है, फिर अचानक सुबकना बन्द कर बड़े दयनीय स्वर में चीख़ उठता है, किन्तु कुछ क्षणों में उसकी चीख़ें किसी जानवर की धीमी गुर्राहट में परिणत हो जाती हैं। कभी-कभी भयानक आगन्तुक न जाने कहाँ से मेरे कमरे में झपाटे-से घुस आता, मेरी रीढ़ की हड्डी पर ठंडी-सी फूँक मारता हुआ सरकने लगता और फिर झुलसे हुए हरे काग़ज़ के लैम्प-शेड के नीचे टिमटिमाती लौ को झकझोरकर निकल जाता।

मेरे मन में एक विचित्र, अस्पष्ट-सा भय उमड़ने लगा।

'जाड़े की इस अँधेरी तूफ़ानी रात में बर्फ़ और जंगलों से घिरा हुआ मैं इस टूटी-फूटी हवेली में बैठा हूँ,' मैंने सोचा, 'शहरी जीवन, भद्र समाज, स्त्रियों की मधुर खिलखिलाहट और मानवोचित वार्तालाप—सभी चीज़ों से सैकड़ों मील दूर!'

मुझे उस समय लग रहा था कि यह रात वर्षों, दशकों तक, मेरे जीवन के अन्तिम दिन तक, इसी तरह क़ायम रहेगी; घर के बाहर तूफ़ान इसी तरह तड़पता-गरजता रहेगा; हरे, मटमैले शेड तले लैम्प की लौ हमेशा इसी तरह टिमटिमाती रहेगी; मैं बेचैन होकर इसी तरह कमरे के चक्कर काटता रहूँगा और यर्मोला चुपचाप, गुमसुम-सा चूल्हे के पास इसी अवसन्न-मुद्रा में बैठा रहेगा। रात की उस घड़ी में यर्मोला मुझे निपट अजनबी-सा जान पड़ा। मानो वह एक विचित्र प्राणी है, जो अपने भूखे परिवार, कड़कड़ाती हवा और मेरे अस्पष्ट घने अवसाद की चिन्ता किये बिना, दुनिया की सब चीज़ों के प्रति उदासीन, कमरे के इस कोने में चुपचाप बैठा है और न जाने कब तक बैठा रहेगा।

कमरे के बोझिल सन्नाटे को मानवीय स्वर से भंग करने के लिए मेरा दिल कराह उठा, और मैंने पूछा, "यर्मोला, हवा के इतने ख़ौफ़नाक झोंके कहाँ से आते होंगे? क्या तुम्हें कुछ मालूम है?"

"हवा?" यर्मोला ने अलसाए भाव से मेरी ओर आँखें उठाकर पूछा, "क्या आप नहीं जानते मालिक?"

"बिलकुल नहीं। भला ऐसी चीज़ मुझे कैसे मालूम हो सकती है?"

"सच, क्या आप नहीं जानते?" यर्मोला की सारी सुस्ती हवा हो गई। "मैं आपको बताऊँगा," उसने रहस्य-भरे स्वर में कहा, "किसी चुड़ैल ने जन्म लिया है, या कोई जादूगर आनन्द मना रहा है।"

यर्मोला के इस उत्तर ने मेरे मन में गहरा कौतूहल जगा दिया।

'क्या मालूम,' मैंने सोचा, 'शायद यर्मोला मुझे जादू, छिपे हुए ख़ज़ानों या भेड़ियों का रूप धारण करने वाले आदमियों के बारे में कोई दिलचस्प कहानी सुना दे।'

"तुम्हारे यहाँ पौलेस्ये में चुड़ैलों का वास है?" मैंने पूछा।

"पता नहीं। शायद होगा।" उसने पहले की तरह विरक्त भाव से उत्तर दिया और चूल्हे के मुँह के पास झुककर बैठ गया, "बड़े-बूढ़े लोग कहा करते हैं कि किसी ज़माने में चुड़ैलें यहाँ रहा करती थीं, किन्तु यह बात शायद सच नहीं है।"

यर्मोला ने मेरी आशाओं पर पानी फेर दिया। वह अधिकतर चुप रहना पसन्द करता था। मुझे मालूम था कि इस दिलचस्प विषय पर अगर उसने चुप रहने की ठान ली, तो उसके मुँह से एक शब्द भी नहीं निकलेगा। किन्तु मेरा भय निर्मूल साबित हुआ। उसकी वाणी अचानक फूट निकली। लापरवाही-भरे स्वर में वह धीरे-धीरे बोलने लगा, मानो वह मुझसे न बोलकर गरजते चूल्हे से बात कर रहा हो।

"पाँच साल पहले इस इलाक़े में एक डायन रहा करती थी। लेकिन लड़कों ने उसे यहाँ से भगा दिया।"

"कहाँ भगा दिया?"

"जंगल में—और कहाँ? उसके घर की चिप्पी-चिप्पी उखाड़कर फेंक दी गई। लोग उसे चेरी के बाग़ के परे घसीटते हुए ले गए और लात मारकर बाहर निकाल दिया।"

"लेकिन उसके संग इस तरह का दुर्व्यवहार क्यों किया गया?"

"कुछ न पूछिए मालिक, वह सबका अनिष्ट चाहती थी। सबसे लड़ती-झगड़ती रहती, मकानों पर जादू-टोना कर देती और कटी फ़सल की गठरियों को उलझा जाती। एक बार उसने किसी जवान बहू से पन्द्रह कोपेक माँगे। 'चल, दफ़ा हो यहाँ से! मेरे पास तुझे देने के लिए कुछ नहीं है।' उस स्त्री ने उसे दुत्कार दिया। 'अच्छी बात है,' डायन ने कहा, 'एक न एक दिन तू अपने कर्मों को रोएगी, देख लेना।' जानते हो मालिक, फिर क्या हुआ? उस स्त्री का बच्चा बीमार पड़ गया। वह बीमारी उससे ऐसी चिपकी कि छूटने का नाम नहीं लिया। अन्त में उसके प्राण लेकर ही विदा हुई। बस, फिर तो गाँव के नौजवानों के क्रोध का कोई ठिकाना न रहा। उन्होंने उस डायन को गाँव से बाहर निकालकर ही दम लिया। सत्यानाश हो उसका!"

"आजकल वह डायन कहाँ रहती है?" मैंने पूछा।

"डायन?" अपनी पुरानी आदत के अनुसार उसने मेरे प्रश्न को ही दुहरा दिया, "मैं क्या जानूँ?"

"क्या वह यहाँ अपना कोई रिश्तेदार नहीं छोड़ गई?"

"नहीं, वह तो एक बंजारा औरत थी; या शायद कतसप* रही होगी। गाँव में एक अजनबी की तरह रहा करती थी। जब वह पहले-पहल गाँव में आई थी, तो उसके संग एक छोटी-सी लड़की थी, जो उसकी बेटी या पोती रही होगी। गाँव के नौजवानों ने उन दोनों को बाहर खदेड़ दिया।"

"क्या अब कोई भी उसके पास अपनी क़िस्मत का पता चलाने अथवा जड़ी-बूटी लेने नहीं जाता?"

"औरतें जाती हैं।" उसके स्वर में घृणा का पुट था।

"अच्छा, फिर तो वे जानती होंगी कि वह डायन कहाँ रहती है?"

"पता नहीं। लोगों को कहते सुना है कि वह कहीं पिशाच-खोह के पास रहती है। आपने इरीनोवो सड़क के परे वाली दलदली ज़मीन तो देखी होगी? वह बदज़ात बूढ़ी वहीं रहती है।"

पौलेस्ये में हाड़-मांस की जीती-जागती डायन—जो गाँव से सिर्फ़ कुछ मीलों के फ़ासले पर रहती है। यर्मोला के मुँह से यह समाचार सुनकर मेरे हदय में रोमांच और उत्तेजना की लहर-सी दौड़ गई।

"यर्मोला, उस डायन से कैसे मुलाक़ात हो सकती है?" मैंने पूछा।

"छि:! कैसी बात कहते हैं, मालिक?" यर्मोला ने नाराज़ होकर थूक दिया, "उससे मिलकर आप क्या करेंगे?"

"कुछ करूँ या न करूँ—लेकिन एक दिन उससे ज़रूर मिलकर रहूँगा। ज़रा सर्दी कम हो जाए तो किसी दिन उसके घर जाऊँगा। तुम मुझे उसके घर का रास्ता बतला देना। इतना तो कर दोगे, क्यों?"

मेरे अन्तिम वाक्य का यर्मोला पर ऐसा असर पड़ा कि वह एकदम उछलकर खड़ा हो गया।

---

* यूक्रेन के लोग रूसियों को इस नाम से पुकारते थे।

“मैं, और आपको उसके घर ले जाऊँ? तौबा, तौबा! आप मुझे दुनिया की तमाम दौलत दे दें, तो भी मैं ऐसा काम न करूँ!” वह ग़ुस्से में चिल्लाया।

“कैसी पागलों की-सी बातें कर रहे हो! तुम्हें मेरे संग चलना ही पड़ेगा।”

“नहीं मालिक, मैं हरगिज नहीं जा सकूँगा। मैं वहाँ जाऊँ? यह कैसे हो सकता है, मालिक?” वह फिर ग़ुस्से से भर गया, “ईश्वर मुझे उस डायन के घोंसले से जितना दूर रखे, उतना ही अच्छा! मालिक, मैं आपको भी यही सलाह दूँगा कि कभी भूलकर भी उस तरफ़ पैर मत बढ़ा दीजिएगा।”

“जैसी तुम्हारी इच्छा। किन्तु मैं तो जब तक उसे देख न लूँगा, मेरा कौतूहल शान्त न होगा।”

“मै समझ नहीं पाया कि उसमें कौन-सी ऐसी चीज़ है, जिसे देखने के लिए आप इतने व्याकुल हैं?” यर्मोला ने बड़बड़ाते हुए कहा और चूल्हे का दरवाज़ा खटाक से बन्द कर दिया।

एक घंटे बाद जब यर्मोला अँधेरे में बैठकर चाय पीने के बाद घर जाने लगा तो मैंने उसे बीच में ही रोककर उस डायन का नाम पूछ लिया।

“मान्यूलिखा,” बड़ी रुखाई से उत्तर देकर यर्मोला चल दिया।

मुझसे यह छिपा न था कि मेरे प्रति यर्मोला का लगाव उत्तरोत्तर बढ़ने लगा था, हालाँकि उसने अपनी इस भावना को बाह्य रूप से कभी प्रकट नहीं होने दिया। हम दोनों के बीच जो घनिष्ठ मित्रता स्थापित हो गई थी, उसके कई कारण थे। हम दोनों ही शिकार खेलने के बेहद शौक़ीन थे। उसके प्रति मेरा बर्ताव सरल था और अक्सर मैं उसके दीन-दरिद्र परिवार की थोड़ी-बहुत सहायता कर दिया करता था। किन्तु शायद सबसे बड़ा कारण यह था कि उसके पियक्कड़पन पर मैंने कभी उसे डाँटा-फटकारा नहीं। इस मामले में किसी भी प्रकार के दख़ल को वह बर्दाश्त नहीं कर सकता था और अकेला मैं ही ऐसा व्यक्ति था जिसने उसकी इस आदत की भर्त्सना नहीं की थी। वह मुझे बहुत चाहने लगा था। शायद यही कारण था कि डायन से मिलने के मेरे दृढ़ निश्चय को देखकर वह ग़ुस्से में झुँझला उठा था।

जब वह क्रोध में भुनभुनाता हुआ मेरे कमरे से बाहर निकलकर आँगन में आया, तो उसने अपने कुत्ते रियाबचिक की पसलियों पर एक लात जमा दी। बेचारा रियाबचिक हृदय-विदारक चीख़ें मारता हुआ दूसरी तरफ़ भागा, किन्तु दूसरे ही क्षण चीं-चीं करता हुआ यर्मोला के पीछे-पीछे चलने लगा।

3

लगभग तीन दिन बाद सर्दी का प्रकोप कुछ कम हुआ। एक दिन यर्मोला तड़के ही मेरे कमरे में आ धमका।

"मैं बन्दूक़ें साफ़ करने आया हूँ, मालिक," उसने लापरवाही से कहा।

"क्यों, आज क्या बात है?" कम्बलों के भीतर से ही अँगड़ाई लेते हुए मैंने पूछा।

"जान पड़ता है, कल रात ख़रगोश अपने बिलों से बाहर निकले हैं—हर जगह उनके पैरों के निशान दिखाई दे रहे हैं। यही वक़्त है उनके शिकार का, मालिक!"

यर्मोला ऊपर से लापरवाही जतलाते हुए बोल रहा था, किन्तु भीतर-ही-भीतर उसका हृदय जंगल में शिकार खेलने के लिए मचल रहा था। उसकी छोटी-सी बन्दूक़ बड़े कमरे के कोने में रखी हुई थी। अब तक एक भी चाहा-पक्षी पर इस बन्दूक़ की गोली ख़ाली नहीं गई थी। बन्दूक़ की घोड़ी के आसपास के लोहे पर बारूद की गैस और ज़ंग से जगह-जगह पर सूराख़ हो गए थे, जिन्हें टीन के टुकड़ों से ढक दिया गया था।

अभी हम जंगल में घुसे ही थे कि एक ख़रगोश के पैरों के निशान दिखाई दिये। अगले पैरों के निशान साथ-साथ, उनके ज़रा पीछे पिछले दोनों पैरों के निशान। ये निशान कुछ दूर तक चले गए थे। ख़रगोश सड़क पर तीन-चार सौ गज़ भागा होगा, और फिर किनारे पर लगे चीड़ के वृक्षों के झुरमुट में छलाँग मारकर विलीन हो गया होगा।

"अब हम इस ख़रगोश को चारों ओर से घेर लेंगे," यर्मोला ने कहा, "वह यहीं कहीं छिपा बैठा होगा। मालिक, आप उस तरफ़ हो लीजिए।" वह उन चिह्नों द्वारा, जिन्हें केवल वही अकेला समझ सकता था, यह निर्णय करने के लिए ठहर गया कि मुझे किस दिशा में भेजा जाए। "देखिए मालिक, आप उस पुराने शराबख़ाने की तरफ़ चल दें। मैं जामलिन की ओर से यहाँ आऊँगा। ज्योंही कुत्ता भौंकना शुरू करेगा, मैं आपको आवाज़ देकर बुला लूँगा।"

यह कहकर वह तुरन्त घनी झाड़ियों में विलीन हो गया। मैं कान लगाकर सुनता रहा, किन्तु शिकार चुराने में वह इतना दक्ष था कि बिना कोई आवाज़ किये चुपचाप झाड़ियों को चीरता हुआ भीतर घुसता चला गया। उसके पैरों के नीचे से एक भी टहनी के टूटने की आवाज़ न सुनाई दी।

मैं धीरे-धीरे शराबख़ाने के जीर्ण-जर्जरित और वीरान ढाबे की ओर बढ़ने लगा। कुछ देर चलने के बाद मैं जंगल के छोर पर एक सीधे, नंगे तने वाले लम्बे पेड़ की छाया में खड़ा हो गया। सर्दी का दिन, निस्पन्द हवा, जंगल की अथाह शान्ति—मैं खड़ा-खड़ा यह सब कुछ देखता रहा। धवल चाँदी-सी हिम-राशियों से ढकी पेड़ों की शाख़ाएँ बहुत सुन्दर और सुरम्य दीख पड़ती थीं। जब कभी किसी पेड़ के शिखर से कोई टहनी टूट जाती, तो अन्य शाख़ाओं से उसके टकराने की हल्की-सी खड़खड़ाहट सुनाई दे जाती। धूप में बर्फ़ का रंग गुलाबी और छाया में नीला-सा दिखलाई देता था। जंगल की गम्भीर और शीतल शान्ति के नीरव, रहस्यमय जादू ने मुझे अभिभूत कर लिया, और मुझे ऐसा प्रतीत हुआ, मानो समय निःशब्द गति से मेरे निकट से सरकता चला जा रहा हो।

अचानक मुझे दूर झाड़ियों से रियाबचिक के भौंकने की आवाज़ सुनाई दी—ऊँची, उत्तेजित, रिरियाती-सी आवाज़, जो कुत्तों के कंठ से उसी समय निकलती है, जब वे अपने शिकार का पीछा कर रहे हों। उसके तुरन्त बाद मुझे यर्मोला का कर्कश स्वर सुनाई दिया। वह 'आऽऽ-बीऽऽ! आऽऽ-बीऽऽ!' की हाँक लगाता हुआ अपने कुत्ते को पुकार रहा था। काफ़ी अर्से बाद मुझे पता चला कि पौलेस्ये के शिकारियों की यह हाँक 'ऊबी बात' ('मारना') शब्द से बनी है।

कुत्ते के भौंकने की आवाज़ जिस दिशा से आ रही थी, उसके आधार पर मैंने अनुमान लगाया कि वह मेरी बाईं ओर ख़रगोश का पीछा कर रहा होगा, इसलिए उसे बीच में ही रोकने के लिए मैं जंगल से घिरे मैदान को पार करने लगा। किन्तु मैं अभी मुश्किल से बीस गज़ ही दौड़ा हूँगा, कि भूरे रंग का बड़ा ख़रगोश पेड़ के ठूँठ के पीछे से बाहर निकल आया। उसे देखकर जान पड़ता था, मानो उसे भागने की कोई ख़ास जल्दी नहीं है। उसके लम्बे कान उसके सिर के साथ सटे हुए थे। चार-पाँच लम्बी कुलाँचें मारता हुआ वह सड़क पार कर पेड़ों के नीचे उगी हुई झाड़ियों में घुस गया। ख़रगोश के ज़रा पीछे रियाबचिक भी गोली की तरह लपका चला आया। मुझे देखते ही वह ठिठककर दुम हिलाने लगा, और फिर दो-चार बार बर्फ़ पर मुँह मारने के बाद ख़रगोश के पीछे हो लिया।

अचानक यर्मोला दबे पाँवों झाड़ियों के बाहर प्रकट हुआ।

"आपने उसे रोका क्यों नहीं, मालिक?" वह चिल्लाया, और फिर शिकायत की मुद्रा में 'शी, शी' करने लगा।

"भई, मैं क्या करता भला? वह तो मुझसे सौ फ़ीट या शायद उससे भी ज़्यादा दूरी पर था।"

मेरे चेहरे पर गहरे अफ़सोस के चिह्न देखकर वह कुछ ढीला पड़ा।

"कोई बात नहीं। बच्चू भागकर जाएगा कहाँ? अब आप झटपट इरीनोवो मार्ग पर चले जाएँ। कुछ ही देर में वह उस तरफ़ दिखलाई देगा।"

मैं इरीनोवो मार्ग की तरफ़ चल पड़ा। दो मिनट बाद ही मुझे ख़रगोश का पीछा करते हुए कुत्ते की आवाज़ सुनाई दी। शिकार की उत्तेजना में भरकर मैं अपनी बन्दूक़ सँभालता हुआ झाड़-झंखाड़ के बीच गिरता-पड़ता भागने लगा। पेड़ों की नुकीली टहनियाँ मेरी देह को क्षत-विक्षत कर रही थीं, किन्तु उसकी चिन्ता किये बिना मैं आगे बढ़ता चला गया। कुछ दूर तक मैं इसी तरह भागता रहा। कुत्ते ने जब भौंकना बन्द किया, तो मैंने अपनी चाल धीमी कर दी। मेरा दम फूलने लगा था और मैं बुरी तरह हाँफ रहा था। मैंने सोचा कि यदि मैं सीधा चलता गया तो इरीनोवो मार्ग पहुँचते-पहुँचते रास्ते में

यर्मोला से निश्चय ही भेंट हो जाएगी। किन्तु कुछ ही दूर चलने के बाद मैं अपनी ग़लती पहचान गया। झाड़ियों और पेड़ों के ठूँठों के बीच भागते हुए मुझे दिशा का ज्ञान नहीं रहा था और मैं भटक गया था। मैंने आवाज़ें लगाईं, किन्तु यर्मोला का कहीं पता न था।

मैं यंत्रवत् आगे बढ़ता गया। धीरे-धीरे जंगल छितरने लगा और दलदली ज़मीन आ गई। बर्फ़ पर मेरे पैरों के निशान उभर आते थे और उनमें गँदला पानी भर जाता था। कई बार तो मेरे पैर दलदल में घुटनों तक धँस गए। मैं एक ढूह से दूसरे ढूह पर छलाँगें मारता आगे बढ़ता जा रहा था। भूरे रंग की काई में पैर ऐसे धँसते थे, मानो मुलायम क़ालीन हो।

कुछ ही देर में जंगल की घनी झाड़ियाँ पीछे छूट गईं। मैं एक बर्फ़ से ढके गोल दलदली मैदान में चला आया, जिसके बीच कहीं-कहीं घास-फूस के टीले सिर उठाए खड़े थे। मैदान के दूसरी ओर पेड़ों से घिरी, सफ़ेद दीवारों वाली एक झोंपड़ी खड़ी थी। 'यह इरीनोवो के लकड़हारे का घर होगा। चलो, उसके पास जाकर रास्ता ही पूछ लिया जाए,' मैंने सोचा।

किन्तु झोंपड़ी तक पहुँचना आसान नहीं था। मेरे पाँव बार-बार कीचड़ में धँस जाते थे। मेरे लम्बे जूते पानी से भर गए थे और हर क़दम पर छपाछप करने लगते थे। उन्हें साथ घसीटना मेरे लिए दुश्वार हो गया।

आख़िर बड़ी मुश्किल से उस दलदली मैदान को पार करके मैं एक छोटे-से टीले पर चढ़ गया, जहाँ से झोंपड़ी साफ़ दिखाई देती थी। परियों की कहानियों में डायनों की झोंपड़ी का जो चित्र उभरकर आता है, यह झोंपड़ी हू-ब-हू वैसी ही थी। बसन्त ऋतु में इरीनोवो के जंगल हमेशा बाढ़ के पानी में डूबे रहते थे। इसीलिए शायद उस झोंपड़ी को एक ऊँचे टीले के ऊपर बनाया गया था।

झोंपड़ी की दीवारें पुरानी और जर्जर थीं और वह बहुत दीन और उदास दिखाई देती थीं। कुछ खिड़कियों के शीशे नदारद थे; उनकी जगह फटे-पुराने चिथड़े लगा दिये गए थे, जो हवा में बाहर की ओर झूल रहे थे।

मैंने दरवाज़े पर थाप दी तो वह ख़ुद-ब-ख़ुद खुल गया। भीतर घुप्प अँधेरा था। बर्फ़ को बहुत देर तक देखते रहने के कारण मेरी आँखों के सामने

बैंगनी रंग के सितारे-से नाच रहे थे। कुछ देर तक तो मैं यह भी न जान सका कि झोंपड़ी ख़ाली है अथवा उसके भीतर कोई बैठा है।

"कोई भला आदमी अन्दर है?" मैंने ऊँची आवाज़ में पूछा।

चूल्हे के पास कोई चीज़ हिली। मैं झोंपड़ी के भीतर चला आया। एक बुढ़िया फ़र्श पर बैठी थी। उसके सामने मुर्ग़ी के चूज़ों के टूटे हुए पंखों का ढेर पड़ा था। वह पंखों को बीन-बीनकर उनके काँटों को साफ़ कर रही थी और टोकरी में रखती जा रही थी। काँटों और डंडियों को वह फ़र्श पर फेंकती जाती।

"अरे, यह बुढ़िया तो इरीनोवो की डायन मान्यूलिखा-सी दिखाई देती है!" एकाएक यह विचार बिजली-सा मेरे मस्तिष्क में कौंध गया। लोक-कथाओं में डायनों का जो विवरण मिलता है, बुढ़िया का चेहरा-मुहरा, हाव-भाव बिलकुल वैसा ही था—पतली-दुबली देह, पिचके हुए गाल, लम्बी नुकीली ठुड्डी, जो उसकी लम्बी चोंच-सी नाक को छूती-सी जान पड़ती थी। उसका पोपला मुँह—जिसमें एक भी दाँत न था—बराबर चल रहा था, मानो वह किसी चीज़ को चबा रही हो। उसकी फटी-सी आँखें—जो किसी ज़माने में नीली रही होंगी, अब फीकी और कठोर बन गई थीं और उनकी छोटी-छोटी सुर्ख़ पलकों को देखकर बरबस किसी मनहूस पक्षी की आँखों की याद आ जाती थी।

"दादी माँ, प्रणाम!" मैंने अपने स्वर को यथासम्भव मीठा बनाते हुए कहा, "क्या आप मान्यूलिखा तो नहीं हैं?"

बुढ़िया की छाती से अचानक 'घर्र-घर्र' का स्वर उठने लगा। उसके पोपले मुँह से विचित्र-सी आवाज़ें आने लगीं, मानो कोई बूढ़ा कौवा तीखे कर्कश स्वर में चीख़ रहा हो।

"मुमकिन है, कभी नेक आदमी मुझे मान्यूलिखा कहकर पुकारते रहे हों। किन्तु अब मेरा नाम और यश, दोनों ही मिट गए हैं। ख़ैर, तुम यहाँ किसलिए आए हो?" उसने रूखी आवाज़ में कहा। अपना नीरस काम वह बराबर करती जा रही थी।

"मैं रास्ता भूल गया हूँ, दादी माँ! क्या मुझे थोड़ा-सा दूध मिल सकेगा?"

"यहाँ दूध-वूध कुछ नहीं," उसने टका-सा जवाब दिया, "तुम जैसे बहुतेरे लोग यहाँ से गुज़रते हैं। मैंने सबका पेट भरने का ठेका थोड़े ही लिया है!"

"अतिथियों का सत्कार क्या इस तरह किया जाता है, दादी माँ?"

"आप जो जी में आए, समझें, जनाब! लेकिन खाना-वाना यहाँ किसी को नहीं दिया जाता। अगर थक गए हो तो कुछ देर यहाँ बैठकर कमर सीधी कर लो—मुझे कोई एतराज़ न होगा। आपको यह कहावत याद है न : 'आओ, हमारे घर के पास बैठकर गिरजे की घंटियाँ सुन लो। लेकिन जहाँ तक भोजन का सवाल है, उसके लिए हम तुम्हारे घर आना ही पसन्द करेंगे।' सोई बात है भाई!"

उस बुढ़िया की मुहावरेदार भाषा को सुनकर मैं समझ गया कि वह उस इलाक़े की रहने वाली नहीं है, जहाँ के लोग तेज़-तर्रार, चटपटी भाषा को पसन्द नहीं करते। उत्तरी प्रदेश के वाक्पटु लोग ही ऐसी भाषा का मज़ा लेना जानते हैं।

इस दौरान में बुढ़िया अपना काम करती और होंठों-ही-होंठों में कुछ बड़बड़ाती जा रही थी। उसकी आवाज़ इतनी धीमी थी कि कभी-कभार कुछ असम्बद्ध से वाक्य ही मैं समझ पाता था : "यह रही तुम्हारी मान्यूलिखा दादी—न जाने कौन है यह आदमी—अब मैं बूढ़ी हो चली हूँ—दिन-रात नीलकंठ की तरह झींकती, चीख़ती, बड़बड़ाती रहती हूँ..."

मैं कुछ देर तक उसकी बड़बड़ाहट को सुनता रहा, और सहसा मेरे मस्तिष्क में यह विचार आया कि मैं एक पागल बुढ़िया के सम्मुख बैठा हूँ। इस विचार से मैं कुछ भयभीत हुआ, कुछ विरक्त भी। फिर भी मैं झोंपड़ी का निरीक्षण करने का लोभ संवरण न कर सका। कमरे के एक बड़े भाग को टूटे-फूटे चूल्हे ने घेर रखा था। सामने ताक में देवी-देवता की कोई मूर्ति नहीं रखी थी और वह ख़ाली पड़ा था। दीवारों पर हरी मूँछों वाले शिकारियों, बैंगनी रंग के कुत्तों और गुमनाम सेनापतियों के चित्रों के बजाय सूखी-मुरझाई हुई जड़ी-बूटियाँ और बर्तन-भाँड़े लटक रहे थे। मुझे कमरे में कहीं भी उल्लू या

काली बिल्ली नहीं दिखाई दिये। चूल्हे के ऊपर दो चितकबरी मैनाएँ गम्भीर मुद्रा में बैठी थीं और मुझे आश्चर्य और सन्देह से देख रही थीं।

"दादी माँ, क्या मुझे थोड़ा-सा पानी भी नहीं मिल सकता?" मैंने तनिक ऊँचे स्वर में पूछा।

"पानी उस तरफ़ बाल्टी में रखा है," उसने कहा।

पानी से कीचड़ का स्वाद आ रहा था। मैंने बुढ़िया को धन्यवाद दिया, किन्तु उसने मेरी ओर कोई ध्यान नहीं दिया। फिर मैंने उससे रास्ता पूछा।

उसने अपना सिर ऊपर उठाया और परिन्दे की-सी उसकी कठोर आँखें देर तक मेरे चेहरे पर जमी रहीं। फिर वह तेज़ स्वर में चीख़ उठी, "चले जाओ! यहाँ से फ़ौरन दफ़ा हो जाओ! 'मान न मान मैं तेरा मेहमान!'—यह भी कोई बात हुई भला!"

अब मेरे पास वहाँ से चले जाने के अलावा कोई दूसरा चारा न था। किन्तु जाने से पहले उस बुढ़िया के कठोर दिल को पिघलाने की मैंने आख़िरी कोशिश की। मैंने अपनी जेब से चाँदी का बिलकुल नया चमचमाता सिक्का निकालकर उसके आगे रख दिया। मेरा अनुमान सही निकला। देखते ही उसकी आँखें फैल गईं, और सिक्के को उठाने के लिए उसने अपनी काँपती टेढ़ी-मेढ़ी अँगुलियाँ आगे बढ़ा दीं।

"नहीं, दादी मान्यूलिखा, मुफ़्त में नहीं मिलने का," मैंने उसे चिढ़ाने के लिए सिक्का छिपा लिया, "पहले मुझे मेरी क़िस्मत के बारे में कुछ बतलाना पड़ेगा।"

डायन ने झुँझलाकर झुर्रियों से भरा अपना चेहरा ग़ुस्से में सिकोड़ लिया। वह दुविधा भरी दृष्टि से मेरी मुट्ठी को देख रही थी। आख़िर वह अपने लालच को न दबा सकी।

"अच्छा बेटा, जैसे तेरी मर्ज़ी," वह बड़बड़ाई, और हाँफती हुई फ़र्श से उठकर खड़ी हो गई, "बहुत दिनों से मैंने क़िस्मत देखने का काम छोड़ दिया है बेटा, बूढ़ी जो हो गई हूँ। आँखों से भी तो कुछ नहीं सूझता। अब तो मैं सब कुछ भूल गई हूँ, लेकिन तुमने कहा है, तो तुम्हारा दिल रखने के लिए दो-चार बातें कह दूँगी।"

दीवार का सहारा लेकर, थर-थर काँपती अपनी झुकी हुई काया को वह मेज़ तक घसीटकर ले गई। मेज़ के ऊपर से उसने भूरे रंग के ताश उठाए, जो इतने पुराने हो गए थे कि हाथ लगाते ही फटने का डर था। फिर वह उन्हें धीरे-धीरे फेंटने लगी।

"तुम्हारे दिल के नज़दीक कौन-सा हाथ पड़ता है? बायाँ हाथ? अच्छा, तो बाएँ हाथ से इन्हें काट दो।" उसने ताश की गड्डी मेरे आगे बढ़ा दी।

उसने अपनी अँगुलियों को थूक से गीला किया और पत्ते बिछाने लगी। प्रत्येक पत्ता मेज़ पर गिरते ही धप्प से आवाज़ करता था, मानो वह आटे का बना हो। मेज़ पर ताश के पत्तों का एक अष्टभुज सितारा बन गया। जब आख़िरी पत्ता बादशाह पर गिरा, तो मान्यूलिखा ने झट अपनी हथेली आगे बढ़ा दी।

"इस पर चाँदी का सिक्का फेर दीजिए, जनाब। बहुत-सा धन मिलेगा, हमेशा सुखी रहोगे।" वह एक भीख माँगने वाली बंजारिन के ख़ुशामदी स्वर में गिड़गिड़ाने लगी।

मैंने उसकी हथेली पर चाँदी का सिक्का सरका दिया। सिक्का हाथ में आते ही उसने लंगूर की-सी चपलता के साथ उसे अपने गाल के पीछे छिपा लिया।

"आप एक लम्बी यात्रा करेंगे, जिससे आपको बहुत बड़ा लाभ होगा," उसने तोते की तरह रटे-रटाए वाक्यों को कहना शुरू किया, "ईंट की बेगम से आपकी मुठभेड़ होगी, जिसका मतलब है कि एक महत्त्वपूर्ण व्यक्ति के घर में आपका किसी के साथ बहुत आनन्ददायक वार्तालाप होने वाला है। निकट भविष्य में आपको चिड़ी के बादशाह से एक अनोखा समाचार मिलेगा। शुरू में थोड़ी-सी परेशानी होगी, फिर कुछ रुपया मिलेगा। एक दिन आप बहुत-से लोगों के साथ होंगे और शराब पीकर मदमस्त हो जाएँगे। इसका मतलब यह नहीं कि आप नशे में सुध-बुध खो बैठेंगे, लेकिन यह बात पक्की है कि एक न एक दिन दोस्तों की मंडली में बैठकर आप ख़ूब छककर शराब पिएँगे। आपकी आयु बहुत लम्बी है। अगर सड़सठ वर्ष की उम्र में आपकी मृत्यु न हो तो..."

किन्तु उसने अपना वाक्य बीच में ही अधूरा छोड़ दिया। मुझे लगा कि वह सिर उठाकर कुछ सुन रही है। मेरे कान भी खड़े हो गए। एक स्त्री अपने निर्मल, निर्भीक, गूँजते स्वर में गाना गाती हुई झोंपड़ी की ओर आ रही थी। यूक्रेन के उस सुमधुर गीत की लय और धुन मैं एकदम पहचान गया :

भार सहन कर नहीं सकी क्या
डाली लाल गुलाब का?
मस्तक मेरा बोझ न सह
पाता अलसाए ख़्वाब का?

"अब तुम यहाँ से चले जाओ बेटा," मान्यूलिखा ने घबराकर मुझे मेज़ से परे धकेल दिया, "हम जैसे अजनबी लोगों के घर में तुम्हारा उठना-बैठना ठीक नहीं लगता। मेहरबानी करके अब अपना रास्ता पकड़ो।"

वह इतनी ज़्यादा घबरा उठी थी कि मेरी आस्तीन पकड़कर मुझे दरवाज़े की ओर धकेलने लगी। उसका चेहरा भय से पीला पड़ गया था।

झोंपड़ी के पास आकर गीत का स्वर अचानक टूट गया। लोहे की कुंडी बज उठी और फटाक से दरवाज़ा खुल गया। मैंने देखा कि झोंपड़ी की देहरी पर एक लम्बे क़द की लड़की खड़ी हँस रही है। उसने बड़ी सावधानी से अपने दोनों हाथों में एक धारीदार रूमाल पकड़ रखा था, जिसके भीतर से तीन छोटे-छोटे पक्षियों की लाल गर्दनें और काले मोतियों-सी आँखें बाहर झाँक रही थीं।

"दादी माँ, ज़रा इन नन्हे-मुन्ने परिन्दों को तो देख, मुझसे कैसे चिपट गए हैं," उसने खिलखिलाकर हँसते हुए कहा, "समझ में नहीं आता कि क्या करूँ? भूख के मारे अधमरे-से हो रहे हैं बेचारे। मेरे पास रोटी भी नहीं थी जो एक-दो टुकड़े इन्हें खिला देती।"

अचानक उसकी आँखें मेरी ओर मुड़ गईं। मुझे देखते ही उसका चेहरा लज्जा से लाल हो उठा। उसने अपनी काली भौंहें सिकोड़ लीं, मानो उसे मेरी उपस्थिति अत्यन्त अरुचिकर लगी हो। वह प्रश्नसूचक दृष्टि से मान्यूलिखा को देखने लगी।

"यह महाशय रास्ता पूछने के लिए यहाँ आए थे," बुढ़िया ने उस लड़की को मेरी उपस्थिति का कारण समझाते हुए कहा। फिर वह मेरी ओर मुड़कर दृढ़ स्वर में बोली, "हुज़ूर, आप यहाँ बेकार अपना समय नष्ट कर रहे हैं। आपने अपनी प्यास बुझा ली, जो बातें पूछनी थीं, सो पूछ लीं, अब आप यहाँ बैठकर क्या करेंगे? हमारा और आपका क्या संग?"

"ऐ सुन्दरी, क्या तुम मेरी मदद नहीं करोगी?" मैंने उस लड़की की ओर उन्मुख होकर कहा, "मैं रास्ता भूल गया हूँ। मुझे इरीनोवो रोड जाना है, किन्तु मुझे भय है कि मैं अकेला इस दलदल को पार करके वहाँ नहीं पहुँच सकूँगा। क्या तुम मेरे संग चल सकोगी?"

मुझे लगा कि मेरे कोमल, अभ्यर्थना-भरे स्वर को सुनकर वह बहुत अधिक प्रभावित हो गई है। वह जिन परिन्दों को अपने संग लाई थी, उन्हें उसने बहुत सावधानी से मैनाओं के पास रख दिया, फिर कोट उतारकर बेंच पर फेंक दिया और चुपचाप झोंपड़ी के बाहर चली आई।

मैं उसके पीछे-पीछे चलने लगा।

"क्या ये परिन्दे पालतू हैं?" मैं आगे बढ़कर उसके संग चलने लगा।

"हाँ," बिना मेरी ओर आँखें उठाए वह रुखाई से बोली। कुछ दूर चलकर पेड़ की टहनियों से बनी मेड़ के सामने वह खड़ी हो गई, "वह पगडंडी देखते हो—वही, जो चीड़ के पेड़ों के बीच से गुज़रती है?"

"हाँ!"

"बस, उस पगडंडी पर सीधे चले जाओ। बीच में जहाँ बलूत का लट्ठा पड़ा मिले, वहाँ से बाईं ओर मुड़ जाना। फिर जंगल के बीचोबीच सीधे चलते जाना। आगे तुम्हें इरीनोवो रोड मिल जाएगी।"

जब वह दायाँ हाथ उठाकर मुझे रास्ता दिखलाने लगी, तो मैं मंत्रमुग्ध-सा होकर उसके अपूर्व, विलक्षण सौन्दर्य को निहारता रह गया। वह गाँव की अन्य बालाओं से सर्वथा भिन्न थी। वे ऊपर से अपना माथा और नीचे से ठुड्डी और मुँह को रूमाल से ढके रहती थीं, जो देखने में बहुत ही भोंडा और भद्दा जान पड़ता था। उनके चेहरों का भाव हमेशा एक जैसा होता,

और आँखें, मानो भय से फैली रहतीं। किन्तु यह भूरे बालों वाली लड़की, जो मेरे पास खड़ी थी, सहज सौन्दर्य की साक्षात् प्रतिमा-सी दिखलाई देती थी। उसका क़द लम्बा था, आयु बीस और पच्चीस वर्ष के बीच रही होगी। उसके उदीयमान यौवन का प्रतीक उसका सुडौल मांसल वक्षस्थल, सफ़ेद, चौड़े ब्लाउज़ के नीचे ढका था। उसके चेहरे के असाधारण सौन्दर्य को एक बार देखकर भूल जाना असम्भव था। वह एक ऐसा अनिर्वचनीय सौन्दर्य था, जिसे बार-बार देखने के बाद भी शब्दों में व्यक्त कर पाना सम्भव नहीं होता। तनिक मुड़े हुए उसके हठीले होंठ, चेहरे का गेहुँआ रंग, जिस पर दो गुलाबी धब्बे छिटक आए थे, पतली बीच में कटी हुई भौंहें, जो उसकी बड़ी-बड़ी चमकती हुई श्यामल आँखों में चातुर्य, ढिठाई और भोलेपन का रहस्यमय भाव भर देती थीं—उसके अंग-प्रत्यंग से एक विचित्र आकर्षण छलकता था।

"इस उजड़े वीरान जंगल में अकेले रहते तुम्हें डर नहीं लगता?" मेड़ के पास ठिठककर मैंने उससे पूछा।

उसने उदासीन भाव से कन्धे हिला दिये।

"डर क्यों लगेगा? भेड़िए इस तरफ़ कभी नहीं आते।"

"मेरा मतलब सिर्फ़ भेड़ियों से नहीं था। बर्फ़ का तूफ़ान आ सकता है, आग लग सकती है, यहाँ सब कुछ हो सकता है। इस निर्जन स्थान में तुम अकेली रहती हो, मुसीबत पड़ने पर कोई भी तुम्हारी सहायता करने नहीं आ सकता।"

"हमारे लिए यही अच्छा है। काश, वे लोग मुझे और दादी माँ को अकेला छोड़ सकते! किन्तु..."

"किन्तु क्या?"

"बहुत अक़्ल बढ़ाने की कोशिश न कीजिए, वरना टाँट गंजी हो जाएगी, जनाब!" उसने तुनककर कहा, "क्या मैं जान सकती हूँ कि आप कौन हैं?" उसका स्वर परेशान हो उठा।

मुझे कुछ ऐसा लगा कि उसे और उसकी दादी माँ को हमेशा यह खटका लगा रहता है कि कहीं पुलिस के अधिकारी उन्हें तंग करने न आ पहुँचें।

"घबराओ नहीं, मैं पुलिस का अफ़सर नहीं हूँ," उसे आश्वासन देते हुए मैंने कहा, "मैं कोई क्लर्क या चुंगी वसूल करने वाला कर्मचारी भी नहीं। सरकारी अधिकारियों से मेरा दूर का भी सम्बन्ध नहीं है।"

"क्या यह बात सच्ची है?"

"मैं तुम्हें अपना वचन देता हूँ कि जो कुछ मैं कह रहा हूँ, उसमें रत्ती भर भी झूठ नहीं है। विश्वास करो, यहाँ मैं एक अजनबी की तरह रहता हूँ। कुछ महीने यहाँ ठहरकर मैं वापस चला जाऊँगा। अगर तुम चाहो तो मैं किसी को यह बात नहीं बतलाऊँगा कि मैं यहाँ आया था और तुम लोगों से मिला था। क्या अब भी तुम मुझ पर विश्वास नहीं करोगी?"

उसका चेहरा कुछ खिल गया।

"अच्छा, तो ठीक है। अगर तुम झूठ नहीं बोल रहे, तो ज़रूर सच बोल रहे होगे। लेकिन यह तो बताओ कि तुमने पहले कभी हमारे बारे में कुछ सुन रखा था या अचानक ही यहाँ आ पहुँचे?"

"समझ में नहीं आता, क्या कहूँ! यह बात नहीं है कि मैंने तुम्हारे सम्बन्ध में कुछ सुना न हो। मैंने मन-ही-मन यह निश्चय भी कर लिया था कि किसी दिन मैं तुम लोगों को देखने आऊँगा। किन्तु आज तो मैं संयोगवश यहाँ आ पहुँचा। अगर रास्ता न भूलता तो यहाँ तक भी न पहुँच पाता। अच्छा, यह तो बताओ कि तुम लोगों से इतना डरती क्यों रहती हो? वे तुम्हें क्या नुक़सान पहुँचाते हैं?"

अविश्वास से भरी उसकी आँखें कुछ देर तक मुझे तौलती-परखती रहीं। मेरे भीतर कोई दुराव-छिपाव नहीं था, इसलिए मैं भी अपलक, एकटक उसे देखता रहा। कुछ देर बाद वह उत्तेजित होकर बोली :

"लोग हमें चैन से नहीं रहने देते। यह ठीक है कि मामूली लोग हमें ज़्यादा परेशान नहीं करते, किन्तु पुलिस के अफ़सरों की बात मत पूछिए। गाँव का पुलिस अफ़सर, जिले का कमिश्नर और दूसरे अधिकारी हमें तंग करने प्राय: हमारे घर आ धमकते हैं। जब तक हम उपहारों या रुपये से उनकी मुट्ठी गर्म नहीं कर देते, वे हमारे दरवाज़े से टलने का नाम नहीं लेते। लेकिन बात यहीं ख़त्म नहीं हो जाती। दादी माँ को चुड़ैल, कुलटा, सज़ायाफ़्ता, कुतिया

और न जाने कितनी गन्दी और ग़लीज़ गालियाँ दी जाती हैं। लेकिन छोड़िए, मैं नाहक आपके सामने अपनी तकलीफ़ों का पचड़ा लेकर बैठ गई।"

"क्या वे लोग कभी तुमसे भी छेड़छाड़ करने की जुर्रत करते हैं?"

मुझे अपना प्रश्न अशिष्ट और अनुचित-सा जान पड़ा, किन्तु क्या करता, मुँह से निकली हुई बात को वापस लौटाना असम्भव था।

गर्व और आत्मविश्वास से उसने अपना सिर हिला दिया। उसकी आँखें सिकुड़ गईं और उनमें विजयोल्लास की मुस्कान चमक उठी।

"नहीं। एक बार ज़मीन की जाँच-पड़ताल करने वाले एक अफ़सर ने मुझसे छेड़छाड़ करने की हिम्मत की थी। वह मुझसे प्रेम करना चाहता था, समझे आप? मैंने भी उसे प्रेम का ऐसा सबक़ सिखाया कि बच्चू आज तक याद करता होगा।"

उसके स्वर में व्यंग्य, अभिमान और आत्मनिर्भरता के भाव भरे थे।

'यह लड़की पौलेस्ये के जंगलों के स्वतंत्र वातावरण में खेल-कूद कर बड़ी हुई है, इसके संग खिलवाड़ करना ख़तरे से ख़ाली नहीं है।' मैंने मन-ही-मन सोचा।

"हम लोग किसी को कोई नुक़सान नहीं पहुँचाते।" मुझ पर उसका विश्वास धीरे-धीरे बढ़ता जा रहा था, "हम किसी से मिलना-जुलना भी पसन्द नहीं करते। साल में केवल एक बार नमक और साबुन ख़रीदने मुझे शहर जाना पड़ता है। दादी माँ को चाय बहुत भाती है, इसलिए कभी-कभी अपने संग चाय भी ले आती हूँ। अगर इन चीज़ों की ज़रूरत न पड़े तो शायद किसी से भी मिलना न हो।"

"मुझे मालूम है कि तुम और तुम्हारी दादी अतिथियों को ज़्यादा मुँह नहीं लगातीं। किन्तु अगर मैं किसी दिन कुछ देर के लिए तुम्हारे घर चला आऊँ, तो क्या तुम्हें बहुत बुरा लगेगा?"

वह हँस पड़ी। मुझे लगा कि अचानक उसके सुन्दर चेहरे में एक विचित्र परिवर्तन हो गया है। पहले जो कठोरता थी, उसका अब चिह्न-मात्र भी शेष न रहा था। एक नन्हे-से बच्चे की तरह उसका लज्जाशील चेहरा खिल उठा था।

"किन्तु तुम हमारे घर आकर करोगे क्या? हम बहुत नीरस लोग हैं, कुछ ही देर में तुम्हारा मन ऊब जाएगा। हाँ, अगर तुम नेक आदमी हो तो हमारे घर के दरवाज़े तुम्हारे लिए हमेशा खुले हैं। लेकिन अब कभी आओ तो अपनी बन्दूक़ घर छोड़कर आना।"

"क्या तुम्हें डर लगता है?"

"डरूँगी क्यों? मुझे किसी चीज़ से डर नहीं लगता।" उसके दृढ़ स्वर से यह स्पष्ट झलक रहा था कि उसे अपनी शक्ति में कितना अटूट विश्वास है, "लेकिन मुझे यह कुछ अच्छा नहीं लगता। भला परिन्दों और ख़रगोशों ने तुम्हारा क्या बिगाड़ा है, जो तुम बन्दूक़ लिये उनके पीछे घूमते हो? हमारी तरह उन्हें क्या जीने का मोह नहीं होता? न जाने मुझे ये छोटे-छोटे नासमझ जीव-जन्तु क्यों इतने प्यारे लगते हैं। अच्छा, अब मुझे जाना चाहिए, देर होने पर दादी माँ ख़फ़ा होंगी। अच्छा, फिर मुलाक़ात होगी आपसे, श्रीमान...अरे, मैं तो आपका नाम भी नहीं जानती," इतना कहकर वह चल दी।

"एक मिनट ठहरो।" मैं ज़ोर से चिल्लाया, "अपना नाम तो बताती जाओ। अभी तो ठीक ढंग से हमारा एक-दूसरे से परिचय भी नहीं हुआ।"

उसने पीछे मुड़कर क्षण-भर के लिए मुझे देखा।

"मेरा नाम अल्योना है—किन्तु यहाँ सब मुझे ओलेस्या कहकर पुकारते हैं।"

मैंने बन्दूक़ कन्धे पर रख ली और उसके बताए हुए रास्ते पर पाँव बढ़ा दिये। सामने एक छोटी-सी पहाड़ी थी, जहाँ से एक छोटी-सी जंगली पगडंडी नीचे की ओर उतर गई थी। पहाड़ी के शिखर पर पहुँचकर मैंने मुड़कर पीछे देखा। बर्फ़ की सफ़ेद, चमचमाती हुई पृष्ठभूमि में हवा में फरफराती ओलेस्या की स्कर्ट एक लाल धब्बे की तरह चमक रही थी।

मेरे घर आने के एक घंटे बाद यर्मोला वापस लौटा। बेकार की बातों में उसे कोई दिलचस्पी नहीं थी, इसलिए उसने इस सम्बन्ध में मुझसे एक प्रश्न भी नहीं पूछा कि मैं कहाँ और कैसे रास्ता भूल गया था। कुछ देर चुप रहने के बाद उसने लापरवाही से कहा :

"वह ख़रगोश उधर रसोई में पड़ा है। अगर आप उसे किसी और के पास भेजने का इरादा नहीं रखते तो मैं उसे अभी भून डालता हूँ।"

"यर्मोला, क्या तुम जानते हो, आज मैं कहाँ गया था? तुम बिलकुल विश्वास नहीं कर पाओगे।"

"उन चुड़ैलों के पास गए होगे। क्या मैं इतना भी नहीं जानता?" उसने गुर्राते हुए कहा।

"तुम्हें कैसे पता चला?"

"इसमें मुश्किल क्या था? आपने मेरी आवाज़ का कोई उत्तर नहीं दिया, इसलिए मैं आपके पैरों के निशान देखता हुआ आगे चलता गया। हुज़ूर, वहाँ जाने से पाप चढ़ता है। आपको उनसे बचकर रहना चाहिए," उसने तनिक कुढ़कर खीज-भरे स्वर में कहा।

4

उस वर्ष वसन्त का आगमन अपने समय से पहले ही हो गया। किन्तु पौलेस्ये में यह कोई असाधारण घटना नहीं थी। उस प्रदेश में हर ऋतु बिना कोई सूचना दिये अचानक आ धमकती थी। मटमैले पानी के तेज़-तर्रार नाले, रास्ते में पत्थरों से टकराते, अपनी रपेट में लकड़ी के तख़्तों और कलहंसों को समेटते हुए गाँव की गलियों के बीचोबीच बहे जा रहे थे। गन्दे पानी के बड़े-बड़े पोखरों से नीले आकाश और उस पर चक्कर लगाते गोल-मटोल सफ़ेद बादलों की छायाएँ झाँकती रहती थीं। छतों की नालियों से पानी की बूँदें टपाटप गिरती रहा करती थीं। सड़क के किनारे पर लगे पेड़ों के झुरमुट से परिन्दों का हर्षोन्मादित कलरव अन्य सब आवाज़ों को अपने में डुबो देता था। हर जगह एक नई उल्लासपूर्ण ज़िन्दगी अँगड़ाई लेती-सी जान पड़ती थी।

बर्फ़ पिघलने लगी थी। किन्तु झाड़ियों और वृक्षों के खोखलों में मैले स्पंज-से बर्फ़ के टुकड़े अभी जमे हुए थे। बर्फ़ पिघलने के कारण सीलन-भरी

गर्म धरती की निरावृत्त देह में नई शक्ति हिलोरें मार रही थी। शिशिर ऋतु में उसने भी जी भरकर विश्राम किया था। अब उसमें मातृत्व की अभिलाषा पुनः जागृत हो आई थी। काले खेतों पर हल्का झीना भाप का पर्दा लटक आया था। पिघलती बर्फ़ के नीचे धरती से एक विचित्र-सी गन्ध उठकर हवा में घुल रही थी—वसन्त की स्वप्निल, नशीली, ताज़ी गन्ध, जिससे गाँव वाले भली-भाँति परिचित हैं, किन्तु जो शहर की हज़ार मिली-जुली गन्धों में भी आसानी से पहचानी जा सकती है। उस वासन्ती सौरभ के संग न जाने कितनी धुँधली, कोमल, मीठी व उदास आशाएँ एवं विचित्र सम्भावनाएँ मेरी आत्मा में तिरती चली आतीं। वसन्त के दिन ही कुछ ऐसे होते हैं, जब भावाकुल आँखों को हर स्त्री सुन्दर दिखाई देती है और रह-रहकर पुरानी स्मृतियों का धुँधला-सा अवसाद उमड़-उमड़ आता है। रातें गर्म हो चली थीं। ऐसा जान पड़ता था, मानो घनी उमस से भरे अँधियारे में प्रकृति अपने अदृश्य, सृजनात्मक श्रम में निरन्तर जुटी हुई है।

वसन्त के उन दिनों में ओलेस्या की छवि मेरे मस्तिष्क में हर घड़ी मँडराती रहती। जब कभी मैं अकेला होता तो लेटकर आँखें बन्द कर लेता, और तब समूचा ध्यान ओलेस्या के चेहरे पर केन्द्रित हो जाता। मुझे उसका कठोर अथवा क्रुद्ध भाव स्मरण हो आता, किन्तु दूसरे ही क्षण स्नेह-भरी कोमल मुस्कान उसके चेहरे पर बिखर आती। मेरी आँखों के सामने देवदार के पल्लवित अल्पायु वृक्ष-सी उसकी कोमल, भरी-भरी-सी देह, जो उस पुराने जंगल के स्वतंत्र वातावरण में बड़ी हुई थी, घूम जाती। मेरे कानों में उसका असाधारण रूप से धीमा, ताज़ा और कोमल स्वर बार-बार गूँज उठता। मुझे लगता कि उसकी प्रत्येक हरकत में, उसके मुँह से निकले हर शब्द में, एक सात्त्विक—यदि हम इस साधारण शब्द को उसके श्रेष्ठ अर्थ में ग्रहण करें—जन्मजात, प्रांजल गरिमा निहित है। ओलेस्या के प्रति आकृष्ट होने का एक और भी कारण था। जंगल की झाड़ियों और दलदल में घिरा उसका निवास-स्थान और उसकी डायन दादी के सम्बन्ध में लोगों के अन्धविश्वास ने उसके इर्द-गिर्द रहस्य का एक रोमांचकारी प्रभामंडल बुन दिया था।

किन्तु जिस बात ने मुझे विशेष रूप से प्रभावित किया, वह था ओलेस्या का अपनी शक्ति में अदम्य, अटूट विश्वास, जो उस दिन उसकी बातों से मेरे हृदय पर पत्थर की लकीर-सा अंकित हो गया था।

यही कारण था कि ज्योंही जंगल की पगडंडियाँ थोड़ी-बहुत सूखने लगीं, तो मैं उस डायन की झोंपड़ी की ओर जाने का लोभ संवरण न कर सका। ज़रूरत पड़ने पर उस बदमिज़ाज बुढ़िया को ख़ुश करने के लिए मैं अपने संग आधा पौंड चाय और तीन-चार मुट्ठी चीनी लेता गया।

जब मैं वहाँ पहुँचा, तो दोनों स्त्रियाँ झोंपड़ी में ही बैठी थीं। मान्यूलिखा चूल्हे की आग जलाने में व्यस्त थी और ओलेस्या ऊँची बेंच पर बैठी पटुआ कात रही थी। मेरे क़दमों की आहट सुनकर वह पीछे मुड़ी। मुझे देखते ही उसके हाथ का धागा टूट गया और चरखे की तकली लुढ़ककर नीचे आ गिरी।

बुढ़िया अपने झुर्रियों-भरे चेहरे को आग की गर्मी से बचाने के लिए हथेलियों की ओट करती हुई क्रुद्ध भाव से कुछ देर तक मुझे घूरती रही।

"दादी माँ, नमस्ते!" मैंने अपना स्वर तनिक ऊँचा करके उल्लसित भाव से कहा, "मुझे नहीं पहचाना? अभी एक महीने पहले की ही तो बात है जब मैं रास्ता पूछने तुम्हारे पास चला आया था। तुमने मेरे भविष्य के बारे में भी कई बातें बतलाई थीं। कुछ याद आया?"

"महाशय, मुझे कुछ याद नहीं आता," बुढ़िया ने झुँझलाकर सिर हिला दिया, "आपके यहाँ आने का क्या प्रयोजन है, मुझे यह बात भी समझ में नहीं आती। हमसे बातचीत करके भला आपको क्या मिलेगा? हम सीधे-सादे, नासमझ लोग हैं। आपका यहाँ आना कोई माने नहीं रखता। इतना बड़ा जंगल है, आप कहीं और जाकर सैर क्यों नहीं करते?"

उसके इस रूखे व्यवहार को देखकर मैं सन्नाटे में आ गया।

किंकर्तव्यविमूढ़-सा मैं वहाँ खड़ा रहा। मुझे समझ में नहीं आ रहा था कि मैं उसकी इस अशिष्टता को मज़ाक़ में टाल दूँ, ग़ुस्से में तमककर उसे झिड़क दूँ, या बिना कोई शब्द मुँह से निकाले चुपचाप उलटे पाँव लौट जाऊँ।

आख़िर विवश होकर मैंने ओलेस्या की ओर देखा। नटखट भाव से भरी स्मित हास की रेखा उसके अधरों पर थिरक गई। चरखे को एक तरफ़ खिसकाकर वह उठी और दादी माँ के सामने जाकर खड़ी हो गई।

"दादी माँ, यह सज्जन पुरुष हैं। इनसे डरने की कोई ज़रूरत नहीं," उसने दादी माँ को समझाते हुए कहा, "यह हमारा बुरा नहीं चाहते। आप तशरीफ रखिए।"

बुढ़िया बड़बड़ाती जा रही थी, किन्तु ओलेस्या ने उसकी ओर कोई ध्यान नहीं दिया और सामने के कोने में रखी हुई बेंच पर मुझे बैठने का संकेत देकर मुड़ गई।

ओलेस्या के इन शब्दों से प्रोत्साहित होकर मैं येन-केन-प्रकारेण बुढ़िया का हृदय परिवर्तन करने की चेष्टा करने लगा।

"दादी माँ, न जाने तुम मुझसे क्यों खार खाए बैठी हो? किसी भले-मानुष अतिथि ने तुम्हारी ड्योढ़ी पर पैर रखा नहीं कि तुम लाल-पीली होने लगती हो। ज़रा देखो तो सही, मैं तुम्हारे लिए उपहार लाया हूँ।" मैंने अपने थैले से दो छोटी-छोटी पोटलियाँ बाहर निकाल लीं।

मान्यूलिखा ने कनखियों से पोटलियों को देखा और फिर चूल्हे की ओर मुँह मोड़ लिया।

"मुझे आपके उपहार नहीं चाहिए!" वह चिमटे से कोयलों को कुरेदती हुई ज़ोर-ज़ोर से बड़बड़ाने लगी, "मैं आप जैसे लोगों की रग-रग पहचानती हूँ। सीधे-सादे आदमियों को फुसलाने के लिए आपको चिकनी-चुपड़ी बातें बनानी ख़ूब आती हैं।" और फिर बाद में, "उस छोटे-से थैले में क्या है?" उसने मेरी ओर घूमकर अचानक पूछा।

मैंने चाय और चीनी की पोटलियाँ बुढ़िया के हाथों में थमा दीं। मुझे उसका क्रोध तनिक शान्त होता-सा जान पड़ा। बड़बड़ा वह अब भी रही थी, किन्तु उसका स्वर अब पहले का-सा कड़ा न था।

ओलेस्या पूर्ववत् चरखा कातने में व्यस्त हो गई थी। मैं उसके पास एक छोटी टूटी-फूटी बेंच पर बैठ गया। वह अपने बाएँ हाथ से बड़ी तेज़ी

से रेशम-सी मुलायम सफ़ेद रुई में बल देती जा रही थी और दाएँ हाथ को हल्के से हवा में घुमाकर चरखे की तकली को नीचे फ़र्श तक छोड़ देती थी, फिर उसे झटके से पकड़कर अपनी चपल, चुस्त अँगुलियों से पुनः घुमाने लगती थी। ऊपर से उसका यह काम बहुत सहज-साधारण-सा जान पड़ता था, किन्तु वास्तव में इस पेचीदा और कठिन काम को स्फूर्ति से करने के लिए जिस दक्षता और सक्षमता की आवश्यकता है, वह लम्बे अभ्यास के बाद ही प्राप्त की जा सकती है। ओलेस्या के हाथ सहज, निर्विघ्न गति से चल रहे थे। मेरी आँखें बरबस उन हाथों पर टिक गईं। घरेलू कामकाज करने के कारण वे काले और खुरदरे हो गए थे, किन्तु इसके बावजूद वे नन्हे-मुन्ने हाथ इतने सुन्दर और सुडौल थे कि कुलीन घराने की कोई भी भद्र महिला उन्हें देखकर ओलेस्या से ईर्ष्या किये बिना न रहती।

"तुमने पिछली बार मुझे यह क्यों नहीं बताया कि दादी माँ ने तुम्हारे भविष्य के बारे में बातें बतलाई थीं?" ओलेस्या ने पूछा।

मैंने डरते हुए पीछे मुड़कर बुढ़िया को देखा।

"डरो नहीं, वह ज़रा ऊँचा सुनती हैं, इसलिए तुम्हारी बातें उन्हें सुनाई नहीं देंगी। मेरे मुँह से निकले हुए शब्दों को ही वह समझ पाती हैं," ओलेस्या ने कहा।

मैं कुछ आश्वस्त हुआ। "...हाँ, तुम्हारी दादी माँ ने मेरी क़िस्मत बताई थी। लेकिन तुम यह प्रश्न क्यों पूछ रही हो?"

"यूँ ही। क्या तुम इन सब बातों में विश्वास करते हो?" उसने छिपकर कनखियों से मेरी ओर देखा।

"किन बातों में? तुम्हारी दादी माँ ने जो बातें मुझे बतलाई हैं उसमें या सामान्य-रूप से ज्योतिष विद्या में?"

"मेरा मतलब ज्योतिष-विद्या से ही था," ओलेस्या ने कहा।

"कुछ भी कहना कठिन है। वैसे तो मैं विश्वास नहीं करता। किन्तु निश्चित रूप से मैं कुछ नहीं कह सकता। अनेक लोगों का विचार है कि ज्योतिष-विद्या कभी-कभी बिलकुल सच निकल आती है। बड़े-बड़े विद्वानों ने इस विषय पर

पोथे-पर-पोथे लिख डाले हैं, किन्तु जो कुछ तुम्हारी दादी माँ ने मेरे भविष्य के बारे में कहा है, उस पर मैं क़तई विश्वास नहीं करता। गँवई-गाँव की कोई भी स्त्री ऐसी घिसी-पिटी बातें कह सकती है।"

ओलेस्या मुस्कराने लगी।

"हाँ, यह सही है कि दादी माँ अब इसके योग्य नहीं रहीं। एक तो वह बूढ़ी हो गईं; दूसरे, उन्हें डर भी लगता है। लेकिन ताश के पत्तों से तुम्हें अपने भाग्य और भविष्य के बारे में कुछ-न-कुछ तो पता चला ही होगा?"

"कोई ख़ास दिलचस्प बात नहीं। मुझे तो अब कुछ याद भी नहीं रहा। कोई नई बात नहीं थी : एक लम्बी यात्रा करूँगा, चिड़ी के पत्तों की सहायता से मुझे लाभ पहुँचेगा, और भी कुछ ऐसी ही बातें कही थीं जो अब दिमाग़ से सफाचट हो गई हैं।"

"तुम ठीक कहती हो। दादी माँ को ज्योतिष विद्या के सम्बन्ध में जो कुछ आता था, वह इस उम्र से सब चौपट हो गया है। बुढ़ापे के कारण वह बहुत-से शब्द भी भूल गई हैं। इसके अलावा उन्हें डर भी लगा रहता है। हाँ, अगर उन्हें कोई रुपया-पैसा दे तो आज भी वह कभी-कभी अपनी विद्या की करामात दिखलाने से नहीं चूकतीं।"

"किन्तु वह डरतीं किससे हैं भला?"

"सरकारी अफ़सरों से। और वह भला किसी से क्यों डरेंगी? जब कभी गाँव का पुलिस अफ़सर यहाँ आता है, अपनी धमकियों से हमारी नाक में दम कर देता है। कहता है, 'मैं तुम्हें किसी दिन भी जेलखाने में भिजवा सकता हूँ। जानती हो, जादू-टोना करने वाली तुम जैसी डायनों को सखालिन टापू में जीवन भर मशक़्क़त करने की सज़ा दी जा सकती है?' क्या यह बात सच है?"

"हाँ, थोड़ा-बहुत सत्य तो उसकी बात में ज़रूर है—इस तरह का काम ग़ैर-क़ानूनी समझा जाता है। लेकिन सज़ा इतनी कड़ी नहीं होती। अच्छा, ओलेस्या, क्या तुम लोगों का भविष्य बता सकती हो?"

वह कुछ झिझकी, किन्तु केवल एक क्षण के लिए।

"हाँ, लेकिन पैसों की ख़ातिर नहीं," उसने कहा।

"अगर मैं तुमसे कहूँ कि तुम ताश के पत्ते खोलकर मेरे भविष्य के सम्बन्ध में कुछ बातें बतलाओ, तो क्या तुम्हें कोई आपत्ति होगी?"

"हाँ, ज़रूर होगी," उसने कोमल किन्तु दृढ़ स्वर में कहा। "भला क्यों? अगर इस समय तुम्हारा जी नहीं चाह रहा तो किसी और दिन सही। मुझे लगता है कि जो कुछ तुम बतला दोगी, वह ज़रूर सच होगा।"

"लेकिन मैं कुछ नहीं बतलाऊँगी, चाहे कुछ भी हो जाए।"

"मेरी प्रार्थना को इस तरह से ठुकरा देना क्या तुम्हें शोभा देता है, ओलेस्या? मैं अब तुम्हारे लिए कोई अजनबी नहीं रह गया हूँ। तुम मुझे अच्छी तरह जानती-पहचानती हो, फिर क्यों मेरी बात को टाल रही हो?"

"पिछली बार तुम्हारे जाने के बाद मैंने तुम्हारे नाम पर ताश के पत्ते खोले थे। इसीलिए अब मैं उन्हें खोलना पसन्द नहीं करूँगी, समझे?"

"पसन्द नहीं करोगी? भला क्यों? मुझे तुम्हारी बात कुछ समझ में नहीं आ रही!"

"नहीं, ऐसा करना ठीक नहीं होगा," उसने दबे होंठों से कहा। किसी अन्धविश्वास के अज्ञात भय से उसका चेहरा पीला पड़ गया, "भाग्य को बार-बार अपना रहस्य बतलाने के लिए मजबूर नहीं करना चाहिए। हमारे यहाँ इस बात को अशुभ माना जाता है। भाग्य यहीं आसपास खड़ा होकर चोरी-चुपके से हमारी बात सुन सकता है। उससे यदि बार-बार जवाब-तलब किया जाए तो वह बिगड़ उठता है। यही कारण है कि क़िस्मत और भविष्य का पता चलाने वाले हम जैसे लोगों को ज़िन्दगी में कभी सुख प्राप्त नहीं होता।"

मैं ओलेस्या की बात का उत्तर मज़ाक़ में देना चाहता था, किन्तु मुझसे कुछ न बोला गया और मैं चुप बैठा रहा। उसके स्वर और शब्दों में ईमानदारी और सहज विश्वास का इतना गहरा पुट था कि 'भाग्य' का उल्लेख करते हुए जब उसने डरकर दरवाज़े की ओर देखा, तो मेरी आँखें भी अनायास उस ओर उठ गईं।

“अच्छा, अगर दुबारा ताश के पत्ते नहीं खोलना चाहो तो न खोलो। किन्तु यह तो बता दो कि पहली बार उन्होंने मेरे भाग्य और भविष्य के सम्बन्ध में क्या कहा था?”

“बेहतर यही होगा कि मैं उसे गुप्त ही रहने दूँ।” उसने अचानक तकली फेंक दी और अपने हाथ से मेरा हाथ छू लिया।

उसकी निरीह आँखों में याचना-भरा भाव छलछला उठा।

“कृपया यह मत पूछो—कहने के लिए मेरे पास कोई अच्छी बात नहीं है, इसलिए जानकर भी क्या करोगे?”

किन्तु मैं अपनी ज़िद पर अड़ा रहा। उसका बार-बार इनकार करना, भाग्य के सम्बन्ध में उसके रहस्यमय संकेत—क्या महज़ एक क़िस्मत बताने वाली की पेशेवर अदाएँ हैं अथवा उसे सचमुच अपने शब्दों में विश्वास है? जो भी हो, उसकी बातों ने मेरे हृदय में खलबली-सी मचा दी। एक विचित्र-सा भय मेरे दिल को कचोटने लगा।

“अच्छा, मैं तुम्हें सब कुछ बतला दूँगी,” ओलेस्या आख़िर मान ही गई, “किन्तु एक शर्त पर। अगर तुम्हें कुछ बातें अच्छी न लगें तो तुम बुरा न मानना। ताश के पत्तों ने तुम्हारे चरित्र के बारे में कहा है कि तुम एक सहृदय व्यक्ति हो किन्तु तुम्हारा दिल बहुत कमज़ोर है। तुम्हारी सुजनता किसी काम की नहीं, क्योंकि वह तुम्हारे दिल से उत्पन्न नहीं होती। तुम जो कहते हो, सो करते नहीं। तुम हर जगह अपना पाँव ऊँचा रखना चाहते हो, किन्तु तुममें साहस की कमी है, इसलिए अक्सर तुम अपनी इच्छा के विरुद्ध दूसरे लोगों के रोब में आ जाते हो। तुम्हें शराब और...क्या कहूँ, कुछ कहते नहीं बनता, लेकिन अब शुरू किया है तो कोई बात छिपाकर नहीं रखूँगी। हाँ, तो मैं कह रही थी कि तुम्हें शराब और औरतें बहुत पसन्द हैं, जिसके कारण तुम्हें ज़िन्दगी में अनेक मुसीबतों का सामना करना पड़ेगा। तुम रुपये की ज़रा भी चिन्ता नहीं करते, और न उसका सदुपयोग ही करना जानते हो। तुम्हारे पास कभी धन जमा नहीं हो सकेगा। बस करूँ या और सुनोगे?”

“जो कुछ तुम जानती हो, सब कह डालो,” मैंने कहा।

"तुम अपने जीवन में कभी सुखी नहीं हो सकोगे," ओलेस्या ने अपनी बात जारी रखते हुए कहा, "तुम सच्चे हृदय से किसी को अपना प्रेम नहीं दे सकोगे—अपनी निष्क्रियता और निर्ममता के कारण। तुमसे प्रेम करने वाले व्यक्ति के भाग्य में जीवन-भर कष्ट भोगना लिखा है। तुम आजीवन अविवाहित रहोगे। तुम्हें कभी सुख नसीब नहीं होगा और तुम निरन्तर कठिनाइयों से जूझते रहोगे। एक ऐसी घड़ी भी आएगी, जब तुम सचमुच आत्महत्या करने के लिए तत्पर हो जाओगे। बड़ा भारी कष्ट लेकर आएगी यह घड़ी—किन्तु तुम उसे झेल लोगे और आत्महत्या करने का साहस नहीं करोगे। तुम हमेशा ज़रूरतमन्द रहोगे, किन्तु जीवन के अन्तिम वर्षों में अपने किसी प्रिय मित्र की अप्रत्याशित मृत्यु के कारण तुम्हारे भाग्य का पासा पलट जाएगा। किन्तु यह तो बहुत दूर की बात है। इस वर्ष, शायद इसी महीने एक बहुत महत्त्वपूर्ण घटना होने वाली है। यह निश्चित रूप से नहीं कहा जा सकता कि यह घटना कब घटेगी, किन्तु ताश के पत्तों के अनुसार बहुत शीघ्र ही..." वह बोलते-बोलते हठात् बीच में रुक गई।

"क्या होगा इस वर्ष?" मैंने पूछा।

"सचमुच कुछ कहते नहीं बनता। चिड़ी की बेगम का प्रेम तुम्हें मिलेगा। वह कुँवारी है या विवाहिता—इस सम्बन्ध में कोई निश्चित रूप से अनुमान नहीं लगाया जा सकता। किन्तु इतना जानती हूँ कि काले बालों वाली लड़की है..."

मैंने सरसरी निगाह से उसके बालों की ओर देखा।

"तुम इस तरह मुझे क्यों देख रहे हो?"

उसका चेहरा लज्जारक्त हो आया। कुछ स्त्रियों की भाँति उसमें भी वह अन्तर्दृष्टि थी जिसके द्वारा वे दूसरों के मनोभावों को झट भाँप जाती हैं।

"हाँ, उसके मेरे जैसे ही बाल होंगे।" वह अपने हाथों से बालों को यंत्रवत् सहलाने लगी। उसके चेहरे की ललाई क्षण-प्रतिक्षण गहरी होती जा रही थी।

"चिड़ी की बेगम का प्रेम...अच्छा?" मैंने मज़ाक़ करते हुए कहा।

"देखो, मेरा मज़ाक़ मत बनाओ। मैं जो कुछ कह रही हूँ, वह बिलकुल सच है," उसने गम्भीर और कड़े स्वर में मुझे झिड़कते हुए कहा।

"अच्छा भई, मज़ाक़ नहीं करूँगा। अब पूरी बात तो कहो।"

"यह प्रेम उस बेचारी चिड़ी की बेगम के लिए घातक सिद्ध होगा—मृत्यु से भी अधिक दु:खदायी! तुम्हारी ख़ातिर उसे सारी दुनिया में लांछित होना पड़ेगा और वह इस यातना को जीवन-भर अपने संग ढोती रहेगी। किन्तु उसके प्रेम से तुम पर कोई आँच नहीं आएगी।"

"ओलेस्या, क्या तुम्हारे पत्तों ने तुम्हें गुमराह तो नहीं कर दिया?" मैंने छूटते ही कहा, "चिड़ी की बेगम को भला मैं क्यों सताने लगा! उस बेचारी ने मेरा क्या बिगाड़ा है? मैं सीधा-सादा, साधारण आदमी हूँ और तुम हो कि न जाने दुनिया भर के कौन-कौन से पाप मेरे मत्थे मढ़े जा रही हो।"

"मैं क्या जानूँ? जो है, सो तो हई है। हाँ, एक बात है। चिड़ी की बेगम को तुम ख़ुद दु:ख नहीं दोगे, बल्कि तुम्हारे कारण उसे दु:ख झेलना पड़ेगा। मेरे शब्दों की सच्चाई तुम्हें बाद में पता चलेगी।"

"ओलेस्या, सच बताओ, क्या तुम्हें ये सब बातें महज़ ताश के पत्तों से पता चली हैं?"

वह कुछ देर तक मेरे प्रश्न को लेकर चुप बैठी रही।

"हाँ, सब कुछ नहीं तो बहुत कुछ," उसने अनमने भाव से मेरे प्रश्न को टालते हुए कहा, "किन्तु मैं बहुत-सी बातें बिना ताश के पत्तों के भी केवल आदमी के चेहरे को देखकर जान जाती हूँ। यदि भयानक परिस्थितियों में शीघ्र ही किसी आदमी की मृत्यु होने वाली हो, तो उसका चेहरा देखकर मुझे झट पता चल जाता है। उससे बात किये बिना केवल उसके चेहरे को देखने भर से ही मुझे भविष्य में होने वाली दुर्घटना की झलक मिल जाती है।"

"क्या देख लेती हो चेहरे पर?"

"मैं स्वयं नहीं जानती। मैं उसे देखकर एकदम आतंकित-सी रह जाती हूँ, मानो उसके स्थान पर उसकी लाश खड़ी है। दादी माँ से पूछ लो, वह मेरी बात की गवाही देंगी। पिछले वर्ष चक्कीवाला त्रोफिम अपने चक्कीघर की शहतीर से गले में फाँसी डालकर झूल गया। उस दुर्घटना के दो दिन पहले ही वह हमारे घर आया था। उसे देखते ही मैंने दादी माँ से तुरन्त कह दिया था,

'दादी माँ, मेरी बात को गिरह में बाँध लो। कुछ ही दिनों में किन्हीं भयानक परिस्थितियों में त्रोफिम की मृत्यु होने वाली है।' और हुआ भी वही, जो मैंने कहा था। पिछले वर्ष क्रिसमस में याश्का जो घोड़ों की चोरी किया करता था—दादी माँ के पास अपने भाग्य के सम्बन्ध में पूछताछ करने आया था। दादी माँ उसके सामने ताश के पत्ते लेकर बैठ गईं। याश्का ने बातों ही बातों में मज़ाक़ करते हुए दादी माँ से पूछा, 'दादी माँ, ज़रा यह तो बतलाओ कि मैं कैसी मौत मरूँगा?' वह हँस रहा था, किन्तु उसके चेहरे को देखते ही मेरा ख़ून सूख गया। मुझे लगा, मानो उसका चेहरा एकदम हरा हो गया हो और उस पर मौत की छाया मँडरा रही हो। उसकी आँखें मुँदी हुई थीं और होंठ काले पड़ गए थे। एक सप्ताह बाद हमने सुना कि किसानों ने याश्का को घोड़े चुराते हुए पकड़ लिया और उसे रात-भर भयंकर यातनाएँ देते रहे। इस इलाक़े के लोग बहुत ही क्रूर और निर्दयी हैं। हमें पता चला कि उन्होंने याश्का के पैरों में कील जड़ दिये और डंडों की बौछार से उसकी पसलियाँ चूर-चूर कर दीं। सुबह होते-होते उसकी मौत का परवान आ पहुँचा।"

"किन्तु जब तुम्हें मालूम था कि उस पर विपत्ति आने वाली है तो तुमने उसे पहले से चेतावनी क्यों नहीं दे दी?"

"चेतावनी देने वाली मैं कौन होती हूँ?" उसने उत्तर दिया, "जो भाग्य में लिखा है, उसे कौन मिटा सकता है? वह जीवन के अन्तिम दिनों में नाहक परेशान हो जाता। कभी-कभी तो मुझे अपनी यह शक्ति ज़हर-सी मालूम होती है और मैं अपने से घृणा करने लगती हूँ। किन्तु इस पर मेरा वश ही क्या है? अपने भाग्य को कोसने से क्या मिलेगा? दादी माँ जब छोटी थीं, तो वह भी मौत के बारे में सही-सही भविष्यवाणी कर सकती थीं। मेरी माँ और दादी माँ को यह असाधारण शक्ति अपने पुरखों से विरासत में मिली थी। यह हमारा दोष नहीं है—यह तो हमारे ख़ून में ही मौजूद है।"

उसने चरखा चलाना बन्द कर दिया था। उसका सिर झुका हुआ था और वह गोद में अपने हाथ समेटकर चुपचाप बैठी थी। उसकी आँखों की पुतलियाँ किसी अज्ञात भय की छाया में फैल गई थीं। ओलेस्या को देखकर लगता था,

मानो कोई अज्ञात रहस्यमयी शक्ति और एक विचित्र अलौकिक ज्ञान उसकी आत्मा को ग्रसते जा रहे हैं और वह विवश भाव से उनके सम्मुख धीरे-धीरे झुकती जा रही है।

5

उसी समय मान्यूलिखा ने एक साफ़ तौलिया, जिसके किनारों पर कसीदा काढ़ा गया था—मेज़ पर बिछा दिया। फिर उसने एक गर्म बर्तन, जिसके भीतर से भाप निकल रही थी, मेज़ पर रख दिया।

"ओलेस्या, खाना मेज़ पर रख दिया है," उसने अपनी पोती से कहा। फिर कुछ हिचकिचाती हुई वह मुझसे बोली : "आप भी हमारे संग खाएँगे न? हम जैसे ग़रीब लोगों का भोजन शायद आपको पसन्द नहीं आएगा। सादे शोरबे के अलावा और कुछ भी नहीं है।"

बुढ़िया ने भोजन के लिए मुझसे अधिक अनुरोध नहीं किया। मैं मना करने ही वाला था कि ओलेस्या ने इतनी आकर्षक सहजता के संग अपने होंठों पर स्निग्ध मुस्कान बिखेरते हुए मुझे आमंत्रित किया कि उसकी बात को टालना मेरे लिए असम्भव हो गया। उसने स्वयं अपने हाथों से मेरी तश्तरी पर ढेर-सा मोथी का शोरबा, सूअर का भुना हुआ मांस, प्याज़-आलू और मुर्ग़ मुसल्लम परस दिया। भोजन सचमुच ही बहुत पौष्टिक और स्वादिष्ट था। दादी और पोती में से किसी ने भी भोजन करने से पहले सलीब का चिह्न नहीं बनाया। मैं उन दोनों स्त्रियों को भोजन के समय बड़े ग़ौर से देखता रहा, क्योंकि मेरा यह विश्वास रहा है कि लोगों के खाना खाने के ढंग को देखकर उनके चरित्र के सम्बन्ध में बहुत-सी बातें पता चलाई जा सकती हैं। मान्यूलिखा चबर-चबर करके अपने जबड़ों को चलाती, ललचाई मुद्रा में हर चीज़ तेज़ी से हड़पती जा रही थी। रोटी के मोटे-मोटे गस्से वह मुँह में डालती जाती थी, जिसके कारण उसके ढीले-ढीले गाल गुब्बारे से फूल जाते थे।

दूसरी ओर ओलेस्या को देखकर लगता था, मानो अभिजात वर्ग की शालीनता उसमें कूट-कूटकर भरी हो।

भोजन करने के एक घंटे बाद मैंने 'डायनों की झोंपड़ी' में रहने वाले उन दोनों मेज़बानों से विदा माँगी।

"कुछ दूर तक मैं तुम्हारे साथ चलूँ?" ओलेस्या ने पूछा।

"क्या करेगी उनके संग जाकर? तुझसे तो एक मिनट भी निचले नहीं बैठा जा सकता," बुढ़िया ने तमककर कहा।

किन्तु ओलेस्या ने उसकी ओर कोई ध्यान न देकर कश्मीरी शॉल ओढ़ ली। फिर वह भागती हुई अपनी दादी माँ के पास गई और उसके गले में दोनों हाथ डालकर उसे ज़ोर से चूम लिया।

"दादी माँ, मेरी अपनी दादी माँ! मुझे एक मिनट भी नहीं लगेगा। अभी चुटकी मारते ही वापस लौट आती हूँ।"

"अच्छा, अच्छा!" बुढ़िया ने हल्का-सा प्रतिवाद किया। "आप इसकी बातों पर ध्यान मत दीजिएगा। यह तो अभी बच्ची है," उसने मेरी ओर उन्मुख होकर कहा।

एक छोटी-सी पगडंडी पर चलते हुए हम जंगल की बड़ी सड़क पर आ पहुँचे, जो कीचड़ से बिलकुल काली हो गई थी। उस पर घोड़ों के खुरों और छकड़ा गाड़ियों के पहियों के निशान अंकित हो रहे थे। पानी के गड्ढों पर सूर्यास्त का रक्तिम आलोक झिलमिला रहा था। हम सड़क के किनारे पर चल रहे थे, जहाँ पिछले वर्ष के भूरे-पीले पत्ते जो बर्फ़ के नीचे दबे रहने के कारण अब भी गीले में चारों ओर बिखरे हुए थे। कहीं-कहीं पौलेस्ये में सबसे पहले प्रस्फुटित होनेवाले बड़े-बड़े कम्पानुला फूल पीले पत्तों के बीच में से सिर निकाले बाहर झाँक रहे थे।

"देखो, ओलेस्या, मैं तुमसे एक बात पूछना चाहता हूँ, किन्तु मुझे डर है कि कहीं तुम ख़फ़ा न हो जाओ। क्या तुम्हारी दादी माँ...समझ में नहीं आता कि कैसे कहूँ..."

"डायन हैं?" ओलेस्या ने शान्त-भाव से मेरा वाक्य पूरा कर दिया।

“नहीं, डायन नहीं,” मैं हकलाने-सा लगा, “अच्छा, डायन ही कह लो...न जाने लोग उनके सम्बन्ध में कैसी अनाप-शनाप बातें बकते हैं। यदि तुम्हारी दादी जड़ी-बूटी या झाड़-फूँक की विद्या जानती हैं, तो भला इसमें इतना हो-हल्ला मचाने की क्या ज़रूरत है? यदि तुम कुछ न बतलाना चाहती हो तो मैं तुम पर ज़ोर नहीं डालूँगा।”

“नहीं, बताने में मुझे कोई हिचक नहीं है,” ओलेस्या ने सहज स्वर में कहा, “हाँ, वह डायन हैं। किन्तु अब वह बूढ़ी हो गई हैं। जो कुछ पहले करती थीं, अब नहीं कर सकतीं।”

“पहले वह क्या कर सकती थीं?” मैंने उत्सुक होकर पूछा।

“बहुत कुछ। बीमार लोगों की बीमारी पल-छिन में छू-मन्तर कर देती थीं, ख़ून का बहना रोक देती थीं, दाँत का दर्द ठीक कर देती थीं, साँप या पागल कुत्ते के काटे हुए ज़ख़्म का इलाज कर देती थीं, छिपे हुए ख़ज़ाने ढूँढ़ निकालती थीं। देखा जाए तो ऐसी कोई बात न थी, जो वह न कर सकती हों।”

“ओलेस्या, शायद तुम्हें बुरा लगे, किन्तु मुझे तुम्हारी बातों में विश्वास नहीं होता। तुम मुझे सच बतलाओ, क्या ये सब बातें लोगों की आँखों में धूल झोंकने के लिए नहीं हैं?”

ओलेस्या ने अपने कन्धे सिकोड़ लिये।

“आप जो चाहे समझ लें। माना कि किसी देहाती गँवार स्त्री की आँखों में धूल झोंकी जा सकती है, लेकिन आपको धोखा देने की कल्पना तो मैं सपने में भी नहीं कर सकती।”

“तो तुम सचमुच जादू-टोने में विश्वास करती हो?”

“बेशक...हमारे परिवार के सब लोग यही काम करते आए हैं। मैं ख़ुद बहुत से चमत्कार दिखला सकती हूँ।”

“ओलेस्या, काश, तुम मेरी उत्सुकता जान पातीं! क्या कोई चमत्कार मेरी आँखों के सामने नहीं कर सकती हो?”

“क्यों नहीं,” उसने बेझिझक उत्तर दिया, “क्या तुम अभी देखना चाहते हो?”

"हाँ, अगर तुम्हें कोई आपत्ति न हो तो अभी सही।"

"डरोगे तो नहीं?"

"कैसी बात करती हो? अभी तो रात भी नहीं हुई, डर क्यों लगेगा?"

"अच्छा! मुझे ज़रा अपना हाथ दो।"

मैंने हाथ आगे बढ़ा दिया। उसने तेज़ी से मेरे ओवरकोट की आस्तीन ऊपर चढ़ा दी और क़मीज़ की आस्तीन के बटन खोल दिये। फिर उसने अपनी जेब से पाँच इंच लम्बी कटार निकाली और उसे चमड़े की म्यान से बाहर खींच लिया।

"तुम्हारा इरादा क्या है?" मेरे मन को एक छिछोरा-सा भय छू गया।

"ज़रा सब्र करो। तुमने कहा था कि तुम डरोगे नहीं?"

अचानक उसका हाथ तेज़ी से हवा में घूम गया। कटार की तेज़ धार मेरी कलाई की नब्ज़ को छू गई। घाव से ख़ून का फ़व्वारा-सा बह निकला और कलाई से चूकर बूँदें टपाटप करती धरती पर गिरने लगीं। बरबस मेरे मुँह से एक हल्की-सी चीख़ निकल गई। मेरा चेहरा पीला पड़ गया।

"डरो नहीं, तुम मर नहीं जाओगे।" ओलेस्या खड़ी-खड़ी हँस रही थी।

उसने घाव के ऊपर मेरी बाँह को पकड़ लिया और अपना सिर नीचे झुकाकर तेज़ी से कुछ फुसफुसाने लगी। उसकी गर्म साँसें मेरी खाल को झुलसा रही थीं। कुछ देर बाद वह सीधी खड़ी हो गई। उसने मेरी बाँह छोड़ दी थी। मैंने देखा कि जहाँ पहले घाव था, वहाँ अब केवल लाल हल्की-सी खरोंच बाक़ी रह गई है।

"क्यों, अब तो विश्वास हो गया?" उसके होंठों पर एक भेद-भरी मुस्कान खिल उठी। कटार को म्यान में रखते हुए उसने पूछा, "या अभी कुछ और देखना चाहते हो?"

"हाँ...लेकिन मुझे इतना भयानक सबूत नहीं चाहिए। कोई ऐसा चमत्कार दिखलाओ, जिसमें रक्तपात की सम्भावना न हो!"

"क्या दिखाऊँ तुम्हें?" उसने कुछ सोचते हुए अपने से ही पूछा, "अच्छा, तुम सड़क पर सीधे जाओ। लेकिन पीछे मुड़कर मत देखना।"

"देखो ओलेस्या, कोई ख़तरनाक बात न कर बैठना।" मैंने मुस्कराने की चेष्टा करते हुए कहा।

किसी अप्रत्याशित आशंका से मैं भयाक्रान्त हो उठा था।

"चिन्ता मत करो। चलो, आगे बढ़ो।"

मैं चलने लगा। उत्सुकता और कौतूहल से मेरा दिल धुक-धुक कर रहा था। हर क्षण मुझे यह महसूस हो रहा था कि ओलेस्या की तीक्ष्ण आँखें मेरी पीठ पर चिपकी हुई हैं। किन्तु बीस क़दम चलने के बाद साफ़, समतल भूमि पर अचानक मेरे पाँव लड़खड़ा गए और मैं मुँह के बल गिर पड़ा।

"चलते जाओ, रुको नहीं।" ओलेस्या पीछे से चिल्ला रही थी, "घबराओ नहीं, तुम्हें चोट नहीं लगेगी। पीछे मुड़कर मत देखना।

गिरने पर धरती को मज़बूती से पकड़े रहो।"

मैं उठ खड़ा हुआ और सीधा चलने लगा। दस क़दम चलने के बाद मैं दुबारा धरती पर लोट रहा था।

ओलेस्या ताली बजाती हुई हँसी के ठहाके लगा रही थी।

"क्यों, अब तो मन भर गया या अभी कुछ और देखने की तमन्ना बची है?" उसके सफ़ेद दाँत चमक रहे थे, "अब तो विश्वास हो गया न? चलो, अच्छा ही हुआ, तुम नीचे ही गिरे, ऊपर नहीं उड़ गए।"

"सच बताओ—यह कैसे हुआ?" अपने कपड़ों से घास के सूखे तिनके और छोटी-छोटी टहनियाँ झाड़ते हुए मैंने आश्चर्य से पूछा, "कोई ऐसा भेद तो नहीं है, जिसे तुम छिपाकर रखना चाहती हो?"

"भेद-वेद कुछ नहीं है, मैं तुम्हें सब कुछ बता दूँगी। लेकिन मुझे डर है कि तुम मेरी बातों को समझोगे नहीं। मैं शायद तुम्हें अच्छी तरह से समझा भी नहीं पाऊँगी।"

उसने ठीक ही कहा था। जो कुछ उसने मुझसे कहा, वह मैं पूरी तरह नहीं समझ पाया। जो कुछ मैं समझ पाया—सही या ग़लत—वह केवल इतना था कि वह मेरे क़दमों पर क़दम रखती हुई धीरे-धीरे मेरे पीछे चलती आई थी। उसकी आँखें बराबर मेरी पीठ पर जमी हुई थीं और वह मेरी चाल-ढाल,

हाव-भाव, यहाँ तक कि हर छोटी-से-छोटी हरकत और भाव-भंगिमा की नक़ल उतारती जा रही थी, ताकि उसके और मेरे बीच कोई भेद-व्यवधान न रह जाए। दूसरे शब्दों में, वह अपने व्यक्तित्व को मिटाकर हम दोनों के बीच पूर्ण रूप से एकात्म्य स्थापित करने की चेष्टा कर रही थी। कुछ क़दम चलकर उसने कल्पना की कि मुझसे थोड़ी दूर ज़मीन से दस इंच ऊपर एक रस्सी बँधी है। आगे चलकर जब मेरे पाँव उस कल्पित रस्सी से टकराए, तो ओलेस्या ने अचानक गिरने का अभिनय किया। कोई व्यक्ति कितना ही ताक़तवर क्यों न हो (ओलेस्या ने मुझे बताया), उस क्षण वह गिरे बिना नहीं रह सकता।

इस घटना के अनेक वर्षों बाद मुझे डॉ. चारकोट की पुस्तक को पढ़ने का मौक़ा मिला। साल्येत्रियर की वातोन्माद से पीड़ित दो पेशेवर जादूगरनियों का इलाज करते समय डॉ. चारकोट को जो अनुभव प्राप्त हुए, उस पुस्तक में उनका वृत्तान्त पढ़ते हुए मुझे ओलेस्या की उलझी हुई अस्पष्ट बातों का अभिप्राय समझ में आ गया। मुझे यह जानकर बड़ा आश्चर्य हुआ कि फ्रेंच जादूगरनियों के करतबों और कारनामों के पीछे वही भेद छिपा था, जिसका उल्लेख पौलेस्ये की सुन्दर जादूगरनी ने मुझसे किया था।

"मैं तुम्हें कुछ और चमत्कार दिखला सकती हूँ," ओलेस्या ने दावे के साथ कहा, "कहो तो तुम्हें डरा दूँ?"

"क्या मतलब?"

"मैं अगर चाहूँ तो तुम्हें इतना ज़्यादा डरा सकती हूँ कि तुम्हारे होश-हवास गुम हो जाएँगे। किसी दिन शाम के समय जब तुम अपने कमरे में बैठे होगे, अचानक तुम भय से पीले पड़ जाओगे। तुम्हारे पाँव जूतों के भीतर ही थर-थर काँपने लगेंगे। तुममें इतना भी साहस न होगा कि पीछे मुड़कर देख सको। लेकिन ऐसा करने के लिए यह जानना ज़रूरी है कि तुम कहाँ रहते हो। एक बार तुम्हारा कमरा भी देखना होगा।"

"मैं तुम्हारी चाल समझ गया," मैंने उसका मज़ाक़ उड़ाते हुए कहा, "तुम किसी दिन बाहर से मेरे कमरे की खिड़की खटखटा दोगी या ज़ोर से चीख़ने लगोगी।"

"नहीं, नहीं, मैं यहाँ जंगल में अपनी झोंपड़ी से एक क़दम भी बाहर नहीं रखूँगी। किन्तु यहाँ बैठे-बैठे सोचती रहूँगी कि सड़क पार करके मैं तुम्हारे घर में घुस गई हूँ, तुम्हारे कमरे का दरवाज़ा खोलकर धीरे-धीरे दबे पाँवों भीतर चली आई हूँ। तुम शायद अपनी मेज़ के सामने बैठे होगे। मैं चुपके से तुम्हारे पीछे चली आऊँगी—तुम्हें मेरी आहट भी नहीं मिलेगी। फिर अपने हाथों से तुम्हारा कन्धा दबोचने लगूँगी—ज़ोर से, बहुत ज़ोर से, और मैं बराबर तुम्हें घूरती रहूँगी। ऐसे, देखो, ऐसे..."

उसने अचानक अपनी पतली भौंहें सिकोड़ लीं और अपनी आँखें मुझ पर गड़ा दीं। उन आँखों में एक भयानक, अमोघ सम्मोहन घिर आया था। आँखों की पुतलियाँ फैलकर नीली हो गई थीं। बहुत पहले मास्को के त्रेत्याकोव कला-भवन में किसी कलाकार का चित्र 'मेदूसा की छवि' देखा था। कलाकार का नाम अब याद नहीं रहा, किन्तु उस क्षण ओलेस्या की मुख-मुद्रा देखकर अचानक मेरी आँखों के सामने वह चित्र घूम गया, वह अमानुषिक नेत्रों से मुझे एकटक देख रही थी। मुझे लगा, मानो एक रहस्यमयी अलौकिक शक्ति ने अपनी फ़ौलादी अँगुलियों से मुझे जकड़ लिया हो।

"ओलेस्या, कृपया इस तरह मत देखो," मैंने ज़बरदस्ती हँसते हुए कहा, "जब तुम मुस्कराती हो, तब तुम्हारा चेहरा बच्चों-सा अबोध और आकर्षक हो जाता है। तुम्हारी वही भाव-मुद्रा मुझे अच्छी लगती है।"

हम चलने लगे। मुझे यह सोचकर बहुत आश्चर्य हो रहा था कि अशिक्षित होने के बावजूद ओलेस्या बोलचाल में कितनी सुसंस्कृत और गरिमा-सम्पन्न है।

"ओलेस्या," मैंने कहा, "तुम्हारी एक बात मुझे हैरत में डाल देती है। तुम्हारा लालन-पालन इस सूने, वीरान जंगल में हुआ है, किसी से तुम मिलती-जुलती भी नहीं हो, और जहाँ तक मैं सोच पाता हूँ, तुम अधिक पढ़ी-लिखी भी नहीं हो।"

"मैं बिलकुल अनपढ़ हूँ," ओलेस्या ने कहा।

"हाँ, लेकिन बोलचाल में तुम किसी भी भद्र महिला से अंगुल-भर भी कम नहीं हो। इसका क्या कारण है? क्या तुमने मेरे सवाल को समझ लिया?"

"हाँ, समझती हूँ। इसका सारा श्रेय दादी माँ को है। उनके चेहरे-मुहरे को देखकर अक्सर लोगों को उनके बारे में ग़लतफ़हमी हो जाती है। जब वह तुम्हें जानने-पहचानने लगेंगी तो किसी दिन तुमसे जी खोलकर बात करेंगी। उस दिन तुम उनका लोहा मान जाओगे। तुम चाहे जिस विषय पर उनसे पूछना, वह तुम्हें उसके बारे में सब कुछ बता देंगी। वह सब कुछ जानती हैं...लेकिन अब वह बहुत बूढ़ी हो गई हैं।"

"तब तो उन्हें जीवन का बहुत गहरा अनुभव होगा। वह इस इलाक़े में कहाँ से आई हैं, पहले कहाँ रहती थीं?"

ओलेस्या ने मेरे प्रश्नों का उत्तर एकदम नहीं दिया। मुझे लगा कि उसको मेरी यह पूछताछ कुछ अरुचिकर-सी प्रतीत हुई।

"मुझे कुछ पता नहीं," उसने अनमने स्वर में बात टालते हुए कहा, "दादी माँ इस विषय में मुझे कभी कुछ नहीं बतलातीं। जब कभी भूली-भटकी दो-चार बातें उनके मुँह से निकल जाती हैं, तो एकदम कड़ी हिदायत दे देती हैं कि मैं उन्हें भूल जाऊँ और कभी किसी पराये व्यक्ति के कानों में उनकी भनक न पड़ने दूँ। अब मुझे वापस चलना चाहिए वरना दादी माँ नाराज़ होंगी," उसने कहा। "अच्छा, नमस्ते। मुझे याद है कि मैं अब तक तुम्हारा नाम नहीं जानती।"

मैंने अपना नाम बतला दिया।

"इवान तिमोफेविच? अच्छा, नमस्ते इवान तिमोफेविच! हमारे घर को भूल मत जाना, कभी-कभी ज़रूर दर्शन देते रहना।"

मैंने अपना हाथ आगे बढ़ाया। उसने बड़ी ख़ुशी से अपने छोटे और मज़बूत हाथ से मेरा हाथ पकड़ लिया।

6

उस दिन के बाद मैं अक्सर उस डायन की झोंपड़ी में जाने लगा। ओलेस्या पहले की तरह शील और मर्यादा की मूर्ति बनी कोने में चुपचाप बैठी रहती।

किन्तु मुझे देखकर उस पर जो सहज, स्वाभाविक प्रतिक्रिया होती, उससे मैं समझ जाता कि मेरे आने पर उसे ख़ुशी होती है। मान्यूलिखा को मेरी उपस्थिति अब भी अखरती थी और मुझे देखकर वह दबे होंठों से बड़बड़ाने लगती थी, किन्तु अब मेरे प्रति उसका व्यवहार पहले जैसा अशिष्ट और कठोर नहीं था। मुझे लगता था कि मेरी अनुपस्थिति में ओलेस्या ने उसके सम्मुख मेरे पक्ष में पैरवी की होगी। इसके अलावा मैं उसके लिए जो उपहार लाता था—गर्म शॉल, मुरब्बे का डिब्बा, चेरी की शराब की बोतल, आदि—उन्होंने अवश्य ही उसके दिल को पिघला दिया होगा। जब मैं उनसे विदा लेकर जाने लगता तो ओलेस्या—एक मूक समझौते के अनुसार—मुझे इरीनोवो रोड तक छोड़ने चली आती। हर बार वापस लौटते हुए हम दोनों के बीच कोई रोचक और मज़ेदार बहस छिड़ जाती, हमारी चाल अनायास धीमी पड़ जाती और हम काफ़ी देर तक जंगल के रास्तों पर एक संग घूमते रहते। इरीनोवो रोड पहुँचने पर मैं पीछे मुड़कर आधे मील तक उसके संग चलता रहता और एक-दूसरे से जुदा होने से पहले हम बहुत देर तक चीड़ की घनी सुवासित छाया तले खड़े होकर बातें करते रहते।

क्या केवल ओलेस्या का सौन्दर्य मुझे अपनी ओर आकर्षित करता था? शायद नहीं। उसका चरित्र-बल और विशिष्ट तथा स्वतंत्र व्यक्तित्व, उसका मस्तिष्क, जो सुलझा हुआ होने के बावजूद अपने पुरखों के अडिग अन्धविश्वासों से भरा था, जो बच्चों के मन-सा निर्दोष होने पर भी एक नवयौवना सुन्दरी के मादक चुहलपन से अछूता न था—ओलेस्या के सौन्दर्य के अलावा उसके इन सब गुणों ने भी मुझे मंत्रमुग्ध-सा कर दिया। उसके आदिम कल्पनाशील मस्तिष्क में उठने वाले प्रश्नों का कोई अन्त नहीं था, और मुझे अनेक बार उसके विचित्र प्रश्नों का विस्तारपूर्वक उत्तर देना पड़ता था। दुनिया के विभिन्न देश और उनके निवासी, प्राकृतिक शक्तियाँ, विश्व और पृथ्वी की रूप-रचना, विद्वान् पुरुष, बड़े शहर—हर सम्भव विषय को लेकर वह मुझ पर प्रश्नों की बौछार करती रहती। बहुत-सी वस्तुएँ तो उसे अत्यधिक आश्चर्यजनक अद्‌भुत और असम्भव-सी जान पड़तीं।

जो कुछ वह पूछती, मैं बहुत सीधे-सादे, साफ़-सुलझे ढंग से समझा देता। शायद मेरी इस ईमानदारी और निश्छलता ने उसे इतना अधिक प्रभावित कर दिया कि जो कुछ मेरे मुख से निकल जाता, उसे वह विर्विवाद रूप से ब्रह्म वाक्य समझकर स्वीकार करती। जब कभी मुझे लगता कि कोई बात इतनी पेचीदा है कि उसके अर्द्ध-आदिम मस्तिष्क में ठीक नहीं बैठेगी अथवा जब वह कोई ऐसा प्रश्न पूछ लेती, जिसका उत्तर देने में मैं स्वयं अपने को असमर्थ पाता, तो मैं स्पष्ट रूप से, बिना किसी लाग-लपेट के उससे कह देता, "देखो ओलेस्या, मैं तुम्हें इस प्रश्न का उत्तर ठीक से नहीं दे पाऊँगा। मुझे डर है कि तुम शायद अभी इसे नहीं समझ सकोगी।"

मेरी बात सुनकर उसका आग्रह बढ़ जाता। "तुम मुझे बतला दो, मैं स्वयं समझ जाऊँगी। नहीं समझूँगी तो भी भला बतलाने में क्या हर्ज है!" वह अनुरोध-भरे स्वर में कहती।

कभी-कभी उसे कोई बात समझाने के लिए मुझे अद्‌भुत उदाहरणों का सहारा लेना पड़ता था, असाधारण मिसालें देनी पड़ती थीं। बोलने के दौरान में जब कभी मैं किसी उपयुक्त शब्द को टटोलने की चेष्टा करने लगता, तो वह मुझे प्रोत्साहित करने के लिए अधीर होकर प्रश्नों की बौछार करने लगती। ऐसे क्षणों में मेरी अवस्था उस हकलाने वाले व्यक्ति की तरह हो जाती, जो बेचारा किसी शब्द पर अटक गया हो और दूसरे लोग अपनी सहानुभूति प्रकट करने के लिए उसे प्रोत्साहित कर रहे हों। अन्त में उसकी तीक्ष्ण और सर्वतोमुखी बुद्धि तथा पारदर्शी कल्पना मुझ जैसे नौसिखिए शिक्षक पर विजय पा लेती। मुझे यह मानना पड़ा कि जिस वातावरण में ओलेस्या का लालन-पालन हुआ था, जहाँ शिक्षा प्राप्त करने की सुविधाओं का सर्वथा अभाव था, उसे देखते हुए उसकी बुद्धि और प्रतिभा सचमुच विलक्षण थी।

एक बार बातचीत करते हुए मैंने पीटर्सबर्ग का ज़िक्र छेड़ दिया। छूटते ही उसने मुझसे पूछा, "पीटर्सबर्ग? क्या वह कोई छोटा-सा क़स्बा है?"

"नहीं, पीटर्सबर्ग छोटा-सा क़स्बा नहीं है। वह रूस का सबसे बड़ा शहर है," मैंने कहा।

"सबसे बड़ा? तुम्हारा मतलब है कि वह सब शहरों से बड़ा है? क्या उससे बड़ा कोई और शहर नहीं है?" उसने अबोध-भाव से पूछा।

"नहीं, बड़े-बड़े आदमी सब वहीं रहते हैं। वहाँ लकड़ी का मकान एक भी नहीं है। सब मकान पत्थर के बने हैं।"

"तब तो शायद वह हमारे स्तेपान से भी बड़ा होगा—क्यों?" उसने विश्वास के साथ पूछा।

"हाँ, उससे ज़रा ही बड़ा है—समझ लो कि लगभग पाँच सौ गुना बड़ा होगा। सारे स्तेपान में जितने लोग रहते हैं, उससे दुगुने आदमी पीटर्सबर्ग के कुछ मकानों में समा जाते हैं।"

"हाय री माँ! कैसे होते होंगे वे मकान?" उसने आतंकित होकर पूछा।

हमेशा की तरह मुझे फिर तुलना करने की आवश्यकता पड़ी, "अरे, उन मकानों की ऊँचाई देखकर तो आँखें खुल जाएँ! पाँच या छह या कहीं-कहीं सात मंज़िलें होती हैं उन मकानों में। तुम उन चीड़ के वृक्षों को देख रही हो न?"

"वे सबसे ऊँचे पेड़? हाँ, देख रही हूँ।"

"वे मकान भी इन पेड़ों जितने ऊँचे हैं। ऊपर से नीचे तक लोगों से ठसाठस भरे हुए। पिंजरे में बन्द परिन्दों की तरह वे लोग इन मकानों में रहते हैं—एक-एक कमरे में लगभग बारह-बारह आदमी। साँस लेना भी मुश्किल हो जाता है। कुछ लोग धरती के नीचे सर्दी और सीलन में ठिठुर-ठिठुरकर जीवन बिताते हैं। सर्दी हो या गर्मी, उन्हें वर्ष भर धूप के दर्शन नहीं होते।"

"कैसा है तुम्हारा यह शहर! मैं तो उसके लिए किसी मूल्य पर भी अपना जंगल न छोड़ें," ओलेस्या ने सिर हिलाते हुए कहा। "जब कभी मुझे सौदा लेने बाजार जाना पड़ता है, तो मुझे स्तेपान से भी घृणा होने लगती है। चारों ओर भीड़-भक्कड़, शोर-शराबा और धक्कम-धुक्का देखकर मेरा सिर चकराने लगता है। ऐसा जी करता है कि सब कुछ छोड़कर वापस अपने जंगल की ओर भाग जाऊँ। मैं तो एक दिन भी शहर में नहीं रह सकती।"

"किन्तु यदि तुम्हारा पति शहरी आदमी हो, तो तुम क्या करोगी?" मैंने मुस्कराते हुए पूछा।

उसने अपना मुँह सिकोड़ लिया। उसके नथुने फड़कने लगे। "छि:!" उसने तिरस्कारपूर्ण भाव से कहा, "मुझे कोई पति नहीं चाहिए।"

"ओलेस्या, विवाह से पहले सब लड़कियाँ यही कहती हैं, और फिर सबका विवाह हो जाता है। तुम्हारा किसी से प्रेम हुआ नहीं कि तुम—शहर की बात तो छोड़ो—अपने प्रेमी के पीछे दुनिया के दूसरे छोर तक जाने के लिए प्रस्तुत हो जाओगी।"

"कृपया इस विषय में कोई बात न कीजिए," उसने खीज-भरे स्वर में अनुरोध किया, "इन बातों में रखा ही क्या है?"

"ओलेस्या, तुम भी अजीब लड़की हो। क्या तुम सचमुच यह सोचती हो कि तुम जीवन में किसी पुरुष से प्रेम नहीं करोगी? तुम जैसी सुन्दर, स्वस्थ व जवान लड़की के मुँह से यह बात कुछ विचित्र-सी लगती है। एक बार तुम्हारे ख़ून में उबाल आया नहीं कि तुम्हारी प्रतिज्ञा धरी की धरी रह जाएगी।"

"अच्छा, प्रेम होगा सो होगा, किसी से पूछकर तो प्रेम करूँगी नहीं," उसने तुनककर कहा।

"प्रेम करोगी, तो विवाह भी करना पड़ेगा!" मैंने चिढ़ाते हुए कहा।

"तुम्हारा अभिप्राय उस विवाह से है, जो गिरजे में किया जाता है?"

"बेशक। बड़े पादरी के संग तुम 'लैक्टर्न' (गिरजे की बड़ी मेज़) के इर्द-गिर्द चक्कर लगाओगी और छोटा पादरी 'इसायाह, ख़ुशी मनाओ' वाला भजन गाएगा। गिरजे में विवाह के शुभ अवसर पर तुम्हारे सिर पर ताज रखा जाएगा।"

ओलेस्या ने अपनी पलकें झुका लीं। उसके होंठों पर फीकी-सी मुस्कराहट सिमट आई थी और वह अपना सिर हिला रही थी।

"नहीं, मेरे मित्र, यह सब कुछ भी नहीं होगा। तुम्हें शायद यह सुनकर बुरा लगे कि हमारे कुल में किसी का विवाह गिरजे में नहीं होता। मेरी माँ और दादी को भी विवाह के लिए गिरजे में नहीं जाना पड़ा। विवाह की बात तो दूर रही, हम गिरजे के भीतर पैर भी नहीं रख सकते।"

"क्या इसीलिए कि तुम लोग जादू-टोना करते हो?"

"हाँ, तुम्हारा अनुमान ठीक है," उसने शान्त-भाव से उत्तर दिया। "जन्म होते ही मेरी आत्मा शैतान के हाथों में बेची जा चुकी है। क्या इसके बाद भी मैं गिरजे में पाँव रखने का दुस्साहस कर सकती हूँ?"

"प्यारी ओलेस्या, तुम अपने-आपको धोखा दे रही हो। मेरा विश्वास करो, तुम जो कुछ कह रही हो, वह एक हास्यास्पद बात है। उसमें लेशमात्र भी सत्य नहीं हो सकता।"

एक रहस्यमयी नियति की वेदी पर अपने को अर्पण करने का विचित्र भाव उसके चेहरे पर घिर आया, जो एक बार मैं पहले भी देख चुका था।

"नहीं, तुम नहीं समझ सकते। जो मैं यहाँ महसूस करती हूँ," उसने अपना हाथ अपनी छाती से चिपका लिया, "जो मेरा दिल कहता है, वह कभी झूठ नहीं हो सकता। हमारा कुल सदा से अभिशापग्रस्त रहा है। तुम्हीं बतलाओ, 'उसके' अलावा हमारी कौन सहायता कर सकता है? मुझ जैसी साधारण लड़की के हाथों में चमत्कार करने की शक्ति कहाँ से आई? हम लोग अपनी दैवी शक्ति 'उसके' द्वारा ही तो प्राप्त करते हैं।"

जब हम कभी इस असाधारण विषय की चर्चा करते, तो हमेशा हमारी बातचीत इस स्थाल पर आकर रुक जाती। उसकी इन भ्रान्तिमूलक धारणाओं की निरर्थकता साबित करने के लिए मैं बहुत हाथ-पैर मारता, सीधे-सादे शब्दों में उसे मोह-निद्रा ('हिप्नोटिज़्म'), स्वप्रेरित-शक्तियों, झाड़-फूँक करने वाले ओझाओं, और हिन्दुस्तानी फ़कीरों के सम्बन्ध में विस्तारपूर्वक बातें बतलाता, किन्तु उसके अन्धविश्वास के आगे मेरे सब तर्क परास्त हो जाते। मैंने उसे बताया कि वह अपने जिन चमत्कारों में दैवी शक्ति का हाथ देखती है, उनका भेद आसानी से शरीर-विज्ञान द्वारा उद्घाटित किया जा सकता है। मिसाल के तौर पर दक्ष हाथों से नाड़ी दबाने पर रक्तस्राव बन्द किया जा सकता है किन्तु मेरे इन तर्कों का उस पर कोई प्रभाव नहीं पड़ा। वह अन्य बातों पर तो मेरा विश्वास अवश्य करती थी, किन्तु इस विषय पर उसे अपने विश्वास से डिगाना असम्भव था।

"अच्छा, जहाँ तक रक्तस्राव बन्द करने का सवाल है, मैं तुम्हारी बात मान लेती हूँ। लेकिन मैं और भी तो बहुत कुछ कर सकती हूँ। उसके लिए मेरे पास शक्ति कहाँ से आती है?" वह ऊँची आवाज़ में मुझसे बहस करने लगती, "मैं केवल रक्तस्राव रोकना ही नहीं जानती। कहो, तो एक दिन तुम्हारे घर के कोनों में छिपे चूहों और कनखजूरों को बाहर भगा दूँ? अगर तुम चाहो तो मैं किसी मरीज़ को ख़राब से ख़राब बुख़ार से मुक्ति दिलवा दूँ, चाहे सब डॉक्टर उसका इलाज करने में अपनी असमर्थता प्रकट कर चुके हों। अगर मैं चाहूँ, तो तुम किसी शब्द को बिलकुल भूल जाओगे। मैं सपनों का अर्थ कैसे जान लेती हूँ, यह कैसे पता चला लेती हूँ कि भविष्य में क्या होने वाला है? बताओ, मुझमें यह शक्ति कहाँ से आती है?"

हम दोनों झगड़ा समाप्त करने की ख़ातिर अक्सर विषय बदल देते, किन्तु एक-दूसरे के प्रति हमारा रोष भीतर-ही-भीतर घुमड़ता रहता। उसके काले जादू की अनेक बातें मेरी अल्पबुद्धि की सीमा से बाहर थीं। निर्विवाद रूप से यह कहना भी असम्भव था कि जिन चमत्कारों के सम्बन्ध में वह इतने आत्मविश्वास के संग अपना ज्ञान जतलाती थी, वास्तव में उनमें से आधे चमत्कारों को भी दिखलाने की उसमें सामर्थ्य थी या नहीं। किन्तु उसके सम्पर्क में रहकर मुझे इस बात का दृढ़ विश्वास हो गया था कि उसके भीतर कहीं आत्मानुभूत, धुँधला और विचित्र ज्ञान छिपा है, जो छिटपुट अनुभवों द्वारा धीरे-धीरे पनपता रहा है। अपढ़, अशिक्षित जनता की इस विचित्र ज्ञान-निधि में सत्य के वे तत्त्व शामिल होते हैं, जिन्हें वैज्ञानिक शताब्दियों बाद ही पकड़ पाते हैं। कभी-कभी तो यह देखकर बड़ा आश्चर्य होता है कि अनेकानेक हास्यास्पद और अद्‌भुत अन्धविश्वासों में लिपटे हुए ज्ञान के ये तत्त्व किस प्रकार गुप्त धरोहर के रूप में पीढ़ी-दर-पीढ़ी चले आए हैं।

इस विषय पर यद्यपि हम दोनों के बीच तीव्र मतभेद था, फिर भी ओलेस्या और मेरा सामीप्य बढ़ता गया। अब तक हमने प्रेम का एक भी शब्द एक-दूसरे से नहीं कहा था, किन्तु हमें एक-दूसरे का अभाव बेहद अखरता था। जब हम एक-दूसरे के संग होते तो कभी-कभी ऐसे मूक क्षण भी आ जाते,

जब अनायास हमारी आँखें चार हो जातीं। ऐसे क्षणों में ओलेस्या की आँखों पर हल्की नमी-सी घिर जाती और उसकी कनपटी की पतली नीली नस तेज़ी से फड़कने लगती।

किन्तु यर्मोला के संग मेरे सम्बन्ध सदा के लिए बिगड़ गए। डायन की झोंपड़ी में मेरा आना-जाना और ओलेस्या के संग मेरी शाम की सैर का भेद उससे छिपा न रह सका। यह एक आश्चर्यजनक बात थी कि उसके जंगल में होने वाले प्रत्येक घटना के बारे में वह पूरी खोज-ख़बर रखता था। वह अब मुझसे कतराने लगा था। जब कभी मैं जंगल का रास्ता पकड़ने के लिए घर से बाहर निकलता, मुझे लगता कि दूर से उसकी अप्रसन्न, शिकायत-भरी दृष्टि मुझ पर जमी है, यद्यपि मेरी उपस्थिति में वह उलाहने का एक भी शब्द मुँह से न निकालता। हँसी-विनोद में मैंने उसे पढ़ाने का जो कार्यक्रम बनाया था, वह अधिक दिनों तक नहीं चल सका। जब कभी किसी शाम को अवकाश के समय मैं उसे पढ़ने-लिखने के लिए बुलाता, तो वह लापरवाही से हाथ हिलाकर मेरी बात को टाल देता।

"पढ़-लिखकर क्या करना है, हुज़ूर? महज़ वक़्त बरबाद करने के अलावा और क्या हाथ लगेगा?" तिरस्कारपूर्ण भाव से आलस-भरे स्वर में वह कहता।

अब हम शिकार खेलने भी नहीं जाते थे। जब कभी मैं यर्मोला से शिकार का ज़िक्र छेड़ता तो वह कोई-न-कोई बहाना बनाकर बात को टाल देता। कभी कहता कि बन्दूक़ ख़राब है, कभी समय का अभाव होता, और कभी अचानक कुत्ता बीमार पड़ जाता।

"हुज़ूर, अभी तो सारे खेत जोतने हैं, शिकार के लिए कहाँ से वक़्त निकालूँ?"

यह कहकर वह अक्सर मेरे निमंत्रण को अस्वीकार कर देता।

मुझे मालूम था कि खेत जोतना तो महज़ एक बहाना है। वह दिन-भर शराबख़ाने के इर्द-गिर्द चक्कर काटता रहेगा, इस आशा में, कि शायद कोई मुफ़्त में उसे शराब पिला दे। उसके हृदय में मेरे प्रति जो प्रच्छन्न रूप से विरोध सुलगता रहता था, उसे आख़िर मैं कब तक बरदाश्त कर पाता?

मैं शीघ्र ही किसी ऐसे अवसर की खोज में था, जब उसे जवाब दे सकूँ। किन्तु उसके भूखे-नंगे परिवार की कल्पना करते ही मेरा इरादा ढीला पड़ जाता। उसके जीवन-निर्वाह का एकमात्र आधार वे चार रूबल थे, जो यर्मोला को वेतन-स्वरूप दिया करता था।

7

एक दिन, हमेशा की तरह, सूर्यास्त होने से पूर्व जब मैं डायन की झोंपड़ी में पहुँचा तो देखा कि दोनों स्त्रियों के चेहरे मुरझाए हुए हैं। मान्यूलिखा बिस्तर पर पाँव पसारे, पीठ झुकाए इधर-उधर झूमती दबे होंठों से कुछ बड़बड़ाती जा रही थी। उसने अपना सिर हाथों में थाम रखा था। मेरे अभिवादन का उसने कोई उत्तर नहीं दिया।

ओलेस्या ने अपनी आदत के अनुसार स्नेह-भाव से मेरा स्वागत किया, किन्तु हमारे बीच बातचीत का कोई सिलसिला नहीं बँध सका। उसका मन रह-रह कर भटकने लगता था और वह मेरे प्रश्नों को बिना सुने ही, जो मन में आता, बोल देती थी। किसी अज्ञात चिन्ता की छाया से उसका सुन्दर चेहरा म्लान हो उठा था।

"ओलेस्या, मुझे लगता है कि तुम्हें कोई चिन्ता घुन की तरह खाए जा रही है।" मैंने बेंच पर पड़े उसके हाथ को धीरे से छुआ।

वह चुपचाप सिर मोड़कर खिड़की के बाहर देखने लगी। वह शान्त रहने का भरसक उपक्रम कर रही थी, किन्तु उसकी सिकुड़ी हुई भौंहें काँप उठती थीं, होंठ दाँतों के नीचे भिंचे हुए थे।

"कुछ भी बात तो नहीं है," उसने निष्प्राण-सी आवाज़ में कहा, "सब ठीक चल रहा है।"

"ओलेस्या, क्या तुम मुझे अपने मन की बात नहीं बतलाओगी? अपने मित्र से छिपाव-दुराव रखना तुम्हें क्या शोभा देता है?"

"सच, कोई ऐसी-वैसी बात नहीं है। फिर तुमसे अपनी छोटी-मोटी परेशानियों के बारे में क्या कहूँ, वे तो हमारी ज़िन्दगी के संग लगी रहती हैं!"

"नहीं, ओलेस्या, कोई और बात है। अगर सिर्फ़ छोटी-मोटी परेशानी होती तो तुम इतनी चिन्तित क्यों नज़र आतीं?"

"यह तुम्हारा भ्रम है।"

"ओलेस्या, दिल खोलकर मुझसे सारी बात साफ़-साफ़ कह डालो। अगर मैं तुम्हारी कोई सहायता न कर सका तो भी तुम मुझसे सलाह-मशवरा तो कर ही सकती हो। यह न हो, तो अपने दिल का दुःख कह डालने से मन तो हल्का हो ही जाता है।"

"मैं सच कह रही हूँ। तुम्हें बतलाने से कुछ भी लाभ न होगा। तुम किसी तरह भी हमारी सहायता नहीं कर सकते।"

अचानक बुढ़िया उसकी बात काटकर ग़ुस्से से चीख़ उठी, "बच्चों की-सी बातें क्यों करती हो? यह महानुभाव हमारे फ़ायदे की बात कर रहे हैं और तू है कि घमंड के मारे उनकी बात ही नहीं सुनती। अपने जैसा अक़्लमन्द तो तू दुनिया में किसी को नहीं समझती। देखिए महाशय, सारी बात यह है..." उसने मेरी ओर उन्मुख होकर बोलना शुरू कर दिया।

उसकी बातों को सुनकर मुझे परिस्थिति काफ़ी चिन्ताजनक नज़र आई। अभिमानी ओलेस्या के हाव-भाव और अस्पष्ट संकेतों से उसकी गम्भीरता का सही अनुमान न लग सकता था। गाँव का पुलिस इंस्पेक्टर कल रात उनके घर आया था।

"शुरू में तो वह बहुत अच्छी तरह पेश आया। कुर्सी पर बैठकर उसने हमसे वोदका पीने की इच्छा प्रकट की।" मान्यूलिखा कह रही थी, "कुछ देर बाद उसका असली रूप सामने आया। 'तुम चौबीस घंटों के भीतर अपना बोरिया-बिस्तर उठाकर यहाँ से चली जाओ,' उसने हमसे कहा। 'अगर मैंने तुम्हें दुबारा यहाँ देखा तो याद रखो, तुम्हें देशनिकाले की सज़ा दिलवाकर ही दम लूँगा। दो सिपाहियों को तुम्हारे संग कर दूँगा, जो तुम्हें ज़बरदस्ती उस स्थान पर ले जाएँगे, जहाँ से तुम आई हो। मेरी बात को गिरह में बाँधकर रख लो।'

—'हुज़ूर, अब आप ही बताइए, अमचैंक्स का क़स्बा, जहाँ कभी हमारा घर था, यहाँ से कोसों दूर है। वहाँ जाकर हम क्या करेंगी? हमें अब वहाँ कोई नहीं जानता। इसके अलावा हमारे पासपोर्ट भी बहुत अर्से से पुराने पड़ गए हैं। शुरू में ही वे कौन-से ठीक थे? समझ में नहीं आता, क्या करें, कहाँ जाएँ!'"

"लेकिन तुम तो यहाँ काफ़ी लम्बे अर्से से रहती आई हो। अगर उसे तुम्हारे यहाँ रहने पर पहले कोई एतराज़ नहीं था, तो अब तुम्हें वह क्यों तंग कर रहा है?" मैंने पूछा।

"यही तो हमारी समझ में नहीं आता। उसने इस सिलसिले में कुछ कहा था, लेकिन मैं इसका मतलब नहीं समझ पाई। असल में यह झोंपड़ी हमारी नहीं है। हम इसके मालिक को किराया देकर यहाँ रहते हैं। पहले हम गाँव में रहा करते थे, किन्तु..."

"मैं जानता हूँ, दादी माँ। गाँव के किसान तुमसे नाराज़ हो गए थे।"

"हाँ, भाई, यही बात थी। गाँव से निकलकर मैं बूढ़े ज़मींदार मिस्टर अबरासिमोव के सामने जाकर ख़ूब रोई-चिल्लाई। आख़िर उसने मुझ पर रहम करके यह झोंपड़ी दे दी किन्तु अब मुझे पता चला कि किसी दूसरे ज़मींदार ने इस जंगल को ख़रीद लिया है और वह इस दलदल को साफ़ करवाने की फ़िक्र में है। लेकिन मैं समझ नहीं पाती कि वह हमें इस झोंपड़ी से क्यों निकलवाना चाहता है!"

"दादी माँ, हो सकता है कि पुलिस इंस्पेक्टर ने तुम्हें डराने के लिए यह मनगढ़न्त क़िस्सा छेड़ दिया हो," मैंने कहा, "वह तुमसे कुछ रुपये ऐंठने की फ़िराक़ में होगा।"

"मैंने तो यह भी करके देख लिया भाई, किन्तु वह तो टस-से-मस नहीं होता। मैंने उसे पचीस रूबल दिये, किन्तु उसने उन्हें लेने से साफ़ इनकार कर दिया। वह तो ऐसा लाल-पीला हो रहा था कि मेरे तो डर के मारे होश-हवास ही गुम हो गए। वह तो बस एक ही बात की रट लगाया था : 'तुम यहाँ से चली जाओ!' हमारा कोई सहारा नहीं। समझ में नहीं आता कि क्या करें, कहाँ जाएँ?

हुज़ूर, अगर आप उस लालची कुत्ते को समझा-बुझा सकें तो हम जीवन-भर आपका गुणगान करेंगे।"

"दादी माँ!" ओलेस्या के स्वर में उलाहना भरा था।

"दादी माँ क्या?" बुढ़िया का स्वर तीखा हो उठा, "तुझे अपनी दादी माँ के संग रहते आज चौबीस बरस होने को आ गए। इस उम्र में अब हम क्या दर-दर भीख माँगते फिरेंगे? हुज़ूर, इसकी बात पर ध्यान न दें। अगर किसी तरह आप हमें इस संकट से उबार सकें तो हम आपके आभारी रहेंगे।"

मैं ढिलमिल-सा वादा करके चला आया, किन्तु उनके लिए मैं कुछ कर पाऊँगा, इसकी आशा बहुत कम थी। अगर पुलिस इंस्पेक्टर ने घूस लेने से इनकार कर दिया है, तो मामला अवश्य गम्भीर होगा। उस शाम ओलेस्या ने विरक्त-भाव से मुझे घर से ही विदाई दे दी और हमेशा की तरह मेरे संग बाहर नहीं आई।

मुझे लगा कि उसे अपने घरेलू मामले में मेरा हस्तक्षेप अच्छा नहीं लगा। उसकी दादी माँ ने जिस प्रकार गिड़गिड़ाकर मुझसे याचना की थी, उससे उसके आत्मसम्मान को गहरी ठेस लगी थी।

8

उस दिन सुबह से ही कुछ गर्मी थी। आकाश बादलों से घिरा था। कभी-कभी मोतियों-सी बड़ी-बड़ी बूँदें धरती पर बिखेरता हुआ श्यामल आकाश बरस पड़ता था। बसन्त की इस जीवनदायिनी वर्षा में देखते-ही-देखते घास उगने लगती है, नई कोंपलें फूटने लगती हैं। मेह की हर बौछार के बाद सूरज की उल्लसित किरणें बादलों की ओट से बाहर झाँकने लगतीं। मेरे घर के सामने वाटिका में फूल लगे थे। मेह से भीगे उनके कोमल पत्ते क्षण-भर के लिए उजली धूप में चमचमा उठते थे। मेरे मकान के पीछे, फूलों की क्यारियों पर पक्षी गर्व से सिर उठाए इधर-उधर उड़ते हुए चहचहा रहे थे।

चिनार की भूरी लिसलिसी कलियों की उत्तेजक सुगन्ध हवा में उड़ रही थी। जब यर्मोला मेरे पास आया, उस समय मैं एक वन-कुटीर का स्केच बना रहा था।

"पुलिस इंस्पेक्टर आए हैं," उसने मुँह फुलाकर कहा।

मैं इस बात को बिलकुल भूल चुका था कि दो दिन पहले मैंने यर्मोला से कहा था कि अगर उसे पुलिस इंस्पेक्टर गाँव में कहीं दिखाई दे, तो फ़ौरन मुझे इत्तला कर दे। इसलिए जब यर्मोला ने मुझे पुलिस इंस्पेक्टर के आगमन की सूचना दी, तो मैं आश्चर्यचकित होकर उसकी ओर देखने लगा।

'सरकारी अफ़सर को भला मुझसे क्या काम हो सकता है?' मैं सोचने लगा।

"क्यों, क्या बात है?" विस्मित होकर मैंने यर्मोला से प्रश्न किया।

"मैंने आपसे कहा न कि पुलिस इंस्पेक्टर गाँव में पधारे हैं।" यर्मोला ने विद्वेष-भाव से कहा।

पिछले कुछ दिनों से वह मुझसे ऐसे तीखे स्वर में ही बात किया करता था।

"मैंने एक मिनट पहले उसे नदी के बाँध के पास देखा था। वह इसी रास्ते से होकर आगे जाएगा," यर्मोला ने कहा।

मुझे बाहर पहियों की गड़गड़ाहट सुनाई दी। मैंने भागकर झटपट कमरे की खिड़की खोल दी। चॉकलेट रंग का एक पतला-दुबला घोड़ा, जिसका सिर झुका हुआ था और जबड़ा लटक रहा था, क्लान्त-मुद्रा में एक ऊँची, जीर्ण-जर्जरित छकड़ा बग्घी घसीटता हुआ मन्द गति से दौड़ रहा था। बग्घी का एक बम ग़ायब था, उसके स्थान पर एक मोटी-सी रस्सी बँधी हुई थी। गाँव के बातूनी लोग कहा करते थे कि पुलिस इंस्पेक्टर जानबूझकर इस छकड़ा बग्घी का इस्तेमाल करता है, ताकि वह उन अफ़वाहों को झूठ साबित कर सके, जो उसकी रिश्वतखोरी के सम्बन्ध में गाँव-भर में फैल रही थीं। पुलिस इंस्पेक्टर के भीमकाय शरीर ने बग्घी की दोनों सीटों को घेर रखा था। क़ीमती ख़ाकी कपड़े का लम्बा कोट पहनकर वह स्वयं बग्घी चला रहा था।

"नमस्कार, यैव्पसिखी अफ्रिकानोविच!" खिड़की से सिर बाहर निकालकर मैं चिल्लाया।

"नमस्कार। कैसे हालचाल हैं?" उसने प्रसन्न मुद्रा में भारी, दहाड़ती, बड़प्पन-भरी आवाज़ में उत्तर दिया।

उसने घोड़े की लगाम खींच ली और अत्यधिक सौजन्य के संग नीचे झुककर मुझे प्रणाम किया।

"क्या आप एक सेकंड के लिए भीतर पधारेंगे? मुझे आपसे थोड़ा-सा काम था।"

उसने अपना सिर हिला दिया।

"असम्भव! मैं ड्यूटी पर जा रहा हूँ। वोलोशा में एक आदमी डूबकर मर गया है। उसकी लाश का मुआयना करना है।"

किन्तु मैं उसकी कमज़ोरियों से परिचित था। लापरवाही का भाव जतलाते हुए मैंने कहा, "अगर रुक जाते तो अच्छा ही था। अभी-अभी काउंट वोर्टजल की जागीर से बढ़िया क़िस्म की शराब की दो बोतलें आई हैं। मैंने सोचा था..."

"मैं नहीं रुक सकता। तुम जानते हो, ड्यूटी आख़िर ड्यूटी ही है।"

"वह आदमी मेरा पुराना वाक़िफ़ था, जिससे मैंने यह शराब ख़रीदी है। उसने इसे अपनी कोठरी में ऐसे छिपा रखा था, मानो यह शराब न होकर पुरखों का कोई ख़ज़ाना हो। मेरी बात मानो तो ज़रा-सी देर के लिए रुक जाओ। घोड़े के लिए भी जई का इन्तज़ाम हो जाएगा।" मैंने उसे फुसलाते हुए कहा।

"ज़्यादा इसरार न करो भाई," उसने कहा, "मेरे लिए सबसे पहले अपनी ड्यूटी है, बाक़ी सब कुछ बाद में। यह तो बताओ, उन बोतलों में है क्या? आलूबुख़ारों की ब्रांडी?"

"आलूबुख़ारों की ब्रांडी! कैसी बात करते हैं आप भी! पुरानी वोदका है जनाब! ऐसी कि चखते ही सरूर आ जाए!"

"आपसे क्या छिपाऊँ, मैं तो घर से ही पीकर चला था।" वह अफ़सोस ज़ाहिर करते हुए अपने गाल खुजलाने लगा।

"हो सकता है, वह आदमी झूठ बोल रहा हो, किन्तु उसने दावे के संग कहा था कि यह शराब दो सौ वर्ष पुरानी है। कोन्याक (एक क़िस्म की फ्रांसीसी ब्रांडी) की-सी सुगन्ध आती है उसमें से, और रंग चीड़ की राल की तरह पीला है।"

"तुम भी बस कमाल की बातें करते हो। आख़िर मुझे फुसला ही लिया न।" उसने तनिक उदास होने का अभिनय किया, मानो मेरी बात मानने के अलावा उसके पास कोई दूसरा चारा नहीं था। "अच्छा, मेरे घोड़े को कौन सँभालेगा?" उसने बग्घी से नीचे उतरते हुए कहा।

मेरे पास पुरानी वोदका की कई बोतलें रखी थीं। यह सच है कि वे उतनी पुरानी नहीं थीं, जितनी मैंने उनके सम्बन्ध में डींग मारी थी, किन्तु यदि थोड़ी-सी अतिशयोक्ति के द्वारा दूसरे आदमी को आकर्षित किया जा सके तो इसमें हानि ही क्या है? यदि मेरे उस पुराने जानकार की सम्पत्ति लुट न गई होती, तो शायद यह वोदका कभी न बेचता। उसे इस पर बहुत गर्व था, और होता भी क्यों न? वह पुरानी और असली देशी वोदका थी, जिसका असर बिजली की तरह होता था। पुलिस इंस्पेक्टर का जन्म एक पादरी के परिवार में हुआ था। कमरे में आते ही उसने वोदका की एक बोतल हथिया ली, और बोला, "सर्दी के बुख़ार से बचने के लिए मैं इसे दवा की तरह पिऊँगा।"

वोदका के अलावा ताज़ी मूलियाँ और हाल में ही मथा हुआ मक्खन भी मैंने उसके सामने रख दिया। वह चटखारे ले-लेकर खाने लगा।

"अच्छा, आपको मुझसे क्या काम था?" पाँचवाँ गिलास पीकर उसने मुझसे पूछा।

वह आरामकुर्सी के सिरहाने पर सिर टिकाकर मज़े से बैठ गया। उसकी भारी-भरकम देह के बोझ तले बेचारी कुर्सी कराह उठी।

मैंने उसका ध्यान बुढ़िया की विवशता और उसकी दुखी, दयनीय अवस्था की ओर आकर्षित किया और बात ही बात में इशारे से यह भी कह दिया कि कुछ क़ानूनों को नज़रअन्दाज़ भी किया जा सकता है।

वह सिर झुकाए मेरी बात सुन रहा था और मूलियों को उनकी जड़ों से अलग करके मस्त होकर चबाता जा रहा था। कभी-कभी वह अपनी भावहीन, धुँधली, नीली और कौड़ियों जैसी छोटी-छोटी आँखें ऊपर उठाकर मेरी ओर देख लेता था, किन्तु उसके लाल चौड़े चेहरे पर मुझे सहानुभूति या विरोध के कोई भी चिह्न न दिखाई दिये।

"तो फिर तुम मुझसे क्या चाहते हो?" मेरे चुप होने पर उसने पूछा।

"मैं क्या चाहता हूँ?" मैंने उत्तेजित होकर उत्तर दिया, "आप ख़ुद उन लोगों की मजबूरी देख सकते हैं। दो ग़रीब असहाय स्त्रियाँ..."

"जिनमें एक गुलाब की कली-सी ख़ूबसूरत है," उसने व्यंग्यात्मक स्वर में कहा।

"हो सकता है, लेकिन मेरी बात का उससे कोई ताल्लुक नहीं। मैं आपसे सिर्फ़ यह पूछना चाहता हूँ कि आप उन पर थोड़ी-सी भी दया नहीं कर सकते? समझ में नहीं आता कि आप उन्हें झोंपड़ी से इतनी जल्दी क्यों निकालना चाहते हैं? कम-से-कम आपको इतनी मुहलत तो देनी चाहिए कि मैं उनकी ओर से ज़मींदार के संग कुछ बातचीत कर सकूँ। अगर आप एक महीना ठहर जाएँगे, तो कौन-सा बड़ा ख़तरा मोल लेंगे?"

"कौन-सा ख़तरा?" वह आरामकुर्सी से उछल पड़ा, "आप जानते नहीं, मुझ पर कितनी बड़ी आफ़त आ सकती है! हो सकता है कि अपनी नौकरी ही गँवा बैठूँ। भगवान जाने, यह नये ज़मींदार श्री इल्याशेविच कैसे हैं! सम्भव है, वह उन आदमियों में से हों, जिन्हें दूसरों की चुगली करने में ही आनन्द मिलता है, जो नाक पर मक्खी नहीं बैठने देते। ज़रा-सी कोई बात हुई, और दबादब पीटर्सबर्ग में शिकायतों से भरी चिट्ठियाँ भेजने लगते हैं। यहाँ ऐसे लोगों की कमी नहीं है जनाब!"

मैं पुलिस-इंस्पेक्टर के क्रोध को शान्त करने की चेष्टा करने लगा।

"अरे, छोड़ो भी यैव्पसिखी अफ्रिकानोविच। आप तो तिल का ताड़ बना रहे हैं। ज़रा-सा ख़तरा उठा भी लिया तो क्या हुआ? ज़रा सोचो, वे लोग आपके कितने कृतज्ञ रहेंगे।"

"ख़ाक कृतज्ञ रहेंगे!" अपनी चौड़ी पतलून की जेबों में हाथ ठूँसकर वह ज़ोर से चिल्लाया, "क्या तुम समझते हो कि उनके पच्चीस रूबलों के पीछे मैं अपनी नौकरी को ख़तरे में डालूँगा? नहीं, जनाब! अगर आप मेरे बारे में ऐसा सोचते हैं तो आपको सख़्त ग़लतफ़हमी है!"

"कैसी बात करते हो यैव्पसिखी अफ्रिकानोविच! यहाँ रुपये का सवाल कहाँ पैदा होता है! आप तो उनकी मदद करके एक पुण्य काम करेंगे। मानवीय प्रेम भी तो कोई चीज़ है।"

"मा-न-वी-य प्रे-म?" उसने ख़ूब चबा-चबाकर प्रत्येक अक्षर का उच्चारण किया, "तुम्हारा मानवीय प्रेम तो मेरे गले का फन्दा बन बैठेगा," उसने अपनी गर्दन पर हाथ फेरते हुए कहा।

"यैव्पसिखी अफ्रिकानोविच, मेरे ख़याल से तुम सीधी-सी बात को बहुत बढ़ा-चढ़ाकर देख रहे हो।"

"बिलकुल नहीं। सुप्रसिद्ध कहानीकार श्री क्रिलोव ने एक स्थान पर 'संघातक रोग' के मुहावरे का इस्तेमाल किया है। ये दोनों स्त्रियाँ सचमुच संघातक रोग की तरह हैं। क्या आपने हिज हाइनेस प्रिंस उरूसोव की शानदार पुस्तक 'पुलिस अफ़सर' पढ़ी है?"

"नहीं, मैंने नहीं पढ़ी।"

"वाह, जनाब, उसे नहीं पढ़ा तो क्या पढ़ा! वह एक बहुत बढ़िया और ज्ञानवर्द्धक किताब है। जब आपको कभी समय मिले तो उसे ज़रूर पढ़िए।"

"अच्छी बात है, मैं बहुत ख़ुशी से वह किताब पढ़ूँगा। किन्तु अभी तक मुझे यह समझ में नहीं आया कि दो स्त्रियों का इस किताब से क्या सम्बन्ध है?"

"तुम पूछते हो, क्या सम्बन्ध है? मैं कहता हूँ, बहुत गहरा सम्बन्ध है। पहली बात..." उसने अपने बाएँ हाथ की बालों से भरी मोटी अँगुली को मोड़ते हुए गिनाया, "पुलिस अफ़सर को बड़ी सतर्कता से यह बात देखनी चाहिए कि सब लोग नियमित रूप से प्रार्थना-गृह में जाते हैं या नहीं। कोई ऐसा व्यक्ति तो नहीं है जो इस कर्तव्य का पालन केवल भार-स्वरूप समझकर करता है

और ईश्वर में उसकी निष्ठा नहीं है। मैं आपसे यह जानना चाहता हूँ कि वह औरत—मान्यूलिखा ही नाम है न उसका? —क्या कभी गिरजे में जाती है?"

मैं चुप रहा। मुझे स्वप्न में भी आशंका नहीं थी कि हमारी बातचीत का रुख़ इस तरह अचानक बदल जाएगा। उसने विजयोल्लास से चमकती आँखों से मुझे देखा और अपनी बिचली अँगुली मोड़कर कहने लगा, "दूसरी बात : 'झूठी भविष्यवाणी करना या झूठे शकुन विचारना निषिद्ध है।' देखा आपने? तीसरी बात : 'बाज़ीगरी, जादूगरी या छल-फ़रेब से भरे इस तरह के व्यवसाय क़ानून द्वारा निषिद्ध हैं।' देख लिया आपने? अगर किसी दिन अचानक इन लोगों की कलई खुल गई या किसी ऐसी-वैसी बात की भनक बड़े अफ़सरों के कानों में पड़ गई, तो किसके मत्थे दोष मढ़ा जाएगा? मेरे। नौकरी से हाथ किसे धोना पड़ेगा? मुझे। अब आपकी कुछ समझ में आया?"

वह पुनः कुर्सी पर बैठ गया। अपनी अँगुलियों से मेज़ को ज़ोर-ज़ोर से थपथपाता हुआ वह भावशून्य आँखों से दीवारों को देखने लगा।

"यैव्पसिखी अफ्रिकानोविच, मैं जानता हूँ कि आप हमेशा कितने जटिल और पेचीदा कामों में उलझे रहते हैं," मैंने ख़ुशामदी लहजे में कहना शुरू किया, "किन्तु मैं यह भी जानता हूँ कि आप जैसे कोमल, दयालु स्वभाव के व्यक्ति विरले ही होते हैं। मैं आपका बहुत अहसानमन्द रहूँगा, अगर आप उन स्त्रियों को तंग करना छोड़ दें। आपके लिए यह कोई कठिन काम नहीं है।"

पुलिस इंस्पेक्टर की आँखें मेरे सिर के ऊपर किसी विशेष स्थान के इर्द-गिर्द चक्कर काट रही थीं।

"बड़ी उम्दा बन्दूक़ रखी है तुमने अपने पास," उसने मेज़ पर हाथ थपथपाते हुए लापरवाही-भरी मुद्रा में कहा, "बहुत ही बढ़िया बन्दूक़ है। पिछली बार जब मैं आया, तुम घर पर नहीं थे। उस समय भी मैं तुम्हारे कमरे में बैठा-बैठा मन-ही-मन इस बन्दूक़ की तारीफ़ करता रहा। एकदम लाजवाब चीज़ है।"

मैं सिर उठाकर बन्दूक़ को देखने लगा।

"काफ़ी अच्छी बन्दूक़ है।" मैं भी बन्दूक़ की प्रशंसा करने लगा, "पुरानी चीज़ है। यूरोप में बनकर तैयार हुई थी। पिछले साल इसकी मरम्मत करवाई थी। ज़रा इसकी नलियों को देखिए।"

"नलियाँ ही तो हैं, जो मुझे सबसे ज़्यादा पसन्द आई हैं। शानदार चीज़ है—मैं तो इसे एक अमूल्य निधि समझता हूँ।"

हम दोनों की आँखें चार हुईं। मैंने देखा, उसके होंठों पर एक अर्थपूर्ण मुस्कान खेल रही है। मैं दीवार से बन्दूक़ उतारकर उसके निकट चला आया।

"सर्केशियन लोगों की एक सुन्दर प्रथा है। वे उस वस्तु को उपहारस्वरूप अपने मेहमान को भेंट कर देते हैं, जो उसके मन को भा जाती है।" मैंने मीठे स्वर में कहा, "यैव्यसिखी अफ्रिकानोविच! हममें से कोई भी सर्केशियन नहीं है, किन्तु मेरी आपसे विनम्र प्रार्थना है कि आप इस बन्दूक़ को मेरा स्मृति-चिह्न समझकर अपने पास रख लें।"

उसने ऐसा मुँह बनाया, मानो गहरे संकोच में पड़ गया हो।

"यह ठीक नहीं है। मैं तुमसे इतनी सुन्दर वस्तु नहीं ले सकूँगा। यह प्रथा चाहे कितनी अच्छी हो, किन्तु तुम्हें यह काफ़ी महँगी साबित होगी!"

किन्तु मुझे ज़्यादा ज़ोर नहीं डालना पड़ा। उसने मुझसे बन्दूक़ लेकर उसे अपने घुटनों के बीच खड़ा कर दिया और उसके घोड़े पर जमी हुई धूल को अपनी साफ़ रूमाल से पोंछने लगा। वह बन्दूक़ चलाने में दक्ष प्रतीत होता था और मुझे यह देखकर ख़ुशी हुई कि जो कुछ भी हो, मेरी बन्दूक़ किसी नौसिखिए के हाथों में नहीं गई।

पुलिस-इंस्पेक्टर बन्दूक़ स्वीकार करने के बाद तुरन्त उठ खड़ा हुआ। "मैंने यहाँ गप्पों में इतना वक़्त बरबाद कर दिया और ज़रूरी काम बीच में ही लटका रह गया है! अब मुझे आज्ञा दो।" उसने फ़र्श पर पाँव थपथपाते हुए लम्बे जूतों को पहन लिया, "जब तुम कभी हमारी तरफ़ आओ, तो मेरे घर आना मत भूलना।"

"जनाब, मान्यूलिखा के बारे में फिर क्या तय हुआ है?" मैंने उसे याद दिलाते हुए कहा।

"देखा जाएगा," उसने अनिश्चित भाव से कहा, "हाँ, सुनो, मैं तुमसे एक बात बहुत देर से कहना चाह रहा था। तुम्हारी मूलियाँ बहुत बढ़िया हैं।"

"मैंने ख़ुद उन्हें उगाया है।"

"बड़ा उम्दा स्वाद है तुम्हारी मूलियों का। मेरी पत्नी को हर क़िस्म की सब्ज़ियों का शौक़ है। मैं सोच रहा था...क्या तुम्हारे लिए यह सम्भव होगा कि मूलियों की एक गट्ठी...मेरा मतलब है, सिर्फ़ एक गट्ठी..."

"बड़ी ख़ुशी से, यैव्पसिखी अफ्रिकानोविच! इसे मैं अपना सौभाग्य समझूँगा। आज ही अपने आदमी के संग, टोकरी में मूलियाँ भरवाकर आपके पास भिजवा दूँगा। और अगर आपको आपत्ति न हो तो थोड़ा-सा मक्खन भी...मेरे पास बहुत बढ़िया क़िस्म का मक्खन है।"

"अच्छा, थोड़ा मक्खन भी भिजवा देना।" उसने कुछ इस ढंग से कहा, मानो वह मुझ पर कोई अहसान कर रहा हो। "उन औरतों से तुम कह देना कि कुछ अर्से तक मैं उन्हें परेशान नहीं करूँगा। किन्तु उन्हें यह बात साफ़ तौर से समझ लेनी चाहिए कि महज़ मुझे धन्यवाद देने से ही उन्हें छुटकारा नहीं मिल जाएगा।" वह अपनी आवाज़ ऊँची करके ज़ोर से चिल्लाया, "अच्छा, अब मैं चलता हूँ। तुमने मेरी जो इतनी आवभगत की, उसके लिए और सुन्दर बहुमूल्य तोहफ़े के लिए मैं तुम्हें एक बार फिर धन्यवाद देता हूँ।"

उसने फ़ौजी ढंग से एड़ियाँ खटखटाईं और एक हृष्ट-पुष्ट, प्रभावशाली व्यक्ति की तरह छाती फुलाता अपनी बग्घी की ओर चल पड़ा, जहाँ गाँव का पुलिसमैन, चौधरी और यर्मोला टोपियाँ हाथ में लिये उसके सम्मान में खड़े थे।

9

पुलिस इंस्पेक्टर ने अपने वचन का पालन किया और कुछ अर्से तक जंगल की झोंपड़ी में रहने वाली स्त्रियों को तंग नहीं किया। किन्तु न जाने क्यों,

मेरे और ओलेस्या के बीच एक व्यवधान-सा आ खड़ा हुआ। हमारे सम्बन्धों में एक ऐसा विचित्र, अप्रत्याशित परिवर्तन हो गया, जो मुझे दिन-प्रतिदिन घुन की तरह खाने लगा। मेरे प्रति उसके व्यवहार में जो अकृत्रिम सौहार्द और सहज विश्वास की स्नेहसिक्त भावना थी, अब उसका अभाव मुझे बुरी तरह खटकने लगा। उसमें एक सुन्दर लड़की का चंचल चुहलपन और एक शैतान लड़के की ज़िन्दादिली का जो आकर्षक सम्मिश्रण था, उसका अब चिह्न-मात्र भी शेष न रहा। एक-दूसरे से बातचीत करते समय हमारे बीच संकोच की एक अदृश्य दीवार खड़ी हो जाती थी, जिसे हम दोनों में से कोई भी नहीं लाँघ पाता था। ओलेस्या अब डरते-डरते उन सब दिलचस्प विषयों को टाल देती थी, जो कभी हमारे असीम कौतूहल का केन्द्र रह चुके थे।

मेरी उपस्थिति में वह एकाग्रचित्त होकर अपने काम में जुट जाती थी और अपना सारा ध्यान उस पर इस तरह केन्द्रित कर देती थी, मानो उसे दीन-दुनिया की कोई ख़बर ही नहीं। किन्तु इसके बावजूद ऐसे लम्हे भी आते थे, जब वह अपने हाथों को गोद में ढीला छोड़कर बराबर फ़र्श की ओर ताकती रहती थी। यदि ऐसे क्षणों में मैं उसका नाम लेकर उसे बुलाता या जानबूझकर उससे कोई प्रश्न पूछ बैठता, तो वह हड़बड़ाकर चौंक उठती और अपना भयभीत चेहरा उठाकर मेरी ओर इस तरह देखती, मानो मेरे शब्दों का अर्थ समझने का प्रयास कर रही हो! कभी-कभी मुझे लगता कि मुझे देखकर वह झुँझला-सी उठती है और अपनी झोंपड़ी में मेरी उपस्थिति उसे अखरने-सी लगी है। कुछ अर्सा पहले तक मेरे मुँह से निकले प्रत्येक शब्द को वह जिस गहरी रुचि के संग सुनती थी, उसे देख़ते हुए मुझे उसका रूखा व्यवहार काफ़ी विचित्र-सा प्रतीत होता था। मेरा अनुमान था कि पुलिस इंस्पेक्टर से प्रार्थना करके मैंने उन्हें जो सहायता पहुँचाई थी, वह बात दिन-रात उसकी आँखों में रोड़े की तरह खटकती रहती थी। उनका संरक्षक होकर मैंने अनजाने में उसकी स्वातंत्र्य-भावना को ठेस पहुँचा दी थी। किन्तु कभी-कभी मैं अपने अनुमान पर ही शंका करने लगता। एक सीधी-सादी लड़की, जिसका पालन-पोषण सभ्यता से कोसों दूर जंगल में हुआ है, क्या अपने आत्मसम्मान

को इतना अधिक गौरव और महत्त्व दे सकती है? इसी उधेड़बुन में फँसा हुआ मैं कोई भी निश्चय न कर पाता।

मैं अपनी शंका का समाधान ओलेस्या से करवाना चाहता था, किन्तु वह मौक़ा ही न आने देती थी कि मैं अपने दिल की बात खोलकर उससे कह सकूँ। अब हम शाम को सैर करने नहीं जाते थे। हर रोज़ उनके घर से जाते समय जब मैं अभ्यर्थना-भरी दृष्टि से उसकी ओर देखता, तो वह आँखें फेर लेती, मानो कुछ भी न समझती हो। दूसरी ओर झोंपड़ी में बुढ़िया की उपस्थिति अब मुझे बेहद अखरने लगी थी, हालाँकि वह बहरी थी।

बिला नागा हर रोज़ ओलेस्या के घर जाने की मेरी जो आदत-सी बन गई थी, उस पर भी कभी-कभी मैं झुँझला उठता था। मुझे उस समय उन अदृश्य डोरों का कोई आभास नहीं मिला था, जिन्होंने मेरे हृदय को उस आंकर्षक, अद्‌भुत लड़की के मोह-जाल में उलझा दिया था। उसके प्रति प्रेम का विचार अभी मेरे मन में नहीं उठा था, किन्तु वह एक ऐसा दौर था, जो प्रेम उदित होने से पूर्व हर व्यक्ति के जीवन में आता है। एक अजीब-सी आकुलता और कसमसाहट से भरा दिल हरदम छटपटाता रहता। अस्पष्ट और उदास अनुभूतियाँ दिन-रात हृदय को मथती रहतीं। कुछ भी करूँ, कहीं भी जाऊँ, मन सदा भटकता रहता। हरदम ओलेस्या का चेहरा मेरी आँखों के आगे नाचता रहता। मुझे अपना समूचा व्यक्तित्व ओलेस्या के बिना अधूरा सा लगता। उसके शब्द—चाहे वे कितने निरर्थक और महत्त्वहीन क्यों न हों—उसकी प्रत्येक हरकत, उसकी मुस्कराहट का स्मरण होते ही मन में एक कोमल, मीठा-सा दर्द उमड़ने लगता। शाम घिर आती और मेरे पाँव ख़ुद-ब-ख़ुद उसकी झोंपड़ी की ओर बढ़ जाते। मैं उसके पास उस छोटी-सी टूटी-फूटी बेंच पर बैठा रहता। मुझे अपने ऊपर खीज आती—भय और संकोच से आक्रान्त मैं उसके सम्मुख सिटपिटाया-सा क्यों बैठा रहता हूँ?

एक बार मैं ओलेस्या के पास दिन-भर इसी तरह चुपचाप बैठा रहा। सुबह से ही मेरी तबियत कुछ ख़राब थी, किन्तु मुझे उसका कोई कारण समझ में नहीं आ रहा था। शाम होते-होते मेरी अवस्था और भी ज़्यादा बिगड़ गई।

मेरा सिर भारी हो रहा था, कानों में सीटियाँ बज रही थीं और सिर के पीछे निरन्तर धीमा-धीमा-सा दर्द हो रहा था, मानो कोई अपने कोमल और मज़बूत हाथों से उसे ज़ोर-ज़ोर से दबा रहा हो। मेरा मुँह बार-बार सूख जाता था, अंग-प्रत्यंग से आलस और थकान का उनींदा-सा भाव सिमटता आ रहा था और मैं बार-बार उबासियाँ और अँगड़ाइयाँ ले रहा था। मेरी आँखें पीड़ा से जल रही थीं, मानो किसी चमचमाती चीज़ को देखकर वे चौंधिया गई हों।

उस रात जब मैं वापस घर लौट रहा था, तो बीच रास्ते में अचानक मेरे शरीर में कँपकँपी-सी दौड़ने लगी। मेरे दाँत ज़ोर-ज़ोर से बजने लगे। मुझे रास्ते का कोई ज्ञान न रहा और एक शराबी की तरह लड़खड़ाता हुआ मैं न जाने कब तक जंगल में भटकता रहा।

मैं आज तक नहीं जानता कि उस रात मैं अपने घर कैसे पहुँच पाया। भयानक बुख़ार में मैं पूरे छह दिनों तक बराबर तड़पता रहा। दिन के समय बुख़ार कुछ कम हो जाता था और मैं होश में आ जाता था। उस बीमारी ने मुझे अपाहिज़ बना दिया। चल-फिर न सकने के कारण मुझे अपने दुखते, कमज़ोर घुटने के बल रेंगना पड़ता था। मैं इतना दुर्बल हो गया था कि शरीर पर ज़रा-सा ज़ोर पड़ते ही मेरे सिर की रक्त-नाड़ियाँ फूलकर गर्म हो उठती थीं और मेरी आँखों तले अँधेरा छा जाता था। किन्तु शाम होते ही—सात बजे के क़रीब—बुख़ार एक डरावने शत्रु की तरह मुझे आ दबोचता। रात के समय पीड़ा असह्य हो जाती, बेचैन होकर मैं करवटें बदलता रहता। मुझे लगता, मानो पूरी रात एक लम्बी शताब्दी है, जो कभी समाप्त न होगी। कभी मैं कम्बलों के नीचे सर्दी से काँपता और कभी बुख़ार की गर्मी मेरे शरीर को भूनने लगती। जब कभी कुछ देर के लिए आँख लग जाती तो अनेक भयावह और विचित्र दुःस्वप्न मेरे उत्तप्त मस्तिष्क को झिंझोड़ने लगते। छोटी-छोटी बातों का ताँता-सा लग जाता और फिर एक-दूसरे पर गिरते-पड़ते वे एक विशाल ढेर में परिणत हो जाते। लगता कि मेरे सामने रंग-बिरंगे, बेडौल बक्सों का ढेर पड़ा है। मैं बड़े बक्सों के भीतर से छोटे बक्सों को निकाल रहा हूँ और उनके भीतर से उनसे भी छोटे बक्सों को निकाल रहा हूँ।

मैं इस काम से बेहद परेशान हो गया हूँ, फिर भी बराबर बक्सों को छाँटता जाता हूँ। उसके बाद लम्बे रंगीन वॉल पेपर फड़फड़ाते हुए मेरी आँखों के सामने से गुज़रने लगते। मुझे लगता कि उन रंगीन काग़ज़ों पर बेल-बूटों के स्थान पर विचित्र क़िस्म की मालाएँ लटक रही हैं, जिनमें फूलों के बजाय इनसानी चेहरों को एक-दूसरे के संग जोड़ दिया गया है। उनमें से कुछ चेहरे सुन्दर, आकर्षक, दयावान और मुस्कराते हुए होते। किन्तु कुछ चेहरों की बीभत्स मुद्राओं को देखकर कलेजा मुँह को आने लगता—बड़े-बड़े भयानक दाँत, बाहर निकली हुई लपलपाती जिह्वाएँ, मोटी-मोटी घूमती हुई आँखों की पुतलियाँ! कभी लगता कि मैं यर्मोला के संग किसी बहुत ही पेचीदा और उलझे हुए विषय पर सैद्धान्तिक बहस कर रहा हूँ। हम दोनों अपने-अपने पक्ष में बड़े बारी और गम्भीर तर्क प्रस्तुत कर रहे हैं। कुछ शब्द और अक्षर अद्भुत और ज्ञानातीत अर्थ ग्रहण कर लेते हैं। मुझे लगता कि एक अज्ञात, दैवी शक्ति मुझे क्षण-प्रतिक्षण आतंकित करती जा रही थी और उसके निर्देशन पर मेरे उद्भ्रान्त मस्तिष्क से अनेक ऊल-जलूल मिथ्यावादी बातें बाहर निकल रही हैं। मुझे इस तर्क-जाल से घृणा होने लगी थी, किन्तु कोई रहस्यमयी शक्ति थी, जो मुझे मेरी इच्छा के विरुद्ध उसमें और भी ज़्यादा उलझाती जा रही थी।

मुझे लगता, मानो मैं एक भँवर में फँस गया हूँ—मेरे चारों ओर मानवीय और पाशविक चेहरे, विलक्षण और अद्भुत रंगों और आकृतियों के प्राकृतिक दृश्य और विभिन्न क़िस्मों के भौतिक पदार्थ एक लम्बे जुलूस की शक्ल में तेज़ी से घूम रहे हैं। मेरे सम्मुख हवा में कुछ ऐसे शब्द और मुहावरे तिरते जा रहे हैं, जिनके अर्थ को मैं अपनी सम्पूर्ण इन्द्रियों से अनुभव कर सकता हूँ। आश्चर्य की बात थी कि उस समय इन सब वस्तुओं के संग मैं प्रकाश का एक गोला भी देख रहा था—वह मेरे नीले, झुलसे हुए शेड से ढके लैम्प से उठकर छत पर टिमक आया था। मुझे उस शान्त गोले की धुँधली आलोक-रेखा को देखकर ऐसा प्रतीत हो रहा था, मानो उसके बीच मेरे दु:स्वप्नों में कहीं अधिक भयावह और रौद्र रूप लिये एक बीभत्स और डरावना जीव भटक रहा है।

तब मैं जाग जाता अथवा अपने-आपको जागृतावस्था में पाता। मेरी चेतना वापस लौट आती। धीरे-धीरे मुझे अपनी स्थिति का ज्ञान होता। मुझे पता चल जाता कि मैं बिस्तर पर बीमार पड़ा हूँ और कुछ देर पहले मुझ पर सन्निपात का आक्रमण हुआ था; किन्तु चेतनावस्था में आने के बावजूद मुझे काफ़ी देर तक काली दीवार पर टिमकते हुए प्रकाश के उस गोले से डर लगता रहता। काँपते दुर्बल हाथों से घड़ी उठाकर समय देखता और यह जानकर विक्षुब्ध और विस्मित हो जाता कि मेरे भयावह दुःस्वप्नों का अन्तहीन सिलसिला दो-तीन मिनटों से अधिक नहीं चला है। 'भगवान, सुबह कब होगी!' गर्म तकियों पर अपना सिर पटकते हुए सोचता। अपनी ही गर्म साँसों के स्पर्श को मैं अपने उत्तप्त होंठों पर महसूस करता। हल्की भीनी-सी नींद मेरे मस्तिष्क को दुबारा अपने में ओढ़ लेती, एक बार फिर अनर्गल दुःस्वप्न मेरी साँसों से खेलने लगते और दो मिनट बाद फिर मैं असह्य पीड़ा से कराहता हुआ जाग जाता।

मेरे बलिष्ठ शरीर ने कुनीन और केले के सत की सहायता से छह दिनों में ही बुख़ार को क़ाबू में कर लिया। जब रोग से छुटकारा पाकर मैं बिस्तर से उठा तो कमज़ोरी के कारण मेरे हाथ-पाँव लड़खड़ा रहे थे। उस कमबख़्त बुख़ार ने मेरी देह का सारा ख़ून चूस लिया था। किन्तु स्वस्थ होने में मुझे देर नहीं लगी। मेरा सिर हल्का हो गया था, मानो छह दिनों के भीषण ज्वर और मानसिक सन्निपात ने मेरे मस्तिष्क को विचारों से मुक्त कर दिया हो। मेरी भूख पहले से दुगुनी हो गई! मेरी देह का अणु-अणु हर घड़ी स्वास्थ्य और जीवन के आनन्द को अपने में अनुस्यूत करता जा रहा था। जंगल की उस एकाकी और टूटी-फूटी झोंपड़ी में जाने के लिए मेरा मन विकल हो उठा। बीमारी के कारण मैं अभी तक अपनी पुरानी शक्ति नहीं बटोर पाया था। ओलेस्या का चेहरा और स्वर याद आते ही मेरा मन उद्वेलित-सा हो उठता—कहीं भीतर आँसुओं की बाढ़ उमड़ने लगती।

10

पाँच दिन बाद जब मैं डायन की झोंपड़ी में गया तो मुझे ज़रा भी थकान महसूस नहीं हुई। दहलीज़ पर पाँव रखते ही मेरा हृदय भय से काँपने लगा। ओलेस्या को देखे एक पखवाड़ा बीत चुका था। ओलेस्या मुझे कितनी प्रिय थी, इस सत्य का आभास मुझे बीमारी के दौरान असंदिग्ध रूप से हो चुका था। दरवाज़े की कुंडी पर हाथ रखे, मैं कुछ क्षणों तक असमंजस में खड़ा रहा। दरवाज़े को धक्का देने से पूर्व मैंने साँस रोककर आँखें मूँद लीं।

मेरे कोठरी में प्रवेश करते ही दोनों स्त्रियों पर क्या प्रतिक्रिया हुई, इसको बयान करना काफ़ी कठिन है। लम्बे अर्से बाद जब माँ और पुत्र, पति-पत्नी अथवा दो प्रेमियों की मुलाक़ात होती है, तब शुरू में उनके बीच जो छिटपुट शब्द कहे जाते हैं, क्या उन्हें स्मरण रखना सम्भव है? वे अपने में इतने साधारण होते हैं कि यदि बाद में उन्हें याद किया जाए तो सचमुच अत्यन्त हास्यास्पद प्रतीत होंगे। किन्तु अपने प्रियजनों के मुख से कहे गए वे शब्द साधारण होने के बावजूद कितने उपयुक्त और बहुमूल्य होते हैं, इस तथ्य को भला कौन नहीं स्वीकारेगा?

मुझे याद है, अच्छी तरह से याद है, कि मेरी आहट पाते ही ओलेस्या का पीला चेहरा अचानक मेरी ओर मुड़ा था—क्षण-भर में ही उसके मोहक चेहरे पर विस्मय, भय और स्निग्ध कोमलता से भरे भाव एक साथ खेल गए थे। बुढ़िया ने बुदबुदाते हुए शायद मेरा अभिवादन किया था, जिसे मैं सुन नहीं सका। ओलेस्या की सुरीली आवाज़ मधुर संगीत-सी मेरे कानों में गूँज गई।

"क्या हो गया था तुम्हें? क्या तुम बीमार थे? इतने कमज़ोर हो गए हो कि चेहरा पहचाना नहीं जाता।"

काफ़ी देर तक मैं उसके प्रश्न का उत्तर नहीं दे सका। हम दोनों एक-दूसरे का हाथ पकड़कर उल्लसित मुद्रा में एक-दूसरे की आँखों में आँखें डाले निश्चल खड़े रहे। वे मौन क्षण कदाचित् मेरे जीवन के सबसे मधुर क्षण थे; उतना विराट्, पवित्र और अनिर्वचनीय आनन्द मैंने उससे पहले अथवा

उसके बाद आज तक महसूस नहीं किया। ओलेस्या की बड़ी-बड़ी काली आँखों में मैंने अनेक बदलते हुए भाव पढ़ डाले। मुझसे मिलने पर भावनाओं की उथल-पुथल, लम्बे अर्से की अनुपस्थिति के लिए उलाहना, प्रेम की भावोन्मादित अभिव्यक्ति! निस्संकोच रूप से—बिना किसी शर्त के—उसने आँखों-ही-आँखों में अपना सब कुछ मुझ पर सहर्ष समर्पित कर दिया था।

ओलेस्या ने अपनी पलकों को धीमे से हिलाकर मान्यूलिखा की ओर संकेत किया। हम दोनों ने एक-दूसरे के हाथ छोड़ दिये और उस क्षण का जादुई सम्मोहन टूट गया। हम एक-दूसरे के निकट बैठ गए। उसकी ओर से प्रश्नों की बौछार शुरू हो गई—बुख़ार कैसे चढ़ा, कौन-सी दवाइयाँ लीं, डॉक्टर—जो शहर से दो बार मुझे देखने आया था—ने बुख़ार के सम्बन्ध में मुझे क्या बतलाया, इत्यादि। डॉक्टर के सम्बन्ध में उसने मुझसे कई प्रश्न पूछे। मुझे लगा कि जब मैं डॉक्टर का उल्लेख करता था, तो उसके होंठों पर एक व्यंग्यात्मक मुस्कान सिमट आती है।

"तुमने अपनी बीमारी की ख़बर मुझे क्यों नहीं दी?" उसने खीज-भरे स्वर में कहा, "मैं एक दिन में ही तुम्हें बिस्तर से उठा देती। तुम उन लोगों पर कैसे विश्वास कर लेते हो, जिन्हें कुछ भी ज्ञान नहीं है—रत्ती भर ज्ञान नहीं है? तुमने मुझे क्यों नहीं बुला भेजा?"

मैं गहरे असमंजस में पड़ गया। "बुख़ार अचानक आ गया ओलेस्या, तुम्हें बुलाने का समय ही कहाँ मिला? नाहक तुम्हें परेशान करने को भी मन नहीं हुआ। पिछले कुछ दिनों से तुम्हारे व्यवहार में अजीब परिवर्तन आ गया था। लगता था, मानो तुम मुझसे किसी बात पर नाराज़ हो या बिलकुल ऊब गई हो मुझसे। ओलेस्या, सुनो," मैंने अपना स्वर धीमा करते हुए कहा, "मुझे तुमसे बहुत-सी बातें करनी हैं, लेकिन किसी ऐसे स्थान पर, जहाँ हम दोनों के अलावा और कोई न हो। तुम मेरा मतलब समझ गई होगी..."

उसने सहमति में आँखें नीचे झुका लीं। फिर डरते-डरते दादी को देखते हुए दबे होंठों से कहा, "मैं भी यही चाहती थी, किन्तु अभी नहीं—बाद में, किसी और समय।"

सूर्यास्त होते ही उसने मुझे घर वापस लौट जाने के लिए कहा।

"जल्दी करो, वरना सर्दी खाकर दुबारा बीमार पड़ जाओगे," उसने मेरा हाथ खींचते हुए कहा।

"ओलेस्या, तुम कहाँ जा रही हो?" मान्यूलिखा ने जब अपनी पोती को भूरे रंग की ऊनी शॉल कन्धों पर डालते देखा, तो चिल्ला उठी।

"कुछ दूर तक इनके संग जाऊँगी," ओलेस्या ने खिड़की से बाहर देखते हुए लापरवाही-भरे स्वर में कहा।

वह जानबूझकर मान्यूलिखा से आँखें चुरा रही थी। मुझे उसके स्वर में हल्की-सी खीज का आभास मिला।

"आख़िर तुम जा रही हो?" बुढ़िया ने ऊँचे स्वर में कहा।

ओलेस्या ने प्रज्वलित नेत्रों से मान्यूलिखा की ओर देखा।

"हाँ, मैं जा रही हूँ!" उसने उद्धत होकर कहा, "हमने इस विषय पर काफ़ी बातचीत कर ली है। अब फिर बखेड़ा खड़ा करने से क्या फ़ायदा? यह मेरी अपनी बात है और इसका नतीजा भी मैं ख़ुद भुगत लूँगी।"

"अच्छा, तो यह बात है!" मान्यूलिखा ने खीज और शिकायत-भरे स्वर में कहा।

वह कुछ और कहने जा रही थी, किन्तु न जाने क्या सोचकर चुप रह गई। उसने निराशा-भरे भाव से अपना हाथ हवा में हिला दिया और लड़खड़ाती हुई कमरे के कोने में जाकर टोकरी बनाने में व्यस्त हो गई।

मैं जान गया कि मान्यूलिखा और ओलेस्या के बीच यह विद्वेषपूर्ण वार्तालाप आपसी झगड़ों की एक लम्बी श्रृंखला की कड़ी है।

"तुम्हारी दादी को शायद मेरे संग तुम्हारा बाहर आना बुरा लगता है?" जंगल की ओर उतरते हुए मैंने ओलेस्या से पूछा।

उसने झुँझलाहट में कन्धे बिचका दिये।

"हाँ, लेकिन तुम इसकी कोई चिन्ता न करो। मैं उनकी इच्छा की ग़ुलाम नहीं हूँ। जो मेरे मन में आएगा, वही करूँगी।"

पिछले दिनों में उसका मेरे प्रति जो रूखा व्यवहार रहा था, उसकी आलोचना किये बिना मैं नहीं रह सका।

"अच्छा, तो मेरी बीमारी से पहले तुमने अपनी इच्छा से ही मेरा साथ छोड़ दिया था? उन दिनों मेरा हृदय जिस बुरी तरह व्याकुल रहता था, उसे तुम शायद कभी नहीं जान पाओगी। हर शाम मैं इस बात की आस लगाए रहता कि तुम मेरे संग बाहर आओगी, किन्तु तुम गुमसुम-सी मुँह फुलाए बैठी रहतीं। काश, तुम समझ पातीं कि तुमने अनजाने में मुझे कितना कष्ट पहुँचाया है, ओलेस्या!"

"कृपया उन बातों को भूल जाओ! उनका ज़िक्र मत करो!" उसने अनुरोध किया। उसके स्वर में क्षमा-याचना का विनीत भाव भरा था।

"मैं तुम्हें दोष नहीं दे रहा हूँ। यूँ ही मेरे मुँह से यह बात निकल गई। ख़ैर, अब मैं कारण जान गया हूँ, किन्तु उन दिनों मैंने जो अनुमान लगाया था, अब उसे सोचकर हँसी आती है। मुझे लगा था कि पुलिस इंस्पेक्टर की बात को लेकर तुम मुझसे रूठ गई हो। मैंने सोचा कि तुम मुझे पराया समझती हो, जिसकी सहायता और सहानुभूति तुम्हें स्वीकार नहीं। इससे मुझे कितना गहरा मानसिक क्लेश पहुँचा, इसकी तुम कल्पना भी नहीं कर सकतीं। तब मुझे क्या मालूम था कि तुम दादी माँ के कारण ही मुझसे दूर-दूर रहती हो!"

अचानक ओलेस्या का चेहरा लाल हो उठा।

"नहीं, दादी माँ ने मुझे नहीं रोका था। मैं स्वयं तुमसे दूर रहना चाहती थी।" उसका स्वर सहसा कठोर हो उठा।

मैं ओलेस्या की बग़ल में खड़ा था और मुझे उसके तनिक झुके हुए चेहरे की कोमल, कान्तिमान रूपरेखा दिखाई दे रही थी। मुझे लगा कि पिछले दिनों उसकी देह भी काफ़ी दुबली हो गई है और उसकी आँखों के नीचे नीली छायाएँ उभर आई हैं। उसे पता चल गया कि मैं उसके चेहरे को एकाग्रचित्त होकर निहार रहा हूँ। उसने अपना चेहरा उठाया, मेरी ओर देखा, और फिर शरमाकर मुस्कराते हुए अपनी आँखें दूसरी ओर फेर लीं।

"ओलेस्या, तुम मुझसे दूर रहना चाहती थीं? भला क्यों?" मैंने भर्राए स्वर में पूछा और उसका हाथ पकड़कर उसे वहीं रोक लिया।

हम एक लम्बी, सँकरी, तीर की तरह सीधी पगडंडी के बीचोबीच खड़े थे। पगडंडी के दोनों ओर पतले, लम्बे चीड़ के वृक्ष दूर तक चले गए थे। उनकी लम्बी, सुगन्धित और एक-दूसरे से उलझी शाख़ों ने पगडंडी के ऊपर शामियाना-सा तान दिया था। सूर्यास्त की महीन, रक्तिम किरणें चीड़ के नंगे तनों पर झिलमिला रही थीं।

"क्यों, ओलेस्या, क्यों?" दबे स्वर में मैं बार-बार उससे पूछ रहा था। उसके हाथ पर मेरी गिरफ़्त मज़बूत होती जा रही थी।

"मैं डरती थी...अपने भाग्य से!" उसके होंठ फड़फड़ाए, "सोचती थी, तुमसे दूर रहकर मैं अपनी नियति से छुटकारा पा लूँगी। किन्तु अब..."

सहसा उसकी साँस तेज़ हो गई। अचानक उसने अपनी बाँहें मेरे गले में डाल दीं और मुझे अपने बाहुपाश में जकड़ लिया। मुझे लगा, मेरे होंठों पर उसके काँपते शब्दों की गर्म मिठास घुल रही है।

"अब मुझे कोई चिन्ता नहीं है क्योंकि...क्योंकि मैं तुमसे प्यार करती हूँ! मेरे सर्वस्व...मेरे प्राण...मेरी ख़ुशी!"

वह मुझसे लिपटती जा रही थी। उसकी स्वस्थ गर्म देह मेरी बाँहों में पत्ते के समान काँप रही थी। उसका दिल धौंकनी की तरह मेरी छाती पर धड़क रहा था। उसके प्रेमोन्मादित चुम्बन तेज़ शराब की तरह मुझे उन्मत्त बना रहे थे। एक तो बुख़ार की कमज़ोरी पूरी तरह मिटी नहीं थी, ऊपर से ओलेस्या का यह प्रेमोन्मादपूर्ण व्यवहार! मैं विचलित हो उठा। मेरा सिर चकराने लगा, आत्मसंयम की डोर हाथों से छूटने लगी।

"क्या कर रही हो ओलेस्या, ईश्वर के लिए मुझे छोड़ दो! जाने दो मुझे!" उसकी बाँहों को छुड़ाने की चेष्टा करता हुआ मैं बोला, "अब मुझे भी डर लगा रहा है—ख़ुद अपने से! मुझे जाने दो, ओलेस्या!"

उसने अपना चेहरा ऊपर उठाया—एक अलस मुस्कान उस पर खेल रही थी।

"डरो नहीं, मेरे प्यारे।" उसकी मूक आँखों से अद्‌भुत साहस और असीम स्नेह छलक रहा था, "मैं तुमसे कभी कुढ़ूँगी नहीं, न कभी किसी

बात पर तुम्हें उलाहना दूँगी। मैं तो बस इतना जानना चाहती हूँ कि तुम मुझसे प्यार करते हो या नहीं।"

"हाँ, ओलेस्या, एक लम्बे अर्से से तुम्हारे प्यार ने मुझे पागल-सा बना दिया है, किन्तु—देखो, मुझे और मत चूमो। मैं अभी बहुत कमज़ोर हूँ और मेरा सिर चकरा रहा है। मुझे अपने पर विश्वास नहीं है..."

एक बार फिर उसके होंठों ने मेरे होंठों को एक लम्बे मधुर चुम्बन में ओढ़ लिया। मैंने सुना नहीं, किन्तु उस क्षण मुझे लगा, मानो वह होंठों-ही होंठों में कह रही है, 'तो फिर डरो नहीं। सब चिन्ताएँ त्याग दो। यह दिन हमारा है, इसे कोई हमसे नहीं छीन सकता।'

वह रात परियों की कहानी-सी सुन्दर और मोहक थी। चाँदनी के विचित्र और रहस्यमय रंगों में सारा जंगल नहा रहा था। पीले और नीले आलोक के धब्बे कटे-फटे, ठूँठों, टेढ़ी-मेढ़ी शाख़ाओं और काई के कोमल, नर्म कालीन पर झिलमिला रहे थे। भोजपत्र के वृक्षों के पतले, सफ़ेद तनों की रूपरेखा अन्धकार और चाँदनी के बीच स्पष्ट रूप से दिखाई दे रही थी। उनके पत्तों को देखकर लगता था, मानो किसी ने धवल चाँदी की जाली में उन्हें लपेट दिया हो। जहाँ कहीं चाँदनी चीड़ की घनी शाख़ाओं को भेदने में असमर्थ थी, वहाँ निविड़, निर्भेद्य अन्धकार का साम्राज्य फैला था। किन्तु कुछ ऐसे तिमिराच्छादित स्थल भी थे, जहाँ कोई भूली-भटकी आलोक-रेखा वृक्ष के झुरमुटों को काटती हुई किसी छोटी-सी पगडंडी को प्रकाशमान कर देती थी। चाँदनी से आलोकित वह सुन्दर पगडंडी छायादार वृक्षों से घिरी एक सड़क-सी जान पड़ती थी, जिस पर मानो 'ओबरोव और तितानिया' का आगमन होने वाला हो और जिसे यक्षों ने झाड़-बुहार कर साफ़ कर दिया हो। हम दोनों हाथ में हाथ डाले चुपचाप, उस स्वप्न-लोक के जीवन्त और

उल्लासपूर्ण वातावरण में चले जा रहे थे। जंगल की मायावी निस्तब्धता तथा एक अद्वितीय, अलौकिक आनन्द ने हम दोनों को अपने में समेट लिया था।

"अरे, मैं तो भूल ही गई कि तुम्हें जल्दी घर लौटना है!"

ओलेस्या को अचानक याद आया, "कितनी स्वार्थी हूँ मैं भी! तुम अभी बुख़ार से उठे हो और मैं हूँ कि इतनी देर तक तुम्हें जंगल में रोक रखा है।"

मैंने उसे अपनी बाँहों में भर लिया और उसके घने, काले बालों से शॉल को हटा दिया।

"ओलेस्या, तुम्हें दुःख तो नहीं है?" मैंने धीरे से उसके कान में कहा, "तुम अब पछता तो नहीं रहीं?"

उसने धीरे से अपना सिर हिला दिया।

"नहीं; मुझे कोई दुःख नहीं है—भविष्य में चाहे जो कुछ भी हो। कितनी सुखी हूँ मैं!"

"क्या होगा भविष्य में?"

उसकी आँखों में एक रहस्यपूर्ण भय घिर आया, जिसे मैं एक बार पहले भी देख चुका था।

"कुछ अवश्य होगा। याद है वह बात, जो मैंने चिड़ी की बेगम के सम्बन्ध में तुम्हें बताई थी? मैं ही वह बेगम हूँ। ताश के पत्तों ने जिस विपत्ति के सम्बन्ध में भविष्यवाणी की थी, वह मेरे भाग्य में ही लिखी है। जानते हो, मैंने यह निश्चय कर लिया था कि मैं तुम्हें अपने घर आने से बिलकुल मना कर दूँगी। किन्तु उसी समय तुम बीमार पड़ गए और मैं पन्द्रह दिनों तक तुमसे न मिल पाई। उन दिनों तुम्हारी अनुपस्थिति में मैंने अपने को इतना अकेला और उदास पाया कि कुछ कहते नहीं बनता। मैंने सोचा था कि यदि केवल एक क्षण तुम्हें देख पाऊँ, तो उसके एवज़ में अपना सर्वस्व न्योछावर करने में भी मैं नहीं हिचकूँगी। इस विचार ने ही मेरे निश्चय को दृढ़ कर दिया। 'चाहे जो विपत्ति आए,' मैंने मन में सोचा, 'अपनी आत्मा के सुख को मैं किसी हालत में नहीं छोड़ सकूँगी।'"

"ओलेस्या, तुम ठीक कहती हो। मैंने भी यही सोचा था।"

उसकी कनपटियों को अपने होंठों से छूते हुए मैंने कहा, "तुमसे अलग होकर ही मैं तुम्हारे प्रति अपने प्रेम के सत्य को पहचान पाया। किसी ने सच कहा है कि प्रेम के लिए जुदाई उसी तरह है, जिस तरह आग के लिए हवा। क्षुद्र प्रेम को वह बुझा देती है और सच्चे प्रेम को और भी अधिक भड़का देती है।"

"क्या कहा तुमने? एक बार और कहो।" ओलेस्या ने उत्सुकता भरे स्वर में कहा।

मैंने वह कहावत दुहरा दी। ध्यानमग्ना-सी ओलेस्या चुप हो गई। उसके हिलते हुए होंठों को देखकर मैं समझ गया कि वह मन-ही-मन उन शब्दों को दुहरा रही है।

मैं उसके उठे हुए पीले चेहरे को ध्यान से देखता रहा। उसकी बड़ी-बड़ी काली आँखों में चाँदनी का उज्ज्वल आलोक झिलमिला रहा था। उसी क्षण भावी अनिष्ट की अस्पष्ट आशंका ने सहसा मेरे हृदय को कचोट दिया।

II

कैसे सरस दिन थे वे! परीदेश की कल्पना-सा, मादक-सम्मोहन से भरा हमारा अबोध, निश्छल प्रेम एक महीने तक चलता रहा था। आज जब कभी ओलेस्या की छवि मैं याद करता हूँ, तो उससे सम्बद्ध अनेक सुन्दर स्मृतियाँ—सूर्यास्त का अरुण रश्मि-जाल, घाटी के मधु और फूलों की सुगन्ध से महकती, शबनम में भीगी ऊषाएँ, मदमस्त ताज़गी लिये, पक्षियों के कलरव से गूँजता वातावरण, जून की गर्म, उनींदी, अलसाई-सी दुपहरें—बरबस मेरे मस्तिष्क में उमड़ आती हैं। एक अजीब-सा नशा था, जिसमें मैं ऊब, थकान, घुमक्कड़ी का शौक़—सब कुछ भूल गया। किसी आदि-देवता या स्वस्थ और जवान जन्तु की भाँति मैं प्रकाश और गरमाई, जीवन की सरसता और शान्त, स्वस्थ प्रेम के इन्द्रिय-सुख का रस भोग रहा था।

मेरी बीमारी के बाद मान्यूलिखा मुझसे जली-भुनी रहने लगी। मेरे प्रति उसकी घृणा ने इतना भयंकर रूप धारण कर लिया कि अब वह उसे दबाने-छिपाने का उपक्रम भी नहीं करती थी। जब मैं झोंपड़ी में होता, वह मेरे प्रति अपना रोष प्रकट करने के लिए चूल्हे में बर्तनों को इतनी ज़ोर से खड़खड़ाती कि आख़िर उससे तंग आकर मैं और ओलेस्या एक-दूसरे से जंगल में ही मिलने लगे। हरे पत्तों से लदे चीड़ के भव्य वृक्षों की पृष्ठभूमि में हमारा प्रगाढ़ प्रेम और भी अधिक खिल उठा।

हर रोज़ मैं विस्मय और कौतूहल से ओलेस्या के नये गुणों को देखता रह जाता। अनेक कामों में उसकी विलक्षण सूझ-बूझ और मृदुल शालीनता को देखकर विश्वास नहीं होता था कि वह बिलकुल अशिक्षित है और उसका पालन-पोषण जंगल में हुआ है। प्रेम के कुछ ऐसे बाध्य और विकृत लक्षण होते हैं, जो कोमल, भावुक व्यक्ति को हमेशा लज्जित और पीड़ित कर देते हैं। किन्तु ओलेस्या के स्वच्छ आचरण और सद्व्यवहार ने हमारे प्रेम की पवित्रता को कलुषित होने से हमेशा बचाए रखा। उस पर उसने एक क्षण के लिए भी सस्ती और सतही भावनाओं की छाया न पड़ने दी।

और धीरे-धीरे वह दिन पास आने लगा, जब मुझे गाँव छोड़कर चले जाना था। वास्तव में पेरीब्रोद में मेरा काम समाप्त हो चुका था, किन्तु मैं जानबूझकर अपने प्रस्थान की तिथि आगे ठेलता जा रहा था। अभी तक इस सम्बन्ध में मैंने ओलेस्या से एक शब्द भी नहीं कहा था। मेरी विदाई का समाचार सुनकर उस पर कैसी प्रतिक्रिया होगी, इसकी कल्पना करते ही मेरा दिल काँप उठता था। मैं एक अजीब दुविधा में फँस गया। अपनी दिनचर्या का मैं इतना अभ्यस्त हो गया था कि उसे अचानक छोड़कर चल देना मुझे असम्भव-सा प्रतीत होता था। प्रतिदिन ओलेस्या से मिलना, उसकी खिलखिलाती हँसी और सुरीली आवाज़ को सुनना, उसके हाथों के कोमल, सुखद स्पर्श को महसूस करना मेरे लिए आवश्यक ही नहीं, अनिवार्य बन गया था। बारिश के कारण जब कभी मैं उससे मिलने नहीं जाता था, उस समय मैं अपने को इतना असहाय और एकाकी पाता, मानो किसी ने मेरी कोई

अमूल्य निधि छीन ली हो! मुझे अपना काम नीरस और निरर्थक-सा प्रतीत होता, किसी कार्य में मन नहीं लगता और मेरी आत्मा जंगल के वातावरण, उसकी गरमाई और आलोक के लिए और ओलेस्या के मधुर परिचित चेहरे को देखने के लिए तड़पने लगती।

मेरे मन में अनेक बार ओलेस्या से विवाह करने का विचार उठा था। पहले-पहल यह विचार मेरे मस्तिष्क में कभी-कभार आता था और मैं सोचता था कि ईमान का सौदा यही है कि हमारे सम्बन्ध की अन्तिम परिणति विवाह में हो। केवल एक बात मेरे रास्ते पर बाधा बनकर खड़ी थी। मैं इस बात की कल्पना भी नहीं कर सकता था कि विवाह के बाद ओलेस्या भड़कीली पोशाक पहने हुए ड्राइंग रूम में बैठकर मेरे मित्रों की पत्नियों के संग बातचीत करेगी। ओलेस्या के संग उस पुराने जंगल का मोहक वातावरण, उसकी प्रचलित किंवदन्तियाँ और रहस्यपूर्ण भेद इतने अविच्छिन्न-रूप से जुड़े हुए थे कि उसे उनसे अलग करके देखना मुझे असम्भव-सा प्रतीत होता था।

किन्तु ज्यों-ज्यों मेरे प्रस्थान का दिन निकट आने लगा, मेरा हृदय एक मर्मान्तक व्यथा और निपट एकाकीपन के भय से आक्रान्त हो उठा। यही कारण था कि ओलेस्या से विवाह करने का मेरा निश्चय दृढ़तर होता गया। पहले मैं डरता था कि ओलेस्या से विवाह करना समाज को एक दम्भपूर्ण चुनौती देना होगा। किन्तु अब मेरे मन में यह डर मिटने लगा था।

'हमारे समाज में ऐसे अनेक सदाचारी और विद्वान पुरुष विद्यमान हैं, जिन्होंने अपनी दर्जिनों और नौकरानियों से विवाह किया है।' मैं यह सोचकर अपने दिल को आश्वासन देता, 'ऐसे दम्पतियों का वैवाहिक जीवन इतने आनन्द से गुज़रता है कि वे अपने जीवन की अन्तिम घड़ी तक अपनी नियति की सराहना करते हैं, जिसने उन्हें ऐसा निर्णय करने के लिए उत्प्रेरित किया। मुझे आशा करनी चाहिए कि मेरा भाग्य भी उन लोगों के सौभाग्य से भिन्न नहीं होगा।'

जून का आधा महीना बीत चुका था। एक दिन रोज़ की तरह मैं जंगल की उस पगडंडी के मोड़ पर खड़ा हुआ ओलेस्या की प्रतीक्षा कर रहा था,

जो नागफनी की खिलती हुई झाड़ियों के बीच टेढ़ा-मेढ़ा रास्ता बनाती हुई जाती थी। दूर से ही मैंने उसकी हल्की, तेज़ी से निकट आती हुई पदचाप को पहचान लिया।

"मेरे प्रियतम," ओलेस्या ने हाँफते हुए कहा और अपनी बाँहें मेरे गले में डाल दीं, "क्या तुम्हें बहुत देर तक मेरी प्रतीक्षा करनी पड़ी? मैं आज बड़ी मुश्किल से आ सकी हूँ, दादी माँ से झगड़ा हो गया था।"

"क्या वह अब भी तुमसे नाराज़ हैं?"

"क्यों नहीं। 'उसके कारण तू बर्बाद हो जाएगी,' वह अक्सर मुझसे कहती है, 'तेरे संग खेल-खिलवाड़ करने और तेरा जी भरकर रस लूटने के बाद वह तुझे गुठली की तरह फेंककर ख़ुद नौ-दो ग्यारह हो जाएगा। वह तुझसे रत्ती भर भी प्रेम नहीं करता।' झगड़े में वह अक्सर मुझसे ऐसी बातें करती है।"

"क्या उनका संकेत मेरी ओर है?"

"हाँ, लेकिन मैं उनकी एक बात का भी विश्वास नहीं करती।"

"क्या वह सब कुछ जानती हैं?"

"निश्चित रूप से मैं कुछ नहीं कह सकती। मेरे विचार से वह सब कुछ जानती हैं। मैं उनसे इस सम्बन्ध में कभी कोई चर्चा नहीं उठाती, वह स्वयं अपना अनुमान लगाती हैं। लेकिन चिन्ता करने की कोई बात नहीं—आओ, चलें!"

उसने नागफनी के वृक्ष से एक छोटी-सी टहनी, जिस पर सफ़ेद कलियों का एक गुच्छा लटक रहा था, तोड़कर अपने बालों में खोंस ली। हम उस पगडंडी पर—जहाँ दुपहर की हल्की गुलाबी धूप छिटक रही थी—धीरे-धीरे चलने लगे।

पिछली रात मैंने दिल पक्का करके यह निश्चय कर लिया था कि जो भी हो, आज शाम मैं उसे सब कुछ बतला दूँगा। किन्तु उस क्षण उसके सम्मुख घबराहट के कारण मेरी ज़ुबान तालू से चिपक गई और अनिश्चय और असमंजस में उलझा हुआ मैं चुपचाप खड़ा रहा। जब मैं उसे अपने प्रस्थान और उसके साथ विवाह करने के अपने निश्चय के बारे में बताऊँगा,

तो क्या वह मेरा विश्वास करेगी? कहीं वह यह तो न समझेगी कि प्रस्थान के समाचार से उसके हृदय पर जो गहरा आघात पहुँचेगा, उसकी पीड़ा को कम करने के लिए ही मैं विवाह का प्रस्ताव रख रहा हूँ? कुछ फ़ासले पर एक वल्कल-मंडित छतनार वृक्ष खड़ा था। मैंने निश्चय कर लिया कि उस वृक्ष के पास पहुँचकर मैं ओलेस्या से अपने दिल की बात कह दूँगा। वृक्ष के पास पहुँचते ही मेरा दिल ज़ोर-ज़ोर से धड़कने लगा, घबराहट के कारण चेहरा पीला पड़ गया और मुँह सूख गया। मैंने बोलने के लिए अपनी साँस ऊपर खींच ली किन्तु मुँह से एक शब्द भी बाहर न निकला। ऐन मौक़े पर मेरा साहस टूट गया। 'सत्ताईस मेरा भाग्य-अंक है,' कुछ मिनटों बाद मैंने सोचा, 'मैं सत्ताईस तक गिनूँगा और फिर...' मैं मन-ही-मन गिनता रहा, किन्तु जब सत्ताईस पर आया तो पता चला कि मेरा मन पहले की तरह अनिश्चय में टँगा है। 'मैं साठ तक गिनूँगा—पूरा एक मिनट—और उसके बाद मैं अवश्य ही ओलेस्या से अपने दिल की बात कह दूँगा।'

"क्या बात है, आज तुम इतने उद्विग्न क्यों दिखाई दे रहे हो?" ओलेस्या ने अचानक मुझसे पूछा, "लगता है, कोई चीज़ तुम्हें कोंच रही है। मुझे नहीं बतलाओगे?"

हाँ, तब मैं बोला था—एक कृत्रिम, अस्वाभाविक, लापरवाही-भरे स्वर में, मानो मैं किसी बहुत ही क्षुद्र और महत्त्वहीन विषय का उल्लेख कर रहा हूँ। उस क्षण मुझे अपने स्वर से, अपने शब्दों से घृणा हो रही थी।

"ओलेस्या, तुम्हारा अनुमान ठीक है। मैं सचमुच परेशान हूँ। बात यह है कि इस गाँव में मेरा काम समाप्त हो गया है। मेरे अफ़सर अब मुझे वापस अपने शहर भेज रहे हैं।"

मैंने कनखियों से ओलेस्या को देखा। उसके चेहरे का रंग उड़ गया था और होंठ काँपने लगे थे। किन्तु उत्तर में उसने एक शब्द भी न कहा। कुछ मिनटों तक मैं उसके साथ चलता रहा। झींगुर ज़ोर-ज़ोर से टर्रा रहे थे। कभी-कभी दूर से किसी पक्षी के चहचहाने का अलसाया-सा स्वर सुनाई दे जाता था।

"ओलेस्या, तुम जानती हो कि हमेशा के लिए यहाँ रहना सम्भव नहीं। स्थायी रूप से यहाँ ठहरने के लिए कोई व्यवस्था भी नहीं हो सकती। इसके अलावा मेरे ऊपर काम की ज़िम्मेदारी है, जिसकी उपेक्षा करना उचित नहीं।"

"तुम ठीक कहते हो। मैं भी यही सोचती हूँ," ओलेस्या ने कहा, "सबसे पहले अपना कर्तव्य है—पीछे कुछ और। तुम्हें अवश्य जाना चाहिए।"

उसके भावहीन स्वर में कुछ ऐसी शून्यता भरी थी कि मैं भयभीत-सा हो गया।

वह एक पेड़ का सहारा लेकर खड़ी हो गई। उसका चेहरा हल्दी-सा पीला हो गया था, निर्जीव, निष्प्राण-सी बाँहें नीचे लटक आई थीं और उसके होंठों पर अवसाद और व्यथा से भरी फीकी-सी मुस्कराहट सिमट आई थी। उसके चेहरे के पीलेपन को देखकर मैं भयाकुल हो उठा। तेज़ी से लपककर मैंने उसके हाथ पकड़ लिये।

"प्यारी ओलेस्या, तुम्हें क्या हो गया है?"

"कुछ नहीं...मैं ठीक हूँ...घबराओ नहीं...ज़रा सिर में चक्कर आ गया था।"

वह पाँव बढ़ाकर आगे चलने को उद्यत हुई। अपना हाथ उसने मेरे हाथ में पड़ा रहने दिया।

"न जाने अभी तुम्हारे मन में मेरे प्रति कितने बुरे विचार आए होंगे," मैंने उलाहना-भरे स्वर में कहा, "छिः, ओलेस्या, क्या तुम भी यह सोचती हो कि मैं तुम्हें छोड़कर चला जाऊँगा? क्या यह कभी सम्भव है, प्यारी ओलेस्या? आज रात को ही मैं तुम्हारी दादी माँ से कहने वाला हूँ कि तुम मेरी पत्नी बनने जा रही हो।"

मुझे यह देखकर गहरा आश्चर्य हुआ कि वह मेरी बात को सुनकर तनिक भी विस्मित न हुई।

"तुम्हारी पत्नी?" उदास होकर धीरे से उसने अपना सिर हिला दिया, "नहीं, प्यारे वान्या, यह असम्भव है।"

"किन्तु क्यों, ओलेस्या, क्यों?"

"नहीं...कभी नहीं। इसकी कल्पना करना भी मूर्खता है, यह बात तुम भी दिल में महसूस करते हो। क्या मैं तुम्हारी पत्नी होने योग्य हूँ? तुम एक भद्र पुरुष हो—शिक्षित और बुद्धिमान, और मैं? एक अनपढ़ गँवार औरत, जिसे लोगों के संग उठने-बैठने का भी शऊर नहीं। मुझे अपनी पत्नी बनाकर शर्म से तुम अपना सिर भी नहीं उठा सकोगे।"

"कैसी बेकार की बातें करती हो तुम भी, ओलेस्या!" मैंने उत्तेजित होकर उसका प्रतिवाद किया, "छह महीने के भीतर तुम इतनी बदल जाओगी कि स्वयं तुम्हें अपने को पहचानना मुश्किल हो जाएगा। तुम नहीं जानतीं कि तुम कितनी चतुर और प्रवीण हो। हम दोनों मिलकर बहुत-सी सुन्दर पुस्तकें पढ़ेंगे, सहृदय और बुद्धिमान लोगों से मिलेंगे, सारी दुनिया की सैर करेंगे। ओलेस्या, जैसे हम आज हैं, वैसे ही ज़िन्दगी-भर एक-दूसरे के संग रहेंगे। तुम पर मुझे शर्म आएगी? छि:, ओलेस्या, कैसी बातें करती हो! तुमसे बढ़कर मुझे और किस पर गर्व होगा? मैं जीवन-भर तुम्हारा कृतज्ञ रहूँगा, ओलेस्या!"

मेरे मर्मस्पर्शी भाषण के उत्तर में ओलेस्या ने भावाकुल होकर मेरा हाथ दबा दिया, किन्तु अपने निश्चय पर वह अडिग रही।

"कुछ और भी बातें हैं, जिन्हें तुम नहीं जानते। मैंने आज तक तुम्हें नहीं बताया कि मेरे पिता नहीं हैं। मैं जारज सन्तान हूँ।"

"ओलेस्या, मुझसे ये सब बातें मत कहो। मुझे इनमें कोई दिलचस्पी नहीं है। मेरे लिए सबसे बड़ी बात है—तुम्हारा प्रेम। तुम्हारे माँ-बाप चाहे जो भी हों, मुझे उनसे कोई मतलब नहीं। मुझे अन्य बातों की कोई चिन्ता नहीं, क्योंकि तुम मुझे मेरे माता-पिता और सारी दुनिया से भी कहीं अधिक प्रिय हो। इस तरह के बहाने बनाकर मुझे मत टालो!"

उसने कोमल-विनीत भाव से अपने कन्धे मेरे कन्धों से सटा लिये।

"अच्छा होता कि तुम इस चर्चा को न छेड़ते। तुम अभी जवान हो, स्वतंत्र हो, तुम्हारे हाथ-पाँव बाँधकर तुम्हें पास रखे रहना क्या उचित और सम्भव होगा? हो सकता है कि तुम किसी दूसरी स्त्री से प्रेम करने लगो।

उस समय मैं तुम्हें मार्ग का रोड़ा जान पड़ूँगी। तुम मुझसे घृणा करने लगोगे और उस घड़ी को कोसोगे, जब मैं तुमसे विवाह करने पर रज़ामन्द हो गई थी। क्या तुम नाराज़ हो गए?" मेरे चेहरे पर व्यथा का भाव देखकर उसने अभ्यर्थना-भरे स्वर में कहा, "मैं तो केवल तुम्हारे सुख की बात सोच रही हूँ। तुम्हें अपनी बातों से पीड़ित करना मेरा मक़सद नहीं है। फिर इसके अलावा दादी माँ का क्या होगा? तुम ही सोचो, क्या यह उचित होगा कि मैं उन्हें अकेली, निराश्रित अवस्था में छोड़कर चली जाऊँ?"

"उनके रहने का भी कहीं इन्तज़ाम हो जाएगा," मैंने कहा। ओलेस्या की दादी का विचार सचमुच अभी तक मेरे मस्तिष्क में नहीं आया था। "यदि वह हमारे संग न रहना चाहें तो किसी भी शहर के 'भिक्षा-गृह' में रह सकती हैं, जिसमें उन जैसी बूढ़ी स्त्रियों की सुख-सुविधा के लिए पूरी व्यवस्था की जाती है।"

"नहीं, ऐसा कभी सम्भव न होगा। वह जंगल से कहीं बाहर जाना पसन्द न करेंगी। पराये आदमियों से उन्हें डर लगता है।"

"ओलेस्या, आख़िर इसका निर्णय तो केवल तुम्हें ही करना पड़ेगा। दादी माँ और मेरे बीच तुम्हें किसी एक को चुनना होगा। केवल इतना ध्यान रखना कि तुम्हारे बिना मुझे अपना जीवन एक भारी बोझ-सा प्रतीत होगा।"

"मेरे प्रियतम," उसने भावोच्छ्वसित होकर स्नेहसिक्त स्वर में कहा, "मैं कृतज्ञ हूँ—तुम्हारे इन शब्दों के लिए। तुमने मेरी आत्मा को कितनी शान्ति पहुँचाई है! किन्तु मैं तुमसे विवाह न कर सकूँगी। जैसी मैं आज हूँ, वैसे ही—अगर तुम्हें कोई आपत्ति न हो—मैं आजीवन तुम्हारे संग रहने के लिए प्रस्तुत हूँ। किन्तु जल्दी मत करो। सोच-विचारकर ही कोई क़दम उठाना उचित होगा। फिर इस सम्बन्ध में दादी माँ से भी बातचीत करनी पड़ेगी।"

"ओलेस्या, सुनो," बिजली की तेज़ी से एक नया विचार मेरे मस्तिष्क में कौंध गया। "विवाह के लिए जो तुम आनाकानी कर रही हो, वह क्या इसलिए तो नहीं कि तुम्हें गिरजे में जाने से डर लगता है?"

वास्तव में मुझे विवाह की चर्चा इसी विषय को लेकर आरम्भ करनी चाहिए थी। इस सम्बन्ध में मैं ओलेस्या से प्राय: हर रोज़ बहस किया करता था। मैंने उसे अनेक बार समझाया था कि उसका भय बिलकुल निराधार और निरर्थक है कि जादू-टोना करने के कारण उसका कुल अभिशापग्रस्त हो गया है। रूस में प्राय: प्रत्येक बुद्धिजीवी ज्ञान-प्रचारक होता है। पिछली दशाब्दियों के रूसी-साहित्य ने यह तत्त्व हमारे रक्त में घोल दिया है। यदि ओलेस्या कट्टर धार्मिक विचारों की स्त्री होती, बिला नागा उपवास रखती, नियमित रूप से गिरजे में जाती, तो मैं उसके धार्मिक विचारों पर हल्का-सा कटाक्ष ('हल्का-सा' इसलिए, क्योंकि मैं स्वयं धर्म में विश्वास रखता हूँ) करने से कभी न चूकता और हरदम उसकी बौद्धिक जिज्ञासा और चेतना को जागृत करने के प्रयास में जुटा रहता। किन्तु ओलेस्या ने मुझसे कभी अपने मन की बात नहीं छिपाई। उसका यह अबोध और दृढ़ विश्वास था कि उसके कुल के लोगों ने ईश्वर से नाता तोड़कर पैशाचिक शक्तियों के संग अपना सम्बन्ध जोड़ लिया है। वह भगवान का नाम लेने में भी हिचकती थी।

मेरे कहने-सुनने के बावजूद अन्धविश्वासों में उसकी अडिग आस्था ज्यों-की-त्यों बनी रही। मेरे सब तर्क और व्यंग्य—जो कभी-कभी बहुत कठोर और क्रूर भी हो जाते थे—एक रहस्यमयी और दैवाधीन नियति पर उसके विनम्र विश्वास के सामने चूर-चूर हो जाते थे।

"ओलेस्या, क्या तुम्हें गिरजे से डर लगता है?" मैंने दुबारा पूछा।

उसने चुपचाप अपना सिर झुका दिया।

"तुम सोचती हो कि भगवान तुम्हें स्वीकारेगा नहीं?" मैं उत्तेजित होकर बोलता जा रहा था, "तुम सोचती हो कि वह तुम्हें अपनी दया से वंचित रखेगा? लाखों देवदूत जिसके अधीन हैं, धरती पर अवतरित होकर मानव-कल्याण के लिए जिसने अपमानजनक और भयानक मृत्यु को गले लगाया, क्या वह तुम्हें क्षमा नहीं करेगा? तुम उस परमात्मा में विश्वास नहीं कर पातीं, जिसने डाकू-हत्यारे जैसे पापियों को स्वर्ग में स्थान दिया, जिसने एक पतित, पथभ्रष्ट नारी के पश्चात्ताप को गौरव दिया था?"

ओलेस्या के लिए ये बातें नई नहीं थीं—अनेक बार हम इस सम्बन्ध में बातचीत कर चुके थे। किन्तु इस बार उसने मेरी एक न सुनी। उसने जल्दी से अपनी शॉल उतार डाली और उसे मरोड़-सिकोड़कर मेरे मुँह पर दे मारा। फिर क्या था, हम दोनों गुत्थमगुत्था हो गए। मैं उसके बालों से नागफनी का फूल खींचने की चेष्टा करने लगा। खींचतान में वह गिर पड़ी और गिरते-गिरते उसने मुझे भी अपने संग घसीट लिया। हम दोनों ख़ुशी से हँसते जा रहे थे। उसने अपने गर्म, मधुर होंठ—जो हाँफने के कारण तनिक खुल गए थे—मेरे होंठों पर रख दिये।

उस रात एक-दूसरे से विदा लेकर जब हम अपने-अपने घर की ओर चल पड़े, तो कुछ फ़ासला तय करने के बाद मुझे ओलेस्या की आवाज़ सुनाई दी।

"वान्या, ज़रा रुक जाओ। मैंने तुमसे एक बात कहनी है।"

उससे मिलने के लिए मैंने अपने पाँव वापस मोड़ लिये। वह मेरी ओर तेज़ी से भागती आ रही थी। आकाश में हँसिया-चाँद उग आया था, जिसके फीके आलोक में ओलेस्या की आँखें आँसुओं से चमक रही थीं।

"ओलेस्या, क्या बात है?" मैंने चिन्तित होकर पूछा।

उसने मेरे दोनों हाथ पकड़ लिये और बारी-बारी से उन्हें चूमने लगी।

"वान्या, तुम कितने अच्छे, कितने दयाशील हो!" उसने काँपते स्वर में कहा, "मैं अभी सोच रही थी कि तुम मुझे कितना चाहते हो। मेरी हार्दिक इच्छा है कि किसी तरह मैं तुम्हारे काम आ सकूँ, किसी तरह तुम्हें बहुत ख़ुश कर सकूँ।"

"ओलेस्या...मेरी प्यारी बच्ची! इस तरह अपने को परेशान मत करो..."

"अच्छा, सुनो," वह कह रही थी, "अगर किसी दिन मैं गिरजे में चली जाऊँ तो क्या तुम बहुत ख़ुश होगे? अपने दिल की बात कहना। मैं तुम्हारे मुँह से झूठ नहीं सुनूँगी।"

मैं सोचने लगा। मेरे दिल में एक विचित्र-सा वहम उठ रहा था। क्या गिरजे में उसका जाना अनिष्टकर तो नहीं होगा?

"तुम चुप क्यों हो गए? बोलो, क्या तुम ख़ुश होगे? या तुम इसको कोई महत्त्व नहीं दोगे?"

"ओलेस्या, समझ में नहीं आता, क्या कहूँ।" मैं हकला रहा था, "ख़ुश क्यों नहीं हूँगा? क्या मैंने स्वयं तुमसे अनेक बार यह बात नहीं कही कि पुरुष चाहे धर्म और परमात्मा पर विश्वास न करे, चाहे वह उनका मज़ाक़ ही क्यों न उड़ाए, किन्तु स्त्रियों की बात अलग है? धर्म में उनकी श्रद्धा और आस्था होना आवश्यक है। स्त्रियों में नारीत्व की सुन्दर, पुनीत अभिव्यक्ति उसी समय होती है, जब वे परमात्मा के आश्रय को अपनी सहज, मधुर आस्था के संग स्वीकार कर लें।"

मैं चुप हो गया। ओलेस्या ने चुपचाप अपना सिर मेरी छाती पर रख दिया।

"किन्तु तुमने मुझसे यह प्रश्न पूछा क्यों?"

ओलेस्या चौंक गई।

"कुछ नहीं। मैं सिर्फ़ जानना चाहती थी। भूल जाओ इस बात को। अच्छा, अब मैं चली। कल अवश्य आना।"

और वह चली गई।

मैं देर तक अँधेरे में आँखें फाड़ता हुआ खड़ा रहा। उसकी पदचाप क्षण-प्रतिक्षण धीमी होती गई। सहसा एक भयंकर अनिष्ट की आशंका मेरी आत्मा को झिंझोड़ गई। मेरे मन में एक अदम्य प्रेरणा उठी कि मैं ओलेस्या के पीछे भागकर बीच रास्ते में उसे रोक लूँ और उससे अनुनय-विनय करूँ, प्रार्थना करूँ कि वह गिरजे में न जाए। यदि वह मेरा अनुरोध न माने तो ज़बरदस्ती उससे वचन ले लूँ। किन्तु मैंने अपनी इच्छा को दबा दिया और घर वापस लौटते हुए ख़ुद अपना मज़ाक़ उड़ाने लगा।

"प्यारे वान्या, तुम ख़ुद अन्धविश्वासों के शिकार बनते जा रहे हो।"

हे भगवान! उस दिन मैंने अपने अन्तर्मन की पुकार क्यों नहीं सुनी? आज मेरा दृढ़ विश्वास हो गया है कि हृत्प्रेरणा—चाहे वह कितनी ही धुँधली, अस्पष्ट और रहस्यमयी क्यों न हो—कभी मिथ्या नहीं होती।

12

जिस दिन हमारी मुलाक़ात हुई थी, उसके अगले दिन ट्रिंटी (ईसाई धर्म के अनुसार परमात्मा का वह स्वरूप, जिसमें परमपिता, परमपुत्र और धर्म-आत्मा समाहित होते हैं) रविवार था। धार्मिक पर्व का भोज उस वर्ष शहीद टिमाठी-दिवस पर होना निश्चित हुआ था। जनश्रुति के अनुसार उस दिन फ़सल के ख़राब होने के चिह्न प्रकट होते हैं। पेरीब्रोद के गाँव में गिरजा तो था, लेकिन गिरजे का पादरी नहीं था। लैट और अन्य धार्मिक भोजों के प्रमुख अवसरों पर बोल्चये गाँव का पादरी ही यहाँ प्रार्थना करने आता था।

उस दिन मुझे किसी काम से निकटवर्ती क़स्बे में जाना था। सुबह आठ बजे ही ठंडे-ठंडे में घोड़े पर सवार होकर रवाना हो गया। आसपास के गाँवों में दौरे पर जाने के लिए मैंने छह-सात वर्ष की आयु का एक घोड़ा ख़रीद लिया था। घोड़ा स्थानीय नस्ल का था, किन्तु उसके भूतपूर्व मालिक ने जो भूमि-पर्यवेक्षक थे—बड़ी होशियारी से उसका पालन-पोषण किया था। घोड़े का नाम तारन्चिक था। मुझे वह बहुत पसन्द आया था—उसकी मज़बूत सुघड़ टाँगें, माथे पर झुके हुए घने बाल जिसके नीचे क्रुद्ध, शंकित आँखें चमकती रहती थीं, और उसके ज़ोर से भिंचे हुए होंठ मुझे बहुत आकर्षक लगते थे। उसका रंग भी अजीबोग़रीब था—चूहे का मटियाला सलेटी रंग, किन्तु उसकी देह के पिछले हिस्से पर सफ़ेद और काले धब्बे पड़े हुए थे।

मुझे गाँव के एक सिरे से दूसरे सिरे तक जाना पड़ा। गिरजे और शराबख़ाने के बीच का चौकोर हरा-भरा मैदान छकड़ा-गाड़ियों से भर गया था, जिनमें वोलोशा, जुलन्या और पैचालोवका आदि सीमावर्ती गाँवों के किसान अपने बीवी-बच्चों के संग भोज में सम्मिलित होने आए थे। छकड़ों के इर्द-गिर्द बड़ी चहल-पहल थी। सुबह से ही लोग—कड़ी पाबन्दियों के बावजूद—शराब पीने में मस्त थे (धार्मिक त्योहारों पर और रात के समय शराब पीना निषिद्ध था, किन्तु लोग लुक-छिपकर शराबख़ाने के भूतपूर्व मालिक स्रूल से वोदका ख़रीद लाते थे)। हवा बन्द थी और सुबह से ही गर्मी की घुटन महसूस होने लगी थी।

जब सुबह इतनी उमस थी तो दोपहर में गर्मी का क्या हाल होगा, इसका अनुमान लगाना कठिन नहीं था। गर्म, तपा हुआ आकाश, जिसमें बादल का एक भी टुकड़ा दिखाई न देता था, चाँदी-सी चमचमाती सफ़ेद धूल से ढका था।

शहर में अपना काम समाप्त करने के बाद मैं भोजन करने के लिए सराय में गया। यहूदियों के ढंग से पकाई गई पाइक मछली को जल्दी-जल्दी निगलने के बाद बहुत ही रद्दी, मटियाले रंग की बियर पीकर मैं घर की ओर चल पड़ा। रास्ते में लुहार की दुकान दिखाई दी तो याद आया कि कुछ दिनों से तारन्चिक की अगली बाईं टाँग की नाल ढीली हो गई है। उसे बदलवाने के लिए मैं वहीं रुक गया। डेढ़ घंटा वहीं लग गया। पेरीब्रोद पहुँचते-पहुँचते शाम के लगभग साढ़े चार-पाँच का समय हो चुका था।

मैदान में नशे में धुत्त लोगों के झुंड के झुंड शोर मचाते, हँसते-बोलते घूम रहे थे। शराबख़ाने का आँगन और गलियारा धक्कम-धुक्का करते ग़ाहकों की अपार भीड़ से खचाखच भरा था। पेरीब्रोद के निवासी भी पास-पड़ोस के गाँवों से आए हुए उन किसानों में मिल गए थे, जो अपने छकड़ों की छाया तले बैठकर विश्राम कर रहे थे। हर जगह पीछे मुड़े हुए सिर और हवा में उठी हुई बोतलें दिखाई दे रही थीं। उस भीड़ में एक भी व्यक्ति ऐसा नहीं था, जिसके होश-हवास दुरुस्त हों। लोगों का नशा एक ऐसी चोटी पर पहुँच चुका था, जहाँ हर किसान छाती ठोंककर गर्वोन्नत भाव से अपने पियक्कड़पन की कहानियाँ बढ़ा-चढ़ाकर सुनाने लगता है, भारी क़दमों से लड़खड़ाता हुआ चलता है, सिर हिलाते ही उसकी जाँघें डगमगा जाती हैं, घुटने झुक जाते हैं और वह सहसा अपना सन्तुलन खोकर पीछे की ओर गिरने लगता है। घोड़े उदासीन भाव से भूसा खा रहे थे और उनके इर्द-गिर्द बच्चे उछलते-कूदते शोर मचा रहे थे। कहीं कोई रोती-कराहती स्त्री नशे में धुत्त अपने पति पर गालियों की वर्षा कर रही थी और उसे उसकी आस्तीन से पकड़कर घसीटती हुई घर की ओर खींचे ले जा रही थी। एक मेड़ की छाया में बीस-पच्चीस स्त्री-पुरुष एक अन्धे गायक को घेरकर बैठे थे, जो बाजा बजाता हुआ गा रहा था। गाने के संग वह काँपती आवाज़ में गुनगुनाता भी जाता था।

उसका तीखा, खरखराता स्वर भीड़ के कोलाहल को चीरता हुआ चारों ओर गूँज जाता था। वह एक पुराना, चिर-परिचित लोकगीत गा रहा था :

साँझ का सूरज डूब गया हो,
रात अँधेरी घिर आई।
तुरुक लुटेरे टूट पड़े हों,
जहन्नुमी बदली छाई!

इस लोकगीत में आगे कहा गया है कि जब तुर्की सेनाएँ 'पोचायेव मठ' पर अधिकार न जमा सकीं, तो उन्होंने छल-कपट का रास्ता अपनाया। उन्होंने मठ में एक मोमबत्ती उपहार के रूप में भेजी, जिसमें बारूद भरा हुआ था। बैलों की बारह जोड़ियों द्वारा वह मोमबत्ती मठ में पहुँचाई गई। मोमबत्ती को देखकर मठ के पुजारी फूले नहीं समाए। वे पोचायेव की देवी के सामने उसे जलाने चले, किन्तु भगवान ने इस भयंकर अपराध से उन्हें बचा लिया।

मठाधीश ने सपना देखा,
सपने में प्रभु का ऐलान :
खंड-खंड कर दो खंजन से,
लेजा मोमबत्ती मैदान!

पुजारियों ने यही किया :

खंड-खंड ख़ंजर से कर दी,
लेजा मोमबत्ती मैदान!
फेंक दिये सब गोली-गोले,
सन्तो ने चहुँ ओर निदान!

मैदान की गर्म हवा, वोका, प्याज़, भेड़ की खाल के कोटों, घर पर बने तेज़ तम्बाकू और धूल भरे आदमियों के पसीने की दुर्गन्ध से बोझिल हो उठी थी। भीड़ के कोलाहल से डरकर तारन्चिक बार-बार बिदक रहा था।

बड़ी सावधानी से उसे मनाता-पुचकारता हुआ मैं जमघट के बीच रास्ता बनाकर आगे बढ़ने लगा। लोग चुपचाप एक तरफ़ खड़े होकर मुझे क्रुद्ध, अशिष्ट और कौतूहल-भरे भाव से देख रहे थे। गाँव की पुरानी प्रथा की उपेक्षा करते हुए उनमें से किसी ने भी मुझे देखकर सिर से टोपी नहीं उतारी। किन्तु एक बात अवश्य हुई—मैदान में मुझे जाते देखकर भीड़ का शोर-शराबा काफ़ी कम हो गया। अचानक भीड़ में से नशे में झूमता हुआ कोई व्यक्ति ज़ोर से चिल्लाया। मैं उसके शब्द नहीं सुन पाया, किन्तु बहुत-से लोग उसे सुनकर ज़ोर से ठहाका लगाकर हँसने लगे। एक भयभीत स्त्री ने चिल्लाने वाले उस व्यक्ति को बीच में ही रोकने की चेष्टा की।

"चुप भी हो जा मूर्ख, गला फाड़-फाड़कर चिल्ला रहा है! अगर उसने सुन लिया तो?"

"सुन लेगा तो मेरा क्या बिगाड़ेगा?" उस आदमी ने निडर होकर ज़ोर से कहा, "क्या वह मेरा अफ़सर है? यह कोई जंगल थोड़े ही है कि जब मन चाहा अपनी..."

एक लम्बा, अश्लील और भयानक वाक्य हवा में गूँज गया, जिसे सुनकर भीड़ के लोग ज़ोर-ज़ोर से क़हक़हे लगाने लगे। मैंने तेज़ी से अपना घोड़ा मोड़ लिया और अपने हाथ में चाबुक पकड़ ली। उस समय मैं ग़ुस्से से पागल हो गया था—मेरे हृदय में वह प्रचंड क्रोधाग्नि जलने लगी थी, जिसमें भय और तर्क जलकर राख हो जाते हैं। अचानक मेरे मन में एक विचित्र, विषादपूर्ण विचार उठा : 'यह सब कुछ मेरे जीवन में पहले कभी हो चुका है।' मुझे लगा, मानो मैंने यह दृश्य पहले—अनेक वर्ष पहले कहीं देखा था। आज की तरह तेज़, चुनचुनाती धूप फैली थी। मैं एक चौड़े मैदान में भीड़ के बीच खड़ा था और आज की ही भाँति लोग उत्तेजित स्वरों में ज़ोर-ज़ोर से चीख़-चिल्ला रहे थे। ग़ुस्से में उबलता हुआ मैं पीछे मुड़ गया था—बिलकुल आज की तरह। 'किन्तु कहाँ? यह घटना कहाँ घटी थी? यह दृश्य मैंने कब देखा था?' मैंने चाबुक झुका ली और घोड़े को अपने घर की ओर दौड़ाने लगा।

यर्मोला धीरे-से रसोई के बाहर आया। घोड़े की लगाम मेरे हाथ से लेते हुए वह रूखे स्वर में बोला, "मारीनायेका की जागीर का कारिन्दा आया है। कमरे में बैठा आपका इन्तज़ार कर रहा है।"

मुझे लगा, मानो एक बहुत ही कड़वी और महत्त्वपूर्ण बात उसके होंठों पर आकर रुक गई हो। एक विद्वेषपूर्ण, व्यंग्यात्मक मुस्कान की हल्की-सी छाया उसके चेहरे पर खिंच आई थी। मैं कुछ देर तक जानबूझकर दहलीज़, में ठिठका खड़ा रहा। कमरे में जाने से पूर्व मैंने सिर घुमाकर, उद्धत भाव से यर्मोला को देखा, किन्तु वह अपना मुँह दूसरी तरफ़ फेरकर घोड़े को अस्तबल की ओर ले जा रहा था। तारन्चिक अपनी गर्दन ऊपर उठाकर उसके पीछे-पीछे अनमने भाव से घिसटता चला जा रहा था।

मेरे कमरे में समीपवर्ती जागीर का कारिन्दा निकिता मिशचेंको बैठा हुआ था। उसने भूरे रंग की छोटी वास्कट—जिस पर कत्थई रंग की धारियाँ पड़ी हुई थीं—तंग नीली पतलून और भड़कीली टाई पहन रखी थी, अपने तेल से सने बालों के बीचोबीच माँग निकाली हुई थी और उसके कपड़ों से 'ईरानी इत्र' की ख़ुशबू आ रही थी। मुझे देखते ही वह कुर्सी से उछल पड़ा और प्रणाम करने के लिए अपनी कमर दुहरी करके झुक गया। वह दाँत निपोरकर मुस्करा रहा था, जिससे उसके दोनों जबड़ों के पीले मसूढ़े दिखाई दे रहे थे।

"नमस्कार," प्रसन्न-भाव से उसने चहचहाना शुरू कर दिया, "आपसे मिलकर बहुत ख़ुशी हुई। प्रार्थना समाप्त होने के बाद मैं यहाँ चला आया था और तब से आपकी प्रतीक्षा कर रहा हूँ। आपसे मिले मुद्दत गुज़र गई। आज मन में आया—चलो, लगे हाथों आपके दर्शन भी कर आऊँ। क्या बात है, आजकल आपने उस तरफ़ जाना बिलकुल छोड़ दिया? युवतियाँ आपको लेकर हँसी-मज़ाक़ करती हैं।"

अचानक उसे कुछ याद आया और वह क़हक़हे लगाता हुआ हँसने लगा।

"आज बड़ा दिलचस्प तमाशा हुआ...मैं तो हँसते-हँसते लोट-पोट हो गया...हा-हा-हा!" हँसी के मारे वह बेहाल हुआ जा रहा था।

"कैसा तमाशा? बात खोलकर कहो!" मैंने उसे बीच में टोकते हुए पूछा और अपनी झुँझलाहट को छुपाने की कोई चेष्टा नहीं की।

"आज यहाँ प्रार्थना के बाद हो-हल्ला मच गया।" हँसी के कारण उसके वाक्य बीच-बीच में टूट जाते थे, "पेरीब्रोद की कुछ लड़कियों ने...हा-हा-हा... क्या करूँ, हँसी के मारे बोला नहीं जा रहा...हाँ, तो मैं कह रहा था कि आज पेरीब्रोद की कुछ लड़कियों ने मैदान में एक डायन को पकड़ लिया—मेरा कहने का मतलब है कि वे मूर्ख, गँवार औरतें उसे डायन समझ बैठीं। बस, फिर क्या था! उन्होंने उसकी बुरी गत बना दी। अरे, वे तो उसका मुँह कोलतार से काला करने जा रही थीं, किन्तु वह उन्हें चकमा देकर भाग निकली!"

उसके यह कहने की देर थी कि एक भयानक विचार मेरे मस्तिष्क में बिजली-सा कौंध गया। मैं घबरा उठा और झपटकर उस क्लर्क का कन्धा पकड़ लिया।

"क्या कह रहे हो?" क्रोध में उबलता हुआ मैं ज़ोर से चिल्ला उठा, "दाँत क्यों फाड़ रहे हो? जल्दी बताओ, डायन से तुम्हारा क्या मतलब है? कौन-सी डायन? वह कौन थी? तुम किस डायन की बात कर रहे हो?"

उसकी हँसी ग़ायब हो गई। भयभीत आँखों से मेरी ओर देखने हुए वह बोला, "मैं...मैं कुछ नहीं जानता हुज़ूर।" घबराहट के कारण वह हकलाने लगा था, "उसका नाम साम्यूलिखा या शायद मान्यूलिखा है—हाँ, याद आया, वह शायद मान्यूलिखा की बेटी है। उसके बारे में गाँववाले बातें कर रहे थे, किन्तु अब मुझे कुछ याद नहीं रहा...झूठ नहीं बोल रहा हूँ, हुज़ूर!"

जो कुछ उसने देखा-सुना था, उसका शुरू से आख़िर तक पूरा विवरण मैंने उसके मुँह से सुन लिया। वह बड़े भोंडे और बेढंगे रूप से सब बातें बतला रहा था। घटनाओं के तरतीब को वह बीच-बीच में गड़बड़ कर देता था, शुरू की बात अन्त में और अन्त की बात शुरू में कह डालता था। मैं खोद-खोदकर उससे प्रश्न पूछ रहा था और कभी-कभी तो उसके विवरण की असंगतियों को देखकर इतना अधिक झुँझला उठता था कि होंठों तक गाली आकर रुक जाती थी। उसके विवरण से मुझे बहुत कम बातें पता चल सकीं।

दो महीने बाद लकड़हारे की पत्नी ने जो प्रार्थना के समय मौजूद थी— मुझे पूरे विस्तार के संग उस घटना का ब्योरा दिया था, जिसके आधार पर मैं इस दुर्घटना के सब पहलुओं के सम्बन्ध में समुचित रूप से जानकारी हासिल कर सका। अनिष्ट की वह आशंका, जो उस शाम ओलेस्या के जाने के बाद मेरे मन में उठी थी, आख़िर सच निकली।

ओलेस्या अपने भय पर क़ाबू पाकर दूसरे दिन गिरजाघर में गई थी। जब उसने गिरजाघर में प्रवेश किया, उस समय आधी प्रार्थना समाप्त हो चुकी थी। वह चुपचाप पीछे की पाँत में आकर खड़ी हो गई, किन्तु कुछ किसानों की नज़र उस पर पड़ गई। प्रार्थना के दौरान ही औरतें आपस में कानाफूसी कर रही थीं और पीछे मुड़-मुड़कर ओलेस्या को देखती जा रही थीं।

इसके बावजूद ओलेस्या अपना सारा साहस बटोरकर प्रार्थना की समाप्ति तक गिरजे में खड़ी रही। कदाचित् वह उन औरतों की विद्वेषपूर्ण निगाहों का अर्थ न समझ सकी, या शायद समझकर भी अभिमानवश उसने उन्हें नज़रअन्दाज़ कर दिया था।

प्रार्थना समाप्त होने पर जब ओलेस्या गिरजे से बाहर आई, तो स्त्रियों के एक झुंड ने उसे घेर लिया और आँखें फाड़-फाड़कर उसे देखने लगीं। ओलेस्या भयग्रस्त हिरनी की तरह असहाय-सी उनके बीच खड़ी रही। उसी समय एक बवंडर-सा उठ खड़ा हुआ। चारों ओर से ओलेस्या पर क्रूर कटाक्षों, कुत्सित आरोपों, गन्दी गालियों और हँसी के बीभत्स ठहाकों की बौछार होने लगी। औरतों का क्रोध क्षण-प्रतिक्षण बढ़ता गया और उन्होंने अपने व्यंग्य-बाणों से बेचारी ओलेस्या को छलनी-सा कर दिया। चिल्लाती-चिंघाड़ती स्त्रियों के घेरे को तोड़कर बाहर निकलने के लिए उसने अनेक विफल प्रयास किये, लेकिन धक्के देकर उसे बीच में ठेल दिया जाता था।

"राँड का मुँह कोलतार से काला कर दो, तब इसकी अक़्ल ठिकाने आएगी!" एक बूढ़ी स्त्री पीछे से चिल्लाई।

[यूक्रेन में कोलतार घृणा का सूचक समझा जाता था। किसी लड़की को बदनाम और अपमानित करने के लिए इतना ही काफ़ी था कि उसके घर के दरवाज़े पर कोलतार लगा दिया जाए।]

बुढ़िया का यह कहना था कि उसी समय कोलतार का कनस्तर और ब्रुश आ पहुँचा। स्त्रियाँ शीघ्रता से इन चीज़ों को एक-दूसरे के हाथों में देने लगीं, ताकि जल्द-से-जल्द ओलेस्या का मुँह कोलतार से लेप दिया जाए।

ओलेस्या से अब और अधिक न सहा गया। क्रुद्ध शेरनी की तरह वह पास खड़ी एक स्त्री पर झपट पड़ी और उसे नीचे गिरा दिया। फिर क्या था, घूँसे-मुक्के चलने लगे। धक्कम-धक्के में अनेक स्त्रियाँ धरती पर लोटने लगीं। इसे एक विचित्र चमत्कार ही समझना चाहिए कि ओलेस्या अन्त में उन पागल स्त्रियों के चंगुल से निकलने में सफल हो गई। बदहवास-सी होकर वह सड़क पर भागने लगी। उसका रूमाल नीचे गिर गया, कपड़े फट गए, उघड़ी हुई थिगलियों के बाहर उसके शरीर का नंगा मांस झाँकने लगा। पूरा एक जमघट-सा लग गया। हँसी के ठहाकों, गालियों और अपमानजनक फ़िक़रों के साथ-साथ उस पर पत्थरों की बौछार भी की जाने लगी। कुछ लोगों ने उसका पीछा भी किया, किन्तु कुछ दूर चलकर वे वापस लौट आए।

लगभग पचास फ़ीट भागने के बाद ओलेस्या अचानक रुक गई और अपना पीला, खरोंचों से भरा, ख़ून से लथपथ चेहरा भीड़ की ओर मोड़कर ज़ोर से चिल्लाई, "तुम भी याद रखोगे! एक दिन आएगा, जब रोते-रोते तुम्हारी आँखें फूट जाएँगी!" उसके अभिशाप का एक-एक शब्द मैदान में गूँज गया।

लकड़हारे की पत्नी ने मुझे बतलाया कि ओलेस्या की धमकी में भविष्यवाणी का ज़हरीला सत्य ध्वनित हो रहा था। उसके प्रत्येक शब्द में ऐसी तीखी और प्रचंड घृणा भरी थी कि मैदान में खड़ा हर व्यक्ति किसी भावी अनिष्ट की आशंका से भयाक्रान्त हो गया। किन्तु दूसरे क्षण ही उन्होंने दुबारा ओलेस्या पर गालियों की बौछार करनी शुरू कर दी।

मैं एक बार पुन: इस बात को दुहरा दूँ कि इस दुर्घटना का विस्तृत ब्योरा मुझे बाद में ही मालूम हुआ। मिशचेंको की कहानी को अन्त तक सुनने की न तो मुझमें शक्ति ही रह गई थी और न धैर्य ही। मैं हड़बड़ाकर आँगन की ओर दौड़ा। कदाचित् अभी यर्मोला ने घोड़े की काठी-लगाम नहीं उतारी होगी, मैंने सोचा। क्लर्क से मैंने एक शब्द भी न कहा और वह हक्का-बक्का-सा मुझे देखता रहा। मेरा अनुमान सही निकला—यर्मोला अभी तारन्चिक को खावें में ही घुमा रहा था। मैंने घोड़े पर लगाम डाली, काठी कसी और उसे जंगल की ओर सरपट दौड़ाने लगा। ओलेस्या के घर पहुँचने के लिए मैंने लम्बा रास्ता चुना, ताकि शराबियों की भीड़ का दुबारा सामना न करना पड़े।

13

घोड़े को दौड़ाते हुए मेरे मस्तिष्क में जो विचार भनभना रहे थे, उनका वर्णन असम्भव है। कभी-कभी तो मैं यह भी भूल जाता था कि मैं कहाँ जा रहा हूँ, क्यों जा रहा हूँ। मुझे लग रहा था, मानो मैं एक भयानक दु:स्वप्न देख रहा हूँ—एक विचित्र, अर्थहीन, अथाह भय के भँवर में फँस गया हूँ, केवल यह धुँधली-सी चेतना शेष रह गई है कि कहीं कुछ ऐसा अनर्थ हो गया है, जो अमिट और अमोचनीय है। न जाने क्यों मजमे के उस अन्धे गायक की ये पंक्तियाँ घोड़े की टापों से ताल मिलाती हुई बार-बार मेरे मस्तिष्क में घूम जाती थीं :

तुरुक लुटेरे टूट पड़े हों, जहन्नुमी बदली छाई!

मान्यूलिखा की झोंपड़ी की ओर जाने वाली पगडंडी पर पहुँचते ही मैं तारन्चिक से नीचे उतर गया और उसकी लगाम पकड़कर पैदल चलने लगा। काठी के नीचे लटकता हुआ कपड़ा और घोड़े के वे अंग जो ज़ीन से ढके हुए थे, सफ़ेद झाग में लथपथ हो रहे थे। इतनी प्रचंड गर्मी में घोड़ा दौड़ाने के कारण मेरे सिर की नाड़ियों में रक्त की पिचकारियाँ-सी छूट रही थीं।

मैंने घोड़े को जँगले से बाँध दिया और सीधा मान्यूलिखा की झोंपड़ी में घुस गया। 'ओलेस्या शायद यहाँ नहीं है!' यह विचार आते ही मैं डर से काँप गया। किन्तु एक क्षण बाद ही मैंने उसे पलंग पर लेटे पाया। वह तकिये पर सिर रखे दीवार की ओर मुँह मोड़कर लेटी थी। जब मैंने दरवाज़ा खोला तो उसने सिर मोड़कर मेरी ओर नहीं देखा, पहले की तरह दीवार की ओर मुँह किये पड़ी रही।

पलंग के पास ही फ़र्श पर मान्यूलिखा बैठी थी। मुझे देखते ही वह उछलकर खड़ी हो गई और ज़ोर-ज़ोर से मेरी ओर हाथ हिलाने लगी।

"आ गए मुँह दिखाने! नाश हो तुम्हारा!" दबे होंठों से वह फूत्कार उठी और धीरे-धीरे मेरे निकट खिसक आई। क्रोध में जलती उसकी फीकी, कठोर आँखें सीधी मुझ पर जम गईं, "देख लिया? तुम्हारे कारण हमारी जो दुरगत हुई, उससे तुम्हें शान्ति मिल गई?"

"देखो, दादी माँ!" मैंने तनिक सख़्त लहजे में कहा, "यह वक़्त गड़े मुर्दे उखाड़ने का नहीं है। पहले यह बताओ, ओलेस्या कैसी है?"

"हिश! धीरे बोलो। वह बेहोश पड़ी है। यह सब तुम्हारी कारस्तानी है। हम दोनों सुख-शान्ति से रहते थे। अगर तुम हमारे घरेलू मामलों में अपनी टाँग न अड़ाते, तो हमें आज यह दिन क्यों देखना पड़ता? तुमने अपनी बेहूदा बातों से इस लड़की का सिर फिरा दिया, जिसका फल हम आज भुगत रहे हैं। तुम्हें क्या दोष दूँ, बेवक़ूफ़ तो मैं ही थी, जो आँखों पर पट्टी बाँधे बैठी रही। पहले दिन जब तुम ज़ोर-ज़बरदस्ती करके हमारे घर घुस आए थे, उसी दिन से मेरे मन में डर बैठ गया था। मैं जानती थी कि किसी-न-किसी दिन ज़रूर कोई विपत्ति हमारे ऊपर आएगी। सच बताओ, क्या तुमने ही उसे गिरजे में जाने के लिए नहीं फुसलाया?" अचानक वह ज़ोर से भभक उठी। क्रोध से उसका चेहरा विकृत हो आया, "हाँ, मैं तुमसे पूछ रही हूँ। तुम एक निठल्ले, आवारागर्द शख़्स हो। बेशर्म कुत्ते! तुमने ही उसे फुसलाया था। लोमड़ी की तरह बग़लें मत झाँको, सच बताओ, उसे तुमने गिरजे में जाने के लिए क्यों कहा?"

"दादी माँ, मैं सौगन्ध खाकर कहता हूँ कि मैंने उसे कभी गिरजे में जाने के लिए नहीं कहा। वह ख़ुद जाना चाहती थी।"

"हे भगवान!" उसने अपने हाथ मसलते हुए कहा, "जब वह गिरजे से भागती हुई आई तो उसकी शक्ल देखकर मुझे अपनी आँखों पर एकाएक विश्वास न हुआ। बुरा हाल था उसका। ब्लाउज़ फटकर चिथड़ा-चिथड़ा हो गया था, रूमाल का कहीं पता न था। कभी रोती थी, कभी हँसती थी, मानो पागल हो गई हो! फिर वह बिस्तर पर लेट गई और रोते-रोते उसकी आँख लग गई। उसे सोते देखकर मैंने चैन की साँस ली। मेरी अक़्ल पर तो पत्थर पड़ गए हैं, तभी तो सोचने लगी कि सोकर उसका जी हल्का हो जाएगा। मैंने देखा कि उसका हाथ पलंग से नीचे लटक रहा है। 'हाथ उठाकर पलंग पर रख दूँ वरना अकड़ जाएगा,' मैंने सोचा। किन्तु उसके हाथ को छूते ही पता चला कि वह बुख़ार से जल रही है। एक घंटे तक वह बुख़ार में प्रलाप करती रही। उसकी बातों को सुनकर मेरा कलेजा मुँह को आने लगता था। अभी-अभी तो चुप हुई है। देख लिया अपनी करतूत का नतीजा? तुम्हारे कारण, हाँ, सिर्फ़ तुम्हारे ही कारण उसकी यह दुरगत हुई है।" क्षोभ और व्यथा की एक नई लहर ने उसके स्वर को कुंठित कर दिया।

अचानक वह फूट पड़ी। रोने के कारण उसका चेहरा विकृत और बीभत्स हो गया। उसके होंठ के कोने फैलकर नीचे की ओर झुक आए थे, उसके चेहरे की तनी हुई मांसपेशियाँ काँप रही थीं, भौंहें ऊपर चढ़ गई थीं, माथे पर सलवटें उलझ गई थीं और आँखों से मटर के दानों से गोल-गोल आँसू टपाटप गिर रहे थे। वह हाथों से अपना सिर पकड़कर, कुहनियों को मेज़ पर टिकाए बैठी थी। उसका शरीर पत्ते की तरह काँप रहा था।

"मेरी नन्ही बच्ची...! मेरी प्यारी बच्ची...! हाय, मेरे तो भाग्य फूट गए...!" वह ज़ोर-ज़ोर से रिरियाने लगी।

"यह 'हाय-हाय' बन्द करो!" मैंने झिड़ककर उसे बीच में ही टोक दिया, "तुम उसे जगा डालोगी।"

वह चुप हो गई। किन्तु उसकी देह अब भी रह-रहकर काँप उठती थी, चेहरे पर वही बीभत्स-मुद्रा विराजमान थी और आँखों से पहले की तरह आँसू बहकर मेज़ पर टपकते जाते थे। इसी तरह लगभग दस मिनट बीत गए। मैं मान्यूलिखा के पास बैठा-बैठा अवसन्न-भाव से खिड़की के शीशे पर उड़ती हुई मक्खी की भनभनाहट का ऊबा, उकताया-सा स्वर सुनता रहा।

"दादी माँ," अचानक ओलेस्या कुछ बुदबुदाने लगी। उसका स्वर इतना धीमा था कि हमें वह मुश्किल से ही सुनाई दिया, "दादी माँ, यहाँ कौन बैठा है?"

मान्यूलिखा लड़खड़ाते क़दमों से चलकर पलंग के पैताने पर बैठ गई और सिसकने लगी।

"मेरी बच्ची! हाय, मेरी बच्ची! मेरे तो करम फूट गए...क्या करूँ? हम तो मुँह दिखाने लायक़ नहीं रहे!"

"दादी माँ, चुप हो जाओ!" ओलेस्या ने दयनीय भाव से अभ्यर्थना की। उसका स्वर एक गहरी व्यथा में डूबा था।

मैं झिझकता हुआ ओलेस्या के पलंग के पास सरक आया। किसी बीमार व्यक्ति के सम्मुख अपने स्वस्थ शरीर के प्रति जो लज्जा उत्पन्न होती है, वही मैं भी महसूस कर रहा था। संकोच में गड़ा हुआ मैं बेवक़ूफ़-सा उसके सामने खड़ा रहा।

"ओलेस्या, देखो, मैं हूँ," मैंने धीमे स्वर में कहा, "अभी सीधा गाँव से आ रहा हूँ। सुबह शहर चला गया था। कैसी तबियत है, ओलेस्या?"

अपना मुँह तकिये से उठाए बिना उसने अपनी बाँह पीछे की ओर पसार दी, मानो वह हवा में कुछ टटोल रही हो! मैं उसका भाव समझ गया और उसका गर्म हाथ अपने दोनों हाथों में समेट लिया। दो बड़े-बड़े नीले दाग़—एक कलाई के ऊपर और दूसरा कुहनी के ऊपर—उसकी सफ़ेद कोमल त्वचा पर चमक रहे थे।

"प्यारे..." ओलेस्या के शब्द बड़ी कठिनाई से बाहर निकल रहे थे, "मैं तुम्हें देखना चाहती हूँ...किन्तु देख नहीं पाती। उन्होंने मेरा चेहरा...बिगाड़ दिया है। वही चेहरा—जो तुम्हें अच्छा लगता था। अच्छा लगता था न?

मुझे यह बात हमेशा सुख पहुँचाती थी। किन्तु अब...अब तुम मुझे देखकर नफ़रत से नाक सिकोड़ लोगे...इसीलिए...मैं...नहीं चाहती कि अब तुम मेरा मुँह कभी देखो...।"

"ओलेस्या, मुझे माफ़ कर दो," मैंने झुककर उसके कान में कहा।

उसने बुख़ार में तपते अपने हाथ से मेरा हाथ ज़ोर से पकड़ लिया।

"कैसी बात करते हो प्यारे...क्या कभी ऐसे कहा जाता है? तुम्हें इस तरह की बात सोचते हुए शर्म भी नहीं आती? क्या यह तुम्हारा दोष है? मूर्ख तो मैं हूँ जो अपने हाथों से यह आफ़त मोल ले ली। नहीं प्यारे, तुम नाहक अपने को दोष मत दो।"

"ओलेस्या, एक बात कहूँ? किन्तु पहले वचन दो कि जो मैं कहूँगा, वह मानोगी।"

"वचन देती हूँ...तुम्हारी बात सिर आँखों पर..."

"मुझे डॉक्टर को बुलाने के लिए अपनी अनुमति दे दो। तुम चाहे उसकी बात न मानना...किन्तु तुम 'हाँ' कर दो। अगर तुम्हारा मन न हो तो मेरी ख़ातिर ही सही..."

"मुझे अपनी चाल में फँसा लिया न? नहीं प्यारे...मैं ऐसा नहीं कर सकती। मुझे अपना वचन वापस लेने दो। अगर मैं मौत के किनारे भी बैठी हूँ, तो भी डॉक्टर को अपने पास न फटकने दूँगी। किन्तु मुझे तो कोई बीमारी ही नहीं है—बेकार डॉक्टर को बुलाने से क्या लाभ? ज़रा डर गई थी, और कोई बात नहीं है। रात तक ठीक हो जाऊँगी। अगर ठीक न भी हुई, तो दादी घाटी के फूलों का सत या चाय में रसभरी घोलकर दे देंगी, उससे ठीक हो जाऊँगी। डॉक्टर आकर क्या करेगा? तुम्हीं तो मेरे सबसे बड़े डॉक्टर हो। देखो, तुम्हारे यहाँ आने से ही मेरी पीड़ा कम हो गई है। केवल मन में एक साध बाक़ी है, तुम्हें एक नज़र देख लूँ। लेकिन डर लगता है..."

धीरे से मैंने उसका सिर तकिये से उठाया। बुख़ार में उसका चेहरा तप रहा था, काली आँखों में एक अस्वाभाविक-सी चमक थी, सूखे पपड़ाए होंठ काँप रहे थे। उसके चेहरे और गले पर चोट के लाल निशान उभर आए थे।

आँखों के नीचे और माथे पर काले घाव दिखाई दे रहे थे।

"मेरी ओर मत देखो। इस भद्दे चेहरे को देखकर क्या करोगे!"

उसने याचना-भरे स्वर में मुझसे कहा और अपने हाथों से मेरी आँखों को बन्द करने की चेष्टा करने लगी।

मेरा हृदय करुणा से छलछला उठा। मैंने अपने होंठ उसके हाथ पर, जो कम्बल पर निर्जीव, निढाल-सा पड़ा था, रख दिये और उसे अपने चुम्बनों से ढक दिया। पहले जब कभी मैं उसके हाथों को चूमने लगता था, तो वह शरमाकर उन्हें खींच लेती थी। किन्तु अब उसने अपने हाथ को मेरे होंठों से नहीं हटाया और दूसरे हाथ से वह धीरे-धीरे मेरे गाल सहलाने लगी।

"क्या तुम्हें सब पता चल गया?" उसने दबे स्वर में मुझसे पूछा।

मैंने 'हाँ' कहकर सिर हिला दिया। मिशचेंको ने मुझे सब बातें नहीं बताई थीं, किन्तु ओलेस्या के मुँह से उस दुर्घटना के सम्बन्ध में कुछ भी कहलवाने से उसे कितनी पीड़ा पहुँचेगी, यह मैं जानता था। उसके अपमान की बात याद आते ही मेरा ख़ून खौलने लगा।

"काश, उस वक़्त मैं वहाँ मौजूद होता! अगर मैं वहाँ होता तो...तो..." मैं मुट्ठियाँ तानकर ज़ोर-ज़ोर से चिल्लाया।

"ऐसा मत कहो। सब ठीक हो जाएगा। क्रोध मत करो, प्यारे!" ओलेस्या ने विनीत-भाव से मुझे बीच में ही टोक दिया।

मेरा गला रुँध आया। आँसुओं से आँखें जलने लगीं। उसके कन्धों में सिर छिपाकर मैं फफक-फफककर रोने लगा। हिचकियों से मेरा सारा शरीर काँप उठता था।

"तुम रो रहे हो?" उसका स्वर विस्मय, करुणा और सहानुभूति से भर उठा, "प्यारे, नाहक अपना जी छोटा न करो। अपने को पीड़ा देने से क्या लाभ? हम दोनों को ये चन्द आख़िरी दिन हँसी-ख़ुशी में बिता देने चाहिए—तब हमें एक-दूसरे से विदा लेने में दु:ख नहीं होगा।"

मैंने आश्चर्य से अपना सिर ऊपर उठाया। एक विचित्र-सी आशंका ने मुझे आ दबोचा।

"आख़िरी दिन...आख़िरी क्यों? भला हम एक-दूसरे से जुदा क्यों होंगे?"

कुछ देर तक आँखें मूँदे वह चुपचाप लेटी रही।

"हमें जुदा होना ही पड़ेगा, वान्या!" उसके स्वर में संशय की कोई छाया नहीं थी, "हम ज़्यादा दिन यहाँ नहीं ठहर सकते। जब मैं स्वस्थ हो जाऊँगी तो हम यहाँ से चल पड़ेंगे।"

"क्या तुम्हें किसी का डर है?"

"नहीं, प्यारे वान्या, मैं आज तक किसी से नहीं डरी और न कभी डरूँगी। किन्तु हम लोगों को अपराध करने का मौक़ा क्यों दें? तुम्हें शायद मालूम नहीं—उन लोगों के व्यवहार ने मुझे इतना क्रुद्ध बना दिया था कि मैं ग़ुस्से में उन्हें शाप दे बैठी। अब यदि उन पर कोई विपत्ति पड़ेगी, तो वे हमें ही दोष देंगे। मवेशी मरेंगे, तो हमारा दोष; कहीं आग लग जाए, तो हमारा दोष! ज़रा-ज़रा-सी बात पर वे हमें लांछित करेंगे। क्यों, यह बात ठीक है न, दादी माँ?" उसने अपनी आवाज़ तनिक ऊँची करके कहा।

"क्या कहा बेटी, मैं सुन नहीं सकी?" मान्यूलिखा पास खिसक आई, हथेली को गोल करके कान पर रख लिया, और प्रश्नयुक्त दृष्टि से ओलेस्या की ओर देखने लगी।

"मैं कह रही थी दादी माँ, कि अब गाँव में ज़रा-सी भी कोई बात हो जाए, दोष हमारे मत्थे ही मढ़ा जाएगा।"

"यह तो होगा ही बेटी। ग़रीबों पर तो उँगली सब ही उठाते हैं। वे मूर्ख हमें शान्ति से थोड़े ही रहने देंगे—कोई-न-कोई उपद्रव खड़ा करते रहेंगे। मुझे गाँव से भी तो इसी तरह बाहर निकाला था—याद नहीं? मैंने एक खरदिमाग़ औरत को ज़रा-सी धमकी दे दी। बात आई-गई हो गई। संयोगवश उसके बच्चे की मृत्यु हो गई। भगवान जानता है, उसकी मृत्यु का मेरी धमकी से कोई सम्बन्ध नहीं था। लेकिन इतनी अक़्ल कहाँ है उन लोगों में? मार-मारकर मुझे गाँव से बाहर खदेड़कर ही दम लिया। नासपीटे कहीं के! उन्होंने मुझ पर पत्थर बरसाने शुरू कर दिये। उन दिनों तुम दूध-पीती बच्ची थीं। 'मुझे चाहे कितने पत्थर मार लो, किन्तु बेचारी बच्ची ने तुम्हारा क्या बिगाड़ा है?'

मैंने मन-ही-मन सोचा। तुम नहीं जानतीं कि तुम्हें बचाने के लिए मुझे कितनी तकलीफ़ उठानी पड़ी। ये लोग सब-के-सब जंगली और बर्बर हैं—दया-धर्म तो इन्हें छू तक नहीं गया है। इनमें से हर आदमी को फाँसी पर चढ़ा देना चाहिए, तब इन्हें पता चलेगा!"

"किन्तु तुम जाओगी कहाँ? कहीं भी तुम्हारे सगे-सम्बन्धी नहीं हैं, जो तुम्हें आश्रय दे सकें। इसके अलावा किसी नई जगह पर घर बसाने के लिए काफ़ी रुपया चाहिए," मैंने कहा।

"कुछ-न-कुछ इन्तज़ाम हो ही जाएगा," ओलेस्या ने मेरी आपत्तियों पर कोई ध्यान नहीं दिया, "दादी माँ ने ज़रूर कुछ धन जोड़ा होगा। इसी दिन के लिए तो वह काम आएगा।"

"उसे तुम धन कहती हो?" मान्यूलिखा का स्वर कटुता से भर गया। वह ओलेस्या के पलंग से उठकर वापस अपनी जगह जा बैठी, "धन-वन कुछ नहीं है बेटी, आँसुओं से भीगे हुए मुट्ठी भर कोपेक हैं, वही हमारी सम्पत्ति है, हमारा सर्वस्व है।"

"ओलेस्या, तुम्हें मेरी कोई चिन्ता नहीं। तुमने यह कभी नहीं सोचा कि मैं तुम्हारे बिना क्या करूँगा?" यह क्रूर और कटु उलाहना मेरे मुँह से अनायास निकल गई।

वह बिस्तर पर बैठ गई। मान्यूलिखा की उपस्थिति की कोई चिन्ता किये बिना उसने मेरा सिर अपनी बाँहों में घेर लिया और मेरे माथे और गालों को बार-बार चूमने लगी।

"प्यारे, सबसे भारी चिन्ता तो तुम्हारी है। किन्तु भाग्य ने हमारे रास्ते एक-दूसरे से अलग कर रखे हैं, जो शायद कभी न मिल सकेंगे। याद है, मैंने तुम्हारे भाग्य के नाम पर ताश के पत्ते खोले थे? जैसा उन्होंने मुझे बताया था, हू-ब-हू वही बातें एक के बाद एक सच होती गईं। हमारे भाग्य में यह नहीं लिखा है कि एक-दूसरे के संग रहकर हम सुखी हो सकें। क्या तुम नहीं जानते कि यदि मुझे इसका बोध न होता तो भला मैं किसी से डरने वाली थी?"

"तुम फिर भाग्य का पचड़ा ले बैठीं!" मैं अपना धैर्य खो बैठा, "मैंने न कभी भाग्य पर विश्वास किया है, और न कभी करूँगा!"

"देखो, मैं हाथ जोड़ती हूँ, ऐसे अपशब्द मुँह से न निकालो!" उसने धीरे से बुदबुदाते हुए कहा, "मुझे अपनी चिन्ता नहीं है, तुम्हारे ऊपर कोई संकट न आ जाए, इसकी आशंका हरदम बनी रहती है। ख़ैर, छोड़ो, अब इस बात को।"

मैंने उसे बहुतेरा समझाया-बुझाया, किन्तु उसने मेरी एक न सुनी। मैंने उसे विश्वास दिलाया कि भाग्य अथवा निर्दयी व्यक्तियों की क्रूरता से हमारा बाल भी बाँका न होगा, पर वह मेरी बातों को न सुनकर केवल सिर हिलाती जाती थी और बार-बार मेरे हाथों को चूमती जाती थी।

"नहीं, मैं सब जानती हूँ। हमें दु:ख के अलावा और कुछ नहीं मिलेगा।" वह अपनी बात पर अड़ी रही।

अन्धविश्वासों के कारण उसके मन में जो भय और वहम उत्पन्न हो गया था, उसे देखकर मैं स्तम्भित-सा रह गया।

"क्या तुम मुझे यह नहीं बताओगी कि तुमने कौन-से दिन जाने का निश्चय किया है?" हताश होकर मैंने उससे पूछा।

वह कुछ चिन्तामग्न-सी हो गई। कुछ देर बाद एक फीकी-सी मुस्कराहट उसके होंठों पर खिंच आई।

"मैं तुम्हें एक छोटी-सी कहानी सुनाने जा रही हूँ। एक दिन जंगल में एक भेड़िए ने ख़रगोश को देखा। 'मैं तुम्हें अभी खा जाऊँगा,' भेड़िए ने ख़रगोश से कहा। 'मुझे प्राण-दान दीजिए, मैं जीवन-भर आपका कृतज्ञ रहूँगा। मैं ज़िन्दा रहना चाहता हूँ। मेरे बच्चे घर पर मेरा इन्तज़ार कर रहे होंगे।' ख़रगोश ने गिड़गिड़ाकर याचना की। किन्तु भेड़िए ने उसकी एक न सुनी और अपनी ज़िद पर अड़ा रहा। 'अच्छा, मुझे तीन दिन की मुहलत दे दीजिए, उसके बाद आप मुझे ख़ुशी से खा लीजिएगा,' ख़रगोश ने कहा। भेड़िए ने उसकी प्रार्थना स्वीकार कर ली। तीन दिन तक वह ख़रगोश पर अपनी निगरानी रखता रहा। पहला दिन बीता, दूसरा दिन आया और आख़िर तीसरे दिन भेड़िए ने

ख़रगोश को बुलाकर कहा, 'अब तुम मरने के लिए तैयार हो जाओ। मैं तुम्हें खाने वाला हूँ!' भेड़िए की यह बात सुनकर ख़रगोश फूट-फूटकर रोने लगा। 'तुम्हें मुझे एकदम खा लेना चाहिए था। ये तीन दिन कितनी भारी यातना सहकर मैंने गुज़ारे हैं, वह केवल मैं ही जानता हूँ। शायद यह यातना मृत्यु से भी अधिक भयंकर थी।' प्यारे, तुम इस बात को तो मानोगे कि ख़रगोश की बात में एक बहुत बड़ा सत्य छिपा था?"

मैं कुछ नहीं बोला। ओलेस्या के बिना मेरा जीवन कितना सूना और एकाकी रह जाएगा, इसकी सिर्फ़ कल्पना करने से ही मन उदास हो गया था। ओलेस्या पलंग पर बैठ गई। वह बहुत गम्भीर दिखाई दे रही थी।

"वान्या, एक बात पूछूँ?" उसने कहा, "क्या तुम्हें इन क्षणों में—जब हम एक-दूसरे के संग होते थे—कभी सुख मिला था?"

"ओलेस्या, यह कैसा प्रश्न है?"

"ज़रा ठहरो। क्या तुम्हें कभी यह सोचकर दु:ख हुआ था कि तुम मुझसे मिले ही क्यों? मेरे संग रहते हुए तुमने कभी किसी अन्य स्त्री का अभाव महसूस किया था?"

"एक पल के लिए भी नहीं। न केवल तुम्हारे संग, बल्कि जब मैं अकेला होता था, तो भी मैं किसी और की बात नहीं सोच पाता था—सिवाय तुम्हारे!"

"क्या कभी तुमने मेरे प्रति द्वेष भावना महसूस की है? क्या तुमने मेरी किसी बात को कभी नापसन्द किया है? क्या कभी तुम मेरे संसर्ग से ऊबे हो?"

"कभी नहीं, ओलेस्या!"

उसने अपने हाथ मेरे कन्धों पर रख दिये। वह मेरी आँखों को देख रही थी—अपनी उन आँखों से, जिनमें अनिर्वचनीय प्यार भरा था।

"अब मुझे पक्का विश्वास हो गया कि कभी तुम्हारे हृदय में मेरे प्रति क्रोध अथवा रोष की भावना उत्पन्न नहीं होगी।" उसने ऐसे दृढ़ और असंदिग्ध स्वर में कहा, मानो वह मेरा भविष्य मेरी आँखों में पढ़ रही हो, "मुझसे जुदा होने के बाद तुम कुछ दिनों तक बहुत उदास रहोगे, तुम्हें अपना दु:ख असह्य लगेगा।

तुम रोओगे, आँसू बहाओगे, फिर भी तुम्हारी आत्मा को शान्ति नहीं मिलेगी। किन्तु कुछ समय बाद मेरी स्मृति धुँधली होती जाएगी और तुम मुझे धीरे-धीरे भूलने लगोगे। फिर एक ऐसा समय भी आएगा, जब तुम कोई दु:ख महसूस किये बिना मुझे याद कर सकोगे और मेरी स्मृति तुम्हारे हृदय में हल्की-सी ख़ुशी भर देगी।"

उसने अपना सिर नीचे झुकाकर तकिए पर टिका लिया।

"अब तुम जाओ, प्यारे," उसने धीमे स्वर में कहा, "अपने घर लौट जाओ। मैं ज़रा थक गई हूँ। ज़रा ठहरो, जाने से पहले एक बार मुझे चूमोगे नहीं? यहाँ...पास आओ। घबराओ नहीं, दादी माँ कुछ न कहेंगी। क्यों दादी माँ, तुम बुरा तो नहीं मानोगी?"

"अच्छा...अच्छा...अच्छी तरह विदा ले लो, मुझे भला क्यों एतराज़ होने लगा? मुझसे छिपाने से क्या लाभ? मैं तो बहुत दिनों से जानती थी!" दादी ने कहा।

"यहाँ चूमो, यहाँ, और यहाँ..." ओलेस्या अँगुली से अपनी आँखों, गालों और मुँह की ओर इशारा कर रही थी।

"ओलेस्या, तुम तो मुझसे ऐसे विदा ले रही हो, जैसे तुम मुझसे अन्तिम बार मिल रही हो और फिर कभी मिलोगी ही नहीं!" मैं ओलेस्या के विचित्र व्यवहार को देखकर भयभीत-सा हो गया था।

"प्यारे, मैं नहीं जानती। मैं कुछ नहीं जानती। अच्छा, अब तुम शान्ति से घर लौट सकते हो। किन्तु नहीं...एक पल ठहरो। ज़रा सुनो—जानते हो, मैं किसलिए दुखी हूँ?" उसने बहुत ही हौले से कहा, "मैं तुम्हारे बच्चे की माँ न बन सकी। काश, यदि ऐसा हो पाता..."

मैं मान्यूलिखा के संग झोंपड़ी के बाहर आ गया। ऊपर देखा—आधे आकाश को कटे-फटे किनारों वाले एक विशालकाय बादल ने घेर लिया था, किन्तु पश्चिम में डूबता हुआ सूर्य अब भी चमक रहा था। घिरता अन्धकार, बुझी-बुझी-सी धूप, आलोक और अन्धकार का उदास, विषादपूर्ण-सा मेल...लगता था, मानो इस शान्ति के पीछे एक बहुत ही भयावह और डरावनी छाया छिपी है।

बुढ़िया ने आँखों पर हाथ की छाया देकर आकाश की ओर देखा और भेद-भरी मुद्रा में सिर हिलाने लगी।

"आज पेरीब्रोद पर मूसलाधार बारिश पड़ेगी," उसने विश्वास के साथ कहा। "ओले भी पड़ सकते हैं। ईश्वर ही बचाए!"

14

पेरीब्रोद पहुँचते देर न हुई कि हवा का तूफ़ानी झक्कड़ चल पड़ा। धूल के बादल सड़क पर उड़ने लगे। बारिश की पहली बौछार के भारी थपेड़ों से धरती सिहरने लगी।

मान्यूलिखा का अनुमान सही निकला। गर्मी के उस झुलसते-उमसते दिन सुबह से आकाश में जो श्यामल मेघ घिरते रहे थे, शाम होते ही वे अचानक पेरीब्रोद पर पूरे गर्जन-तर्जन के संग फट पड़े। आकाश बार-बार बिजली से चमक उठता था। बादलों की कर्णभेदी गड़गड़ाहट मेरे कमरे की खिड़कियों को झनझना दी। रात आठ बजे के क़रीब तूफ़ान की प्रचंडता तनिक कम हुई। किन्तु कुछ देर बाद वह नये जोश-खरोश के साथ चलने लगा। अचानक मेरे पुराने घर की छत और दीवारों को कोई ज़ोर-ज़ोर से खटखटाने लगा। मैं कारण जानने के लिए खिड़की की ओर भागा। अखरोटों जितने बड़े-बड़े ओले धरती से टकराकर ऊपर की ओर उछल रहे थे। मेरे घर के सामने ही शहतूत का वृक्ष नंगी शाख़ाएँ फैलाए खड़ा था। ओलों की तेज़ बौछार से उसके सारे पत्ते एक-एक करके झड़ गए थे। यर्मोला की काली छाया नीचे दिखलाई दी। वह रसोई से बाहर निकलकर खिड़कियाँ बन्द कर रहा था। ओलों से अपने को बचाने के लिए उसने कोट से अपने सिर और कन्धों को ढक लिया था। किन्तु यर्मोला देर से आया था। बर्फ़ के एक बड़े लोंदे के भयंकर आघात से खिड़की के शीशे टूटकर चूर-चूर हो गए थे और उसके कुछ टुकड़े मेरे कमरे के फ़र्श पर बिखर आए थे।

थकान के मारे मेरा सारा शरीर टूट रहा था। कमरे में घुसते ही बिना कपड़े उतारे मैं पलंग पर लेट गया। मुझे मालूम था कि मैं सो नहीं सकूँगा। बेचैनी से सारी रात बिस्तर पर करवटें लेते हुए बिता दूँगा। मैंने यह सोचकर अपने कपड़े भी नहीं उतारे कि रात को नींद न आने पर मैं समय काटने के लिए कमरे में चहलक़दमी करता रहूँगा। किन्तु एक बड़ी विचित्र बात हुई। मैंने क्षण-भर के लिए ही आँखें मूँदी होंगी, किन्तु जागने पर देखा कि खिड़की पर सूरज की किरणें चमक रही हैं और धूल के अनगिनत सुनहरे कण धूप में झिलमिला रहे हैं।

यर्मोला मेरे सिरहाने खड़ा था। वह शायद काफ़ी देर से बड़ी अधीरता से मेरे जागने की प्रतीक्षा कर रहा था। उसका चेहरा एक गहरी चिन्ता में डूबा था।

"हुज़ूर," उसने संत्रस्त-भाव से कहा, "हुज़ूर, आपको यहाँ से फ़ौरन चल देना चाहिए।"

मैंने अपने पाँव पलंग से नीचे रख दिये और चकित-मुद्रा में उसकी ओर देखने लगा।

"चला जाऊँ? कहाँ चला जाऊँ? क्यों? यर्मोला, तुम्हारे होश-हवास तो ठीक हैं?"

"हाँ, बिलकुल ठीक हैं हुज़ूर," वह क्रोध में गुर्राया, "आपको मालूम है, कल रात ओलों ने कितना नुक़सान किया? आधी से ज़्यादा फ़सल बिलकुल बरबाद हो गई है—देखकर लगता है, मानो कोई उसे रौंदकर चला गया है। कानामैक्सिम, कोजयोल, मुट, प्रोकोपयुक्त, गोर्डी ओलफिर—कोई ऐसा किसान नहीं है जिसकी फ़सल बची रह गई हो। आख़िर यह उस बदमाश डायन की ही तो कारस्तानी है! भगवान् करे, उसका सत्यानाश हो।"

अचानक मुझे पिछले दिन की घटना स्मरण हो आई। ओलेस्या ने कल गिरजे के पास जो धमकी दी थी, यर्मोला का संकेत उसी ओर था।

"गाँव वाले ग़ुस्से में पागल हो रहे हैं," यर्मोला ने कहा, "सुबह से वे शराब पी रहे हैं और नशे में धुत्त होकर ज़ोर-ज़ोर से चिल्ला रहे हैं।

हुज़ूर, उन्होंने आपके बारे में भी कुछ बुरी-भली बातें कही हैं। हमारे गाँव के लोगों को तो आप जानते ही हैं। डायनों को वे जो भी सज़ा दें, अच्छा है। किन्तु इससे पहले कि वे आपके ऊपर उँगली उठाएँ, आपको यहाँ से जल्द-से-जल्द चल देना चाहिए।"

ओलेस्या का भय आख़िर निराधार नहीं था। उसे और मान्यूलिखा को इस ख़तरे की चेतावनी मुझे तुरन्त दे देनी चाहिए, वरना न जाने गाँव के ये लोग क्या कर बैठें? मैंने शीघ्रता से कपड़े पहने, मुँह पर पानी छिड़क लिया और आध घंटे बाद तेज़ी से घोड़ा दौड़ाता हुआ 'पिशाच-कुटी' की ओर चल पड़ा।

ज्यों-ज्यों झोंपड़ी निकट आने लगी, मेरा दिल एक अनिश्चित भय और चिन्ता से धड़कने लगा। मुझे लग रहा था, मानो कोई नया, अप्रत्याशित दुःख का पहाड़ मुझ पर गिरने वाला है। रेतीली ढलान पर उतरता हुआ मैं भागने लगा और झोंपड़ी तक पहुँचकर ही दम लिया। झोंपड़ी की खिड़कियाँ खुली हुई थीं और अधखुले दरवाज़े से उसके भीतर का भाग दिखाई दे रहा था।

"हे भगवान, यह मैं क्या देख रहा हूँ!" मैं धीरे से बुदबुदाया।

मेरा दिल डूबने लगा।

झोंपड़ी ख़ाली थी। भीतर के कमरे में कूड़ा-कचरा बिखरा हुआ था, जिसे देखकर लगता था, मानो उन्हें अचानक—बहुत जल्दी में—वहाँ से प्रस्थान करना पड़ा था। फ़र्श पर फटे चीथड़ों का ढेर लगा था। लकड़ी का पलंग एक कोने में खड़ा हुआ था।

मेरा दिल भारी हो गया। आँसू उमड़-उमड़कर आने लगा। झोंपड़ी से बाहर जाने ही वाला था कि मेरी आँखें अचानक एक चमकीली-सी चीज़ पर जा पड़ीं, जो खिड़की के एक कोने से लटक रही थी। लगता था, मानो उसे जानबूझकर वहाँ लटकाया गया हो। वह सस्ते लाल दानों की एक माला थी। पौलेस्ये में ये दाने 'मूँगा' कहलाते थे। ओलेस्या और उसके कोमल, उदार प्रेम की जो एकमात्र निशानी मेरे पास बची रह गई, वह थी यह लाल मूँगों की माला...।

रात की ड्यूटी

नम्बर आठ कम्पनी की बैरकों में काफ़ी देर पहले हाज़िरी ली जा चुकी थी। प्रार्थना समाप्त हुए भी काफ़ी समय बीत चुका था। दस बज चुके थे, किन्तु किसी को भी कपड़े बदलने की जल्दी नहीं थी। अगले दिन रविवार था और ड्यूटी पर तैनात लोगों के अलावा रविवार के दिन बाक़ी सब लोग घंटे भर बाद उठते थे।

अभी कुछ देर पहले सैनिक लूका मर्कूलोव अपनी ड्यूटी बजाने गया था। ओवरकोट और टोपी पहने, एक तरफ़ संगीन लटकाए, रात के दो बजे तक उसे बैरकों के चक्कर काटने थे। ड्यूटी पर होने के नाते उसे सब चीज़ों की देखभाल करनी पड़ती थी—कहीं कोई वस्तु चुरा तो नहीं ली गई, कोई आदमी महज़ जाँघिया-बनियान पहनकर ही तो बाहर नहीं चला गया अथवा बाहर का कोई आदमी बैरकों में तो नहीं घुस आया, आदि। यदि गश्त लगाते हुए कोई अफ़सर सामने पड़ जाए तो उसे कैम्प की गतिविधि की सारी रिपोर्ट और उन सब घटनाओं का ब्योरा देना पड़ता था जो उस रात कैम्प में घटी थीं।

उस रात उसकी बारी नहीं थी। किन्तु सज़ा के तौर पर उसे यह रात की ड्यूटी ढोनी पड़ रही थी। उसका अपराध केवल इतना था कि पिछले सोमवार को चाँदमारी का अभ्यास करने के लिए अपने कोट पर पेटी के स्थान पर रस्सी बाँधकर चला आया था। उसकी पेटी कोई चुरा ले गया था। पाँच दिनों के अन्दर-अन्दर तीसरी बार पहरे की यह ड्यूटी उसके मत्थे मढ़ दी गई थी। दुर्भाग्यवश हमेशा रात की ड्यूटी ही उसके पल्ले पड़ती थी, जो और भी अधिक कष्टप्रद थी।

परेड के मैदान में कवायद करते समय उसकी हालत काफ़ी पतली हो जाया करती थी—इसलिए नहीं कि वह आलसी या लापरवाह था। अपनी ओर से कोई कोर-कसर न छोड़ने पर भी दरअसल बात यह थी कि मार्च करते हुए पैर की अँगुलियों को नीचे रखना, सारे शरीर को झटके से आगे धकेलना, बन्दूक़ का घोड़ा दबाते समय ऐन मौक़े पर साँस रोक लेना, आदि सैनिक कवायद के दु:साध्य करतबों को सीखना उसके बलबूते के बाहर था। किन्तु इसके बावजूद सब लोग उसके चरित्र की गम्भीरता से भली-भाँति परिचित थे। उसकी वर्दी हमेशा साफ़-सुथरी रहा करती, उसके मुँह से मुश्किल से ही कभी कोई अपशब्द निकलता, कभी किसी ने उसे वोदका पीते नहीं देखा था। हाँ, कभी-कभार किसी महोत्सव के दिन जब सबको वोदका बाँटी जाती, तो वह अवश्य पीता। अवकाश के समय वह जूते बनाता था। धीरे-धीरे, बड़ी मेहनत से वह काम करता, और एक जोड़ी जूता बनाने में उसे पूरा एक महीना लग जाता। किन्तु जूते भी ऐसे होते कि दाँतों तले अँगुली दबानी पड़ती—ऊँचे, भारी और मज़बूत! सारी कम्पनी में वे 'मर्कूलोव के जूते' के नाम से प्रसिद्ध हो गए थे।

उसके चेहरे का भूरा-सा खुरदरापन उसके ओवरकोट के रंग से मिलता-जुलता था। उस पर पीलेपन की मैली-मटियाली-सी छाया घिरी रहती। ऐसी छाया जो अक्सर उन किसानों के चेहरों पर दिखलाई देती है, जिन्होंने अपनी ज़िन्दगी का कुछ भाग अस्पताल, जेलख़ाने या बैरकों में बिताया हो। उसके चेहरे पर जो चीज़ सबसे अद्‌भुत और विचित्र प्रतीत होती थी,

वह बाहर की ओर उभरी हुई उसकी आँखें थीं—इतनी कोमल और स्वच्छ कि देखने वाला हैरत में पड़ जाता था। बच्चों की-सी वे स्निग्ध आँखें एक उज्ज्वल, निर्मल आभा में चमकती रहतीं। उसके मोटे होंठों से इस बात का साफ़ पता चल जाता कि वह एक बहुत ही सीधा-सादा व्यक्ति है। उसके ऊपरी होंठ पर दूर-दूर छितरे हुए भूरे बाल इस क़दर आराम से सिमटे पड़े थे, मानो किसी ने उन्हें पानी से भिगो दिया हो!

बैरकों में शोरगुल मच रहा था। प्रत्येक प्लाटून के क्वार्टर की दीवार पर टीन की लालटेनें टँगी थीं, जिनका धुएँ से भरा, फीका, धुँधला आलोक पास सटे हुए चारों लम्बे कमरों में पड़ रहा था। कमरों के बीचोबीच लकड़ी के तख़्तों की दो लम्बी क़तारें थीं, जिन पर घास-फूस की चटाइयों के बिस्तर बिछा दिये गए थे। दीवारों पर लिपाई-पुताई की गई थी और उनका निचला भाग पूरे रंग में रँगा हुआ था। लकड़ी के कठरों में दीवारों के सहारे राइफ़लों की सुघड़, लम्बी क़तारें लगी थीं। उनके ऊपर फ्रेम में जड़े हुए कुछ चित्र और फ़ोटो लगे थे, जो एक सैनिक के सम्पूर्ण ज्ञान और अनुभव के अत्यन्त भद्दे और भोंडे परिचायक थे।

मर्कूलोव धीरे-धीरे, मन्दगति से प्रत्येक प्लाटून के चक्कर लगा रहा था। नींद से उसकी आँखें बोझिल थीं और इतने गुल-गपाड़े के बीच भी वह अपने को बिलकुल अकेला पा रहा था। उन लोगों के प्रति उसे ईर्ष्या होने लगी जो बैरकों के घुटे, उदास वातावरण में भी एक-दूसरे से हँस-बोल रहे थे। सोने के लिए उनके पास सारी रात पड़ी थी, इसलिए वे निश्चित होकर नींद के कुछ लम्हे पीछे धकेल सकते थे। किन्तु यह बात रह-रहकर उसे चुभ जाती थी कि आध घंटे में ही सारी कम्पनी एक निस्तब्ध गहरी निद्रा में डूब जाएगी, कोई अपार्थिव, रहस्यमयी शक्ति कम्पनी के उन सौ आदमियों को उसके बीच से उठाकर एक अज्ञात लोक में उड़ाकर ले जाएगी, केवल एक वही जागता रह जाएगा—जर्जरित, उपेक्षित, निपट अकेला।

नं. 2 प्लाटून में लगभग एक दर्जन सैनिक एक-दूसरे से सटे हुए बैठे थे। लकड़ी के तख़्तों से बनी हुई चारपाइयों पर वे लोग आपस में इतने

घुले-मिले-से पास-पास बैठे या लेटे थे कि उन्हें देखकर एकाएक यह बतलाना असम्भव था कि कौन-सी बाँह और टाँग का सम्बन्ध किस सिर अथवा पीठ से जुड़ा है। कभी-कभी हाथ की बनी सिगरेट का सुलगता हुआ लाल धब्बा अँधेरे में चमक उठता था। सिपाहियों के उस दल के बीचोबीच सैनिक जामोशनिकोव, जो कम्पनी में चाचा जामोशनिकोव के नाम से प्रसिद्ध था, पाँव पर पाँव धरे बैठा हुआ दिखलाई दे रहा था। वह एक नाटे क़द का, हँसमुख, ज़िन्दादिल, पुराना सिपाही था। कम्पनी के सब लोग उसे बहुत चाहते थे। गाने में वह हमेशा आगे रहता और लोगों का मनोरंजन करने का कोई अवसर हाथ से नहीं जाने देता। इस समय वह कोई मनगढ़न्त कहानी सुना रहा था और आगे-पीछे डोलता हुआ हथेलियों से अपने घुटनों को मल रहा था। उसका स्वर सहज और संयत था। वह जानबूझकर बहुत ही धीमे स्वर में बोला करता था। उसके स्वर में सदा विस्मय का भाव झलकता रहता। सिपाही स्तब्ध होकर कहानी सुन रहे थे। कभी उनमें से कोई सिपाही कहानी की किसी घटना से इतना अधिक उद्वेलित हो उठता कि बरबस उसके मुँह से प्रशंसा के शब्द फूट पड़ते।

मर्कूलोव भी उस दल के पास आकर ठहर गया और उदासीन भाव से कहानी सुनने लगा।

"अच्छा तो फिर तुर्की सुल्तान ने एक बड़े कनस्तर में पौपी के बीज भरकर उसके पास भेज दिये। साथ में पत्र भी लिखा : 'महाप्रतापी जनरल स्कोवलेव, मैं आपको तीन दिन और तीन रातों की मुहलत देता हूँ, जिसके दौरान आप कनस्तर में रखे हुए सब बीजों को गिन लें। मैं आपको बतला दूँ कि मेरी सेना के सैनिकों की संख्या कनस्तर में रखे हुए बीजों के बराबर है।' स्कोवलेव ने पत्र पढ़ा, लेकिन उसके चेहरे पर ज़रा-सी शिकन नहीं आई। जवाब में उसने तुर्की सुल्तान को मुट्ठी भर मिर्च की फलियाँ भेज दीं। 'आपके पास जितने सैनिक हैं, उसके आधे भी मेरे पास नहीं,' उसने लिखा, 'उनकी संख्या इन मुट्ठी भर मिर्च की फलियों से अधिक नहीं, किन्तु ज़रा इन्हें चबाकर तो देखो!"

“वाह, कैसा उस्ताद निकला!” जामोशनिकोव के पीछे से एक आवाज़ आई।

दूसरे श्रोतागण भी चटखारे लेने लगे।

“हाँ, तो उसने कहा—ज़रा इन्हें चबाकर तो देखो!” जामोशनिकोव ने वही वाक्य पुनः दुहराया, मानो उस वाक्य को पीछे छोड़कर आगे बढ़ने में उससे काफ़ी दुःख हो रहा हो, “देखा आपने—सुल्तान ने पौपी के बीजों का कनस्तर भेजा और उसके जवाब में जनरल ने मुट्ठी भर मिर्च की फलियाँ उसके पास भेज दीं। ‘ज़रा इन्हें चबाकर देखो,’ उसने कहा। हमारे जनरल स्कोवलेव ने तुर्की के उस सुल्तान से हू-ब-हू यही बात कही थी। ‘मेरे पास केवल मुट्ठी भर सिपाही हैं,’ उसने कहा, ‘किन्तु ज़रा इन्हें चबाकर तो देखो।’”

“क्या कहानी समाप्त हो गई, जामोशनिकोव चाचा?” श्रोताओं में से किसी ने अधीर होकर डरते-डरते पूछा।

“तुझे जल्दी काहे की पड़ी है रे छोकरे?” जामोशनिकोव ने झुँझलाकर कहा, “बुरा न मानना, लेकिन मैं धीरे-धीरे ही कहानी सुनाऊँगा। कहानी कहना कोई मक्खी मारने का काम थोड़े ही है।” वह कुछ देर तक चुप रहा। फिर किंचित् प्रकृतस्थ होकर उसने कहानी का सूत्र आगे बढ़ाया : “हाँ, तो मैं कह रहा था, ‘हैं तो केवल ये मुट्ठी-भर, किन्तु ज़रा इन्हें चबाकर तो देखो!’ जनरल ने कहा। तुर्की सुल्तान ने स्कोवलेव का पत्र पढ़ा और उसके उत्तर में एक और पत्र लिखा, ‘आपका कल्याण इसी में है कि आप जल्द-से-जल्द अपनी सेना मेरे देश से हटा लें,’ उसने लिखा। ‘वरना मैं अपने प्रत्येक सिपाही को वोदका का एक-एक गिलास दे दूँगा, जिसे पीकर उनके क्रोध की ज्वाला भड़क उठेगी और वे तीन दिन में ही तुर्किस्तान से आपकी सेना को बाहर खदेड़ देंगे।’ किन्तु स्कोवलेव के पास इसका जवाब पहले से ही मौजूद था, ‘हे तुर्किस्तान के गौरवशाली, महाप्रतापी सुल्तान! ऐसा पत्र लिखने की तुझे कैसे जुर्रत हुई—मुँहजले तुरुक? क्या तू यह सोचता है कि मैं तेरी गीदड़ भभकियों में आ जाऊँगा? क्या कहा?

वोदका का एक-एक गिलास अपने सिपाहियों को दूँगा? अच्छा, चल, मैं भी देखूँगा। मैं भी अपने सिपाहियों को तीन दिन तक भूखा रखूँगा। फिर देखना बेटा, वे तुझे तेरी सारी सेना समेत ज़िन्दा ही निगल जाएँगे। कुत्ते, सूअर के बच्चे—एक बार तुझे खाकर कोई तुझे बाहर निकालने का भी कष्ट नहीं करेगा। सब लोग यही समझेंगे कि कहीं लापता हो गया है!' यह सुनते ही तुर्की के सुल्तान के होश-हवास उड़ गए। वह गिड़गिड़ाता हुआ घुटनों पर गिर पड़ा और सन्धि की प्रार्थना करने लगा, 'आप अपनी सेना के संग वापस लौट जाइए। मैं आपकी सेवा में दस लाख रूबल की नगद पूँजी भेंट करता हूँ। कृपया एक भलेमानुस की हैसियत से मेरी इस भेंट को स्वीकार कीजिए और मुझे छोड़ दीजिए।'"

जामोशनिकोव ने कुछ देर चुप रहने के बाद संक्षेप में कहा, "बस, भाई, कहानी यहाँ ख़त्म होती है।" श्रोतागणों में मानो किसी ने नया जीवन फूँक दिया। सैनिकों के उस दल में हलचल की हल्की-सी लहर दौड़ गई। चारों ओर से कहानी की प्रशंसा में टीका-टिप्पणियाँ सुनाई देने लगीं।

"ख़ूब मज़ा चखाया..."

"बच्चू को आटे-दाल का भाव पता चल गया होगा।"

"क्या पते की बात कही, 'तीन दिन तक मैं अपने सिपाहियों को भोजन नहीं दूँगा, और वे तुझे ज़िन्दा ही निगल जाएँगे! कुत्ता कहीं का...' चाचा जामोशनिकोव, हमारे जनरल ने यही कहा था न? क्यों, ठीक है न चाचा जामोशनिकोव?"

जामोशनिकोव ने बड़ी तत्परता से जनरल का कथन अक्षरशः दुहरा दिया।

"अरे, हमारे सामने वे कभी नहीं टिक सकते।" घमंड से भरी कुछ आवाज़ें आईं।

"रूसी तो उनको नाकों चने चबवा देंगे।"

"ख़ूब अच्छी तरह सोच लो भाई, हमारे संग लड़ना हँसी-खेल नहीं है!"

"हाँ—फिर बाद में कुछ मत कहना। हमारे ख़िलाफ़ मैदान में उतरने से पहले भरपेट भोजन कर लेना और भगवान का नाम जप लेना।"

जामोशनिकोव के पास बैठा हुआ कोई सिपाही सिगरेट पी रहा था। जामोशनिकोव ने हाथ बढ़ाकर लापरवाही से कहा, "ज़रा एक कश इधर भी—बिना सिगरेट के जान निकली जा रही है।"

वह एक के बाद एक गहरे कश लेता हुआ ज़ोर से अपने दोनों नथुनों के बाहर सीधी लकीर में धुआँ छोड़ने लगा। प्रत्येक कश के संग सिगरेट की लाल बिन्दी सुलग उठती, जिसके प्रकाश में उसका चेहरा—विशेष कर उसकी ठुड्डी और होंठ—एक क्षण के लिए आलोकित हो उठता और फिर एकदम अँधेरे में ग़ायब हो जाता। अँधेरे में एक हाथ उसके मुँह में दबी हुई सिगरेट की ओर बढ़ा और किसी ने याचना-भरे स्वर में कहा, "चाचा जामोशनिकोव, बहुत हो गया, अब थोड़ी-सी सिगरेट मेरे लिए भी छोड़ दो न!"

"कुछ सिगरेट पीने का काम करेंगे, कुछ थूकने का—मेहनत का सही बँटवारा होना चाहिए, समझे!" जामोशनिकोव ने कड़े स्वर में उत्तर दिया।

सिपाही हँसने लगे।

"यह जामोशनिकोव भी एक नम्बर का हाज़िरजवाब है!" जामोशनिकोव दूने उत्साह से हँसी-मज़ाक़ करने लगा।

"जानते हो आजकल सिगरेट कैसे पिलाई जाती है? तम्बाकू लपेटने के लिए काग़ज़ तुम दो, और तम्बाकू भी तुम्हारा ही ठीक रहेगा। फिर हम दोनों सिगरेट पिएँगे, समझ गए?"

यह कहकर उसने सिगरेट का टोटा उस सिपाही को दे दिया, जिसने सिगरेट के लिए हाथ बढ़ाया था, फिर एक तरफ़ मुड़कर उसने थूका और एक सिपाही की पीठ का सहारा लेकर बैठ गया।

"छोकरो! मुझे एक और कहानी याद आ रही है," उसने कहा, "शायद आपने सुनी हो। इस कहानी में एक सिपाही लोहे के पंजे पहनकर एक राजकुमारी से मिलने के लिए क़िले के बुर्ज़ पर चढ़ जाता है। आपने अगर पहले से ही यह कहानी सुन रखी हो, तो मैं नहीं सुनाऊँगा।"

"एकदम सुना डालो भाई! हममें से किसी ने नहीं सुनी है।"

"अच्छा, तो सुनो...कहानी इस तरह शुरू होती है। बहुत अर्सा पहले याशका नाम का एक सैनिक रहा करता था। बड़ा अद्भुत आदमी था यह याशका..."

थका-माँदा-सा मर्कूलोव आगे बढ़ गया। कोई और दिन होता तो वह भी बड़ी ख़ुशी से जामोशनिकोव की कहानियों को सुनता, किन्तु उस रात सब लोगों को इतनी उत्सुकता से जामोशनिकोव की नीरस और मनगढ़न्त कहानियों को सुनते देख उसे काफ़ी आश्चर्य हुआ।

"इस तरह बैठे हैं, मानो यह भूल गए हों कि उन्हें सोना भी है—हरामी कहीं के!" मर्कूलोव क्रोध में भुनभुनाने लगा, "ठीक भी है, खर्राटे लेने के लिए सारी रात जो पड़ी है।"

वह खिड़की के सामने आ खड़ा हुआ। खिड़की के शीशों पर धुंध जम गई थी और कभी-कभी पानी की बूँदें नीचे टपक पड़ती थीं। अपने कोट की बाँह से उसने शीशे को पोंछ दिया और अपना माथा उस पर टिकाकर दोनों हाथों से अपनी आँखें मीच लीं, ताकि लैम्प की रोशनी उन पर न पड़े। वह पतझड़ की एक अँधेरी, बरसाती रात थी। खिड़की से बाहर झाँकती प्रकाश की शहतीर ने एक लम्बा टेढ़ा-मेढ़ा-सा रामकोण चतुर्भुज खींच डाला था, जिसके बीचोबीच गन्दे पानी के गड्ढे पर हल्की-फुल्की उर्मियाँ उठ रही थीं। कहीं बहुत दूर नीचे की ओर एक छोटे-से क़स्बे पर ये बत्तियों का मद्धिम आलोक झिममिला उठता था; लगता था, मानो पृथ्वी के अन्तिम छोर पर ये बत्तियाँ जल रही हों। बारिश की उस अँधेरी रात में उसकी आँखें इससे अधिक और कुछ भी नहीं देख पा रही थीं।

खिड़की के पास कुछ देर खड़ा रहकर मर्कूलोव प्लाटून नं. 4 का चक्कर लगाने निकल पड़ा और बैरकों के दूसरी ओर खिड़कियों के सामने मन्द गति से चहलक़दमी करने लगा। उसने देखा कि लकड़ी के तख़्तों से बने पलंगों की लम्बी क़तार के एक कोने में दो सैनिक—पंचुक और कोवल—बैठे हुए पाँव हिला रहे थे। उनके सामने एक बक्सा रखा हुआ था, जिसके कुंडों पर लगा हुआ ताला नीचे लटक रहा था। बक्से पर जौ की रोटी के भारी-भरकम टुकड़े,

प्याज़ की पाँच गाँठें, भुना हुआ सूअर का मांस और एक साफ़ चीथड़े पर मोटा कुटा हुआ नमक रखा था। पंचुक और कोवल, दोनों ही खाने में हातिम थे—शायद यही कारण था कि मित्रता की एक मूक और विचित्र कड़ी उन दोनों को एक-दूसरे से बाँधे रखती थी। प्रत्येक सैनिक को तीन पाउंड रोटी का राशन मिलता था, किन्तु उससे शायद उनकी तृप्ति नहीं होती थी। कोई दिन ऐसा न जाता था, जब वे अपने राशन के अलावा दूसरे सैनिकों से कुछ और रोटियाँ न ख़रीद लें। अक्सर शाम को वे एक संग बैठ जाया करते थे और चुपचाप, बिना एक-दूसरे से कोई बातचीत किये, इन रोटियों को खाया करते थे। दोनों ही खाते-पीते सम्पन्न घरानों से आए थे और हर महीने एक या कभी-कभी दो रूबल घर से उनके नाम आ जाया करते थे।

वे चाक़ू से सूअर के मांस को सिगरेट के काग़ज़ों की तरह पतले महीन कतलों में काट रहे थे। चाक़ू काफ़ी छोटा था और उसकी धार को शायद इतनी बार तेज़ किया गया था कि वह अब बिलकुल मुड़ गई थी। गोश्त के टुकड़ों पर नमक छिड़क दिया गया था और रोटी के दो टुकड़ों के बीच उन्हें दबा कर 'सैंडविच' बना ली गई थी, जिसे वे चुपचाप, धीरे-धीरे, मज़े से पाँव हिलाते हुए चबा रहे थे।

मर्कूलोव उनके सामने आकर ठिठक गया और विरक्त भाव से उन दोनों को देखने लगा। सूअर के भुने हुए मांस को देखकर उसके मुँह में पानी भर आया, किन्तु माँगने का साहस नहीं हुआ। वह जानता था कि वे साफ़ इनकार कर देंगे और उसकी खिल्ली उड़ाने में भी नहीं चूकेंगे। फिर भी उससे न रहा गया और काँपते हुए अभ्यर्थना-भरे स्वर में उसने कहा, "जी भर के खाओ, दोस्तो!"

"खाएँगे क्यों नहीं—किसी का दिया हुआ तो खा नहीं रहे। तुम खड़े ताकते रहो," कोवल ने उत्तर दिया। उसके स्वर में व्यंग्य का तनिक भी आभास नहीं था। बिना मर्कूलोव की ओर आँखें उठाए उसने चाक़ू से प्याज़ का छिलका उतारकर चार भागों में काट दिया और एक टुकड़े को नमक में डुबोकर चटखारे ले-लेकर चबाने लगा। पंचुक ने कुछ नहीं कहा,

सिर्फ़ मर्कूलोव के चेहरे को अपनी अलसाई, भावहीन आँखों से देखता रहा। वह चबड़-चबड़ करता हुआ मुँह हिला रहा था। उसकी मांसपेशियाँ तनी हुई थीं और गालों की भारी, विशालकाय हड्डियों पर उलझी हुई नसों की गाँठें उभर आई थीं।

कुछ मिनटों तक तीनों ख़ामोश रहे। आख़िर कुछ देर पंचुक ने मुँह का कौर निगलकर भारी उदासीन स्वर में पूछा, "ड्यूटी पर हो, क्यों?"

उसे अच्छी तरह मालूम था कि मर्कूलोव ड्यूटी पर है, फिर भी उसने यह निरर्थक प्रश्न पूछ लिया। उसके स्वर में लेशमात्र भी जिज्ञासा नहीं थी। मर्कूलोव ने वैसे ही उदासीन, विरक्त भाव से उत्तर दिया। उत्तर क्या दिया, गालियों की झड़ी लगा दी। यह पता चलाना कठिन था कि इन गालियों का भागीदार कौन था—वे दोनों सैनिक, जो चटखारे ले-लेकर रोटी और गोश्त से अपनी पेट-पूजा कर रहे थे; अथवा कमांडिंग अफ़सर, जिसने उस पर यह ड्यूटी थोप दी थी!

वे दोनों मित्र निश्चिन्त, शान्त भाव से धीरे-धीरे खाते रहे और मर्कूलोव उन्हें पीछे छोड़कर आगे बढ़ गया। शीघ्र ही उन सीलन-भरी बैरकों का वातावरण सैनिकों की साँसों से गर्म हो उठा। मर्कूलोव को अपने कोट के भीतर गर्मी महसूस होने लगी। वह प्रत्येक प्लाटून का कई बार चक्कर लगा चुका था और हर बार उसने ऊबे-उकताए मन से सैनिकों की बातचीत, हँसी-ठहाके और गाना-बजाना सुना था। उसे लगा था; मानो इस शोर-शराबे का कभी अन्त नहीं होगा। हालाँकि सैनिकों की बातचीत में अब उसकी कोई दिलचस्पी नहीं रह गई थी। किन्तु मन-ही-मन वह चाह रहा था कि यह शोर और कोलाहल देर रात तक सम्भव हो, तो सुबह तक होता रहे, ताकि नींद में डूबे हुए बैरकों के भाँय-भाँय करते सन्नाटे में वह निपट अकेला न रह जाए।

नं. 1 प्लाटून के दूसरे सिरे पर मर्कूलोव के अफ़सर वारंट ऑफ़िसर नोगा का पलंग बिछा था। नोगा अपने दम्भ और छैलापन के लिए सारी कम्पनी में बदनाम था। स्त्रियाँ उस पर जान देती थीं। वह बातें बनाने में बड़ा चतुर था और उसके रहन-सहन का स्तर भी काफ़ी ऊँचा था।

उसके पलंग पर बिछी हुई घास-फूस की चटाई पर एक बढ़िया कम्बल रखा हुआ था, जिस पर नाना प्रकार के रंग-बिरंगे त्रिकोण और चौकोर बने हुए थे। पलंग के सिरहाने लगे हुए तख़्ते पर आटे की लेई से एक छोटा-सा गोल आईना चिपका हुआ था, जिसके बीचोबीच एक दरार पड़ी हुई थी। अपने जूते और वर्दी उतारकर नोगा क़ीमती कम्बल पर पाँव पसारे लेटा था। उसने अपने हाथ सिर के नीचे रखे हुए थे, एक पाँव दीवार के सहारे उठा रखा था और दूसरा उस पर पसरा हुआ पड़ा था। उसके मुँह के एक कोने से बाँस का सिगरेट-होल्डर बाहर निकला हुआ था, जिसमें सिगरेट सुलग रही थी। उसके सामने उसकी प्लाटून का एक सैनिक—कामा फुतदिनोव—खड़ा था, जो दूर से एक बड़ा भीमकाय लंगूर-सा दिखाई दे रहा था। वह एक बहुत ही गन्दा मूर्ख तातार था। उसके चेहरे पर हमेशा पीलापन छाया रहता था। सेना में भर्ती हुए उसे तीन वर्ष हो चुके थे, किन्तु अब तक रूसी भाषा का एक अक्षर भी नहीं सीख पाया था। सारी कम्पनी उस पर हँसा करती थी। जब कभी इंस्पेक्शन परेड होती, तो उसे देखकर सबका सिर शर्म से नीचे झुक जाता।

नोगा को नींद नहीं आ रही थी, इसलिए वह कामा फुतदिनोव को लेकर बैठ गया और उसे पढ़ाने लगा। बेचारे तातार को देखकर जान पड़ता था कि उसके मगज पर काफ़ी ज़ोर पड़ रहा है। उसकी कनपटियों और नाक से पसीना टपक रहा था। वह बार-बार जेब से मैला-कुचैला कपड़ा निकालकर अपनी पीप से भरी, फूले वाली आँखों को पोंछ लेता था।

"अरे ओ भोंदू तुर्क," नोगा झल्ला रहा था, "घनचक्कर कहीं के! बता, मैंने तुझसे क्या पूछा था? मछली की तरह मुँह बाये क्या देख रहा है? बता, मैंने तुझसे क्या पूछा था?"

कामा फुतदिनोव ने कोई उत्तर नहीं दिया।

"कलमुँहे बन्दर! बता, राइफ़ल को क्या कहते हैं...हाँ, यह जो तेरी राइफ़ल है, उसे क्या कहते हैं? बता, तातारी जानवर, बता!" कामा फुतदिनोव कभी एक पैर पर खड़ा होता, कभी दूसरे पर और अपनी दुखती हुई आँखों को पोंछता जाता। किन्तु उसके मुँह से एक भी शब्द नहीं निकला।

"नामाकूल कहीं का...कुछ समझ में नहीं आता, क्या करूँ। अच्छा, देख, जो मैं बोलूँ, मेरे पीछे वही दुहराता जा।" नोगा स्पष्ट स्वरों में प्रत्येक शब्द का ज़ोर-ज़ोर से उच्चारण करने लगा। "स्मॉल बोर—क्विक फ़ायरिंग..."

"इस्मॉल-बूर किक-फाइ," कामा फुतदिनोव छूटते ही बड़ी तेज़ी से बोला।

"मूर्ख! इतनी जल्दी क्या पड़ी है? दुबारा कहो : स्मॉल बोर—क्विक फ़ायरिंग..."

"समॉल बौर—किविक फायरी..."

"तातार बन्दर!" नोगा ने उसे बुरी तरह डाँट पिलाई, "ख़ैर, चलो, आगे बोलो :

'पैदल सेना की राइफ़ल...'

'पैदला सेन की रिफिल'

'स्लायडिंग बोल्ट युक्त...'

'सेलिडिनबूल्ट युक...'

'बर्दान टाइप, नम्बर दो।'

'वीर्दान साइप, नम्बा दो...'

'अच्छा, अब शुरू से कहो।'"

कामा फुतदिनोव ने जेब से फिर चिथड़ा निकाल लिया और बग़लें झाँकने लगा।

"हाँ, कहो! अरे तुम बोलते क्यों नहीं? तुम्हें क्या साँप सूँघ गया है?"

"इस्मॉलबूर, विसेलिडिन..." कामा फुतदिनोव के दिमाग़ में जो कुछ आया, वही उसने उगल दिया।

"विसेलिडिन..." नोगा बीच में ही चिल्ला उठा, "विसेलिडिन तुम्हारा सिर। मैं इस वक़्त उठने का कष्ट नहीं करना चाहता, वरना तुम्हारे मुँह की ऐसी मरम्मत करता कि ज़िन्दगी भर याद रखते। तुम मेरी प्लाटून की इज़्ज़त मिट्टी में मिलाकर रहोगे। क्या तुम नहीं जानते कि सिर्फ़ तुम्हारे कारण मुझे दूसरों से कितनी खरी-खोटी बातें सुननी पड़ती हैं? अच्छा, फिर से बोलो : 'स्मॉल बोर, क्विक फ़ायरिंग...'"

प्लाटून नं. 1 के दूसरे सिरे पर लोहे की अँगीठी के पास तीन बूढ़े सैनिक अपने बिस्तरों पर सिर-से-सिर मिलाए लेटे हुए थे। तीनों ही दबे स्वर में अपने गाँव का कोई देहाती गीत धीरे-धीरे गा रहे थे। गीत के पीछे एक गहरी अनुभूति छिपी थी, किन्तु उनके स्वरों से हर्ष और उल्लास उमड़ पड़ता था। पहले गायक ने ऊँचे किन्तु कोमल स्वर में उदासी-भरी एक धुन छेड़ दी थी। वह बीच के शब्दों को छोड़कर नये स्वरों को जोड़ देता था, जिससे गीत की मधुरता और लयात्मकता और अधिक बढ़ जाती थी। दूसरे सिपाही का गला ज़रा भारी था, किन्तु उसके स्वर का पका हुआ सोंधापन बरबस अपनी ओर खींच लेता था—लगता था, मानो उसके स्वर में एक हल्की-सी झंकार उठ रही हो। तीसरे सिपाही का स्वर पहले की अपेक्षा ज़रा धीमा था—सपाट और बेलोच। कभी-कभी वह गाते-गाते सहसा चुप हो जाता था—और फिर कुछ देर बाद बीच की कड़ियों को लाँघकर अपने साथियों के सुरों के साथ अपना सुर मिलकर पुनः गाने लगता था :

विदा, अलविदा, मेरी प्यारी! ओ सपनों की रानी रे!
हाय, न थम सकता अब इन आँखों से बहता पानी रे!
तरस जाएँगे तेरी ख़ातिर मेरे व्याकुल नैना रे!
ओ मेरे! अरे ओ मेरे! हाँ—आँ—आँ...!

पहले दो आवाज़ें परस्पर गुम्फित होकर गा उठीं और तीसरी आवाज़, जो 'व्याकुल नैना रे' के बाद चुप हो गई थी, पुनः सशक्त और असंदिग्ध भाव से पिछली दो आवाज़ों के संग मिलकर गूँजने लगी :

...ओ मेरे, मन की मैना, रे!

और फिर तीनों संग गाने लगे :

अब न लौटकर आएगी इस घर की मेरी बुलबुल रे!
प्रीति-प्यार की बग़िया में अब नहीं खिलेंगे वे गुल रे!

गीत की धुन छेड़ने वाले पहले गायक ने गीत का एक पद गा लेने के बाद सहसा एक बहुत ऊँचा सुर छेड़ दिया, और उसे खींचता ले गया। उसका मुँह एक बड़े ढक्कन की तरह खुल गया, आँखें मुँद गईं और नाक सिकुड़ती चली गई। फिर अचानक एक झटके से वह रुक गया और एकदम इतना ख़ामोश हो रहा, मानो जो कुछ उसे गाना था सो वह गा चुका, अब कुछ शेष नहीं रहा है। किन्तु कुछ देर बाद उसने खखारकर गला साफ़ किया और फिर नये सिरे से गाना शुरू कर दिया :

रात-रात भर अँखियाँ मेरी अँसुआ-धार बहाएँ रे!
कलपत सारी रैन कटै, निंदिया न भटक कर आए रे!
नहीं भूल पाता बैरी मन, तेरी प्रेम कहानी रे!

"जी हाँ, नहीं भूल पाता!" बीच में ही अचानक तीसरे सैनिक की ऊँची-सधी आवाज़ गूँज उठी। फिर तीनों गाने लगे :

नैना तेरे बड़े कटीले, चितवन प्यारी-प्यारी रे!
मीठे बैना बोल-बोल जादू की डोरी डाली रे!
उलझ गया मेरा भोला मन...कर बैठा नादानी रे!

मर्कूलोव बड़े ध्यान से गीत सुनने लगा। एक अर्सा पहले उसने यह गीत अपने गाँव में सुना था। काश, इस समय वह अपनी वरदी उतारकर आराम से लेटा होता, अपने ओवरकोट में कानों तक सारे शरीर को लपेट कर लेटा-लेटा अपने गाँव और पुराने चिर-परिचित लोगों के बारे में सोचता रहता, और सोचते-सोचते नींद अपने स्निग्ध, सहलाते स्पर्श से उसकी थकी हुई आँखों को ढक लेती।

उन तीनों सैनिकों ने गाना बन्द कर दिया। मर्कूलोव काफ़ी देर तक इस प्रतीक्षा में खड़ा रहा कि वे फिर अपना तान छेड़ेंगे। उसे इन दर्द-भरे गीतों की धुनें बहुत अच्छी लगती थीं। लगता था, मानो एक बुझी-सी धुँधली उदासी और करुणा का भीगा-सा भाव उस पर घिरता जा रहा है।

किन्तु वे तीनों सैनिक सिर से सिर मिलाए पेट के बल सीधे, निश्चल लेटे थे। कदाचित् गीत की उदास धुन ने उन्हें भी एक गहरी निस्तब्ध व्यथा में डुबो दिया था। मर्कूलोव ने एक गहरी साँस भरी; उसके चेहरे पर पीड़ा का भाव उभर आया और वह अपनी छाती को ज़ोर-ज़ोर से खुजलाता हुआ उन गाने वाले सैनिकों को पीछे छोड़कर आगे बढ़ गया।

धीरे-धीरे बैरकों में सन्नाटा छाने लगा। केवल प्लाटून नं. 2 से हँसी-ठहाकों का स्वर अब तक आ रहा था। जामोशनिकोव लौह पंजों वाले सैनिक की कथा समाप्त कर चुका था और अब 'नाटक' खेलने में मग्न था। वह नक़ल और अभिनय करने में पूरा उस्ताद था। इस समय वह रेजीमेंट का निरीक्षण करते हुए 'जनरल जामोशनिकोव' की नक़ल उतार रहा था। फिर वह बारी-बारी से अनेक पात्रों की भूमिकाएँ अदा करने लगा—दमा रोग से पीड़ित एक भारी-भरकम जनरल, रेजीमेंट का कमांडर, छोटे कप्तान ग्लाजुनोव, सार्जेंट मेज़र तारास गावरिलोविच, यूक्रेन की एक देहाती बुढ़िया, जो गाँव से शहर आई थी और जिसने अठारह वर्षों से मोसकल (यूक्रेनी लोग व्यंग्य में रूसियों को इसी नाम से पुकारते थे) नहीं देखा था, टेढ़ी टाँगों और भेंगी आँखों वाला सैनिक त्वरदोखलेव, एक रोता हुआ बच्चा, गोद में कुत्ता उठाए क्रोध से भरी हुई एक भद्र महिला, तातार कामा फुतदिनोव, पूरी एक बटालियन, पीतल के वाद्य-यंत्रों का एक बैंड और रेजीमेंट का सर्जन। दर्शकों की उस भीड़ में कोई ऐसा व्यक्ति नहीं होगा, जिसने कम-से-कम एक दर्जन बार जामोशनिकोव का 'अभिनय' न देखा हो, किन्तु उनका कुतूहल कभी कम न होने पाता था। हर बार जामोशनिकोव पुरानी बातों में भी एक नई जान-सी फूँक देता, कोई चुभती हुई तुकबन्दी, कोई भड़कता हुआ मज़ाक़ बीच-बीच में छोड़ता जाता। लोग देखते और दंग रह जाते। उसका हर मज़ाक़ नया होता और अपनी अशिष्टता और अश्लीलता में पिछले सब मज़ाक़ों से बाज़ी ले जाता।

जामोशनिकोव का यह अभिनय खिड़कियों और चारपाइयों की क़तार के बीच की जगह पर हो रहा था। दर्शक बिस्तरों पर लेटे या बैठे हुए तमाशे का आनन्द उठा रहे थे।

"अरे ओ गाने-बजाने वालो, आगे बढ़ो!" उसने सिर पीछे करके और आवश्यकता से अधिक चौड़ा मुँह खोलकर भर्राई आवाज़ में आदेश दिये। उसने जानबूझकर अपना फटता स्वर मद्धिम बना लिया था। ज़ोर से चिल्लाने में उसे स्वाभाविक रूप से डर लग रहा था, इसलिए केवल हाथ-मुँह के मूक संकेतों और हाव-भाव द्वारा ही वह रेजीमेंट के कमांडर की गगन-भेदी चीख़ों की नक़ल उतार रहा था, "रे—जीमेंट! अटेन-शन! हथियार—उठाओ! बैंड—बजाओ!...ट्राम-पा-पिम-ता-ती-रा-राम!"

जामोशनिकोव बैंड बजाता हुआ 'मार्च' करने लगा। उसने अपने दोनों गाल फुला लिये और ढोल की तरह उन पर अपने हाथों से थपकियाँ देने लगा। फिर उसने चहकना शुरू कर दिया :

"देखिए, आपके सामने महाप्रतापी जनरल जामोशनिकोव सफ़ेद घोड़े पर आ रहे हैं। आँखें उनकी चील से भी अधिक तेज़ हैं, और उनका गर्वोन्नत भाल आकाश को चुनौती दे रहा है। उपाधियों, पदकों और तमगों से विभूषित होकर वह इधर पधार रहे हैं। उन्हें देखकर आपकी आँखें चौंधिया जाएँगी। 'बहादुर जवानो, मैं तुम्हें सलाम करता हूँ!'—'महामहिम, हम आपको सलाम करते हैं।'—'तुम्हारे करिश्मों से मैं प्रसन्न हूँ!'—'महामहिम, अपनी तरफ़ से हम कोई कसर नहीं छोड़ते!' लो, देखो, अब रेजीमेंट का कमांडर जनरल जामोशनिकोव के सम्मुख रिपोर्ट प्रस्तुत करने आ रहा है : 'महामहिम, महाप्रतापी, गौरवशाली जनरल जामोशनिकोव, मुझे आपके समक्ष रिपोर्ट प्रस्तुत करने में बड़ा गर्व महसूस हो रहा है। निजली-लोम रेजीमेंट में सब काम नियमानुसार, सुचारु ढंग से होता है। रेजीमेंट की फ़ेहरिस्त में एक हज़ार सैनिकों के नाम दर्ज हैं, जिनमें से सौ सैनिक बीमार होने के कारण बिस्तरों पर पड़े हैं। सौ सैनिक ज़्यादा पी जाने के कारण अधमरे-से नशे से धुत्त पड़े हैं। लगभग इतने ही सैनिक रेजीमेंट छोड़कर भाग गए हैं। पचास आदमी टूटी हुई चहारदीवारी की मरम्मत में जुटे हैं, पचास आदमियों को नियम उल्लंघन करने के अपराध में पकड़ लिया गया है। और अगर झूठ न बुलवाओ, तो पचास ऐसे आदमी हैं, जो शराब पीकर होश-हवास खो बैठे हैं।

दो सौ आदमी बाहर भीख माँगकर पेट पालते हैं, जो बाक़ी बचे हैं, वे अधमरे-से हो रहे हैं। एक लम्बे अर्से से उन्होंने हज़ामत नहीं बनवाई, उनके सिर और चेहरे भालू की तरह बालों से भरे हैं। उनका मुँह घावों और खरोंचों से सूज गया है और उन्हें देखते ही दिल दहल जाता है। उन्होंने पूरे साल-भर खाना नहीं खाया। बस, लड़कियों के संग बाहर सैर-सपाटा करते हैं और मज़े लूटते हैं। हमारी रेजीमेंट के क्या कहने! दुनिया में शायद ही कोई रेजीमेंट मिले, जो इतनी सुखी और ख़ुशहाल हो।'—'बस यही तो मैं चाहता हूँ। धन्यवाद दिलेर जवानो, धन्यवाद!'—'आपकी कृपादृष्टि बनी रहे, महामहिम! अपनी तरफ़ से हम कोई कसर नहीं छोड़ते!'—'कोई शिकायत तो नहीं?'—'कोई शिकायत नहीं, महामहिम!'—'ख़ुराक तो काफ़ी मिल जाती है न?'—'ख़ुराक के क्या कहने हुज़ूर! इतनी ज़्यादा मिलती है कि ज़ुबान उमठने लगती है और पेट फटने लगता है!'—'ज़िन्दा रहो दोस्तो! बस, इसी रास्ते पर चलते रहो, सब कुछ ठीक हो जाएगा। जवानो, गाओ, पूरा ज़ोर लगाकर गाओ। हमेशा अपना सीना तानकर चलो। खाने-पीने की चिन्ता मत करो! हरेक सिपाही को वोदका की एक बोतल, एक पौंड तम्बाखू और ऊपर से आधा रूबल दिया जाएगा।'—'हमारा हार्दिक धन्यवाद स्वीकार कीजिए, महामहिम!'"

"रेजीमेंटल कमांडर घोड़े पर सवार हो गए और आदेश दिया : 'रेजीमेंट की कम्पनियाँ दो-दो प्लाटून के फ़ासले पर क़दम से क़दम मिलाकर चलेंगी। नं. एक कम्पनी, आगे बढ़ो! संगीत...धम-धमाधम धम, लेफ़्ट राइट, लेफ़्ट राइट—चलते चलो!' और फिर सहसा यह आदेश सुनाई दिया, 'हाल्ट! रुक जाओ! जैसे खड़े हो, वैसे खड़े रहो!'—'माज़रा क्या है?'—'कर्नल, यह कौन-सी कम्पनी है?'—'आठवीं पियक्कड़, जनाब!'—'सैनिकों की पाँत में वह मुँह लटकाए कौए-सा कौन खड़ा है?'—'प्राइवेट खरदोखलेव, जनाब!'—'इसे परेड से अलग कर दिया जाए और पचास कोड़ों से इसकी ख़ातिर की जाए!'"

आसपास बैठे सैनिक ठहाका मारकर हँस पड़े। कुछ सैनिक मज़ाक़ में प्राइवेट खरदोखलेव के पेट में गुदगुदी करने लगे और वह हँसते-हँसते

लोट-पोट हो गया। फिर वह कथा दुहराई गई कि किस प्रकार 'जनरल जामोशनिकोव' ने रेजीमेंट के कमांडर के साथ बैठकर भोजन किया।

"'महामहिम, आपको गोभी दूँ या आलुओं का शोरबा?'—'दोनों! दोनों चीज़ें ढेर सारी परोस दो।'—'थोड़ी-सी वोदका भी चखिए, महाराज?'—'हाँ, बस थोड़ी-सी...गिलास पूरा भर दीजिए!' उसके बाद बहुत ही शिष्ट स्तर पर कर्नल की पुत्री के संग वार्तालाप होने लगा। 'नन्ही मुन्नी, एक चुम्बन तो दे जाओ!'—'छि:, देखते नहीं, पिताजी सामने बैठे हैं। देख लिया तो क्या कहेंगे?' 'तो फिर तुम नहीं दोगी?'—'ना...यह तो बिलकुल असम्भव है!'—'अच्छा, फिर अपना यह नन्हा-सा हाथ ही मेरे हाथ में दे दो।'—'हाँ, इसमें कोई डर नहीं।'"

किन्तु जामोशनिकोव को अपना 'नाटक' पूरा करने का अवसर नहीं मिल सका। दरवाज़ा अचानक भड़भड़ाकर खुल गया। देहरी पर खड़े थे सार्जेंट मेज़र तारास गावरिलोविच—नंग-धड़ंग शरीर पर केवल एक जाँघिए के अलावा कुछ नहीं था, पैरों में चप्पल थी और नाक पर ऐनक लगी थी।

"भला यह भी कोई बात है? अस्तबल के घोड़ों की तरह हिनहिना रहे हैं।" उस क्रुद्ध बूढ़े आदमी की आवाज़ बिजली की तरह कड़क उठी, "कब तक यह गुल-गपाड़ा मचता रहेगा? कहो तो एक-एक को घूँसे मार-मारकर सुला दूँ? चलो, सब अपने-अपने बिस्तरे पर जाकर लेटो। और देखो, अब कोई आवाज़ न सुनाई दे!"

धीरे-धीरे अनमने भाव से सब सैनिक तितर-बितर होने लगे। पाँच मिनट भी न बीते होंगे कि बैरकों पर मौत का सा सन्नाटा छा गया। कोई हौले-हौले होंटों में ही प्रार्थना बुदबुदा रहा था : "हे प्रभु यीशु मसीह! ईश्वर-पुत्र, हम पर दया करो! परम पिता, परम पुत्र और परमात्मा, हम पर दया करो।"

किसी ने सीमेंट की फ़र्श पर अपने दोनों ऊँचे जूते एक-एक करके फेंके। एक सैनिक गहरी घरघराती आवाज़ में खाँस उठा। सुनकर लगता था, मानो कोई भेड़ खखार रही हो। फिर सहसा वातावरण निश्चल और निस्तब्ध हो गया।

मर्कूलोव पूर्ववत् बैरकों की परिक्रमा करता रहा। दीवारों से सटा हुआ वह आगे सरकता जाता, कभी-कभार अचानक ठिठक जाता और अपने अँगूठे

के नाख़ून से यूँ ही दीवार का पलस्तर कुरेदने लगता। सैनिकों ने अपने ऊपर ओवरकोट डाल लिये थे और वे एक-दूसरे से सटे तख़्तों पर लेटे थे। सोते हुए सिपाहियों की आकृतियाँ लैम्प के मद्धिम, धुँधले आलोक में मिट-सी गई थीं। लगता था, मानो जीते-जागते इनसानों के स्थान पर भूरे रंग के निर्जीव, निश्चल कोटों की अन्तहीन क़तार दूर तक चली गई हो।

किसी तरह वक़्त काटना था, सो मर्कूलोव चारों ओर सोते हुए आदमियों को देखने लगा। एक सैनिक पीठ के बल लेटा हुआ घुटनों को हवा में फैलाए सो रहा था और आधा मुँह छोड़कर नियमित रूप से ख़ूब गहरी साँस ले रहा था। उसके निश्चल चेहरे पर एक विचित्र बोदा-सा भाव उभर आया था। एक दूसरा सैनिक नीचे की ओर मुँह लटकाकर लेटा था, उसका सिर उसके बाएँ बाज़ू पर टिका था और शरीर के आर-पार पसरे हुए दाएँ हाथ की मुट्ठियाँ बन्द थीं। उसके नंगे पाँव ओवरकोट से बाहर झाँक रहे थे, जाँघों की पिंडलियाँ तनी हुई थीं और पाँव की अँगुलियाँ सिकुड़कर ऐंठ-सी गई थीं। दूसरी ओर प्राइवेट येस्तीफयेब की बेढंगी-सी टेढ़ी-मेढ़ी देह पड़ी थी। वह मर्कूलोव के गाँव का आदमी था और परेड करते समय वह और मर्कूलोव एक ही पंक्ति में खड़े होते थे। इस समय वह एक विचित्र भद्दे और भोंडे ढंग से लेटा था। उसने अपना सिर तेल से चिकने लाल दरेज के तकिये में ठूँस रखा था और घुटनों को अपनी ठुड्डी तक खींच लाया था। ज़ाहिर है, ऐसी अवस्था में रक्त सिर में अवश्य चढ़ गया होगा। तकिये के नीचे से उसका पीड़ा से भरा स्वर आ रहा था।

मर्कूलोव के भीतर कहीं झुरझुरी-सी दौड़ गई। उसका दम घुटने लगा। यही लोग थे जो अभी कुछ देर पहले तक हँस-बोल रहे थे, इधर-से-उधर कुलाँचें मारते फिर रहे थे, आपस में लड़-झगड़ रहे थे और अब सब निश्चल, निश्चेष्ट से पड़े हैं। कोई दर्द से कराह रहा है, तो कोई गहरी नींद में सब कुछ भूलकर खर्राटे मार रहा है; लगता है, मानो किसी अज्ञात और रहस्यमय लोक की अदृश्य शक्ति ने उन्हें वशीभूत करके अपने में समेट लिया है—उनके लिए अब सब चीज़ें अपना अर्थ खो चुकी थीं—अब वे सब सुध-बुध खोकर

सो रहे थे और कभी-कभी दूसरे की छाती पर टिकाया हुआ अपना सिर बेचैनी से हिला देते थे। बस, केवल बचा रह गया मर्कूलोव, निपट अकेला, जो अपने दर्द को अपने से ही चिपकाए भटक रहा था। अचानक मर्कूलोव भयाक्रान्त-सा हो उठा। डर के मारे उसके बाल खड़े हो गए और एक सर्द, बर्फ़ीली झुरझुरी उसकी रीढ़ के आर-पार लहरा गई।

वह नं. 3 प्लाटून की बैरक के सामने आकर रुक गया और लालटेन के नीचे टँगी हुई घड़ी देखने लगा। घड़ी देखकर समय का पता चलाना उसके लिए टेढ़ी खीर थी। किन्तु उससे पहले जो आदमी ड्यूटी पर था, उसने बड़े धैर्य से विस्तारपूर्वक मर्कूलोव को यह बात समझा दी थी कि जब घड़ी की बड़ी सुई सीधी खड़ी हो जाए और छोटी सुई उसके संग 90 डिग्री का कोण बना ले, तो उसकी छुट्टी का समय हो जाएगा। साधारण-सी घड़ी थी, मूल्य दो रूबल से अधिक न रहा होगा। सफ़ेद चौकोर डायल था, जिसके चारों कोनों में गुलाब के छोटे-छोटे फूल बने थे। घड़ी के दोनों ओर पीतल के दो बट्टे लगे थे, जिनमें से एक को लोहे की एक छड़ी के साथ धागे से बाँधा हुआ था। घड़ी के बीचोबीच एक घिसा-पिटा, जीर्ण-जर्जरित पेंडुलम लटक रहा था, जिसे देखकर ऐसा लगता था, मानो किसी ने उसे दाँतों से चबाकर छोड़ दिया हो!

'टिक-टौक, टिक-टौक' करता हुआ पेंडुलम अन्धकार की घनी नीरवता को तोड़ रहा था। मर्कूलोव बड़े ध्यान से एकाग्रचित्त होकर घड़ी की 'टिक-टौक' सुनने लगा। पहली 'टिक' मद्धिम किन्तु स्पष्ट थी, दूसरी चेष्टा से, ऊबी-सी उठती हुई जान पड़ती, मानो भीतर-ही-भीतर उसे कोई दबा रहा हो। टिक-टौक और टिक-टौक के बीच जो वक़्फ़ा आता था, उसमें घड़ी से रगड़ खाती हुई ज़ंजीर का खड़खड़ाता स्वर सुनाई दे जाता था।

घड़ी की टिक-टिक के संग मर्कूलोव भी मन-ही-मन बड़बड़ाने लगा। 'हाय री क़िस्मत, हाय री क़िस्मत!' रात की ड्यूटी पर घिसटते हुए मर्कूलोव और उस घड़ी के बीच एक विचित्र-सा आध्यात्मिक सम्बन्ध जुड़ गया। किसी क्रूर दैवी शक्ति से अभिशप्त दोनों ही अँधेरी बैरकों में घोर यातना भुगत रहे थे और एक-एक क्षण गिनकर अन्तहीन एकाकीपन की लम्बी घड़ियों को

काटने का प्रयत्न कर रहे थे। 'हाय री क़िस्मत, हाय री क़िस्मत!'—थके, ऊबे मन से पेंडलुम गुनगुना रहा था। बैरकों का बुझा-बुझा-सा वातावरण भयानक हो उठा। लालटेनों का प्रकाश प्रतिपल फीका पड़ता जा रहा था, भद्दी बेडौल छायाएँ कोनों में सिमटती जा रही थीं और नींद में ऊँघता हुआ मर्कूलोव पेंडुलम की 'टिक-टौक' के संग रह-रहकर बड़बड़ा उठता था, 'हाय री क़िस्मत, हाय री क़िस्मत!'"

मर्कूलोव न. 1 प्लाटून के अन्तिम सिरे पर जाकर कोने में एक ऊँचे, टूटे-फूटे स्टूल पर बैठ गया, जो चूल्हे और राइफ़लों के ढेर के बीच रखा हुआ था। चूल्हे से हल्की गरमाई आ रही थी, जिसमें कोयलों की गैस की गन्ध मिली हुई थी। मर्कूलोव ने अपने हाथ कोट की आस्तीनों में घुसा लिये और अपने विचारों में खो गया।

वह अपने उस पत्र के बारे में सोचने लगा, जो अभी कुछ दिन पहले उसके 'देस' से आया था। पत्र उसे पढ़कर सुनाया गया था। सबसे पहले प्लाटून के वारंट अफ़सर ने वह पत्र उसे सुनाया था, उसके बाद अर्दली दफ़्तर के क्लर्क ने वह पत्र उसके सामने पढ़ा था और आख़िर में 'भाखा' जानने वाले उसके ग्राम निवासियों ने बारी-बारी से उसे चिट्ठी पढ़कर सुनाई थी। मर्कूलोव को वह पत्र अब ज़ुबानी याद हो गया था, और जब कभी कोई व्यक्ति पत्र पढ़ते-पढ़ते किसी स्थान पर अटक जाता, तो वह सही शब्द सुझा देता :

'यह ख़त पैदल सेना के एक सैनिक के नाम भेजा जा रहा है। यह एक बहुत ज़रूरी ख़त है। इस वर्ष 20 सितम्बर की डाक द्वारा मोकरिए वर्खी गाँव से यह ख़त रवाना किया जा रहा तुम्हारे पिता की ओर से...।

'मेरे प्यारे पुत्र, लूका मोएजेविच, सबसे पहले हम तुम्हें अपना आशीर्वाद देते हैं और भगवान से प्रार्थना करते हैं कि तुम्हें सब कामों में बिना किसी विलम्ब के पूरी सफलता प्राप्त हो और हम तुम्हें भी यह जतला देना चाहते हैं कि मैं और तुम्हारी माँ लुकेर्या त्राफिमोवना ईश्वर की दया से सकुशल हैं और आशा करते हैं कि तुम भी वहाँ सकुशल होगे। तुम्हारी प्यारी बीवी तात्याना त्राफिमोवना भी एक नेक और वफ़ादार पत्नी की तरह तुम्हें अपनी

शुभकामनाएँ और सद्भावनाएँ भेज रही है और आशा करती है कि ईश्वर की दया से तुम सानन्द और सकुशल होगे। तुम्हारे प्यारे ससुर ईवान फेदोसयेविच और उनके बीवी-बच्चे भी तुम्हें अपनी शुभकामनाएँ भेज रहे हैं और ये सब आशा करते हैं कि तुम्हें अपने हर काम में सफलता मिलेगी। तुम्हारा भाई निकोलाय मोएजयेविच और उसके बीवी-बच्चे भी तुम्हें अपनी सद्भावनाएँ भेजते हैं और ईश्वर से तुम्हारी कुशल-क्षेम की प्रार्थना करते हैं।

'ईश्वर की कृपा से यहाँ सब आनन्द-मंगल है। आशा है, तुम भी सानन्द होगे। गाँव में सब कुछ पूर्ववत् चल रहा है। 'लेडी डे' के दिवस पर निकोलाय इवानोव का बड़ी सड़क वाला मकान जलकर राख हो गया। अवश्य ही यह मात्युशका की करामात है। पुलिस का भी यही अनुमान है। प्यारे लूका—आगे मेरी अर्ज यह है कि तुम मेहरबानी करके ज़रा साफ़ अक्षरों में चिट्ठी लिखा करो। तुम्हारे पिछले ख़त का सिर-पैर कुछ पल्ले नहीं पड़ा। दूसरे लोग भी उसकी लिखावट नहीं पढ़ सके। और ज़रा यह भी बताओ कि तुमने किस आदमी से वह पत्र और पता लिखाया था। उसके लेख को समझना किसी के बस की बात न थी। थोड़ा-बहुत जो कुछ समझ में आया, वह सब कुछ इतना अर्थहीन और बेतुका था कि हममें से कोई उस पर विश्वास नहीं कर सका।—तुम्हारा स्नेही पिता एम. मर्कूलोव, जिसने निरक्षर होने के कारण यह पत्र अनानी क्लीमोव से लिखवाया।'

"यह सब कुछ ठीक नहीं है, यह बिलकुल ठीक नहीं है!" मर्कूलोव दुखी मन से सिर हिलाते हुए बड़बड़ाने लगा। वह सोचने लगा कि 'देश के प्रति अपना कर्तव्य निभाने के लिए उसे अभी फ़ौज में दो वर्ष और काटने पड़ेंगे—कितना कठिन और कष्टमय है घर से दूर रहना। सोचता-सोचता वह अपनी पत्नी के बारे सोचने लगा, 'लाड़-प्यार में वह पली है, और अभी जवान है। कोई आसान बात थोड़े ही है। अपने पति के बग़ैर चार साल तक अकेले रहना। सिपाही की बीवी...ख़ूब जानता हूँ, सिपाहियों की इन बीवियों को—भूले थोड़े ही बैठा हूँ!' लेफ़्टिनेंट जावियाकिन इस बात को लेकर अक्सर मुझे छेड़ता है : 'क्यों भई, शादीशुदा हो?' वह पूछता है।

'जी जनाब!'—'फ़ौज की नौकरी छोड़कर जब वापस घर जाओगे, तो देखोगे कि तुम्हारे परिवार के सदस्यों की संख्या कुछ बढ़ गई है', वह हँसकर कहता है। 'जी भरकर हँस ले, उसका क्या बनना-बिगड़ना है? मोटा आदमी है, ख़ूब चमक-दमक से रहता है। सुबह उठकर चाय के साथ केक खाता है। अर्दली उसके पॉलिश से चमकते हुए जूते लाता है। कवायद-कसरत के समय वह खड़ा खड़ा सिगरेट फूँकता है। और मर्कूलोव, एक तुम हो कि सारी रात आँखों में ही गुज़ारनी पड़ती है। यह ठीक नहीं, ना भाई...बिलकुल ठीक नहीं!' मर्कूलोव फिर बड़बड़ाने लगता है और उसका अन्तिम शब्द एक गहरी लम्बी जम्हाई में खो जाता है। जम्हाई से उसकी आँखों में आँसू आ जाते हैं।

उसे याद नहीं आता कि उसने आज से पहले कभी अपने को इतना उपेक्षित, इतना एकाकी और इतना जर्जरित पाया हो। उसका मन हुआ कि वह किसी सहृदय व्यक्ति के सामने बैठ जाए, तो चुपचाप बिना एक शब्द कहे उसकी रामकहानी सुनता जाए। वह अपनी समस्त चिन्ताओं और कष्टों की पोटली उसके सामने खोल देगा। पास बैठा आदमी चुपचाप एकाग्रचित्त होकर उसकी बातें सुनता जाए, अपने-आप सब कुछ समझ ले और अन्त में सहानुभूति के दो-चार शब्द कहकर उसे दिलासा दे। किन्तु ऐसा व्यक्ति कहाँ मिलेगा? सबको अपनी परेशानियाँ, अपनी चिन्ताएँ खाए जाती हैं। 'कैसी अजब ज़िन्दगी है भाई!' मर्कूलोव सिर हिलाता रहा और सोचता रहा। फिर न जाने क्यों उन्हीं शब्दों को ज़ोर से गाने के लहजे में उसने दोहराया : 'कैसी अ-ज-ब जिन्-द-गी है...'

और फिर वह धीरे-धीरे होंठों-ही-होंठों में गुनगुनाने लगा। कोई गीत था जिसके शब्द नहीं थे। महज़ एक धुन थी, उदासी और निराशा से भीगा हुआ एक बिखरा-सा भाव था। जो कुछ भी था, उससे उसकी आत्मा में एक कोमल और स्निग्ध-सी किरण फूटने लगी। 'आह...कैसी है मेरी ज़िन्दगी!' धीरे-धीरे शब्द बनने लगे, कोमल, मर्मस्पर्शी शब्द :

आह मेरी प्यारी माँ,
मेरी अपनी प्यारी माँ!

ग़रीब और उपेक्षित सिपाही लूका मर्कूलोव की बेचारगी पर मर्कूलोव के दिल में गहरी सहानुभूति उमड़ आई। रूखा-सूखा खाकर दिन-भर पिलो और फिर रात भर जागकर ड्यूटी दो। ऊपर से प्लाटून कमांडर और सेक्शन लीडर की धौंस सहो। कभी-कभी तो सेक्शन लीडर उसके मुँह पर घूँसा भी जमा देता था। कवायद करते-करते पसलियाँ टेढ़ी हो जाती हैं। कुछ पता नहीं, किसी भी दिन वह बीमार पड़ सकता है, हाथ-पैर टूट सकते हैं, आँख के किसी रोग से अन्धा हो सकता है। कम्पनी के आधे से अधिक सिपाही ऐसे हैं, जिनकी आँखें सूज आई हैं। यह भी हो सकता कि वह घर-बार से दूर यहाँ अकेले में मर जाए। मर्कूलोव के गले में गोला-सा अटक आया। पलकों पर सुइयाँ-सी चुभने लगीं। संगीत की मधुर, उनींदी-सी लहर दिल में उठने लगी। गीत के वे अवसाद-भरे शब्द, जो कुछ देर पहले उसने गढ़े थे, उस पर अपनी करुण छाप छोड़ने लगे। वह धुन, जो मर्कुलोव अभी-अभी गुनगुना रहा था, अब उसे बहुत ही सुन्दर और मर्मस्पर्शी जान पड़ी :

आह मेरी माँ, प्यारी माँ
मुझे कफ़न में लिटा दे!
चिनार और चीड़ का कफ़न हो
मुझे ठंडी, बहुत ठंडी धरती पर लिटा दे!

बैरकों के वायुमंडल में एक घुटा-घुटा-सा भारीपन घिर आया। वातावरण अत्यन्त बोझिल हो उठा। लगा, जैसे कोई स्नानागार हो, जहाँ धुंध और भाप के धुएँ में कालिख से पुती लालटेन का मैला, मद्धिम प्रकाश टपक रहा हो! मर्कूलोव दुहरी पीठ किये सिर झुकाकर बैठा था, उसके पैर स्टूल की टेढ़ी-तिरछी लकड़ी पर मुड़े हुए थे, उसके हाथ कोट की आस्तीनों में जाकर गुम हो गए थे। कोट के भीतर उसे गर्मी महसूस होने लगी और सारा शरीर सिकुड़कर ऐंठ-सा गया। कोट का कॉलर गले में चुभ रहा था और बटनों के काज रह-रहकर उसका मांस खुरच डालते थे। सोने के लिए उसका मन व्याकुल हो उठा। नींद से पलकें भारी हो गई थीं।

लगता था, मानो कोई धीमे से उन्हें खुजला जाता हो। कानों में अनवरत एक सोई, दबी-सी आवाज़ सुनाई दे रही थी। उसे लग रहा था कि कहीं उसके भीतर, पेट में या शायद छाती में, एक खोखली चिपचिपी-सी अनुभूति करवट ले रही हो। चिन्ता यह थी कि उसे कहीं नींद न आ दबोचे, किन्तु उसकी अनथक कोशिशों के बावजूद कभी ऐसे लम्हे भी आ जाते, जब कोई बहुत ही कोमल, किन्तु तेज़ झोंका उसके सिर को हल्के से झुला जाता। ऐसे लम्हों में उसकी आँखें धीमे से फड़फड़ाकर मुँद जातीं, दिल से वह खोखली अनुभूति अचानक ग़ायब हो जाती। आँखों से बैरकें ओझल हो जातीं। रात की लम्बी घड़ियों की ऊब मिट जाती। कुछ क्षणों के लिए सब दुःख धुल जाते, लगता कि वह बहुत हल्का हो गया है। उसे इस बात का बोध न होता कि उसका सिर धीरे-धीरे झटके खाता हुआ नीचे की ओर झुका जा रहा है। कुछ देर बाद अचानक वह हड़बड़ाकर उठ बैठता, आँखें खोल देता और सिर को झटककर अपनी पीठ सीधी कर लेता। नींद के अभाव से छाती में फिर वही खोखली-सी अनुभूति कुलबुलाने लगती।

कच्ची नींद के उन फिसलते पलों में जब वह अचानक ऊँघने लगा था, उसकी स्मृति पंख लगाकर उसके गाँव उड़ गई थी। वह आनन्द-विभोर-सा हो उठा था। वह चाहे कुछ भी सोचे—क्या इसमें सन्देह की कोई गुंजाइश थी कि उसने अपनी आँखों के सामने अपना गाँव देखा था? सपने का वह गाँव, वास्तविकता से कहीं अधिक ठोस और स्पष्ट रूप में वह देख पाया था। उसने देखा था अपना घोड़ा, जिसका सारा तन बड़े-बड़े धब्बों और दाग़ों से ढका था, मानो मोथी अनाज की बालियों के चिह्न उस पर अंकित हों। हरी घास पर वह खड़ा था, आगे दो टाँगें मुड़ी हुई थीं, चमड़े की दुमची से हड्डियाँ बाहर झाँक रही थीं, भीतर की पसलियाँ ऊपर उभरी पड़ती थीं। नीचे सिर झुकाए वह हताश-सा निश्चल खड़ा था, लम्बे छितरे बालों से ढका उसका निचला होंठ ढीला-ढाला-सा लटक रहा था, फीके नीले रंग की उसकी आँखें सफ़ेद पलकों से बाहर मर्कूलोव की ओर मूक आश्चर्य से देख रही थीं।

चरागाह से ज़रा परे चौड़ी पक्की सड़क दिखाई देती थी। मर्कूलोव को लगा कि वह शुरू वसन्त की एक शाम को गाँव लौट आया है। हवा में कुनकुनी-सी गर्मी फैलने लगी है। सामने की सड़क कीचड़ से सनी है—जहाँ-तहाँ घोड़ों के खुरों के निशान दिखाई दे जाते हैं। सन्ध्या के फीके आलोक में रहट का पानी गुलाबी-सा लोहित हो उठा है। छोटी सँकरी-सी नदी लकड़ी के पुल के नीचे से बहती सड़क के पार चली गई है। दूर के धुँधलके में नदी की रेखा चिकने-साफ़ आईने की तरह चमकती है, मानो नीचे ढलान पर नीली मणियों से उज्ज्वल दो तटों के बीच उसे उत्कीर्णित कर दिया गया हो। तट पर कोमल फुज्जियों से ढके वृक्षों के गोलाकार शिखर हरे-पीले पत्तों से लदे हैं, जिनकी कटी-छँटी छायाएँ पानी पर तिर रही हैं। नदी में तटों की छाया भी झलकती है—पन्ने-मोतियों की चमक-दमक लिये, साफ़-सुथरी और प्रकाशमान। दूर कहीं गिरजे के घंटाघर का लम्बा, पतला बुर्ज़ स्वच्छ, निर्मल आकाश की पृष्ठभूमि में सिर उठाए खड़ा है। सफ़ेद लकड़ी के इस बुर्ज़ पर गुलाबी रंग की धारियाँ चमक रही हैं। पास ही गिरजे की हरी छत दिखलाई दे जाती है। मर्कूलोव परिवार के घर के पिछवाड़े का बग़ीचा गिरजे से सटा हुआ था। बग़ीचे के बीचोबीच हव्वे की झुकती-सी काया को देखकर लगता था कि अब गिरा, अब गिरा। हव्वे का सिर पिता की पुरानी टोपी से ढका था। लम्बी बाँहें गली-फटी आस्तीनों से बाहर फैली थी। देखकर लगता था, मानो वह कोई कठोर निश्चय किये खड़ा है, जहाँ से उसे कोई नहीं डिगा सकता।

और मर्कूलोव ने देखा कि वह घोड़े पर बैठकर कीचड़ से भरी काली सड़क पर खेत से घर की ओर चल पड़ा। उसने देखा, पाँव अपने सफ़ेद घोड़े के एक ओर लटका लिये थे, और धीरे-धीरे उन्हें हिलाता जा रहा था। हर क़दम पर वह घोड़े की पीठ पर कभी आगे, कभी पीछे की ओर फिसल जाता था। घोड़े के कीचड़ से सने खुर झटके से बाहर निकलते थे। हल्की धीमी-सी बयार मर्मूलोव के चेहरे को छू जाती थी। बर्फ़ पिघलने के दिन ख़त्म हो रहे थे, इसलिए हवा में हल्की-सी नमी का स्पर्श था।

उसमें से मिट्टी को मीठी सोंधी गन्ध उठ रही थी। मर्कूलोव ख़ुश था, सुखी था। दिन-भर के कठोर श्रम के बाद थकान से उसका शरीर भारी हो गया था। आज उसने तीन एकड़ ज़मीन जोती थी। सारा शरीर टूट रहा था, बाँहों में दर्द हो रहा था। पीठ ऐंठ गई थी, न उठती थी, न झुकती थी। तिस पर भी वह बेपरवाही से पाँव हिलाता हुआ पूरी शक्ति लगाकर गा रहा था :

वन-बग़ीचे मेरे हैं—हाँ, मेरे हैं!

घर पहुँचकर वह अपने खलिहान की शीतल घास पर श्रान्त-क्लान्त बाँहों और टाँगों को पसारकर लेट जाएगा—कितने सुखद होंगे वे क्षण!

उसका सिर धीरे-धीरे नीचे की ओर लुढ़कता हुआ घुटनों तक झुक आया। उसकी आँखें खुल गईं। उसे लगा, उसकी छाती के भीतर किसी कोटर में फिर वही पीड़ा से लिसी, चिपचिपी-सी अनुभूति उमड़ने लगी है।

'शायद ऊँघने लगा था,' आश्चर्य में डूबा हुआ वह बड़बड़ाया, 'ख़ैर, कोई बात नहीं!' उसे इस बात का गहरा ख़ेद हुआ कि अब वह कुछ भी नहीं देख पा रहा था। वसन्त के दिनों की वह काली सड़क, नदी के नर्म आईने में झिलमिलाती वृक्षों की आकर्षक छायाएँ—सब कुछ देखते-देखते उसकी आँखों से ओझल हो गया।

अब वह धरती की ताज़ी सोंधी महक भी सूँघ पाने में असमर्थ था। किन्तु वह फिर कहीं न सो जाए, इस डर ने उसके पाँव आगे बढ़ा दिये और वह फिर दुबारा नये सिरे से बैरकों के चक्कर काटने लगा। देर तक एक स्थान पर बैठे रहने के कारण उसके पाँव सुन्न-से हो गए थे। कुछ क़दम आगे बढ़ाए तो लगा, मानो उसके पाँव हैं ही नहीं।

चलते हुए उसकी आँखें घड़ी पर पड़ गईं। डायल पर बड़ी सुई सीधी खड़ी थी और छोटी सुई तनिक दाहिनी ओर खिसक आई थी। 'आधी रात बीत चुकी है।' उसने अनुमान लगाया। सारा शरीर तानकर अँगड़ाई ली, मुँह पर हाथ रखकर जल्दी-जल्दी अनेक बार सलीब का निशान बनाया। कुछ शब्द बड़बड़ाने लगा, जो कदाचित् किसी प्रार्थना के शब्द रहे होंगे : "हे प्रभु, परम माता,

अभी शायद ढाई घंटे और बाक़ी हैं। हे परम पूजनीय सन्तो—प्योत्र, अलेक्जै, योना, फिलिप्प, तुम्हीं हमारे पूजनीय पिता हो, सच्चे बन्धु हो!'

लालटेनों में तेल चुकने लगा था, धीरे-धीरे सारी बैरकें निविड़, घनीभूत अन्धकार में डूबने लगी थीं। सैनिक सब ओर विचित्र, अस्वाभाविक अवस्थाओं में सोए पड़े थे। सख़्त खुरदरी दरियों पर लेटने के कारण उनके हाथ-पाँव सुन्न पड़ गए थे। चारों ओर से कष्ट में कराहती हुई आवाज़ों, गहरी लम्बी आहों और रुग्ण, दम तोड़ते से खर्राटों का स्वर सुनाई दे रहा था। इस उदास अँधेरे वातावरण में काली, निर्जीव-सी गठरियों के नीचे से आती हुई इन अमानवीय आवाज़ों के संग एक अतुल रहस्यमयता, एक विक्षुब्ध भावना चिपकी हुई थी, जो किसी अपशकुन की द्योतक जान पड़ती थी।

'कुछ देर के लिए बाहर हो आऊँ।' मर्कूलोव ने ख़ुद अपने से कहा और मन्द गति से दरवाज़े की ओर चल पड़ा।

बाहर अँधेरे में हाथ-को-हाथ नहीं सूझता था। बूँदा-बाँदी हो रही थी। आँगन से कुछ दूर परे कुछ खिड़कियों में फीकी रोशनी झिलमिला रही थी। यह प्रकाश उन बैरकों से आ रहा था, जहाँ आजकल छठी और सातवीं कम्पनियाँ टिकी हुई थीं। बारिश की बूँदों से छत और खिड़कियों के शीशे पटापट बज रहे थे। मर्कूलोव की टोपी पर भी बारिश पड़ रही थी। निकट कहीं नाली से वर्षा का जमा हुआ जल मोटी धार बनकर गड़गड़ाता हुआ पत्थरों पर गिर रहा था। मर्कूलोव को लगा कि बारिश के शोर से अलग कुछ विचित्र आवाज़ें पास आ रही हैं। उसे महसूस हुआ कि कोई व्यक्ति पानी के गड्ढों को तेज़ी से छपाछप पार करता हुआ बैरकों की दीवार के साथ-साथ उसकी ओर बढ़ता चला आ रहा है। जब कभी मर्कूलोव उस दिशा में झाँकता, छपाछप एकदम बन्द हो जाती। किन्तु ज्योंही वह दूसरी ओर मुँह करता, तेज़ और भारी क़दमों की छपाछप पुनः सुनाई देने लगती। किन्तु ज्योंही वह दूसरी ओर मुँह करता, तेज़ और भारी क़दमों की छपाछप पुनः सुनाई देने लगती। 'शायद यह कोरा भ्रम है,' मर्कूलोव ने मन-ही-मन कहा और टपाटप गिरती बारिश की बूँदों को देखने लगा। आकाश में एक भी तारा नहीं था।

अचानक पाँचवीं कम्पनी का प्रवेश-द्वार धड़धड़ाकर खुल गया। दरवाज़े की चूल अँधेरे में चीत्कार कर उठी। ड्योढ़ी की फीकी रोशनी में क्षण-भर के लिए टोप और कोट पहने एक सैनिक की छाया थिरक उठी। किन्तु चिटखनी की चरमराहट के संग दरवाज़ा फिर खट से बन्द हो गया। अँधेरे में दरवाज़े की दिशा का पता नहीं चल सका। वह सिपाही, जो अभी दरवाज़े के बाहर आया था, सीढ़ियों के सामने देहरी पर खड़ा था। मर्कूलोव ने अनुमान लगाया कि वह ड्योढ़ी पर खड़ा खड़ा हवा फाँक रहा है और हाथों को ज़ोर-ज़ोर से मसल रहा है।

'ड्योढ़ी पर होगा शायद।' मर्कूलोव ने सोचा। उसके दिल में उस आदमी के पास जाने की उत्कट इच्छा जाग्रत हो आई। उसे यह सोचकर अजीब-सी प्रसन्नता हुई कि वह अकेला नहीं है, एक और आदमी भी उसके पास खड़ा है, जो उसके संग जी रहा है, जाग रहा है। उसे लगा कि वह उस आदमी के पास जाकर उसका मुँह निहारे—कम-से-कम उसकी आवाज़ ही सुने।

"ज़रा सुनो भाई!" मर्कूलोव ने अँधेरे में अदृश्य उस सैनिक की ओर मुखातिब होकर कहा, "तुम्हारे पास माचिस होगी?"

"देखता हूँ, शायद निकल आए।" सीढ़ियों की ओर से एक धीमी, फटी-सी आवाज़ आई, "ज़रा ठहरो।"

मर्कूलोव ने सुना, सिपाही अपनी जेबों को हाथों से थपथपा रहा है। आख़िर माचिस की डिब्बी की खड़खड़ाहट सुनाई दे गई।

दोनों बैरकों के बीच रास्ते पर कुएँ के पास वे दोनों एक-दूसरे के जूतों की आहट के सहारे पास आते गए। गीली काई और कीचड़ में उनके जूते लथपथ हो गए थे।

"यह लो," वह सैनिक बोला।

किन्तु अँधेरे में मर्कूलोव उसका आगे बढ़ा हुआ हाथ नहीं देख सका। सिपाही ने धीरे से माचिस की डिब्बी खटखटा दी।

किन्तु मर्कूलोव सिगरेट नहीं पीता था। उसे माचिस की कोई ज़रूरत नहीं थी। वह तो केवल क्षण-भर उस आदमी के पास खड़ा रहना चाहता था,

जो जाग रहा था; जो उस विचित्र और दैवी शक्ति के चंगुल से मुक्त था, जिसे हम 'निद्रा' कहते हैं।

"धन्यवाद!" उसने कहा, "मुझे केवल दो-चार तीलियाँ चाहिए। मैं ख़ाली माचिस की डिबिया बैरक में छोड़ आया हूँ—केवल कुछ तीलियों की ज़रूरत थी।"

वे कुएँ के पास ऊँची छत के नीचे खड़े हो गए। मर्कूलोव रहट के भारी पहिये पर अलस-भाव से धीरे-धीरे हाथ फेरने लगा।

पहिया एक दर्द-भरी चरमराहट के संग थका-सा हौले-हौले घूमने लगा। दोनों सिपाही दीवार से सटकर खड़े हो गए और अँधेरे में ताकने लगे।

"हे भगवान, बड़ी नींद आ रही है!" मर्कूलोव ने बड़बड़ाते हुए ज़ोर से जम्हाई ली।

दूसरे सिपाही ने भी तुरन्त उसका अनुसरण किया। उनकी अँगड़ाइयाँ और आवाज़ें कुएँ की दीवारों से टकराकर हवा में गूँजने लगीं।

"रात आधी से ज़्यादा गुज़र चुकी है," पाँचवीं कम्पनी के सिपाही ने निर्विकार, उदासीऩ स्वर में कहा, "कब से फ़ौज में हो?"

सिपाही के स्वर में जो अन्तर आ गया था, उससे मर्कूलोव ने अनुमान लगा लिया कि वह उसकी ओर मुँह फेरकर बोल रहा है। उसने भी अपना मुँह मोड़ लिया, किन्तु अँधेरे में उसे कोई शक्ल दिखाई नहीं दी।

"अठारह सौ नब्बे से फ़ौज में हूँ। और तुम?"

"मैं भी उसी साल आया था। क्या तुम्हारी भी ओरेल प्रान्त की रिहायश है?"

"नहीं, मैं तो क्रोमी ज़िले का रहने वाला हूँ।" मर्कूलोव ने उत्तर दिया, "मेरे गाँव का नाम मोक्रिए वर्खी है। क्या कभी यह नाम सुना है?"

"नहीं भाई, हमारा देश बहुत दूर है—कहीं चेलेत्स के पास जाकर। मुझे तो यहाँ बड़ा सूना-सूना लगता है।" उसने अँगड़ाई लेते हुए कहा, इसलिए अन्तिम वाक्य के आधे शब्द उसके मुँह में ही रह गए। जो शब्द बाहर निकले, वे आपस में गड्डमड्ड हो गए।

कुछ देर तक दोनों मौन रहे। चेलेत्स के सिपाही ने दाँतों के बीच से थूक की पिचकारी दीवार पर छोड़ दी। इसी तरह आठ-दस पल गुज़र गए। एक तरफ़ सिर झुकाए मर्कूलोव बड़ी जिज्ञासा से कुछ सुनने में तल्लीन था। अचानक अँधेरे में 'खट'-सी एक आवाज़ हुई—साफ़ और हवा में गूँजती हुई, मानो दो कंकर आपस में टकरा गए हों!

"यहीं नीचे है कुछ," चेलेत्स के निवासी ने दुबारा थूकते हुए कहा।

"पानी में थूकना पाप है। तुम्हें कभी ऐसा नहीं करना चाहिए," मर्कूलोव ने आलोचना की।

उसके तुरन्त बाद उसने भी थूक दिया। थूकने और कुएँ से बाहर आती आवाज़ के बीच जो लम्बा वक़्फ़ा पड़ा, वह दोनों सिपाहियों के लिए विनोद का विषय बन गया।

"फ़र्ज़ करो, अगर कोई आदमी कुएँ में छलाँग मार दे," चेलेत्स निवासी ने अचानक पूछा, "तो पानी तक पहुँचने से पहले उसका सिर दीवारों से अनेक बार टकराएगा—क्यों, ठीक है न?"

"निस्सन्देह, इसमें भी क्या कोई शक है?" मर्कूलोव ने दृढ़ विश्वास के स्वर में उत्तर दिया, "बिलकुल भुरता बन जाएगा उसका।"

"तौबा!" दूसरे सिपाही ने कहा।

मर्कूलोव को लगा कि उसका साथी अपना सिर हिला रहा है।

काफ़ी देर तक दोनों चुप बैठे रहे। फिर दुबारा दोनों ने कुएँ में बारी-बारी से थूका। अचानक मर्कूलोव ने बात छेड़ दी।

"जानते हो, आज मेरे संग अजीब बात हुई। मैं बैरक में बैठा था, शायद बैठा-बैठा ऊँघने लगा था। इतने में मैंने एक बड़ा ही विचित्र सपना देखा।"

मर्कूलोव अपने स्वप्न की मधुर स्मृतियों को—अपने गाँव की धरती की मोहक, सोंधी गन्ध, सुन्दर अतीत में खोया सुन्दर, सहज जीवन-विस्तार से आकर्षक काव्यात्मक प्रतीकों में सँजोकर, सुनाना चाहता था। किन्तु उसके मुँह से जो शब्द निकले, वे उसे बहुत साधारण, फूहड़ और नीरस जान पड़े।

"सपने में मुझे लगा कि मैं फिर से अपने गाँव पहुँच गया हूँ। साँझ घिर आई थी। मैं सब कुछ देख सकता था—सब कुछ इतनी अच्छी तरह देख सकता था कि मुझे पता ही न चला कि मैं सपना देख रहा हूँ।"

"हाँ, कभी-कभी ऐसा हो जाता है।" उसके साथी ने उदासीन भाव से गाल खुजलाते हुए कहा।

"और मैं अपने घोड़े पर चला जा रहा था। मेरा एक सफ़ेद घोड़ा था—उम्र उसकी बीस बरस रही होगी। अब तक तो शायद वह मर गया हो।"

"सपने में घोड़े को देखने का मतलब है—छल-कपट। कोई आदमी तुम्हें धोखा देगा।" सिपाही बोला।

"मैं अपने घोड़े पर चला जा रहा था—और सब कुछ देख सकता था। सब कुछ पहले जैसा ही था। सचमुच, बड़ा अजीब सपना देखा मैंने..."

"हाँ भई, कौन है जो सपने नहीं देखता," सिपाही ने अलसाए हुए कहा, "अफ़सोस है कि मैं ज़्यादा देर नहीं ठहर सकता," उसने पीठ सीधी करते हुए कहा, "साला सार्जेंट रात-भर टोह लगाता रहता है। अच्छा, गुड नाइट।"

"गुड नाइट, दोस्त! रात भी कैसी है, हे भगवान! हाथ को हाथ नहीं सूझता।"

बाहर की ताज़ा हवा के बाद बैरकों का वातावरण असह्य जान पड़ा। आदमियों के मांसल शरीरों से बाहर निकलती हुई भारी, बोझिल साँसें, सस्ते तम्बाखू का कड़वा-तीखा धुआँ, पुराने कोटों की बासी बू और अधजली रोटियों की तेज़ दुर्गन्ध से सारी हवा दूषित हो रही थी। वे सब उसी तरह सो रहे थे, बेचैनी से करवटें लेते हुए, कराहते हुए, खर्राटे भरते हुए। लगता था—मानो साँस लेते हुए उन्हें बहुत कष्ट हो रहा था। तीसरी प्लाटून के क्वार्टरों से गुज़रते हुए मर्कूलोव ने देखा कि एक आदमी अचानक हड़बड़ाकर बिस्तर पर बैठ गया। होंठों से एक विचित्र आवाज़ निकालता हुआ वह हक्का-बक्का-सा कुछ क्षणों तक सामने ताकता रहा। फिर एकदम पूरा ज़ोर लगाकर पहले अपना सिर और उसके बाद अपनी छाती खुजलाने लगा। कुछ देर बाद नींद ने उसे फिर आ दबोचा और वह एक ओर लुढ़ककर पूर्ववत् सोने लगा।

एक दूसरा सैनिक अपनी कड़ी, फटती-सी आवाज़ में तेज़ी से एक ही साँस में एक लम्बा-सा वाक्य बोल गया। मर्कूलोव का दिल किसी पुराने मिथ्याविश्वास से आतंकित हो उठा। बड़बड़ाते हुए उस सैनिक के कुछ शब्द उसके कानों में पड़ गए, 'तोड़ो नहीं, इसे तोड़ो नहीं। एक गाँठ बाँध दो। हाँ, मेरी बात सुनो, एक गाँठ...' रात के मौत से सन्नाटे में जब कभी मर्कूलोव किसी सैनिक का अनर्गल प्रलाप सुनता था, तो डर से उसके शरीर में कँपकँपी-सी छूटने लगती थी। उसे लगता था कि किसी अदृश्य शक्ति ने उस आदमी की आत्मा को अपने वश में कर लिया है और वह स्वयं उसके मुँह से टूटे, बिखरे-से शब्द बोल रही है।

घड़ी की टिक-टिक कभी तेज़, कभी मन्द हो जाती। लगता था कि उसकी सुइयाँ बड़ी देर से एक ही स्थान पर स्थिर खड़ी हों। मर्कूलोव के मस्तिष्क में एक बेतुका, विचित्र-सा विचार दौड़ गया—शायद समय की गति अकस्मात् रुक गई है, और यह रात महीनों, वर्षों, युग-युगान्तर तक कभी समाप्त नहीं होगी। वे लोग इसी तरह गहरी लम्बी साँसें लेते हुए सोते रहेंगे, अनर्गल प्रलाप करते रहेंगे, लालटेनें हमेशा इसी तरह साँस तोड़ती हुई बुझी-बुझी-सी जलती रहेंगी। पेंडुलम सदा ऐसे ही अलस, उदासीन भाव से टिक-टिक करता रहेगा। बिजली-सी यह तीव्र, अस्पष्ट अनुभूति मर्कूलोव के मस्तिष्क में कौंध गई, जिसका अर्थ वह स्वयं न समझ सका, किन्तु जिसने उसका हृदय एक अवश क्रोध से भर दिया। अँधेरे में वह घूँसा तानकर खड़ा हो गया और दाँत पीसते हुए बड़बड़ाने लगा : 'दुष्टो, ज़रा ठहरो! देखो, अभी मैं तुझे मज़ा चखाता हूँ!'

एक बार फिर वह अपने पुराने स्थान पर, चूल्हे और राइफ़लों के ढेर के बीच बैठ गया। बैठते ही उसका सिर नींद की कोमल, स्नेहमयी गोद में लुढ़क गया। 'अब क्या होगा? किसे देखूँगा?' वह धीरे से फुसफुसाया। वह जानता था कि उसे इशारा भर करने की देर है, अतीत के परिचित मोहक दृश्यों की रील उसके सम्मुख खुलती जाएगी, 'वही नदी का किनारा...मेरा गाँव... हाँ, एक-एक करके तुम सब आ जाओ...मैं तुम सबको जी भर कर देखूँगा।'

और फिर वे ही चित्र स्मृति-पटल पर आने लगे। उजली हरी घास पर बलखाती, थिरकती छोटी-सी नदी, जो कभी मखमली पहाड़ियों के पीछे छिप जाती है, कभी एकदम सामने आ जाती है और उसका निर्मल, उज्ज्वल वक्ष धूप में झिलमिलाने लगता है। वही पुरानी काली सड़क, जो दूर जाते हुए चौड़े रिबन-सी खुलती जाती है। पिघलती बर्फ़ के नीचे से धरती की सोंधी सुगन्ध ऊपर हवा में तिरती आ रही है। खेतों का पानी गुलाबी हो उठा है। मुस्कराती, इठलाती हवा का एक झोंका मानो एक गर्म, सहलाती-सी साँस है, जो उसके गालों को छू गई है। मर्कूलोव अपने घोड़े की गाँठों-भरी पीठ पर बैठा हुआ आगे-पीछे डोल रहा है। उसके पीछे हल अपनी फाल ऊपर उठाए सड़क पर घिसटता चला आ रहा है।

वन-बग़ीचे मेरे हैं—हाँ, मेरे हैं!

मर्कूलोव पूरी आवाज़ में गा रहा है—उन क्षणों की कल्पना करके वह आनन्द-विभोर हो उठता है, जब वह खलिहान में नर्म घास-फूस के ढेर पर अपना थका-माँदा शरीर पसराकर लेट जाएगा। सड़क के दोनों ओर जुते हुए खेत हैं, जहाँ चिकने-चमकीले पंखों वाले काले-नीले पक्षी चुपचाप इधर-उधर फुदक रहे हैं। पानी के गड्ढों और कीचड़ से आता हुआ मेढकों का समूह-गान कान के पर्दे फाड़े डालता है। सरपत के वृक्षों पर नव-प्रस्फुटित कलियों की भीनी-भीनी महक हवा में व्याप्त हो रही है।

वन-बग़ीचे मेरे हैं—हाँ, मेरे हैं!

मर्कूलोव को तनिक आश्चर्य हुआ कि उसके घोड़े के पाँव बार-बार लड़खड़ा जाते हैं, जिससे वह उसकी पीठ पर स्थिर नहीं बैठ पाता, इधर-उधर लुढ़क जाता है। एक बार तो मर्कूलोव को इतने ज़ोर से झटका लगा कि वह नीचे गिरते-गिरते बचा। उसे काठी पर सँभलकर बैठना चाहिए। उसने अपनी टाँग दूसरी ओर घुमानी चाही, किन्तु वह टस-से-मस नहीं हुई। मानो किसी ने उस पर कोई भारी पत्थर बाँध दिया हो। घोड़ा फिर हिलने-डुलने लगा।

"सीधा हो बदमाश! नींद आ गई है क्या?" मर्कूलोव घोड़े की पीठ से लुढ़कता हुआ मुँह के बल ज़मीन पर आ गिरा। उसकी आँखें खुल गईं।

"साला सो रहा है!" चिंघाड़ती-सी एक आवाज़ ऊपर से सुनाई दी।

मर्कूलोव एकदम सन्नाटे में आ गया। उछलकर वह स्टूल से उठ खड़ा हुआ और किंकर्तव्यविमूढ़-सा होकर अपनी टोपी पर हाथ फेरने लगा। उसके सामने सार्जेंट मेज़र तारास गावरिलोविच खड़ा था। उसके बाल बिखरे हुए थे और उसने केवल एक जाँघिया पहन रखा था। उसी ने गाल पर घूँसा जमाकर मर्कूलोव को जगाया था।

"सो रहे थे—क्यों?" सार्जेंट मेज़र ने अपने विकृत स्वर में वही शब्द एक बार फिर दुहराए।

"...के बेटे, ड्यूटी पर सो रहे हो...क्यों! ज़रा इधर आ—अभी पता चल जाएगा, कैसे सोया जाता है।"

मर्कूलोव के गाल पर तड़ाक से एक घूँसा और पड़ा। उसके पाँव लड़खड़ा गए। उसने सिर हिलाते हुए हौले से रुँधे स्वर में कहा, "मुझे कुछ पता ही नहीं चला, सार्जेंट!"

"हा-हा! पता ही नहीं चला, क्यों? अपनी बारी के अलावा जब दो और ड्यूटियाँ भुगतनी पड़ेंगी, पता तो तब लगेगा। कितने बजे तुम्हारी बदली होगी?"

"दो बजे, सार्जेंट।"

"बदली का वक़्त तो कब का गुज़र चुका—गधे! जा, अगले आदमी को जगा दे; चल, जल्दी कर।"

सार्जेंट चला गया। मर्कूलोव भागता हुआ उस खटिया के पास आकर रुक गया, जिस पर बूढ़ा सिपाही रियाबोशाप्का सो रहा था। मर्कूलोव के बाद ड्यूटी देने की उसकी बारी थी। 'अब मैं सोऊँगा, सोऊँगा!' हर्ष और उल्लास से भरी एक आवाज़ मर्कूलोव के दिल में गूँज रही थी, 'दो और ड्यूटियाँ? वह तो बाद की बात है। अभी से उनकी चिन्ता क्यों करूँ? अभी तो मैं सोऊँगा।'

"रियाबोशाप्का चाचा! ज़रा सुनो, रियाबोशाप्का चाचा!"

सोते हुए सैनिक की टाँग झिंझोड़ते हुए मर्कूलोव सहमे-से स्वर में कह रहा था :

"गां...गां...चले जाओ!"

"उठ भी जाओ रियाबोशाप्का चाचा—बदली का वक़्त हो गया है।"

"ऊ-हूँ!"

रात-भर चौकीदारी करने के बाद मर्कूलोव का शरीर थककर चूर हो गया था। उसमें इतना धीरज कहाँ बचा था कि वह रियाबोशाप्का को बैठकर जगाता रहे? वह तेज़ी से अपनी खटिया के पास दौड़कर आया, जल्दी-जल्दी कपड़े उतारे और अपने शरीर को दो पाटों के बीच सिकोड़कर लेट गया। भारी और निर्जीव-से वे दोनों पाट उसके ऊपर सिमट आए।

मर्कूलोव को एक क्षण के लिए सब कुछ स्मरण हो आया—कुआँ, काली अँधेरी रात, हल्की-सी बूँदा-बाँदी, नाली से बाहर बहते पानी की गड़गड़ाहट और कीच में छपाछप किसी के पैरों की अदृश्य पदचाप। बाहर अँधेरे में सब कुछ कितना भयानक, सर्दीला और विक्षुब्ध लग रहा था!

उसने दोनों कुहनियों को अपने पहलुओं से कसकर दबा लिया, घुटनों को ऊपर खींच लिया, तकिये के भीतर अपना सिर धँसा लिया और धीरे-से आप-ही-आप फुसफुसाने लगा, 'और हाँ...अब वह सड़क...गाँव की वह सड़क...'

और एक बार फिर उसकी आँखों में खुर-चिह्नों से भरी अपने गाँव की काली सड़क घूम गई। एक बार फिर उसकी निगाहें सरपत वृक्षों की शाख़ाओं में खो गईं, जिनके हरे कोमल पत्ते नदी के आईने में झाँक रहे थे... और सहसा मर्कूलोव को लगा कि एक ज़बरदस्त किन्तु बड़े ही लुभावने झोंके ने उसे गहन, स्निग्ध अन्धकार में धकेल दिया है।

[1899]

֍